무기여 잘 있거라

부클래식
045

무기여 잘 있거라

어니스트 헤밍웨이

유정화 옮김

부북스

차 례

제1부

1

그해 늦여름 우리는 강과 들판 너머로 산이 보이는 마을의 어느 집에서 기거했다. 강바닥엔 햇빛을 받아 물기 없이 하얀 자갈과 둥근 돌들이 있고, 맑고 푸른 물은 빠르게 흘렀다. 군인들이 그 집 옆을 지나가면서 일으킨 먼지가 나뭇잎을 뽀얗게 덮었다. 나무줄기도 먼지로 덮였다. 그해엔 잎이 일찍 졌다. 우리는 군인들이 행군하는 모습을, 흙먼지가 일고 미풍에 나뭇잎들이 흔들려 떨어지는 모습을, 그리고 군인들의 행렬이 지나간 후 나뭇잎만 남아 휑하니 허연 도로를 보았다.

들판엔 곡식이 풍성했고 과수원도 많았지만 들판 저편 산들은 갈색 민둥산이었다. 산에서 전투가 벌어졌기 때문에 밤이면 대포에서 뿜어 나오는 섬광을 볼 수 있었다. 어둠 속에서 섬광은 여름날의 번개 같아 보였다. 밤은 추웠어도 폭풍이 올 기미는 없었다.

때로 어둠 속에서 행군하는 소리와 모터 트럭이 대포를 끌고 가는 소리가 창 아래로부터 들려왔다. 밤엔 차량이 많았다. 안장 양옆으로 탄약 상자를 매단 노새들과 사람들을 후송하는 회색 트럭들이 있고, 또 캔버스 천을 덮은 화물용 트럭들이 이런 차량들 사이에서 더 천천히 움직이는 바람에 도로가 붐볐다. 낮엔 큰 대포들도 트랙터에 실려 갔는데 긴 총신이 푸른 가지에 덮이고 트랙터는 푸른 잎이 무성한 가지와 넝쿨로 덮였다. 계곡 넘어 북쪽으로 밤나무 숲이 보였다. 밤나무 숲 뒤 강 쪽에 산이 하나 더 있었다. 그 산을 점령하려는 전투가 있었지만 성공하지 못했다. 비 내리는 가을, 밤나무 잎들은 다 떨어져 가지들은 앙상하고 나무는 비에 젖어 거무죽죽했다. 포도밭도 초라해서 가지들이 휑했다. 온 마을은 비에 젖었고 갈색인데다 가을이라서 생기가 없었다. 강에는 안개가, 산에는 구름이 끼었다. 오가는 트럭이 진흙을 튀겨 군인들은 진흙투성이었고 망토 속까지 축축했다. 소총도 젖었다. 망토 속 허리띠 앞쪽엔 가죽 탄약 상자가 두 개씩 매달려 있었는데, 그 회색 가죽 상자 안에는 가늘고 긴 6.5mm짜리 탄약 클립 상자가 여럿 들어 있어서 무거웠다. 망토 아래로 툭 불거져 나와 행군하는 모습이 마치 임신 6개월 된 여자들 같았다.

작은 회색 자동차들이 매우 빠르게 지나갔다. 대개는 앞좌석에 운전사와 장교 한 명이 앉고, 뒷좌석엔 장교들이 여럿 앉아갔다. 그런 차들은 군용트럭보다 진흙을 더 튀겼다. 몸집이 아주 작은 장교가 뒷좌석에서 장군들 사이에 끼어 앉아 얼굴은 보이지 않은 채 모자 꼭대기와 좁은 등짝만 보이고, 또 차가 유난히 빨리 지나가면 그건 십중팔구 왕이 타고 있는 차다. 왕은 우디네[1]에 기거하면서 거의 매일같이 전황을 살피러 이 길로 다녔다. 전투상황은 매우 좋지 않았다.

겨울이 시작되는데 비는 그치지 않았고, 콜레라가 퍼졌다. 콜레라는 잡혀서 그해 말 콜레라로 인한 군 사망자는 7천명뿐이었다.

---

1) 이탈리아 북부의 작은 도시.

2

그 이듬해 전투에선 많은 승리를 거뒀다. 밤나무 숲이 자라는 언덕
과 계곡 너머에 있는 산들을 점령했고 들판 너머 남쪽 고원에서도
승리를 거뒀다. 8월에 우리는 강을 건너서 고리치아²에 있는 민가
에서 살았다. 벽으로 둘러싸인 정원 안에 분수가 있고, 울창한 나
무도 많은 집이었다. 집 옆에는 보랏빛이 도는 등나무가 넝쿨져 있
었다. 채 1마일도 떨어지지 않은 옆 산에서 전투가 벌어졌다. 마을
은 아름다웠고 우리가 머문 집도 꽤 괜찮았다. 마을 뒤로는 강이
흘렀다. 이 마을은 수월하게 점령했는데 마을 너머에 있는 산들은
점령할 수가 없었다. 전쟁이 끝나기라도 하면 오스트리아군이 언
제라도 이 마을로 되돌아오기를 원하는 것 같아서 기뻤다. 그들은
이 마을에 군사적인 폭격만 조금 했을 뿐 마을을 파괴하려는 목적
으로 폭격을 하지는 않았기 때문이다. 마을엔 사람들이 계속해서
살고 있었고 병원과 카페도 있었다. 위쪽 샛길에는 포병대가 있고,
유곽도 한 곳은 사병용이고 다른 한 곳은 장교용으로 두 군데나 있
었다. 여름이 지나가 밤은 시원해졌고, 마을 너머 산에서는 전투가
벌어졌다. 철교엔 포탄자국이 났고, 전투가 있었던 강 옆 터널은
박살이 났다. 광장 주변으로 나무들이 있고 광장으로 뻗어있는 긴

---

2) 이탈리아 북동부의 작은 도시.

가로수 길이 있었다. 이런 것들과 더불어 마을엔 아가씨들이 있고, 때로 목이 가늘고 긴 왕의 몸과 얼굴 그리고 염소수염같이 난 회색 턱수염을 볼 수 있도록 왕은 차를 타고 지나가고, 폭격을 받아 한쪽 벽이 날아가 갑작스럽게 내부가 변해버린 집들, 정원이나 거리에 널려있는 석회조각과 돌부스러기, 그리고 꽤 괜찮은 카르소[3]의 상황, 이 모든 것들이 그해 가을을 그 이전 해 가을과 사뭇 다르게 만들었다. 전쟁도 변했다.

마을 건너편 산 위 떡갈나무 숲은 사라졌다. 우리가 이 마을로 들어오던 여름엔 숲이 푸르렀었는데 지금은 그루터기와 부러진 나무줄기만 남고 땅은 파헤쳐져 있었다. 가을이 끝나갈 무렵의 어느 날 떡갈나무 숲이 있던 곳으로 나갔는데 산 위로 구름이 몰려오는 것이 보였다. 구름이 빠르게 몰려오고, 해가 탁한 노란색이 되더니만 사방이 회색으로 변했다. 구름이 하늘을 덮고 산 위로 내려앉더니 부지불식간에 우리는 눈에 갇혀버렸다. 눈은 바람과 엇갈리게 비스듬히 내렸다. 휑한 땅이 눈으로 덮이고 나무 그루터기들이 삐죽 삐죽 튀어나왔고 대포 위에도 눈이 덮였다. 참호 뒤 쪽에 있는 변소 가는 길도 눈에 파묻혔다.

그 후, 마을로 내려와서 나는 장교용 위안소 창문을 통해 눈이 내리는 것을 봤다. 아스티 한 병을 마시며 잔 두 개를 앞에 놓고 친구와 그곳에 앉아있었다. 눈이 느리지만 심하게 내리는 모습을 보면서 그해도 다 갔다는 생각을 했다. 강 상류에 있는 산도 점령하

---

3) 1차대전 당시 오스트리아에 속했던 석회석 고원지대.

지 못했고 강 건너편에 있는 산들도 점령하지 못했다. 모두 그 다음해로 넘겨졌다. 우리와 같은 식당에서 식사를 하는 신부가 진흙탕을 조심스레 걸어가는 것을 보고 친구는 창문을 두드려 신부를 불렀다. 신부는 고개를 들어 우리를 보고 웃었다. 친구는 신부에게 들어오라는 손짓을 했다. 신부는 고개를 젓더니 그대로 가 버렸다. 그날 밤 식당에서 스파게티를 먹는데 모두들 아주 빠르고 진지하게 먹었다. 포크로 스파게티를 들어 올려 스파게티 가닥이 모두 따라 올라오면 그것을 위에서 입안으로 떨어뜨려 넣거나 스파게티를 떠서 입으로 후룩거리며 계속 빨아들이며 먹고, 짚으로 싼 1갤런들이 병에서 와인을 마음껏 마셨다. 와인 병은 금속 와인 받침대에 매달려 있어 병목을 집게손가락으로 내리면 깨끗하고 붉은 탄닌 냄새가 나는 근사한 와인이 잔 속으로 흘러 내렸다. 식사시간이 끝나자 대위가 신부를 놀리기 시작했다.

신부는 나이가 어린데 쉽게 얼굴을 붉혔다. 우리와 같은 군복을 입고 회색 상의 왼쪽 가슴 주머니 위에 검붉은 색 벨벳으로 만든 십자가를 달고 있었다. 내가 빠뜨리는 것 없이 전부 알아들을 수 있도록 하려고 대위는 영어가 섞인 이탈리아어로 말했는데 그게 도움이 되는 것 같지는 않다.

"신부님이 오늘 여자들하고 있었어,"라고 대위가 신부와 나를 보면서 말했다. 신부는 웃으면서 얼굴을 붉히고 고개를 저었다. 대위는 종종 신부를 골려 먹었다.

"아니라고?" 대위가 물었다. "오늘 여자랑 있는 거 봤는데."

"아니에요,"라고 신부가 말했다. 다른 장교들은 이렇게 신부를 골리는 것을 즐겼다.

"신부가 여자랑 있지 않았다네,"라고 대위가 계속 말했다. "신부는 여자들이랑 절대 어울리지 않지,"라며 내게 설명을 해줬다. 그는 내 잔을 가져가서 내 눈을 내내 쳐다보면서도 신부에게서 눈길을 떼지 않은 채 잔을 그득 채웠다.

"신부는 매일 밤 혼자서 다섯[4]을 상대하지," 테이블에 있던 사람들이 모두 웃었다. "알아듣겠어? 신부는 매일 밤 혼자서 다섯을 상대한다고." 그는 몸짓을 해가며 크게 웃었다. 신부도 농담으로 받아들였다.

"교황은 오스트리아가 이기길 원한다지," 소령이 말했다. "프란츠 요제프를 사랑하니까. 돈줄이거든. 난 무신론자야."

"《검은 돼지》 읽어 보셨소?" 중위가 물었다. "내 한 권 갖다 드리지. 그 책 때문에 내 신앙이 흔들렸거든."

"그건 더럽고 사악한 책입니다," 신부가 말했다. "그 책을 진짜 좋아하는 건 아니시죠."

"아주 가치 있는 책인데," 중위가 말했다. "신부들의 실상을 알려주거든. 자네도 마음에 들걸," 그가 내게 말했다. 나는 신부에게 미소를 지었고 신부도 촛불 너머로 미소를 지어보였다. "읽을 생각 마세요," 그가 말했다.

"내가 한 권 갖다 드린다고," 중위가 말했다.

"생각이 있는 사람이면 다 무신론자야," 소령이 말했다. "그래

---

4) 남성의 자위행위를 나타내는 속어로 다섯은 다섯 손가락을 가리킴.

도 프리메이슨을 믿지는 않아."

"지는 프리메이슨을 믿는데," 중위가 말했다. "아주 고상한 조직이지요."

누군가가 들어왔고 문이 열리면서 눈이 내리는 것이 보였다.

"눈이 내리니 공격은 더 없겠군요," 내가 말했다.

"물론 없지," 소령이 말했다. "자네, 휴가가야지. 로마, 나폴리, 시칠리아로 가게나……."

"아말피에 가 봐야지," 중위가 말했다. "아말피에 있는 우리 가족에게 카드를 써주겠네. 자네를 아들처럼 아껴줄 거야."

"팔레모에 가야 해."

"카프리를 가 보셔야죠."

"아브루치를 보시고 카프라코타에 있는 제 가족을 찾아가 봤으면 해요," 신부가 말했다.

"신부가 아브루치에 대해 말하는 걸 들어 보시오. 그곳은 이곳보다 눈이 더 많은 곳인데. 저 친구는 농부들을 만나고 싶지는 않을 거야. 문화와 문명의 중심지로 가게 내버려 두라고."

"멋진 여자들도 만나야지. 나폴리 여자들 주소를 알려주지. 아름답고 젊은 여자들. 어머니들이 늘 따라 다니는. 하,하,하!" 대위는 그림자놀이를 할 때처럼 엄지를 위로하고 나머지 손가락을 밖으로 펼치면서 손을 폈다. 그의 손이 벽에 그림자를 만들었다. 다시 영어가 섞인 이탈리아어로 말을 했다. "이 상태로 나갔다가," 그가 엄지를 가리켰다. "이렇게 돼서 돌아오는 거야," 새끼손가락을 건드리며 말했다. 모두들 웃었다.

"보라고," 대위가 말했다. 그는 다시 손을 폈다. 촛불에 비쳐 또다시 벽에 그림자가 만들어졌다. 그는 똑바로 선 엄지에서 시작해서 나머지 네 손가락의 이름을 차례로 불렀다. "소위(엄지), 중위(검지), 대위(중지), 소령(약지), 중령(새끼손가락). 소위로 나가서 중령으로 돌아오는 거야!" 모두들 웃었다. 대위의 손가락 놀이는 대단한 성공이었다. 신부를 보면서 소리쳤다. "매일 밤 신부는 혼자서 다섯을 상대한다네!" 모두들 또다시 웃었다.

"당장 휴가를 떠나게," 소령이 말했다.

"같이 떠나서 이것저것 좀 보여주고 싶네," 중위가 말했다.

"돌아올 때 축음기 가져오시오."

"좋은 오페라 판도 가져오고."

"카루소 판도 갖고 와요."

"카루소는 가져오지 마시오. 그 사람은 소리만 고래고래 질러서."

"카루소처럼 소리를 지를 수 있다면 좋지 않겠소?"

"그 사람은 소리를 고래고래 지른다고. 이봐, 그 사람은 소리를 지른다고!"

"아브루치에 가시면 좋겠어요," 신부가 말했다. 다른 사람들은 소리를 지르고 있었다. "사냥하기도 좋아요. 사람들도 좋고요. 춥기는 하지만 청명하고 건조하지요. 저희 가족과 함께 머물러도 되고요. 아버님은 유명한 사냥꾼이시죠."

"자," 대위가 말했다. "문 닫기 전에 위안소로 가자고."

"안녕히 가세요," 내가 신부에게 인사했다.

"잘 가세요," 그가 말했다.

3

내가 전선으로 다시 돌아 왔을 때 우리는 여전히 그 마을에 거주하고 있었다. 마을에는 대포가 더 많았고, 계절은 이미 봄이었다. 들판은 푸르렀고 포도나무에는 작은 싹들이 파릇파릇 돋아났다. 길가의 가로수에도 작은 잎들이 돋았고 바다에서는 산들바람이 불어왔다. 언덕이 있는 마을과, 그 마을 너머 고성이 보였는데, 고성은 산으로 둘러싸인 언덕들 사이에 움푹 들어간 지역에 위치하고 있었다. 산은 비탈진 곳에만 듬성듬성 푸른빛이 보였다. 마을엔 대포가 더 많았다. 새로 생긴 병원들도 있었다. 거리에서 영국 사람들도 마주쳤고 포격을 맞은 집도 몇 채 더 늘어났다. 날이 따뜻한 게 봄 같았다. 태양열을 받은 담장 덕에 몸이 따뜻해진 나는 나무들 사이 오솔길을 걸어내려 오면서 우리 부대도 여전히 같은 민가에 머물고 있고 내가 떠날 때와 달라진 것이 전혀 없다는 사실을 깨달았다. 문은 열려 있었고 해가 내리쬐는 벤치에는 병사가 앉아 있었다. 문 곁엔 앰뷸런스가 한 대 대기하고 있었고, 내가 들어서자 안에서 대리석 바닥 냄새와 병원 냄새가 났다. 계절이 봄이라는 것 외에는 모든 것이 내가 떠났을 때와 똑같았다. 큰 방 안쪽을 들여다보니 소령이 책상에 앉아 있었고, 창문이 열려있어 햇살이 방으로 들어왔다. 소령은 나를 보지 못했다. 그래서 나는 들어가서 보고를 해야 할지 아니면 올라가서 먼저 씻어야할지를 망설였다.

위층으로 올라가기로 결정했다.

리날디 중위와 함께 쓰는 방은 앞마당이 내려다 보였다. 창문은 열려 있고 내 침대 위 담요는 잘 정돈되어 있었다. 내 물건들은 벽에 걸려 있었다. 가스 마스크는 둥근 철통 안에 넣어진 채로 못에 걸려있고 철모도 같은 못에 걸려 있었다. 침대 발치에는 납작한 내 트렁크가 놓여있는데 그 위에 기름칠을 해 번들거리는 겨울 장화가 얹혀 있었다. 푸르스름한 팔각형 총신, 검은 호두나무 색이 멋들어진 아래턱에 잘 맞는 개머리판이 있는 내 오스트리아산 저격용 소총은 두 침대 위쪽에 걸려 있었다. 그 총의 조준경은 트렁크 안에 있는 것으로 기억한다. 리날디 중위는 다른 침대에 누워서 자고 있었다. 방에서 내 기척이 들리자 잠에서 깨어 일어나 앉았다.

"안녕!" 그가 말했다. "어떻게 보냈나?"

"근사했지."

우리는 악수를 했고 그는 팔로 내 목을 감싸고는 입을 맞췄다.

"우엑," 내가 말했다.

"자네 더럽구만," 그가 말했다. "씻게나. 어디 가서 뭘 했어? 당장 다 말해보게나."

"가지 않은 곳이 없었지. 밀라노, 플로랑스, 로마, 나폴리, 빌라산죠바니, 메씨나, 타오르미나……"

"시간표처럼 말하는구먼. 근사한 모험도 좀 했나?"

"했지."

"어디서?"

"밀라노, 피렌체, 로마, 나폴리 ……"

"됐네. 어디가 제일 좋았는지 말해 보게나."

"밀라노가 제일 좋았지."

"그건 밀라노가 처음이라서 그랬고. 어디서 그 여자를 만났는데? 코바에서? 어딜 갔나? 느낌은 어땠어? 당장 다 말하라고. 밤도 새웠나?"

"그럼."

"그건 아무것도 아니야. 이곳에도 예쁜 여자들이 있다네. 예전엔 새로 온 여자들은 전선으로 보내지 않았는데 말이야."

"잘됐군."

"내 말을 못 믿나? 오늘 오후에 가서 보라고. 마을에 예쁜 영국여자들도 있어. 난 지금 바클리 양과 사랑에 빠졌어. 만나러 갈 때자네도 데리고 가지. 바클리 양과 결혼할 것 같아."

"난 씻고 보고를 해야겠네. 할 일이 아무것도 없나?"

"자네가 떠난 후론 동상이나 동창, 황달, 임질, 자해, 폐렴, 성병같은 것밖에 없었다네. 매주 바위조각에 부상당하는 사람들이 있고, 심한 부상자는 몇 명되지 않아. 다음 주면 전투가 다시 시작돼. 아마 다시 시작될 거야. 다들 그렇게 말하거든. 바클리 양과 결혼하는 게 잘하는 짓일까? 물론 전쟁이 끝난 후라야지."

"물론이지,"라고 말하고 나는 세수 대야 가득 물을 부었다.

"오늘 밤 모든 걸 말해주게나," 리날디가 말했다. "바클리 양을 만나러 갈 때 말끔하고 멋지게 보이려면 다시 잠을 자야겠네."

웃옷과 셔츠를 벗고 세숫대야에 담긴 찬물로 씻었다. 수건으로몸을 문질러 닦으면서 방을 둘러보고 창밖도 내다보고 침대에 눈을 감고 누워있는 리날디를 보았다. 그는 잘생겼고 나와 동갑인 아말피 출신이었다. 외과의사직을 좋아했고 내게는 좋은 친구였다. 그를 보고 있는데 그가 눈을 떴다.

"자네 돈 있나?"

"응."

"50리라[5] 좀 빌려 줘."

나는 손의 물기를 닦고서 벽에 걸린 상의 안쪽에서 지갑을 꺼냈다. 리날디는 침대에 누운 채로 지폐를 받아 접어서 자기 바지 주머니에 찔러 넣었다. 그는 미소를 지었다. "바클리 양에게 내가 부자라는 인상을 줘야 하거든. 자넨 아주 좋은 친구이자 내 재정 후원자야."

"작작 좀 하지," 내가 말했다.

그날 밤 식당에서 신부 곁에 앉았는데 그는 내가 아브루치에 가지 않은 것 때문에 실망하고 상처를 받았다. 내가 갈 거라고 부친께 편지를 보내서 그의 가족들이 날 맞을 준비를 했었단다. 나도 신부만큼이나 기분이 좋지 않았고 내가 왜 그곳에 가지 않았는지 이해할 수가 없었다. 나도 신부의 집을 방문하고 싶었다. 상황이 어떠했는지 설명을 했고 마침내 신부도 진상을 알게 되었다. 내가 그의 고향에 정말 가고 싶어 했었다는 사실을 이해하게 되어서 상황은 웬만큼 괜찮아졌다. 와인을 많이 마셨고 커피와 스트레가도 많이 마셨다. 와인에 흠뻑 취해서 우리가 하려고 마음먹었던 일

---

5) 이탈리아의 기본 화폐.

들을 어떻게 하지 않게 되는지를 설명했다. 우리는 그런 일을 절대로 하지 않는데.

다른 사람들이 논쟁을 하는 동안 우리 둘은 이야기를 나눴다. 나는 아브루치에 가고 싶었다. 길이 얼어 쇠처럼 단단해진 곳은 어디든 가지 않았다. 그런 곳의 날씨는 쾌청하게 춥고 건조해서 눈도 물기가 없어 가루처럼 날리며, 농부들은 모자를 벗어들고 당신을 주인님이라 부르고, 눈 속에 토끼 발자국이 있고, 근사한 사냥을 할 수 있는 곳이다. 나는 그런 곳에는 가지 않고 담배연기 가득한 카페를 찾아갔다. 실내가 빙빙 돌아서 그 현기증을 그치게 하기 위해 벽을 봐야했던 밤들, 술에 취한 채 침대 속에서 그게 전부라고 생각했던 밤들, 그리고 아침에 잠에서 깨 옆에 누운 사람이 누군지 모를 때의 그 이상한 흥분감, 그 어두움이 너무도 현실감이 없고 흥분돼서 또 다시 이게 전부이고, 전부이고, 전부라는 사실을 확신하면서 상관하지 않는, 아무것도 모르고 아무것도 신경 쓰지 않는 그런 밤의 세계를 찾아갔다. 갑자기 지나치게 신경이 쓰이기도 하고, 잠자리에 들어서도 가끔은 아침에 신경을 쓰면서 일어나고, 예전에 있었던 것들이 모두 사라져 모든 것들이 예민하고 힘들고 분명하고 또 때로는 가격을 놓고 논쟁을 벌이기도 했다. 때로는 여전히 유쾌하고 좋고 따뜻하고 아침과 점심을 먹기도 했다. 때론 좋은 느낌이 전혀 없어서 거리로 나갈 수 있는 게 기쁘긴 해도 항상 또 다른 날이 시작되고 그러면 또 다른 밤이 찾아 왔다. 밤에 대해, 낮과 밤의 차이에 대해, 낮 시간이 깨끗하거나 춥지 않을 경우 밤이 얼마나 더 좋았는지 말해 보려고도 했는데, 지금도 할 수 없는 것처럼, 말을 할 수가 없었다. 그래도 경험해 봤다면 당신도 알거다. 신부는 그런 경험은 해본 적이 없었지만 내가 진정으로 아브루치에 가고 싶어 했으나 가지 못했다는 사실은 이해했다. 우리는 여전히 친구였다. 같은 취향도 많았고 차이점도 있었다. 내가 모르는 것을 그는 늘 알았다. 나는 모르던 것을 알게 되었어도 또 잊어버릴 수도 있다는 걸 그는 알고 있었다. 그 사실을 나는 나중엔 알게 되었지만 그 당시엔 알지 못했다. 모두 식사를 마쳤지만 식사가 끝난 뒤에도 논쟁은 계속됐다. 우리 둘이 이야기를 그치자 대위가 큰 소리로 말했다.

"신부가 즐겁지가 않네. 여자가 없어서 즐겁지가 않아."

"난 늘 즐겁습니다," 신부가 말했다.

"신부는 즐겁지 않잖아. 신부는 오스트리아군이 전쟁에 이기길 바라잖아," 대위가 말했다. 다른 사람들은 듣고 있었다. 신부는 고개를 저었다.

"아닙니다," 그가 말했다.

"신부는 우리가 공격하는 걸 원치 않아. 우리가 절대로 공격하지 않으면 좋겠지?"

"아니요, 전쟁을 해야 한다면 우리가 공격해야 한다고 생각해요."

"공격을 해야 한다. 공격 할 것이다!"

신부가 고개를 끄덕였다.

"그냥 좀 내버려 두게," 소령이 말했다. "잘 있는 사람을."

"이 상황에서 신부가 할 수 있는 일이란 아무것도 없어," 대위가 말했다. 우리는 모두 일어나 자리를 떴다.

4

옆 집 정원에서 들리는 포격 소리가 아침에 나를 깨웠다. 창문을 통해 들어오는 햇살이 보였다. 나는 일어났다. 창문으로 가서 밖을 내다보았다. 자갈길은 젖었고 잔디도 이슬에 젖어 축축해 보였다. 포가 두 번 발사됐는데 매번 공기가 강한 바람처럼 몰려와서 창문이 흔들리고 내 파자마 앞자락이 펄럭였다. 대포가 보이지는 않았지만 바로 머리 위에서 포격이 가해지고 있는 것은 확실했다. 바로 머리 위에서 포격을 한다는 게 신경이 쓰이긴 했지만 소리가 더 크지 않아서 안심은 됐다. 정원을 내려다보고 있는데 거리에서 모터 트럭 시동 거는 소리가 들렸다. 옷을 입고 아래층으로 내려가서 부엌에서 커피를 마시고는 차고로 나갔다.

기다란 차고 아래로 차 열 대가 나란히 줄을 서 있었다. 위쪽이 무겁고 앞이 뭉툭한 앰뷸런스였는데 회색 페인트칠이 되어 있고 꼭 이삿짐 트럭처럼 생겼다. 마당에서 정비병들이 한 대를 손보고 있었다. 세 대는 산 속 응급 치료소에 가 있었다.

"저들이 우리 포대도 공격하나?" 정비병에게 물었다.

"아닙니다, 중위님. 작은 언덕이 가로막아주고 있어요."

"상태는 어떤가?"

"나쁘지는 않습니다. 이 녀석은 상태가 좋지 않지만 나머지 차들은 잘 나가죠." 그는 하던 일을 멈추고 웃음을 지었다. "휴가 다녀오셨어요?"

"그렇다네."

그는 점퍼에 손을 문질러 닦으면서 씩 웃었다.

"좋으셨습니까?" 다른 정비병들도 씩 웃었다.

"좋았지." 내가 말했다. "이 차 문제는 뭔가?"

"상태가 안 좋아요. 차례로 하나씩 말썽이네요."

"지금은 어디가 문제인가?"

"새로 갈아 낀 링이 문젭니다."

그들이 작업을 하도록 자리를 떴다. 엔진이 열려진 채로, 그리고 작업대 위에 부품이 널려있어서 차가 휑하고 추레해 보였다. 차고로 들어가 차들을 한 대씩 살펴봤다. 그럭저럭 깨끗한 편이었고, 몇 대는 새로 세차를 한 상태였지만 다른 차들엔 흙이 튀여 있었다. 바퀴에 어디 베이거나 돌이 박힌 곳은 없는지 세심히 살펴봤다. 다들 상태가 괜찮아 보였다. 내가 이것저것을 살펴본다고 해서 달라지는 것은 없었다. 예전에는 차량의 상태나 물품구입을 결정하는 문제부터 부상자와 환자를 응급처치실로 수송하고 다시 치료후송소로 옮긴 다음 서류에 적힌 병원으로 후송하는 일까지 모든 일을 매끄럽게 수행하는 게 상당부분 내게 달려있다고 생각했었다. 그러나 내가 그곳에 있든 없든 전혀 문제가 되지 않았다.

"부품 구입에 문제가 있었나?" 정비 하사병에게 물었다.

"없었습니다, 중위님."

"주유소는 지금 어디에 있나?"

"같은 장소입니다."

"좋아,"라고 말하고 안으로 들어와서 테이블에 앉아 커피를 한 사발 더 마셨다. 농축 우유를 넣어서 커피가 뿌옇고 달짝지근했다. 창밖은 아름다운 봄날 아침이었다. 코끝에 건조함이 느껴지기 시작했다. 날이 더워질 거라는 신호였다. 그날 나는 산 속 초소들을 둘러본 후 늦은 오후에야 마을로 돌아왔다.

내가 휴가를 가있는 동안 상황이 전반적으로 더 좋아진 것 같았다. 공격이 개시될 거라는 소리를 들었다. 우리가 소속된 분대가 강 상류 쪽에서 공격을 할 텐데, 소령 말은 공격이 이루어지는 동안 내가 초소를 맡아야 한단다. 공격 팀은 강 상류, 계곡이 좁은 곳으로 건너가 언덕 위로 흩어질 것이다. 차량 초소는 가능한 한 최대로 강에 가까워서 은닉할 수 있는 곳이어야 할 거다. 그 지점을 물색하는 건 물론 보병대가 할 일이지만 그 임무가 우리에게 떨어졌다. 전투원이 된 것 같은 어색한 느낌이 들었다.

나는 먼지를 뒤집어써서 더러웠다. 씻으러 방으로 올라갔다. 리날디는《위고의 영문법》을 들고 침대에 앉아 있었다. 그는 옷도 차려입고 장화도 신고 있었고 머리에서는 기름이 흘렀다.

"아주 잘 왔어," 나를 보자 그가 말했다. "바클리 양 보러 같이 가세."

"싫어."

"가자고. 같이 가서 바클리 양이 내 인상을 좋게 받도록 해주시게."

"좋아, 씻을 테니 기다리게."

"씻기만 하고 오게나."

씻은 후 머리를 빗고 출발했다.

"잠깐," 리날디가 말했다. "술 한잔하지" 트렁크를 열더니 병을 꺼냈다.

"스트레가는 사양," 내가 말했다.

"아닐세, 그라파[6]야."

"좋아."

그가 두 잔을 따랐고 우리는 검지를 뻗은 채 잔을 들었다. 그라파는 매우 셌다.

"한 잔 더?"

"좋지," 내가 말했다. 그라파를 두 잔 마셨다. 리날디가 병을 치운 뒤 우리는 아래층으로 내려갔다. 마을을 걷는데 더웠다. 그래도 이미 해가 기울기 시작해서 날씨는 쾌적했다. 영국군 병원은 전쟁 전에 어느 독일인이 지은 큰 별장이었다. 바클리 양은 정원에 있었다. 다른 간호사 한 명과 함께 있었다. 나무 사이로 그들의 흰 제복이 보여서 그쪽으로 걸어갔다. 리날디가 거수경례를 했다. 나도 경례를 했지만 좀 더 부드럽게 했다.

"안녕하세요," 바클리 양이 말했다. "이탈리아분이 아니시군요."

"아, 아닙니다."

리날디는 다른 간호사와 이야기를 나누고 있었다. 그들은 웃고 있었다. "이탈리아군대에 계시다니 정말 이상하네요."

"군대는 아니지요, 그냥 의무병입니다."

---

6) 이탈리아 브랜디.

"그래도 이상해요. 왜 그러셨어요?"

"모르겠습니다," 내가 말했다. "설명할 수 없는 일들도 있으니까요."

"그런가요? 모든 일엔 이유가 있다고 생각하도록 교육을 받아서요."

"아주 훌륭하시군요."

"계속 이런 이야기를 해야 하나요?"

"아닙니다," 내가 말했다.

"안심이에요, 그렇지 않아요?"

"그 막대는 뭔가요?" 내가 물었다. 바클리 양은 키가 꽤 컸다. 간호사 제복 같아 보이는 것을 입고 있었고 금발에 피부는 황갈색이었고 눈은 회색이었다. 매우 아름답다는 생각이 들었다. 가죽이 감긴 장난감 말채찍처럼 생긴 얇은 등나무 줄기로 만든 지팡이를 들고 있었다.

"작년에 전사한 사람 거였어요."

"무척 안됐군요."

"정말 좋은 사람이었죠. 저와 결혼하려고 했었는데 솜 강[7]전투에서 전사했어요."

"그곳 전투가 끔찍했었죠."

"그곳에 계셨었나요?"

---

7) 1차 세계대전 때 연합군 측과 독일군이 치열한 전투를 벌였던 북부 프랑스지역에 있는 강.

"아니요."

"저도 들었어요," 그녀가 말했다. "이곳에서는 그런 전투가 실제로 벌어지지는 않아요. 제게 이 작은 막대를 보내왔더군요. 그 사람 어머니가 보내주신 거예요. 그 사람 유품과 함께 보내 왔던 거래요."

"약혼 기간은 길었나요?"

"8년이요. 우린 함께 자랐어요."

"왜 결혼을 하지 않았나요?"

"저도 모르겠어요," 그녀가 말했다. "결혼을 하지 않다니 제가 바보였죠. 그 사람한테 결혼을 선물할 수도 있었는데. 그이한테 좋지 않을 거라 생각했었어요."

"그렇군요."

"누군가를 사랑해 보신 적 있으세요?"

"없습니다," 내가 말했다.

우리는 벤치에 앉았다. 나는 그녀를 바라봤다.

"머리카락이 아름다우시군요," 내가 말했다.

"마음에 드세요?"

"무척."

"그 사람이 죽었을 때 잘라버리려고 했었어요."

"안되죠."

"그 사람을 위해서 뭔가를 하고 싶었어요. 저는 결혼에 관심이 없었어요. 그 사람은 결혼할 수 있었을 텐데. 그 사람이 원하는 게 뭔지 내가 알았더라면 그 사람은 원하는 걸 다 가질 수 있었을 텐데. 결혼을 할 수도 있었을 텐데. 지금은 다 알아요. 하지만 그때 그 사람은 전쟁에 나가고 싶어 했고 저는 아무것도 몰랐어요."

나는 아무 말도 하지 않았다.

"그때는 아무것도 몰랐어요. 결혼을 하면 그 사람에게 더 나쁠 거라고 생각했어요. 그가 견디지 못할 거라고 생각했던 거예요. 그런데 그 사람은 죽었고, 그걸로 끝이었어요."

"잘 모르겠군요."

"아, 맞아요," 그녀가 말했다. "그걸로 다 끝이에요."

우리는 다른 간호사와 이야기를 나누는 리날디를 보았다.

"저 간호사 이름은 뭔가요?"

"퍼거슨. 헬렌 퍼거슨이에요. 댁의 친구분은 의사시죠?"

"네, 아주 좋은 의사죠."

"멋지군요. 이런 전방에서는 무엇이든 훌륭한 것은 여간해서 만나보기 힘들거든요. 이곳은 전선에서 가깝죠?"

"꽤 가깝죠."

"전방 같지 않은 전방이에요," 그녀가 말했다. "그래도 이곳은 아주 아름다워요. 공격이 있을 건가요?"

"네."

"그럼 일이 생기겠군요. 요즘은 할 일이 없어요."

"간호 일은 오래 하셨나요?"

"1915년 말부터 했어요. 그가 전쟁에 나갔을 때 시작했지요. 내가 있는 병원으로 그가 올 수도 있다는 바보 같은 생각을 했던 게 기억나네요. 칼에 베인 채 머리에 붕대를 감고서 아니면 어깨에 총상을 입고. 뭔가 그럴싸하게 근사하게요."

"여기가 근사한 전방이지요," 내가 말했다.

"그래요," 그녀가 말했다. "사람들은 프랑스가 어떤 상황인지 알지 못해요. 만약 알고 있다면 전쟁은 지속되지 않을 거예요. 그는 칼에 베인 게 아니었어요. 산산조각 나서 날아가 버렸지요."

나는 아무 말도 하지 않았다.

"전쟁이 지속될 거라고 생각하세요?"

"아니요."

"어떻게 전쟁이 끝날까요?"

"어느 편이고 항복하겠죠."

"우리 편이 항복할 거예요. 프랑스에서 항복할 거예요. 솜 강 전투에서처럼 하면서 항복하지 않을 수 없을 테니까."

"이곳에서는 항복하지 않을 겁니다," 내가 말했다.

"아닐 거라 생각하세요?"

"네, 작년 여름엔 꽤 잘 했거든요."

"그들도 항복할지 모르죠," 그녀가 말했다. "누가 됐든 항복할지 모르죠."

"독일군도요?"

"아니요," 그녀가 말했다. "전 그렇게는 생각하지 않아요."

우리는 리날디와 퍼거슨 양이 있는 곳으로 갔다.

"이탈리아가 좋으세요?" 리날디가 영어로 퍼거슨 양에게 물었다.

"아주 좋아요."

"무슨 말인지 알아듣질 못하겠어요," 리날디가 고개를 저었다.

"꽤 좋대," 내가 통역을 해주자 그는 고개를 저었다.

"이탈리아는 좋지 않아요. 영국 좋으세요?"

"안 좋아요. 저는 스코틀랜드 사람이에요."

리날디는 멍하게 나를 쳐다봤다.

"스코틀랜드 사람이야. 그러니 영국보다 스코틀랜드를 더 사랑하는 거지."

나는 이탈리아어로 말했다.

"스코틀랜드는 영국이잖아."

나는 이 말을 퍼거슨 양에게 통역했다.

"아직은 아니에요," 퍼거슨 양이 말했다.

"실은 아니라고요?"

"전혀요. 우리는 영국 사람들을 좋아하지 않아요."

"영국 사람을 좋아하지 않는다? 바클리 양을 싫어한다?"

"아, 그건 다른 문제고요. 모든 말을 말 그대로 받아들여서는 안 되죠."

잠시 후 우리는 작별인사를 하고 그곳을 떠났다. 집으로 걸어오는 길에 리날디가 말했다. "바클리 양이 나보다 자네를 더 좋아하는군. 아주 분명해. 그런데 그 귀여운 스코틀랜드 아가씨도 꽤 괜찮아."

"꽤," 내가 말했다. 난 그녀를 눈여겨보지 못했다. "그녀가 좋아?"

"아니," 리날디가 말했다.

5

이튿날 오후 다시 바클리 양을 만나러 갔다. 그녀는 정원에 없었다. 나는 앰뷸런스가 들어와 서 있는 별장 옆 문 쪽으로 갔다. 안쪽으로 수간호사가 보였다. 그녀는 바클리 양이 근무 중이라고 말했다.

"전쟁이 났어요. 아시죠."

나는 안다고 말했다.

"이탈리아군에 소속된 미국인이시죠?" 그녀가 물었다.

"네."

"어쩌다 그렇게 되셨어요? 왜 우리 편으로 들어오지 않으셨나요?"

"저도 모르겠습니다," 내가 말했다. "지금이라도 들어갈 수 있나요?"

"지금은 안 될 거예요. 말씀해 보세요. 왜 이탈리아군으로 들어가셨나요?"

"제가 당시 이탈리아에 있었고요," 내가 말했다. "이탈리아 말도 하고요."

"아," 그녀가 말했다. "저도 배우는 중이에요. 아름다운 언어죠."

"누가 그러는데 2주면 다 배운다던데요."

"아, 저는 2주 안에 다 못 배워요. 지금 몇 달째 배우는 중이에요. 일곱 시 넘어서 오시면 바클리 양을 만날 수 있을 거예요. 그

때는 비번이거든요. 이탈리아인들을 많이 데리고 오시진 마세요."

"언어가 아름다워도 안 되나요?"

"안 돼요. 제복이 멋져도 안 됩니다."

"다음에 또 뵙겠습니다," 내가 말했다.

"그럼 다시 만날 때까지, 중위님."

"그럼 안녕히," 나는 경례를 하고 나왔다. 이탈리아 사람인 것처럼 당황하지 않고 외국인에게 경례를 하는 것은 불가능했다. 이탈리아식 경례는 수출하기엔 적당하지 않은 것 같았다.

그날은 더웠다. 나는 강 상류에 있는 플라바의 교두보까지 다녀왔다. 공격이 시작될 곳이 바로 거기였다. 그 전해만해도 그렇게 먼 곳까지 진군한다는 것은 불가능했다. 통행로로부터 부교까지 가는 길이 하나밖에 없었고, 그것도 기관총과 포격 속을 1마일가량 뚫고 지나가야 했기 때문이다. 게다가 그 길이 공격에 필요한 모든 수송을 감당할 만큼 넉넉히 넓지도 못했다. 오스트리아군이 다리를 박살낼 수도 있는 문제였다. 그러나 이탈리아군은 다리를 건너갔고 오스트리아군 쪽 강을 1마일 반 정도 점령하려고 조금 더 먼 곳까지 진군해 나아갔다. 그곳은 끔찍했다. 오스트리아군은 이탈리아군이 그곳을 점령하도록 내버려둬서는 안 되는 거였다. 오스트리아군이 강 하류 쪽 교두보를 여전히 점령했던 거로 보아 양쪽이 서로 봐준 거 같았다. 오스트리아군 참호는 이탈리아군 전선에서 불과 몇 야드밖에 떨어지지 않은 언덕 위에 있었다. 작은 마을이 있었던 곳인데 지금은 잡석만 굴러다녔다. 훤히 눈에 띄는 곳에 있어서 고치지도 못하고 사용도 못하는 부서진 다리와 철도

역 잔해가 변함없이 자리를 지키고 있었다.

좁은 도로를 따라서 강 쪽으로 내려갔다. 차는 언덕 아래 응급 치료소에 둔 채 산등성이에 가려진 부교를 건너 완전히 파괴된 마을의 참호를 지나 비탈길 가장자리를 따라 걸었다. 모두들 대피호 안에 있었다. 포격대의 도움을 요청할 때나 전화선이 끊겼을 때 신호를 보내기 위한 발사준비가 완비되어있는 신호탄들이 선반 위에 놓여 있었다. 그곳은 조용하고 덥고 지저분했다. 나는 철조망 건너편에 있는 오스트라군의 전선을 보았다. 아무도 보이지 않았다. 참호 안에서 안면이 있는 대위와 술을 한잔하고서는 다리를 건너 돌아왔다.

산을 넘어서 다리까지 지그재그로 내려오는 넓은 도로가 거의 완성되고 있었다. 도로가 완성되면 공격이 시작될 것이다. 도로는 숲을 가파르게 돌며 내려왔다. 아래로 내려가는 모든 것들은 이 도로를 이용해서 후송되고, 빈 트럭과 수레, 짐을 실은 앰뷸런스와 되돌아가는 모든 교통편은 좁은 옛 길을 통해 올라간다는 계획이었다. 응급 처치소는 언덕 가장자리 아래 오스트리아 쪽 강가에 있었고, 들것 담당병들은 부교를 통해 부상자들을 운반해왔다. 공격이 시작된 후에도 변함은 없을 것이다. 내가 파악하는 한 새 도로가 평탄해지기 시작하는 곳에서 마지막 일마일 남짓은 지속적으로 오스트리아군의 폭격을 받을 수도 있었다. 아수라장이 될 수도 있어 보였다. 그 마지막 위험한 구간을 지난 후에 차량들이 부교를 통해 후송되는 부상자들을 숨어서 기다릴 수 있는 은닉 장소를 발견했다. 새 도로로 차를 몰아보고 싶었지만 아직 완성되지 않았다. 경사도 완만하니 넓게 잘 만들어진 것 같았고 산 쪽 숲의 공터에서 보면 새 도로가 굽어져 돌아가는 모습이 인상적이었다. 앰뷸런스는 강한 철제 브레이크가 있어서 괜찮을 거고, 어쨌든 빈 차로 내려올 것이다. 나는 좁은 도로를 운전해 올라갔다.

헌병 둘이 차를 세웠다. 포탄 하나가 떨어졌었단다. 우리가 기다리는 동안 도로에 포탄 3개가 더 떨어졌다. 77밀리 포탄이었고 쉭쉭 거리는 거친 바람소리를 내며 거센 폭발과 더불어 밝은 섬광을 내며 떨어졌다. 그러고 나자 거리를 가로질러 회색 연기가 피어났다. 헌병은 우리에게 계속해서 가라고 손짓을 했다. 산산이 부서진 장소들을 피해가면서 포탄이 떨어진 곳을 지날 때 고성능 폭약 냄새와 폭파된 진흙과 돌, 그리고 지금 막 박살난 부싯돌 냄새가 났다. 고리치아에 있는 숙소로 돌아와, 앞서 말한 대로, 바클리 양을 만나러 갔다. 그녀는 근무 중이었다.

급하게 저녁 식사를 마치고 영국군 병원이 있는 별장으로 갔다. 매우 넓고 아름다운 곳이었다. 정원에는 근사한 나무들도 많았다. 바클리 양은 정원 벤치에 앉아 있었다. 퍼거슨 양과 함께 있었다. 나를 보자 반가워하는 것 같았고 잠시 후 퍼거슨 양이 양해를 구하고 자리를 떴다.

"두 사람만 남기고 갑니다," 그녀가 말했다. "제가 없어도 서로 잘 맞으실 거예요."

"가지 마, 헬렌," 바클리 양이 말했다.

"내가 가는 게 나을 걸. 난 편지도 써야 하고."

"또 뵙지요," 내가 말했다.

"그럼, 헨리 씨."

"검열관에게 걸릴만한 건 쓰지 마."

"걱정 마. 이곳이 얼마나 아름다운지, 이탈리아인들이 얼마나 용감한지만 쓸 테니까."

"그러면 훈장 받으시겠는데요."

"근사하겠네요. 안녕, 캐서린."

"조금만 더 있다 갈게," 바클리 양이 말했다.

퍼거슨 양은 어둠 속으로 걸어갔다.

"좋은 분이군요," 내가 말했다.

"아, 네. 아주 좋아요. 간호사예요."

"당신도 간호사 아닌가요?"

"아니요. 저는 VAD[8]예요. 열심히 일하지만 우리를 신뢰하는 사람은 없지요."

"왜요?"

"아무 일도 없을 때는 우리를 믿지 않고요, 일이 진짜 벌어지면 그땐 우릴 믿어요."

"차이가 뭡니까?"

"간호사는 의사 같은 거예요. 간호사가 되려면 오랜 시간이 걸려요. VAD는 속성과정이고요."

"그렇군요."

"이탈리아군은 여자가 전선에 너무 가까이까지 가는 것을 싫

---

8) 구급 간호 봉사대.

어한대요. 그래서 우리에겐 매우 특별한 행동규정이 있어요, 밖에 나가지 않는 거죠."

"그러면 제가 이곳으로 오면 되지요."

"아, 네. 우리가 수녀원에 있는 건 아니니까요."

"전쟁이야기는 그만 합시다."

"그러기는 힘들지요. 온통 전쟁이니까요."

"아무튼 그 얘기는 그만해요."

"좋아요."

우리는 어둠 속에서 서로를 바라보았다. 그녀가 매우 아름답다는 생각이 들었고, 그녀의 손을 잡았다. 그녀는 내가 손을 잡도록 놔두었다. 나는 그녀의 손을 잡은 채 한 팔로 그녀의 팔 밑을 둘렀다.

"안 돼요." 그녀가 말했다. 나는 팔을 치우지 않았다.

"왜요?"

"안 돼요."

"괜찮아요." 내가 말했다. "제발." 그녀에게 입 맞추려 어둠 속에서 몸을 앞으로 기대었는데 날카롭고 뜨끔한 불꽃이 느껴졌다. 그녀가 내 얼굴을 심하게 후려갈긴 것이다. 눈과 코를 맞아 반사적으로 눈물이 났다.

"죄송해요." 그녀가 말했다. 내가 유리한 입장이라고 생각했다.

"괜찮습니다."

"정말 죄송해요." 그녀가 말했다. "저녁 시간에 비번인 간호사들이 이렇게 행동하는 걸 참을 수가 없었어요. 아프게 하려는 건 아니었는데. 아프셨죠?"

그녀가 어둠 속에서 나를 바라봤다. 나는 화가 났지만 체스게임에서 몇 수 앞을 내다보듯이 앞으로의 상황에 확신이 들었다.

"아주 잘하셨어요," 내가 말했다. "괘념치 않습니다."

"안됐어라."

"아시듯이 저는 우습게 살았지요. 영어도 하지 않고요. 그런데 당신이 너무 아름다워서요," 나는 그녀를 봤다.

"말도 안 되는 소리를 하실 필요는 없어요. 죄송하다고 했잖아요. 우리 잘 지내요"

"네," 내가 말했다. "그리고 우리 전쟁 얘기에서도 벗어났네요."

그녀가 웃었다. 그녀가 웃는 소리를 처음 들었다. 그녀의 얼굴을 살펴봤다.

"자상하시군요," 그녀가 말했다.

"아니요, 그렇지 않습니다."

"아니요, 자상하세요. 괜찮으시다면 키스하고 싶은데요."

나는 그녀의 눈을 들여다보면서 직전에 했던 것처럼 그녀에게 팔을 두르고 키스를 했다. 그녀를 꼭 껴안고 진하게 입 맞추면서 그녀의 입술을 벌리려고 했다. 그녀의 입술은 굳게 닫혀 있었다. 나는 여전히 화가 났다. 내가 그녀를 안자 그녀는 갑자기 몸을 떨었다. 그녀를 내 몸에 바짝 껴안아서 그녀의 심장이 뛰는 것을 느낄 수 있었다. 그녀의 입술이 열렸고, 내 손에 머리를 기댄 채 그녀가 머리를 뒤로 젖혔다. 그리고는 내 어깨에 기대어 울고 있었다.

"아, 당신," 그녀가 말했다. "제게 잘해 주실 거죠?"

젠장, 하고 나는 생각했다. 그녀의 머리카락을 쓰다듬으며 어깨를 가볍게 두드려 줬다. 그녀는 울고 있었다.

"그러실 거죠?" 그녀는 나를 올려다보았다. "우리는 이상한 삶을 살게 될 테니까요."

잠시 후 나는 그녀와 함께 별장 문 쪽으로 걸어갔다. 그녀는 안으로 들어가고 나는 걸어서 숙소로 왔다. 숙소로 돌아와서는 위층 방으로 올라갔다. 리날디가 자기 침대에 누워있었다. 그가 나를 쳐다봤다.

"바클리 양과는 진도 좀 빼고 왔나?"

"친구일 뿐이야."

"발정한 개같이 유쾌한 기운이 자네한테서 나는데?"

나는 그 말뜻을 알아듣지 못했다.

"뭐가 어떻다고?"

그가 설명을 해줬다.

"자네는," 내가 말했다. "발정난 개가 ……"

"됐네," 그가 말했다. "조금 있으면 서로 욕을 하게 되겠구먼," 그가 웃었다.

"잘 자게," 내가 말했다.

"잘 자게, 강아지."

나는 베개로 리날디의 촛불을 쳐서 끄고는 어둠 속에서 침대로 들어갔다. 리날디는 초를 집어 들어 다시 불을 붙이고 책을 계속 읽었다.

6

초소에서 이틀을 있었다. 숙소로 돌아왔을 때는 시간이 너무 늦었기 때문에 그 다음날 저녁에야 바클리 양을 볼 수 있었다. 그녀는 정원에 없었다. 그녀가 내려올 때까지 병원 사무실에서 기다려야 했다. 사무실로 쓰고 있는 방 벽을 따라 페인트칠을 한 나무 기둥 위에 대리석 흉상들이 여럿 놓여 있었다. 사무실 문이 열려있는 복도에도 흉상들이 줄지어 있었다. 모든 흉상들을 똑같아 보이도록 만드는 대리석의 특징이 완벽하게 드러난 흉상들이었다. 조각은 늘 따분해 보였다. 그래도 청동조각은 뭔가 있어 보이는데 비해 대리석 흉상은 모두 공동묘지 같아 보였다. 괜찮은 묘지가 한 군데 있기는 하다. 피사에 있는 공동묘지 말이다. 제노바에서는 대리석으로 만든 졸작들을 볼 수 있었다. 이 별장은 매우 부유했던 독일인의 소유였으니 이 흉상들도 비용이 꽤 들었을 거다. 이 흉상을 누가 만들었고 또 얼마를 받았는지 궁금했다. 가족들 흉상인지 아니면 다른 사람들 흉상인지 좀 알아보려고도 했지만 너무나 한결같이 고전적인 작품들이어서 아무것도 알아낼 수가 없었다.

모자를 손에 든 채 의자에 앉아 있었다. 고르치아에서도 철모를 쓰도록 되어 있었지만 불편할 뿐 아니라 시민들이 피난을 가지 않은 마을에서 철모는 지나치게 과장스러워 보이기도 했다. 초소에 올라갈 때는 철모를 쓰고 영국산 방독면도 가지고 갔다. 방독면을 지급 받은 지 얼마 되지 않았다. 진짜 방독면이었다. 자동소총 도 차용하게 되어 있었다. 군의관과 위생병까지도. 의자 등받이에 총이 배겼다. 눈에 잘 띄도록 착용하지 않으면 체포될 수도 있다. 리날디는 권총집에 화장지를 채워서 가지고 다닌다. 나는 진짜 총 을 차고 다녔고 사격연습을 하기 전까지는 진짜 총잡이 같은 느낌 도 들었었다. 총신이 짧은 7.65밀리 구경의 아스트라 권총이었는 데 발사할 때 반동이 너무 세서 무얼 맞출 엄두도 내지 못했다. 목 표물 아래를 겨누고서 말도 안 되게 짧은 총신의 경련에 익숙해지 려고 연습을 하고나서 스무 보폭 거리에서 조준한 목표물을 일 야 드 이내 범위까지 맞출 수 있게 되었다. 소총을 소지하고 다니는 게 말도 안 된다는 생각이 들었지만 곧 그런 생각도 없어지고, 아 무감정 없이 뒤 허리춤에 덜렁덜렁 달고 다녔다. 영어를 말하는 사 람들을 만날 때만 약간의 수치감을 느꼈다. 내가 의자에 앉아서 대 리석 바닥과 대리석 흉상이 놓인 기둥과 벽화를 바라보며 바클리 양을 기다리고 있는 동안 책상 뒤에 앉은 위생병이 못마땅한 듯이 나를 쳐다봤다. 벽화는 나쁘지 않았다. 어떤 벽화든 겉칠이 벗겨져 떨어져 내리기 시작하면 다 좋아 보였다.

복도를 내려오는 바클리 양을 보고 일어났다. 나를 향해 걸어 오는 그녀는 키가 커보이지는 않았지만 매우 사랑스러웠다.

"안녕하세요, 헨리 씨," 그녀가 말했다.

"안녕하세요?" 내가 말했다. 위생병은 책상 뒤에서 우리의 대 화를 듣고 있었다.

"여기 앉을까요, 정원으로 나갈까요?"

"나가요. 밖이 훨씬 시원해요."

나는 그녀의 뒤를 따라 정원으로 나갔고 위생병은 계속해서 우리를 쳐다봤다. 자갈 깔린 차도에 섰을 때 그녀가 말했다. "어디 다녀오셨어요?"

"초소에 있었습니다."

"쪽지라도 보내실 수는 없으셨나요?"

"네," 내가 말했다. "형편이 그렇게 안 됐어요. 금방 돌아올 줄 알았거든요."

"제게 알려 주셔야 했어요."

우리는 차도로 나가서 나무 밑을 걸었다. 그녀의 손을 잡고 멈춰 서서 그녀에게 입 맞췄다.

"우리가 갈 수 있는 데가 있을까요?"

"없어요," 그녀가 말했다. "여기서 산책만 해요. 오랫동안 떠나 있으셨네요."

"오늘이 3일째요. 지금은 이렇게 돌아왔고."

그녀가 나를 봤다. "저를 사랑하세요?"

"그렇소."

"저를 사랑한다고 말씀하셨죠?"

"그렇소," 나는 거짓말을 했다. "사랑하오."

나는 이전에 사랑한다는 말을 한 적이 없었다.

"저를 캐서린이라고 부르실래요?"

"캐서린." 길을 걷다가 나무 밑에서 멈췄다.

"밤에 캐서린에게 돌아왔다고 말씀해 주세요."

"밤중에 캐서린에게 돌아왔소."

"아, 당신, 돌아오셨군요. 그렇죠?"

"그렇소."

"당신을 정말 사랑해요. 끔찍했어요. 다신 떠나지 않으실 거죠?"

"안 그럴 거요. 늘 되돌아올 테니."

"아, 정말 사랑해요. 손을 다시 거기에 대세요."

"치우지 않았소," 나는 키스할 때 그녀의 얼굴을 볼 수 있도록 그녀의 몸을 돌렸다. 그녀의 눈이 감겨있었다. 감겨진 두 눈에 입을 맞췄다. 아마도 그녀의 정신이 좀 이상한 거라고 생각했다. 그렇대도 괜찮았다. 내가 무엇에 빨려 들어가는지도 상관치 않았다. 매일 밤 장교용 유곽에 가는 것보다 나았다. 그곳에서 여자들은 동료 장교들과 위층으로 올라가는 사이사이 애정의 표시로 군모를 뒤로 돌려쓰고 몸에 달라붙어 기어올랐다. 나는 캐서린 바클리를 사랑하지도, 사랑할 마음도 없다는 것을 알았다. 이건 카드놀이 대신 말로 하는 브릿지 게임 같은 거였다. 브릿지를 하듯이 돈을 따거나, 내기에서 이기려는 것처럼 게임을 해야 한다. 무엇을 걸었는지 아무도 말하지 않는다. 아무래도 좋았다.

"갈만한 곳이 있으면 좋겠소," 내가 말했다. 오랫동안 사랑을 나누지 못한 남성의 고통을 경험하고 있었다.

"갈 만한 곳이 없어요," 그녀가 말했다. 지금까지와는 상관없이 그녀는 다시 자신의 모습으로 돌아왔다.

"저기 좀 더 앉아있죠."

평석 벤치 위에 앉아서 나는 캐서린 바클리의 손을 잡았다. 내가 팔을 두르도록 허락하지는 않았다.

"많이 피곤하세요?" 그녀가 물었다.

"아니오."

그녀가 잔디를 내려다보았다.

"우리가 하는 이 게임은 끔찍해요, 그렇죠?"

"무슨 게임?"

"둔한 척하지 마세요."

"일부러 그러는 거 아닌데."

"좋은 분이시잖아요," 그녀가 말했다. "잘 아시는 만큼 잘하고 계시고요. 그래도 뻔한 게임이에요."

"사람들이 무슨 생각을 하는지 늘 알아요?"

"항상은 아니고요. 그래도 당신 생각은 알아요. 절 사랑하는 척하지 않으셔도 돼요. 그날 저녁으로 끝난 일이니까. 하고 싶으신 얘기 있으세요?"

"당신을 사랑하오."

"그럴 필요 없을 때는 거짓말하지 마세요. 제가 약간 과했었지만 지금은 제정신이에요. 저 미치지 않았다는 거 아시잖아요. 전 정신을 놓지 않았어요. 가끔 아주 조금씩만 이상하게 굴지요."

나는 그녀의 손을 꼭 잡았다. "내 사랑, 캐서린."

"지금은 그 이름이 우습게 들리네요. 캐서린을 이상하게 발음하시거든요. 당신은 참 친절하세요. 좋은 분이세요."

"신부가 그렇다고 하더군요."

"그래요, 당신은 매우 좋으신 분이에요. 저 만나러 오실 거죠?"

"물론이오."

"절 사랑한다고 말씀하실 필요는 없어요. 당분간은 됐어요." 그녀는 일어서더니 손을 내밀었다. "안녕히 가세요." 나는 그녀에게 입 맞추고 싶었다.

"안 돼요," 그녀가 말했다. "저 몹시 피곤해요."

"그래도 키스해줘요," 내가 말했다.

"몹시 피곤하다니까요, 달링."

"키스해줘요."

"정말 키스하고 싶으세요?"

"그렇소."

키스를 했는데 그녀가 갑자기 물러섰다.

"안 돼요. 안녕히 가세요, 제발, 달링."

우리는 문 쪽으로 걸어갔고 그녀가 들어가 복도를 내려가는 모습을 보았다. 나는 그녀가 움직이는 모습을 바라보는 게 좋았다. 그녀가 복도를 내려갔다. 나는 숙소로 돌아왔다. 더운 밤이었고 산에서는 전투가 한창이었다. 산가브리엘레[9] 위로 섬광이 비치는 것을 바라보았다.

나는 빌라로사[10] 앞에서 멈췄다. 셔터는 올려져 있었고 안은 여전히 영업 중이었다. 누군가가 노래를 부르고 있었다. 나는 숙소로 돌아왔다. 옷을 벗고 있는 동안 리날디가 들어왔다.

---

9) 이탈리아 북동부의 마을.

10) 장교용 유곽.

"아, 하!" 그가 말했다. "일이 잘 안되는구면. 혼동스러우시군!"

"어디 갔었어?"

"빌라로사에. 아주 교화적이었다네. 모두들 노래를 불렀지. 어디 갔었나?"

"영국인 만나러."

"그 영국인과 내가 엮이지 않은 게 다행이야."

7

산에 있는 제1 초소에서 나는 그 이튿날 오후에 돌아왔다. 서류에 따라 부상자들과 환자들을 분류하는 분류소 앞에 차를 세웠다. 서류에는 각기 다른 병원 이름이 적혀 있었다. 나는 계속해서 운전을 했기 때문에 차 안에 앉아 있었고 운전병이 가서 서류를 가져 왔다. 날은 더웠고 하늘은 무척이나 맑고 푸르렀다. 길에는 하얗게 먼지가 많이 일었다. 나는 피아트 자동차의 높은 좌석에 앉아서 아무 생각도 하지 않았다. 1개 연대가 도로 위를 지나가는 모습이 보였다. 군사들은 더워서 땀을 흘렸다. 철모를 쓴 군사도 있었지만 대부분 배낭에 매달고 갔다. 철모는 대개 너무 커서 쓰면 귀를 거의 덮어 버렸다. 장교들은 모두 철모를 쓰고 있었는데 장교들 철모는 크기가 더 잘 맞았다. 바실리카다[11] 붉은 여단 병력의 절반이었다. 빨간색과 흰색 줄무늬가 있는 옷깃으로 그들을 알아봤다. 연대가 지나가고 한참 후에 낙오자들이 뒤를 이었다. 소속 소대와 보조를 맞추지 못한 자들이었다. 그들도 땀과 먼지투성이고 지쳐 있었다. 몇은 상태가 아주 안 좋아 보였다. 군사 한 명이 맨 뒤에 처진 낙오자와 함께 왔다. 그는 다리를 절고 있었다. 걸음을 멈추더니 길가에 앉았다. 나는 차에서 내려 그쪽으로 갔다.

---

11) 이탈리아 남부의 주.

"어디가 문제요?"

그는 나를 쳐다보더니 일어섰다.

"계속 갑니다."

"어디가 문제냐고?"

"…… 전쟁이죠."

"다리 어디에 문제가 있냐고?"

"다리가 문제가 아닙니다. 탈장입니다."

"수송팀과 함께 타고 가는 게 어떤가?" 내가 물었다. "병원에 가야지 않겠나?"

"허락하지 않을 겁니다. 중위는 제가 탈장대를 일부러 풀리게 했다고 했거든요."

"어디 만져 봅시다."

"이쪽입니다."

"어느 쪽?"

"여기요."

그곳을 만져 봤다.

"기침을 해 보게," 내가 말했다.

"더 심해질까 봐 겁이 납니다. 아침보다 두 배는 커졌거든요."

"앉게," 내가 말했다. "여기 부상자들 서류만 받고나면 자네를 태우고 가서 담당 의료장교에게 데려다 주겠네."

"제가 일부러 이렇게 했다고 말할 겁니다."

"그들이 어쩌진 못할 거네," 내가 말했다. "이건 부상이 아니야. 예전에도 이런 적이 있지 않았나?"

"그런데 탈장대를 잃어 버렸습니다."

"그들이 자네를 병원으로 보내 줄 거네."

"여기 있으면 안 될까요, 중위님?"

"안 되네, 자네 서류가 없어."

운전병은 차량에 탄 부상자들 서류를 가지고 문 밖으로 나왔다.

"105번은 넷, 132번은 둘," 그가 말했다. 강 건너에 있는 병원들이었다.

"자네가 운전하게," 내가 말했다. 나는 탈장이 된 병사를 부축해서 우리 자리에 함께 앉혔다.

"영어 하세요?" 그가 물었다.

"물론이지."

"이 빌어먹을 전쟁에 대해 어떻게 생각하세요?"

"더럽지."

"더럽죠, 그렇죠. 하나님 맙소사, 더럽다니까요."

"미국에서 살았나?"

"그럼요. 피츠버그에서요. 미국인이신 줄 알았어요."

"이탈리아어 실력이 썩 좋지 않아서였겠지?"

"미국인이란 걸 금방 알았습니다."

"미국인이 하나 더 있네요," 탈장이 된 병사를 보면서 이탈리아인 운전병이 말했다.

"있잖아요, 중위님. 저를 꼭 그 연대로 데려가야만 하시나요?"

"그렇다네."

"군의관인 대위가 제가 탈장인 걸 알았어요. 제가 탈장대를 버렸습니다. 상태가 나빠져서 전선에 가지 않으려고 그랬어요."

"무슨 말인지 알겠네."

"그곳 말고 다른 곳으로 저를 데려가실 수는 없나요?"

"최전방과 더 가깝다면 제1 의료소로 데려갈 수도 있지만, 자네 서류가 여기엔 없다네."

"제가 돌아가면 수술을 시켜서 전선에서 계속 복무하게 시킬 걸요." 나는 곰곰이 생각해 봤다.

"언제까지나 전선에 나가는 걸 피할 수는 없는 노릇이지요?" 그가 물었다.

"그럴 수는 없지."

"젠장, 염병할 전쟁이죠?"

"이보게," 내가 말했다. "내리면서 도로에 머리를 부딪치고 엎어지게. 그러면 내가 돌아오는 길에 자네를 태워 병원으로 데리고 가겠네. 알도, 저기 길 가에 차를 세우게."

도로 옆에 차를 세웠다. 나는 그가 내리도록 도와주었다.

"중위님, 저는 여기에 꼼짝 않고 있겠습니다," 그가 말했다.

"곧 보세," 내가 말했다. 우리는 계속해서 갔고 1마일 앞에 있던 연대를 추월한 다음 강을 건넜다. 눈이 녹아내려서 뿌연 강물이 다리의 말뚝 사이로 빠르게 흘렀다. 강을 건너고 들판을 가로지르는 도로를 달려 부상자들을 두 병원에 후송했다. 빈 차로 빨리 되돌아오면서 피츠버그에서 온 병사를 찾았다. 먼저 연대 곁을 지났는데 병사들은 어느 때보다도 더 더워했고 느리게 움직였다. 그리고 낙오자들 곁을 지나갔다. 말이 끄는 앰뷸런스가 길 가에 서 있는 것이 눈에 들어왔다. 두 남자가 탈장된 병사를 들어 올려 앰뷸런스에 실었다. 그 병사를 데리러 돌아 온 거였다. 병사는 나를 보고 고개를 저었다. 천모는 벗겨졌고 머리카락이 난 이마 선 바로 이래에선 피가 흐르고 있었다. 코는 살갗이 벗겨졌고 피딱지가 붙은 곳과 머리 모두 먼지투성이었다.

"여기 부딪힌 것 좀 보세요, 중위님," 그가 소리쳤다. "이젠 소용 없어요. 날 데리러 저들이 돌아 왔어요."

숙소로 되돌아 왔을 때는 5시였다. 세차를 하던 곳에서 샤워를 하기위해 나갔다. 열린 창문 앞에서 속옷과 바지 차림으로 앉아서 보고서를 작성했다. 이틀 후면 공격이 시작될 테고 나는 차량을 몰고 플라바로 가야 할 것이다. 미국에 편지를 보낸 지가 오래 된 터라 이제는 써야겠다는 생각이 들었다. 편지를 쓴 지가 너무 오래 되어서 이제는 뭘 쓰기가 매우 힘들어졌다. 쓸 만한 것이 없었다. 잘 있다는 말 외에 다른 건 다 지워버리고 군대 야전엽서만 두어 장 보냈다. 그거면 가족들이 안심할 거다. 이 엽서들은 미국에서는 낯설고 신비스러운 것이라 매우 근사해 보일 거다. 이곳도 낯설고 신비스러운 전쟁지역이었다. 나는 이곳이 오스트리아군과 접전이 있는 다른 곳에 비해 상황이 좋은 곳이면서도 암울한 곳이라는 생각이 들었다. 오스트리아군은 어느 나폴레옹이건 간에 나폴레옹에게 승리를 안겨 주려고 만들어진 군대였다. 우리 군에 나폴레옹이 있다면 좋겠다 싶었다. 나폴레옹 대신 우리에겐 뚱뚱하고 돈 많은 카도르나 장군[12]

---

12) 1차 대전 당시 이탈리아의 최고 사령관.

과 목이 길고 가느다란데다 염소수염을 기른 몸집이 작은 비토리오 엠마누엘레 왕이 있었다. 우편 전열은 아오스타 공작이 맡았다. 그는 뛰어난 장군이 되기에는 얼굴이 너무 잘 생긴 것 같다. 그래도 남자다운 면모가 있었다. 그가 왕이 되기를 바라는 사람들이 많았다. 그는 생김새가 왕 같았다. 왕의 숙부이고 제3연대의 사령관이었다. 우리는 제2연대 소속이었다. 제3연대에는 영국인 포병대가 있었다. 밀라노에서 그 연대 소속 포병 두 명을 만난 적이 있었다. 아주 좋은 사람들이어서 함께 즐거운 저녁 시간을 보냈다. 몸집이 크고 수줍음이 있고 당황해 하면서도 무엇이든지 간에 매우 감사해했다. 그 영국인들과 함께 복무하면 좋겠다 싶었다. 그러면 모든 것에 더 단순해질 수도 있을 거다. 내가 이미 전사했을 수도 있을 거다. 앰뷸런스를 운전하면서 전사하는 일은 없다. 아니, 앰뷸런스를 몰면서도 영국인 운전병들이 가끔 전사하곤 한다. 어쨌든, 나는 전사는 하지 않을 거라는 생각이 들었다. 이번 전쟁에서만은 아니다. 이 전쟁은 나와는 아무런 관련이 없다. 영화에 나오는 전쟁만큼이나 이 전쟁은 내게 위험해 보이지 않았다. 그래도 전쟁이 끝나길 신에게 빌었다. 아마 이번 여름에 끝날 수도 있겠지. 오스트리아군이 깨질 수도. 다른 전쟁에서도 늘 깨졌었으니까. 이 전쟁은 무엇이 문제인가? 모두들 프랑스군이 끝났다고 말했다. 리날디는 프랑스군이 반란을 일으켜서 군인들이 파리 시내로 행군을 했다고 했다. 무슨 일이 일어났었냐고 물었더니 "진압을 했다더군,"이라고 말했다. 나는 전쟁이 없는 오스트리아에 가고 싶었다. '검은 숲'(블랙 포리스트)에 가고 싶었다. 하츠 산맥에 가고 싶었다.

그런데 하츠 산맥은 어디에 있지? 카르파티아 산맥에서는 전투가 진행 중이었다. 어쨌든 그곳에는 가고 싶지가 않았다. 그곳도 좋긴 하겠지만. 전쟁만 아니라면 스페인으로 간 수도 있다. 해가 져서 한낮의 열기가 식고 있었다. 저녁을 먹은 후 캐서린 바클리를 보러 갈 거다. 그녀가 지금 여기에 있으면 좋겠다. 나는 그녀와 함께 밀라노에 있기를 바랐다. 코바에서 식사를 하고 무더운 저녁에 비아 만초니로 내려가서 운하를 건너 걷다가 옆길로 빠져서 캐서린 바클리와 함께 호텔에 들어 갈 거다. 아마 그녀도 그렇게 하겠지. 그녀가 나를 전사한 옛 애인으로 생각해 줄 수도 있을 거다. 우리가 정문으로 들어가면 포터가 모자를 벗어들고 인사를 할 테고, 내가 안내 데스크 앞에 멈춰 서서 열쇠를 달라고 하는 동안 그녀는 엘리베이터 옆에 서 있다가 나와 함께 엘리베이터를 타고 올라갈 테고, 엘리베이터는 아주 천천히 올라가면서 매 층마다 짤깍거리며 서다가 우리가 묵을 층에서 멈추고, 포터는 엘리베이터 문을 열어주면서 그곳에 서 있고, 그녀가 내리고 나도 내려서 복도를 따라가고, 내가 열쇠로 문을 열고 안으로 들어가서 전화기를 들고 얼음을 가득 채운 얼음 통에 카프리 비앙카 한 병을 올려달라고 하고, 그러면 얼음이 통속에서 짤깍거리며 복도를 내려오는 소리가 들릴 거고, 포터가 방문을 두드리면 나는 문 밖에 놔두고 가라고 할 거다. 둘 다 발가벗었고, 너무 더워 창문은 열어놓을 거고, 제비들은 지붕 위로 날아다니고, 날이 어두워졌을 때 내가 창가로 다가가면 조그마한 박쥐들이 집 위로 또 나무 위로 낮게 날아다니며 먹이를 찾아다닐 거고, 우리는 카프리를 마시며 방문은 잠가놓은 채 낡은 덥고 침대보와 밤만 있는 곳에서 둘 다 밀라노의 무더운 밤에 밤새 사랑을 나눌 것이다. 이렇게 돼야 할 것이다. 나는 빨리 식사를 끝내고 캐서린 바클리를 만나러 갈 거다.

식당에서 이야기가 너무 길어졌고 나는 와인을 좀 마셨는데, 술을 마시면서 아일랜드 대주교에 대한 이야기를 신부와 나누지 않으면 그날 밤 우리가 한 형제가 될 수 없을 것 같았기 때문이었다. 대주교는 귀족인 것 같았다. 그가 당한 부당함, 그 부당함에 미국인인 나도 한 몫을 했고, 나는 지금까지 들어본 적도 없는 그 부당함에 대해 아는 척했다. 결국은 오해였던 걸로 밝혀진 그 원인에 대해 놀랍도록 멋진 설명을 들었을 때 그 부당함에 대해 아는 바가 없다면 실례일 것 같은 느낌이 들어서다. 나는 대주교의 이름이 근사하다고 생각했다. 그는 근사한 이름을 지어내는 미네소타 출신이었다. 미네소타의 아일랜드, 위스콘신의 아일랜드, 미시건의 아일랜드. 그 이름을 아름답게 만드는 것은 그 이름이 아일랜드처럼 들린다는 것이다. 아니 그렇지 않아. 그것 이상의 뭔가가 있어. 그렇지, 신부. 맞아, 신부. 아마도, 신부. 아니 신부. 글쎄, 아마, 맞을 거야, 신부. 그 점에 대해서는 신부가 나보다 더 많이 알고 있으니까. 신부는 좋은 사람이긴 하지만 따분했다. 장교들은 좋은 사람도 아닌데다 따분했다. 왕은 좋은 사람이지만 따분했다. 와인은 좋은 건 아니지만 따분하지도 않았다. 와인 때문에 치아의 에나멜이 벗겨져서 입천장에 끼었다.

"그 신부를 감금했대," 로카가 말했다. "채권 3%를 소지하고 있던 게 발각 났거든. 물론 프랑스에서였지. 여기라면 체포하지 않았을 텐데. 5% 채권에 대해 전혀 모른다고 잡아뗐었지. 베지에에서 일어났던 일이야. 난 그곳에 있었고 신문에서 읽었어. 감옥에 가서 신부 면회를 요청 했었어. 채권을 훔친 게 아주 분명했거든."

"한마디도 못 믿겠네," 리날디가 말했다.

"마음대로," 로카가 말했다. "여기 계시는 우리 신부님을 위해 하는 말이야. 아주 유용한 말이지. 신부님이시니 감사하게 여기실걸."

신부는 웃음을 지으며 "듣고 있으니 계속하세요,"라고 말했다.

"물론 채권 일부는 밝혀지지 않았는데 3% 채권과 지방 채권 여럿을 신부가 갖고 있었어. 정확히 무엇이었는지는 잊어버렸지만, 그래서 감옥에 갔는데 이게 바로 이야기의 요점이야. 신부가 있는 감방 밖에 서서 고해를 하려는 것처럼 말했지. '축복해 주세요, 신부님, 당신이 죄를 지었습니다.'"

사람들이 모두 크게 웃음을 터뜨렸다.

"그분이 뭐라고 하셨나요?" 신부가 물었다. 로카는 이 말은 무시하고 그 농담을 내게 설명해 줬다. "요지를 알아들었나?" 제대로 알아들었다면 아주 재미있는 농담이었을 것 같았다. 그들은 내게 와인을 더 따라줬고 나는 샤워기 밑에 배치되었던 영국인 병사 이야기를 해줬다. 그러자 소령이 열한 명의 체코슬로바키아인과 헝가리인 상등병 이야기를 했다. 와인을 조금 더 마신 후에 나는 일 센트짜리 동전을 발견한 기수 이야기를 해줬다. 소령 말로는 밤에 잠을 못 이루는 공작 부인에 대한 이야기가 그것과 비슷하다고 했다. 이때 신부가 자리를 떴고 나는 지중해 연안에 차가운 북서풍이 불 때 새벽 5시에 마르세유에 도착한 순회 판매원에 대한 이야기를 했다. 소령은 내가 주량이 꽤 된다는 소리를 들은 적이 있다고 했다. 나는 아니라고 부인했다. 그는 사실이라고 하면서 바카스의 이름을 걸고 사실인지 아닌지 시험해 볼 거라고 했다. 바카스는 무슨, 하고 내가 말했다. 바카스 하지 말아요. 아니, 바카스에 걸고, 그가 말했다. 내가 바씨와 빈센차와 함께 컵에는 컵으로, 잔에는 잔으로 대작해야 한단다. 바씨는 안된다고, 자기가 이미 나보다 두 배는 더 마셨기 때문에 그렇게 하면 제대로 된 시합이 될 수 없다고 말했다. 난 순 거짓말이라고 말하고, 바카스에 걸든 말든 간에 필립포 빈센차 바씨든 바씨 필립포 빈센차든 그 작자는 그 저녁에 술이라곤 한 방울도 입에 대지 않았다고 했다. 그런데 그자 이름이 뭐였더라? 그는 내 이름이 프레드리코 엔리코냐 엔리코 프레드리코냐고 물었다. 바카스는 치워두고, 제일 잘 마시는 사람이 이기는 거로 하자고 말하니까 소령이 붉은 와인을 큰 잔에 따라 주면서 시작하라고 했다. 와인을 반쯤 비웠을 때 더 이상 술을 마시고 싶지 않았다. 내가 어디를 가려고 했었는지 생각이 났다.

"바씨가 이겼네," 내가 말했다. "나보다 잘 마시는군. 난 이만 가보겠네."

"저 친구 정말 가야 해," 리날디가 말했다. "재회를 해야 하거든. 난 알고 있지."

"가봐야겠어."

"다른 날 밤에," 바씨가 말했다. "할 만하다 싶은 날 하자고."

그가 내 어깨를 손으로 쳤다. 테이블 위에 촛불들이 켜져 있었다. 장교들은 매우 행복했다. "잘들 주무시게, 신사 양반들," 내가 말했다. 리날디가 함께 나왔다. 우리는 현관 밖 발판 위에 섰다. 그가 말했다.

"취한 상태로는 가지 않는 게 나을 걸세."

"나 취하지 않았어. 리닌, 정말이야."

"커피를 좀 씹으면 나아질 걸세."

"말도 안 되는 소리."

"내가 좀 가져다줄게, 애송이. 왔다 갔다 하고 있으라고," 그가 볶은 커피콩을 한 줌 가져왔다. "이거 씹게나, 애송이. 하나님이 함께 하시길."

"바카스겠지," 내가 말했다.

"같이 가주지."

"난 정말 아무렇지도 않아."

우리는 마을을 같이 걸었고 난 커피를 씹었다. 영국인 별장으로 들어가는 차도가 시작되는 정문에서 리날디는 작별인사를 했다.

"잘 가게," 내가 말했다. "같이 들어가지?"

그는 고개를 저었다. "아니," 그가 말했다. "난 더 단순한 쾌락이 좋네."

"커피 콩 고마웠네."

"별 말씀을, 애송이. 별 말씀을."

나는 차도를 걷기 시작했다. 차도에 늘어 선 사이프러스의 윤곽이 뚜렷하고 분명했다. 뒤를 돌아보니 리날디가 나를 바라보며

서 있었다. 그가 내게 손을 흔들었다.

나는 접수대가 있는 복도에 앉아서 캐서린 바클리가 오길 기다렸다. 누군가가 복도를 내려왔다. 나는 일어섰다. 그런데 캐서린이 아니었고 퍼거슨 양이었다.

"안녕하세요," 그녀가 말했다. "캐서린이 오늘 저녁엔 만날 수가 없어서 죄송하다고 전해 달라네요."

"유감이군요. 아픈 건 아니었으면 좋겠는데."

"몸이 썩 좋은 건 아니에요."

"내가 걱정을 많이 한다고 전해 주시겠어요?"

"네, 그럴게요."

"내일 만나러 와도 될까요?"

"네, 괜찮을 거예요."

"감사합니다," 내가 말했다. "안녕히 계세요."

문 밖으로 나왔는데 갑자기 외롭고 공허한 기분이 들었다. 캐서린을 만나는 일을 아주 가볍게 여겼었다. 술이 좀 취했었고 이곳에 오는 것도 잊어버릴 뻔했었는데. 그런데 그녀를 볼 수 없게 되자 외롭고 허전했다.

8

다음 날 오후 그 전날 밤에 강 상류에 공격이 있었다는 소리를 들었고 나는 그곳으로 차량 네 대를 이송해야 했다. 다들 전략적 지식을 가지고 엄청나게 긍정적으로 이야기들을 했지만 정작 공격에 대해 아는 사람은 하나도 없었다.

나는 첫 번째 차량을 탔다. 영국인 병원 입구를 지나갈 때 운전병에게 멈추라고 했다. 다른 차량들도 멈췄다. 나는 차에서 내려 다른 운전병들에게는 계속 가라고 했다. 코르몬즈로 가는 도로 교차로까지 우리 차가 따라잡지 못하면 그곳에서 기다리라고 했다. 나는 급하게 차도로 올라가 접수처가 있는 복도에 들어서서 바클리 양 면회를 청했다.

"근무 중입니다."

"잠시만 볼 수 없을까요?"

그들은 당직병을 보내 알아보게 했고 그녀가 당직병과 함께 왔다.

"몸이 괜찮아졌는지 궁금해서 들렀습니다. 근무 중이라고 했지만 만나게 해달라고 요청했어요."

"전 아주 좋아요," 그녀가 말했다. "어제는 열기 때문에 지쳤던 것 같아요."

"가봐야 합니다."

"잠시 문 밖으로 나가요."

"괜찮은 거죠?" 나는 밖에서 물었다.

"네, 오늘 밤에 오세요?"

"아니오, 플라바에서 벌어진 난리 때문에 가는 중이에요."

"난리요?"

"별거 아닌 것 같아요."

"돌아오시는 거죠?"

"내일."

그녀는 목에서 무언가를 풀었다. 그것을 내 손에 쥐어주고는 "성 안토니에요,"라고 말했다. "내일 밤에 오세요."

"카톨릭 신자 아니잖아요?"

"네. 그래도 성 안토니가 도움이 된다고들 말해요."

"당신을 위해 잘 보관할게요. 안녕."

"아니에요," 그녀가 말했다. "작별인사는 하지 말아요."

"알았소."

"착하게 행동하시고 조심하세요. 안 돼요. 여기선 키스하면 안 돼요. 안 된다니까요."

"알았소."

뒤를 돌아보니 그녀가 계단에 서 있었다. 그녀는 손을 흔들었고 나도 손에다 입을 맞춘 후에 손을 들어 보였다. 그녀는 다시 손을 흔들었고 나는 차도로 나와 앰뷸런스에 오른 뒤 출발했다. 성 안토니는 작은 흰색 금속 통 안에 있었다. 통을 열어 성 안토니를 손 위에 올려놨다.

"성 안토니에요?" 운전병이 물었다.

"그렇다네."

"저도 있어요." 오른 손을 핸들에서 떼더니 겉 옷 단추를 하나 풀고 셔츠 밑에서 성 안토니를 꺼냈다.

"여기요."

나는 성 안토니를 통 속에 다시 넣고 가느다란 금줄도 함께 흘려 넣고서 상의 호주머니에 넣었다.

"걸치지 않으실 거예요?"

"아니."

"걸치는 게 더 나아요. 걸치라고 있는 건데."

"알았네." 내가 말했다. 금줄을 풀어서 목에 걸고 다시 끼웠다. 성자가 군복 위로 나와서 겉 옷 목 단추와 셔츠 칼라를 풀고 셔츠 안으로 성 안토니를 집어넣었다. 차를 타고 가는데 가슴에 금속성이 느껴졌다. 그러고 나서 잊어 버렸다. 부상을 당하고 난 뒤에는 찾을 수가 없었다. 응급 처치소에서 누가 가져갔나 보다.

다리를 지날 때는 차를 빠르게 몰았다. 앞서 가는 차들이 일으키는 먼지가 보였다. 커브를 돌자 앞서간 세 대의 차가 무척 작게 보였다. 바퀴는 먼지를 일으키면서 나무들 사이로 빠져 나갔다. 우리는 세 대를 따라잡고 추월해서 언덕 위로 올라가는 도로로 빠졌다. 맨 앞에서 간다면 차량 여러 대를 끌고 가는 것도 나쁘진 않다. 나는 좌석에 몸을 기대고 주변 경치를 바라봤다. 우리는 강 가까운 쪽의 산기슭을 달리고 있었다. 도로가 오르막이 되면서 산 정상이 여전히 눈으로 덮여있는 산들이 북쪽에서 모습을 드러냈다. 뒤를 돌아보니 일어나는 먼지만큼의 간격을 두고서 세 대의 차량이 올라왔다. 길게 줄지어 가는 짐을 실은 노새 행렬을 추월했다. 노새를 몰고 가는 사람들은 붉은색 테즈모[13]를 쓰고 노새 옆에서 같이 걷고 있었다. 이탈리아군 저격대원들이었다.

노새 무리를 지나자 도로는 텅 비었다. 언덕을 오르고 난 뒤 기다란 언덕 어깨를 넘어 강 계곡으로 내려 왔다. 길 양편에 나무가 있었고 오른쪽으로 늘어선 나무들 사이로 강이 보였다. 물은 맑고 빠르고 얕았다. 강은 얕았으며 좁은 수로에 모래와 자갈은 길게 뻗어있고 자갈 깔린 강바닥을 마치 광택 나는 천처럼 물이 덮었다. 강기슭 가까이서 물이 하늘처럼 푸른 깊은 웅덩이들이 보였다. 강 위로 아치형 돌다리가 있고 거기서 도로가 작은 길로 갈라졌다. 돌로 지은 농가를 지나갔는데 그 집의 남쪽 벽과 들에 있는 낮은 돌담을 배경으로 배나무들이 촛대가지처럼 서 있었다. 도로는 계곡 쪽으로 한참을 올라갔고 우리는 옆길로 빠져서 언덕을 다시 오르기 시작했다. 길은 밤나무 숲을 갈지자로 가파르게 오르더니 마침내 계곡을 따라 평지로 이어졌다. 숲 사이로 내려다보니 햇빛을 받은 강줄기가 저 아래 양편 군대 사이로 흐르고 있었다. 산마루를 따라 새로 닦인 험한 군용도로를 따라 가니, 북쪽으로 두 개의 산맥이 보이는데 눈이 덮인 쪽으로는 어둡고 푸른 산맥이, 해를 받는 쪽으로는 희고 아름다운 산맥이 보였다. 도로가 산등성이를 따라 오르면서 세 번째 산맥이 보였는데 눈이 덮여 백묵처럼 하얀데다

---

13) 터키 모자.

고랑이 파여 있고 이상하게 생긴 평지가 있는 더 높은 산이었다. 이것들 너머 저 멀리에도 산들이 있지만 실제 눈에 보이는지 말하기는 어려웠다. 모두 오스트리아 산들이고 우리에게는 그런 산들이 없다. 앞쪽으로는 도로가 우편으로 둥글게 굽었는데 아래를 내려다보니 나무 사이로 도로가 가파르게 내려갔다. 이 도로로 군대와 모터트럭과 산악포를 실은 노새가 지나갔고 길가 쪽으로 바짝 붙어 아래로 내려가면 저 아래로 강과 강을 따라 나있는 침목과 철로, 철로가 가로질러 가는 오래된 다리, 강 건너 언덕 아래로 우리가 점령할 작은 마을의 부서진 집들이 보였다.

우리가 산을 내려와 강을 따라가는 큰 도로로 접어들었을 때는 날이 어둑했다.

9

도로는 붐볐고 도로 양쪽으로 옥수수 대와 짚 매트가 가림 막을 치고 그 위를 다시 매트로 덮은 모양이 마치 서커스장 입구나 고향으로 들어가는 초입 길처럼 보였다. 매트를 덮은 터널 밑으로 차를 천천히 몰고 가다가 예전에 기차역이었던 탁 트인 공간으로 나왔다. 이곳 도로는 강둑보다 낮아서 푹 꺼진 도로 곁 강둑에 구멍을 뚫고 그곳에 보병들이 들어가 있었다. 해는 기울고 있었고 차를 몰고 가면서 강둑을 따라 올려다보니 일몰을 배경으로 언덕 반대편 어두운 위쪽으로 오스트리아군의 정찰용 풍선들이 높이 떠있는 게 눈에 들어왔다. 벽돌 공장을 지나서 차를 세웠다. 아궁이와 깊은 구멍들이 응급처치소로 꾸며져 있었다. 내가 아는 군의관이 세 명 있었다. 나는 소령과 이야기를 나누면서, 전투가 시작되면 우리 차량에 부상병을 태우고 매트로 가려진 도로를 지나 산마루를 따라 큰 도로로 올라가서 그곳 초소에서 다른 차량으로 부상병을 옮겨 태워야 된다는 것을 알게 되었다. 소령은 도로가 막히지 않기를 바랐다. 외길에서 작업이 이뤄지기 때문이다. 도로는 강 건너 오스트리아군에서 보이기 때문에 매트로 가린 것이다. 이곳 벽돌 공장에서 우리는 강둑 덕에 소총이나 기관총 사격을 피할 수 있었다. 강을 가로지르는 다리 중 하나는 완전히 파괴되었다. 폭격이 시작되면 다른 다리를 통해 강을 건널 예정이었다. 일부 군사들은 강이 굽어지는 곳 위쪽 수심이 얕은 곳으로 강을 건널 것이다. 소령은 끝이 위로 치솟은 콧수염을 기른 체구가 작은 사람이었다. 그는 리비아에서 전투에 참가했었고 두 개의 싱이 훈장을 달고 있었다. 그는 일이 잘만 되면 나도 훈장을 받게 해주겠다고 했다. 일이 잘 되기를 바라지만 그렇게까지 친절을 베푸실 필요는 없다고 말했다. 운전병들이 쉴 수 있는 큰 대피호가 있느냐고 물었다. 소령은 내게 대피호를 보여주라고 병사를 보냈다. 병사와 같이 가서 대피호를 봤는데 아주 좋았다. 운전병들도 만족해해서 나는 그들을 그곳에 남겨두고 나왔다. 소령은 다른 두 장교와 함께 술을 마시자고 청해 왔다. 럼주를 마셨는데 분위기가 아주 좋았다. 밖은 어두워지고 있었다. 언제 공격이 있을지 물어봤더니 어두워지자마자 있을 거라고 했다. 나는 운전병들에게 돌아왔다. 그들은 대피호에서 이야기를 나누고 있다가 내가 들어서니 하던 말을 멈췄다. 마케도니아산 담배 한 갑씩을 운전병들에게 주었다. 담배가 헐겁게 말아져서 흘러나오기 때문에 담배를 피어물기 전에 끝을 비틀어 말아줘야만 했다. 마네라가 라이터를 켜서 돌렸다. 라이터 모양이 꼭 피아트 자동차의 라디에이터처럼 생겼다. 나는 들은 것을 전했다.

"내려오는 길에 그 초소를 왜 보지 못했을까요?" 파시니가 물었다.

"우리가 빠져나왔던 길 바로 위에 있대."

"도로가 아주 엉망일 텐데요," 마네라가 말했다.

"우리를……포격으로 작살낼 걸요."

"그럴 수도."

"먹을 건 어떻게 하죠, 중위님? 공격이 시작되면 먹을 짬이 안 날 텐데."

"가서 알아보겠네," 내가 말했다.

"저희는 여기에 있을까요, 아니면 좀 둘러봐도 되나요?"

"여기 있는 게 나을 걸세."

나는 소령이 있는 대피호로 돌아갔다. 소령은 야전 식당이 이쪽으로 올 거라고, 그러면 운전병들이 와서 스튜를 가져갈 수 있을 거라고 말했다. 식기가 없으면 식당용 주석 식기를 빌려주겠다고 했다. 가지고 있는 것 같다고 말했다. 나는 운전병들에게 돌아가서 음식이 도착하는 대로 갖다 주겠다고 했다. 마네라는 포격이 시작하기 전에 음식이 도착하면 좋겠다고 했다. 내가 나갈 때까지 그들은 아무 말이 없었다. 모두들 정비병들이었고 전쟁을 싫어했다.

나는 차량을 점검하기 위해 밖으로 나와서 상황을 살핀 후 다시 돌아가 네 명의 운전병들과 함께 대피호에 앉아 있었다. 우리는 벽에 등을 기대고 바닥에 앉아서 담배를 폈다. 밖은 거의 어두워졌다. 대피호 바닥은 따뜻하고 건조했다. 등허리 부분을 땅에 대고 앉아 어깨를 벽에 기댄 채 긴장을 풀고 있었다.

"공격은 누가 할까요?" 가부치가 물었다.

"저격병들이."

"저격병들 전부가요?"

"그럴 걸."

"제대로 된 공격을 할 만한 규모는 아닌데."

"진짜 공격을 하는 곳으로부터 관심을 다른 데로 끌어내려는 걸세."

"공격할 사람들은 누가 공격하는지 알까요?"

"모를 걸."

"당연히 모르지," 마네라가 말했다. "알면 공격하려들지 않을 걸."

"아니, 공격할 거야," 파시니가 말했다. "저격병들은 멍청하거든."

"그들은 용감하고 훈련도 잘 받았어," 내가 말했다.

"가슴둘레는 넓고 건장하지요. 그래도 멍청해요."

"척탄병들은 키가 커요," 마네라가 말했다. 농담이었다. 그들은 웃었다.

"중위님, 그들이 공격을 안 하려고 해서 열 명 중 한 사람씩 총으로 쏴서 죽일 때 그곳에 계셨나요?"

"아니."

"그랬대요. 사람들을 줄 세워놓고 열 번째마다 쐈대요. 헌병들이 쐈대요."

"헌병들이라," 이렇게 말하더니 파시니는 바닥에 침을 뱉었다. "그래도 척탄병들은 모두 키가 180cm가 넘어. 공격하려 들지 않을 걸."

"공격하는 사람이 아무도 없으면 전쟁은 끝날 텐데," 마네라가 말했다.

"척탄병들은 그런 게 아니었어. 그들은 두려웠던 거야. 장교들이 다 좋은 집안 출신이거든."

"장교 중 몇 명은 혼자서 공격하러 나갔대."

"나오지 않으려던 장교 두 명을 하사관이 쐈대."

"어떤 부대는 공격하러 나갔었지."

"공격하러 나간 병사들은 열 명당 하나씩 총살을 당할 때 열외였다네."

"헌병들한테 총을 맞은 사람 중에 우리 고향 사람도 있었어," 파시니가 말했다. "척탄병이었고 덩치도 크고 똑똑한 사람이었는데. 로마에서는 늘 여자들과 어울렸고 헌병들하고도 함께 있었지," 그가 웃었다. "지금은 총검을 든 경비병들이 그 사람 집을 지키고 있어. 아무도 그 사람 어머니나 아버지, 여동생을 만나러 그 집에 갈 수가 없어. 그 아버지는 시민권도 뺏겨서 투표도 못해. 그들을 보호해 줄 법도 없지. 아무라도 그 사람들 재산을 뺏을 수도 있고."

"가족들이 그런 일을 당하지 않는다면 아무도 공격하려 들지 않을 텐데."

"아니, 알프스 산악병들이라면 공격할 거야. 근위병들도 그럴 거고. 저격병들도."

"저격병들도 도망갔었어. 지금은 그 사실을 잊으려고 하지."

"중위님, 이런 말을 하도록 내버려 두시면 안 돼요. 군대 만세," 파시니가 냉소적으로 말했다.

"무슨 말을 하는지 나도 알아," 내가 말했다. "운전만 잘하고 제대로 처신만 하면 ……"

"…… 그리고 다른 장교들이 듣지 못하게만 하면," 마네라가 마무리를 졌다.

"전쟁을 끝내야 한다고 생각해," 내가 말했다. "한쪽만 싸움을 그친다고 해서 전쟁이 끝나지는 않을 거야. 우리가 싸움을 하지 않으면 상황만 더 나빠질 걸."

"더 나빠질 수는 없을 거예요." 파시니가 공손하게 말했다. "전쟁보다 더 나쁜 건 아무것도 없어요."

"패배가 더 나쁘지."

"그렇게 생각하지 않습니다." 파시니는 여전히 공손하게 말했다. "패배가 뭡니까? 고향으로 가는 거지요."

"그들이 쫓아와서 자네 집을 뺏을 걸세. 여동생들도 겁탈할 거고."

"그렇게 생각하지 않아요." 파시니가 말했다. "모두에게 그렇게 할 수는 없을 테니까요. 모두들 자기 집을 지키게 해야지요. 여동생들도 집 안에 두고 지키라고."

"자네 목을 매어 죽일 걸. 자네를 다시 군인으로 만들고. 그러면 이번엔 앰뷸런스 운전병이 아니라 보병으로 복무하게 되겠지."

"그 많은 사람들을 다 목 매달 수는 없을 걸요."

"다른 나라가 우리를 군인으로 만들 수도 없을 거예요." 마네라가 말했다. "첫 전투에서 모두들 도망갈 테니까요."

"체코군처럼."

"자네들은 점령을 당한다는 게 어떤 건지 몰라서 그다지 나쁘지 않을 거라 생각하는 모양이군."

"중위님," 파시니가 말했다. "우리가 떠들어대는 것을 허락해주신다는 거 압니다. 그런데요, 전쟁만큼 나쁜 건 없어요. 전쟁이 얼마나 끔찍한지 우리 운전병들은 알 수도 없지요. 얼마나 끔찍한가를 사람들이 깨닫는다 해도 전쟁을 멈출 도리가 없을 거예요. 미쳐버릴 테니까요. 그런데 영원히 깨닫지 못하는 사람들도 있어요. 장교를 두려워하는 사람들도 있고. 그래서 전쟁이 계속되는 거고요."

"나도 끔찍한 건 알지만 끝까지 가야 해."

"끝나지 않아요. 전쟁에 끝이라는 건 없어요."

"아니, 있어."

파시니가 고개를 저었다.

"전쟁은 승리한다고 이기는 게 아니에요. 우리가 산가브리엘레를 점령한다면 어쩌는 건데요? 카르소, 몬팔코네, 트리에스테를 점령한다면, 뭐요? 그러면 우리는 어디에 있을까요? 오늘 멀리 있는 산들 보셨죠? 우리가 그곳들을 다 점령할 수 있을 거라 생각하세요? 오스트리아군이 전쟁을 그친다면야. 한쪽이 싸움을 그쳐야 한다고요. 우리가 그만두는 게 어떨까요? 적군이 이탈리아로 진격해 오더라도 지쳐서 가버릴 테니까요. 그들에겐 자기 나라가 있잖아요. 그런데 그렇게는 안 되니, 전쟁이 벌어지고 있는 거죠."

"웅변가로군."

"우리는 생각을 하고 책을 읽지요. 농부가 아니에요. 정비병이지. 농부일지라도 전쟁의 가치를 믿지 않을 만큼은 생각이 있지요. 누구나 전쟁을 싫어하니까요."

"멍청한데다 아무것도 깨닫지 못하고 앞으로도 깨달을 것이 없는 계층이 나라를 다스리고 있어. 그래서 전쟁이 있는 거야."

"게다가 그자들은 전쟁을 이용해서 돈도 벌고."

"대개는 그렇지가 않아," 파시니가 말했다. "그들은 멍청해. 그래서 얻는 것도 없으면서 이 짓을 하는 거야. 멍청하기 때문에."

"이제 그만하지," 마네라가 말했다. "아무리 중위님이 봐준다고 해도 우리가 말을 너무 많이 했네."

"좋아하시잖아," 파시니가 말했다. "개종을 시켜드려야지."

"이제 입 다물라고," 마네라가 말했다.

"이제 식사할 수 있나요, 중위님?" 가부치가 물었다.

"가서 알아보지," 내가 말했다. 고르디니가 일어나서 나와 함께 나갔다.

"제가 할 일은 없나요, 중위님? 무엇이든 도울 수 있습니다." 그가 가장 조용한 병사였다. "원하면 같이 가세," 내가 말했다. "가보면 알겠지."

밖은 어두웠고 탐조등의 긴 불빛이 산 위로 움직이고 있었다. 전방에 있는 큰 탐조등은 밤에 최전선 바로 아래 도로에서 때때로 지나쳤던 군용트럭에 실려 있었다. 그 트럭은 도로에서 조금 벗어난 곳에 멈춰 서 있었고, 장교는 조명을 비칠 곳을 지시하고 병사들은 겁이 나 떨고 있었다. 우리는 벽돌 공장을 가로질러 응급 처치소 본부 앞에서 멈췄다. 바깥 입구 위에 푸른 잔가지로 된 작은 쉼터가 있어서 햇빛에 바짝 마른 나뭇잎이 밤바람에 바스락 거렸다. 안에는 등불이 하나 있었다. 소령은 상자 위에 앉아서 전화를 하고 있었다. 군의관 대위 하나가 공격이 한 시간 미뤄졌다고 했다. 그는 내게 코냑 한 잔을 권했다. 나는 나무 탁자와 불빛에 빛나는 도구들, 그리고 세면대와 마개로 막은 병들을 봤다. 고르디니는 내 뒤에 서 있었고 소령은 전화를 끝내고 일어났다.

"지금 시작하네," 그가 말했다. "다시 당겨졌다네."

밖을 내다보니 어두웠다. 오스트리아군의 탐조등이 우리 뒤쪽에 있는 산 위로 움직였다. 잠시 동안은 여전히 조용하더니 우리 뒤쪽에 있던 모든 대포가 한꺼번에 포격을 시작했다.

"좋아," 소령이 말했다.

"수프 말인데요, 소령님," 내가 말했다. 그는 내 소리를 듣지 못했다. 나는 다시 말했다.

"아직 도착하지 않았소."

큰 포탄 하나가 날아와 벽돌 공장 밖에서 터졌다. 또 한 발이 터졌고 그 소음 속에서 벽돌과 흙이 비처럼 내리 쏟아지는 소리가 포탄소리보다 낮게 들렸다.

"먹을 것 좀 있나요?"

"파스타 아시우타[14]가 좀 있소," 소령이 말했다.

"주실 수 있는 건 받아가겠습니다."

소령이 당직병에게 지시를 내리자 당직병은 뒤로 나가서 철제 그릇에 식은 마카로니를 담아서 돌아왔다. 나는 그것을 고르디니에게 건넸다.

"치즈도 있습니까?"

소령은 마지못해 당직병에게 지시를 내렸고 당직병은 뒤에 있는 구멍 속으로 다시 고개를 집어넣더니 흰 치즈 덩어리의 사분의

---

14) 말린 마카로니로 만든 파스타.

일을 가지고 왔다.

"감사합니다," 내가 말했다.

"지금 나가지 않는 게 좋겠소."

바깥 입구에 무언가를 내려놓았다. 그것을 옮겨 온 병사 두 명 중 하나가 안을 들여다봤다.

"들여와," 소령이 말했다. "무슨 일인가? 우리가 나가서 그를 데려오라는 거야?" 들것 운반병 두 명이 남자의 겨드랑이를 받치고 다리를 들어서 데리고 들어왔다.

"겉옷을 찢게나," 소령이 말했다.

그는 끝에 거즈가 달린 집게를 들었다. 군의관 대위 둘이 코트를 벗었다. "여기서 나가게," 소령이 들것 운반병에게 말했다.

"이리 와," 내가 고르디니에게 말했다.

"포격이 끝날 때까지 기다리는 게 나을 거요," 소령이 어깨너머로 말했다.

"운전병들이 먹을 걸 원해서요," 내가 말했다.

"원하시는 대로."

밖으로 나가 벽돌 공장을 가로질러 달렸다. 강둑 가까이에서 포탄 하나가 터졌다. 그러고 나서 날아오는 소리도 들리지 않던 포탄이 갑작스럽게 터져서 쏟아져 내렸다. 우리는 납작 엎드렸고, 섬광이 비치고 포탄이 터져 화약 냄새가 진동하는 와중에 벽돌 조각들이 우르르 떨어져 내리는 소리가 들렸다. 고르디노는 일어나 대피호로 달려갔다. 나도 부드러운 겉 표면이 벽돌먼지로 덮여 버린 치즈를 들고서 고르디노 뒤를 따라 달렸다. 대피호 속에는 세 명의 운전병들이 등을 벽에 기댄 채 담배를 피며 앉아 있었다.

"여기 있네, 애국자들," 내가 말했다.

"차는 어때요?" 마네라가 물었다.

"괜찮네."

"무서우셨지요, 중위님?"

"잘도 맞추는군," 내가 말했다.

나는 칼을 빼서 날을 닦아 치즈 표면에 묻은 먼지를 벗겨냈다. 가부치가 마카로니가 든 양푼을 내게 건넸다.

"먼저 드세요, 중위님."

"아닐세," 내가 말했다. "바닥에 놓고 다 같이 먹으세."

"포크가 없어요."

"제기랄," 내가 영어로 말했다.

나는 치즈를 조각내 자른 뒤 마카로니에 얹었다.

"둘러앉게나," 내가 말했다. 그들은 앉아서 기다렸다. 나는 엄지와 손가락을 집어넣고서 마카로니를 집어 올렸다. 덩어리가 풀렸다.

"높이 들어 올리세요, 중위님."

팔을 들어서 마카로니를 들어 올리자 가락들이 올라왔다. 그것을 입 안으로 집어넣었다. 끝을 빨아 들여 덥석 물고는 씹었다. 그리고 치즈를 한 입 물고 씹으면서 와인을 마셨다. 녹슨 쇠 맛이 났다. 수통을 파시니에게 건넸다.

"맛이 갔네요," 그가 말했다. "수통 안에 너무 오래 있었어요. 차에 뒀었는데."

모두들 턱을 양푼 가까이에 대고 고개를 뒤로 젖힌 채 가락 끝을 빨아들이면서 먹고 있었다. 나도 한 입 더 먹고 치즈도 조금 더 먹은 후 와인으로 입가심을 했다. 뭔가가 밖에 떨어지면서 땅이 흔들렸다.

"420밀리 포거나 박격포네," 고르디노가 말했다.

"저 산에는 420밀리 포 같은 건 없어," 내가 말했다.

"커다란 스코다 포를 갖고 있어요. 구멍이 생긴 걸 봤어요."

"305밀리 포겠지."

우리는 계속해서 먹었다. 기관차 엔진 시동을 걸 때 나는 가랑거리는 소음이 나더니만 땅을 흔드는 폭발이 있었다.

"이곳은 그렇게 깊숙한 대피호는 못되네요," 파시니가 말했다.

"지금 건 대단한 박격포였네."

"맞아요, 중위님."

나는 치즈 조각을 마저 먹고 와인을 한 모금 들이켰다. 다른 소리들 속으로 가르랑거리는 소리와 추-추-추-추 거리는 소리가 들렸다. 그러더니 용광로 문이 확 열릴 때 같이 섬광이 비추고 하얗게 시작했다가 빨갛게 변하기를 반복하면서 휘몰아치는 바람 속에 굉음이 들렸다. 나는 숨을 쉬려고 했으나 쉬어지지가 않았고 내 몸이 송두리째 계속해서 밖으로, 밖으로, 밖으로, 거센 폭풍 속으로 빠져나가는 것 같았다. 내 모든 것이 빠르게 밖으로 빠져 나갔고 나는 내가 죽었다는 것과 내가 단지 죽었다고 생각하는 것이 실수였다는 사실을 알았다. 그리고는 내가 둥둥 떠 다녔는데 앞으로 나아가는 대신 뒤로 미끄러지는 것을 느꼈다. 숨을 쉬니 내가 다시 내 몸으로 되돌아왔다. 바닥은 부서지고 머리 바로 앞에는 나무 들보 조각들이 있었다. 머리가 갑자기 요동을 치고 누군가가 우는 소리가 들렸는데 누가 비명을 지르는 것이라고 생각했다. 몸을 움직이려고 했지만 움직일 수가 없었다. 강 건너편에서 강을 따라 기관총과 소총이 발사되는 소리가 들렸다. 물이 튀기는 소리가 엄청나게 크게 들리더니 조명탄이 올라가 터지고 하얗게 흩어지는 것이 보였고 로켓탄이 올라가는 게 보이고 포탄 소리도 들렸다. 이 모든 일이 한순간에 일어났다. 그리고 가까이에 있는 누군가가 "어머니! 오, 어머니!"라고 소리치는 소리가 들렸다. 나는 다리를 잡아당겨 뒤틀어서 마침내 다리를 풀어내고 몸을 돌려 그를 만졌다. 파시니였는데 내 손이 닿자 고함을 질렀다. 그의 다리가 내 쪽으로 뻗어 있었는데 어둠과 빛이 명멸하는 가운데 보니 양다리 모두 무릎 위가 문드러져 있었다. 한쪽 다리는 없어졌고 다른 쪽은 힘줄과 바지에 의해 붙어 있었는데 나머지 부분이 뒤틀리고 흔들리는 게 연결되지 않은 것 같았다. 그는 팔을 깨물면서 신음했다. "오, 어머니, 어머니," 그러더니 "성모 마리아여 살려주세요, 성모 마리아여 살려주세요. 아, 예수여 나를 쏴주세요 그리스도여 나를 쏴주세요 어머니 어머니 아 순결하시고 사랑스러우신 마리아여 날 쏴주세요. 멈춰 줘, 멈춰 줘. 멈춰 줘. 아 예수님 사랑스러운 마리아여 멈춰주세요. 오. 오. 오." 그러더니 목이 막히는 소리로 "어머니, 어머니"라고 했다. 그러고 나선 조용해졌다. 자기 팔을 물고 끊어진 다리는 뒤틀린 채로.

"들것을 가져와! 들것을 빨리," 나는 손나팔을 하고 소리쳤다.

"들것을 가져와!" 그의 다리에 지혈대를 묶어주려고 파시니 곁으로 더 가까이 가려고 애썼지만 몸이 움직이지 않았다. 다시 8을 써서 몸을 조금 움직였다. 팔과 팔꿈치를 써서 몸을 뒤로 끌고 갈 수 있었다. 파시니는 이제 조용했다. 그의 옆에 앉아서 내 웃옷을 벗어서 셔츠 밑단을 찢으려고 했다. 찢어지질 않아서 옷감 끝을 이빨로 물어뜯기 시작했다. 그가 차고 있는 각반이 생각났다. 나는 울 스타킹을 신고 있지만 파시니는 각반을 찼다. 모든 운전병이 각반을 찼다. 파시니에겐 한쪽 다리만 있었다. 각반을 푸는 동안 이렇게 애써 지혈대를 만들 필요가 없어졌다는 것을 알았다. 그는 이미 죽어 있었다. 그가 죽은 것을 확인했다 운전병 세 명을 더 찾아봐야했다. 똑바로 앉아있는데 머릿속에서 뭔가 인형 눈동자 같은 것이 움직였고 그것이 내 눈동자 뒤쪽을 내리쳤다. 다리가 뜨뜻하고 축축했다. 신발도 안쪽이 젖어 뜨뜻했다. 뭔가에 맞았다는 것을 알고 몸을 기울여서 손으로 무릎을 더듬었다. 무릎이 없었다. 손을 아래로 뻗으니 무릎이 정강이 쪽으로 내려가 있었다. 손을 셔츠에 닦는데 떠돌던 탐조등 불빛이 천천히 내려왔다. 내 다리를 보니 두려웠다. 아, 이곳에서 나가게 해 주세요 하느님, 이라고 말했다. 그래도 그곳에 세 명이 더 있었다. 운전병이 네 명이었는데, 파시니는 죽었다. 그러면 세 명이 남는다. 누군가가 내 겨드랑이 밑을 잡았고 다른 사람이 내 다리를 들어 올렸다.

"세 명이 더 있어. 한 명은 죽었어," 내가 말했다.

"마네라입니다. 들것을 가지러 갔었는데 들것이 없네요. 어떠세요, 중위님?"

"고르디니와 가부치는 어디 있나?"

"고르디니는 초소에서 붕대를 감고 있습니다. 가부치는 중위님 다리를 들고 있고요. 제 목에 매달리세요, 중위님. 심하게 맞으셨습니까?"

"다리에. 고르디니는 어떤가?"

"괜찮습니다. 엄청난 참호용 박격포였어요."

"파시니는 죽었네."

"네, 죽었습니다."

포격이 가까이에 떨어졌고 두 사람이 바닥으로 엎어져 나를 떨어뜨렸다.

"죄송합니다, 중위님," 마네라가 말했다. "제 목에 매달리십시오."

"다시 떨어뜨릴 시엔."

"무서워서 그랬습니다."

"자네는 부상은 없나?"

"저희 둘 다 약간의 부상은 있습니다."

"고르디니는 운전 할 수 있나?"

"못할 겁니다."

초소에 도착할 때까지 그들은 나를 한 번 더 떨어뜨렸다.

"개새끼들," 내가 말했다.

"죄송합니다, 중위님," 마네라가 말했다. "다시는 떨어뜨리지 않겠습니다."

초소 밖에는 많은 병사가 어둠 속에서 바닥에 누워 있었다. 그들은 부상자들을 안팎으로 옮겨갔다. 커튼이 걷히고 사람이 옮겨 질 때 응급 치치소에서 새어나오는 불빛을 볼 수 있었다. 사망자 들은 한쪽으로 치워져 있었다. 군의관들은 소매를 어깨까지 걷어 올린 채 푸줏간 주인처럼 피로 범벅이 되어서 치료를 했다. 들것 이 충분치 못했다. 부상자 중에는 시끄러운 사람도 있지만 대부분 은 조용했다. 응급 처치소 문 위를 가리고 있는 나뭇잎들이 바람에 흔들이고 밤은 추워지고 있었다. 들것 운반병들은 쉼 없이 들어와 서 부상자들을 내려놓고는 밖으로 나갔다. 내가 응급 치료소에 도 착하자마자 마네라가 의무 하사관을 불러왔고 그는 내 두 다리에 모두 붕대를 감았다. 부상당한 자리에 흙이 너무 많이 붙어서 출혈 이 심하지는 않았다고 했다. 가능한 빨리 나를 안으로 옮기겠노라 고 했다. 그는 안으로 돌아갔다. 고르디니는 운전을 할 수 없을 것 같다고 마네라가 말했다. 어깨가 부서지고 머리를 다쳤단다. 많이 아프지는 않은데 어깨가 굳었단다. 그는 벽돌담 옆에 앉아 있었다. 마네라와 가부치는 각각 부상병을 태우고 떠났다. 그들은 운전을 할 수 있었다. 영국군이 앰뷸런스 세 대를 끌고 왔고 앰뷸런스마 다 두 명이 타고 있었다. 얼굴이 창백하고 아파보이는 고르디니가 운전병 중 한 명을 내 쪽으로 데려 왔다. 영국인이 몸을 구부렸다.

"심하게 맞았나요?" 그가 물었다. 키가 컸고 철 테 안경을 썼다.

"다리에."

"심하지 않았으면 좋겠군요. 담배 하실래요?"

"고맙소."

"운전병 두 명을 잃으셨다고 하던데."

"그렇소. 한 명은 죽고, 한 명은 댁을 데려온 사람이오."

"운이 지독히도 없으셨군요. 우리가 차량을 운전해 갈까요?"

"그걸 부탁하려 했소이다."

"조심해 다뤄서 숙소로 돌려드리지요. 206번지시죠?"

"그렇소."

"아름다운 곳이에요. 중위님을 그곳에서 본 적이 있어요. 미국인이라고들 하던데."

"맞소."

"저는 영국 사람입니다."

"설마!"

"맞아요, 영국인. 내가 이탈리아인인 줄 아셨어요? 우리 병동에 이탈리아인들이 좀 있었죠."

"차를 가져가 주신다면 아주 좋겠소," 내가 말했다.

"아주 조심하겠습니다," 그는 똑바로 앉았다. "중위님 부하가 중위님을 만나달라고 안달을 하더라고요," 그는 고르디니의 어깨를 두드렸다. 고르디니는 눈을 찡긋하며 웃었다. 그 영국인은 유창하고 완벽한 이탈리아어를 쏟아냈다. "자 이제 모든 게 다 정리가 되었군요. 중위님을 만나봤고, 차량 두 대는 우리가 가져가고, 중위님은 걱정을 마시고." 그러더니 불쑥 말을 꺼냈다. "중위님을 이곳에서 빼내도록 해야겠군요. 의료관계자를 만나보겠습니다. 중위님을 데리고 가겠습니다."

그는 부상자들 사이를 조심스레 빠져서 응급처치실로 걸어갔다. 커튼이 열리는 것이 보였다. 불빛이 새어나왔고 그가 안으로 들어갔다.

"저 사람이 돌뵈드릴 기예요, 중위님," 고르디니가 밀했다.

"자네는 어떤가, 프랑코?"

"저는 괜찮습니다," 그는 내 곁에 앉았다. 잠시 후 응급 처치실 문의 담요가 젖혀지더니 들것 운반병 두 명이 나왔고 그 뒤를 따라 그 키 큰 영국인도 나왔다. 그가 운반병들을 데리고 온 것이다.

"여기 미국인 중위요," 그가 이탈리아어로 말했다.

"나는 기다리는 게 낫겠소," 내가 말했다. "나보다 부상이 심한 병사들이 많소이다. 나는 괜찮소."

"자, 자," 그가 말했다. "잘난 영웅행세는 그만 두시고," 그러고 나서 이탈리아어로 "다리를 조심해서 들게나. 다리가 무척 아프시다고. 윌슨 대통령의 적자이시다." 그들이 나를 들어 올려 응급처치실로 옮겼다. 안에서는 테이블마다 수술을 하고 있었다. 몸집이 작은 소령은 정신없는 가운데 우리를 쳐다봤다. 나를 알아보고는 핀셋을 흔들었다.

"어떠시오?"

"괜찮습니다."

"내가 이분을 모셔왔소," 키 큰 영국인이 이탈리아어로 말했다. "미국 대사의 외아들이시거든요. 여기 있을 테니 소령님이 치료해 주세요. 그러면 제가 첫 부상자 후송 때 데려갈 겁니다." 그가 내게 몸을 굽혔다. "부사관을 찾아서 서류작업을 하겠습니다. 그러면 훨씬 빨리 진행될 겁니다." 그는 몸을 구부려 문을 지나 밖으로 나갔다. 소령은 핀셋을 손가락에서 빼서 대야에 떨어뜨렸다. 나는 눈으로 그의 손을 쫓았다. 이제 붕대를 감고 있었다. 그러자 들것 운반 병이 그 사람을 테이블에서 옮겨갔다.

"제가 미국인 중위를 맡겠습니다," 대위 중 한 명이 말했다. 그들은 나를 들어 올려 테이블 위에 놓았다. 딱딱하고 미끄러웠다. 화학약품 냄새와 달짝지근한 피 냄새 등 강한 냄새가 났다. 의무 대위는 내 바지를 벗기고 치료를 하면서 부사관에게 구술을 했다. "왼쪽 오른쪽 허벅지와 왼쪽 오른쪽 무릎 그리고 오른쪽 발에 가벼운 부상이 여러 건. 두피 열상(그가 살펴보았다 ⋯⋯아프세요? ⋯⋯맙소사, 네!)과 더불어 두개골 파열의 가능성도 있고. 근무 중 발생. 그래서 자해 혐의로 군법정에 서는 일은 없을 거고," 그가 말했다. "브랜디 한잔하시겠습니까? 그런데 어쩌다 이런 일을 당하셨습니까? 뭘 하려던 참이었나요? 자살이라도? 파상풍 예방주사 놓고 두 다리에 십자가 표시를 하시오. 고맙소. 조금 치우고 닦아드린 후에 붕대를 감아 드리리다. 피는 잘 응고됐습니다."

부사관은 서류에서 눈을 뗐다. "무엇 때문에 부상을 당하셨나요?"

의무 대위가 물었다. "무엇에 맞았어요?"

내가 눈을 감은 채 말했다. "참호용 박격포요."

대위는 극심하게 아픈 처치를 하고나서 조직을 잘라내면서 "확실해요?"라고 말했다.

나는 ⋯⋯ 가만히 누워 있으려 안간힘을 쓰면서도 살이 찢길 때 속이 덜덜 떨리면서, "그럴 거요,"라고 했다.

의무 대위는 ⋯⋯(그가 찾아낸 것에 관심을 보이면서) "적군 박격포 파편이라. 원하시면 파편이 더 있나 좀 더 살펴볼 테지만 꼭 그럴 필요는 없소. 상처에 약을 바르겠소. 따끔거려요? 좋아요. 이 건 나중에 겪게 될 고통에 비하면 아무것두 아니요. 고통은 시자도 안했소. 브랜디 한 잔 드리게. 충격 때문에 지금은 고통을 못 느끼는 거요. 그래도 괜찮소. 감염만 되지 않는다면 걱정할 필요 없어요. 요즘엔 감염이 아주 드물고. 머리는 어떻소?"

"맙소사, 죽을 것 같습니다!" 내가 말했다.

"그러면 브랜디를 너무 많이 마시지 않는 게 좋겠소. 골절이 있다면 염증이 생기는 걸 바라질 않을 테니. 여긴 어때요?"

땀이 온몸에 흘렀다.

"죽을 것 같습니다," 내가 말했다.

"골절이 된 것 같소. 붕대를 감아 주겠소. 머리를 심하게 돌리지 말아요."

그가 붕대를 감는데 손이 아주 빨랐고 붕대도 단단하고 확실했다.

"좋소. 행운이 있길. 프랑스 만세."

"미국인이야," 다른 대위 한 명이 말했다.

"나는 자네가 프랑스인이라고 한 줄 알았지. 불어를 하던데," 대위가 말했다. "예전부터 저 사람을 알았는데 항상 프랑스인이라고 생각했었어," 그는 코냑을 반잔 들이켰다. "좀 심한 부상자를 들여와. 파상풍 예방약도 좀 더 가져오고," 대위가 내게 손짓을 했다. 그들이 나를 들어 올려 나갈 때 담요 자락이 내 얼굴에 가로질러 놓였다. 밖에서 부사관이 내가 누운 곳 옆에 무릎을 꿇고 앉아서

"성함요?" 하고 부드럽게 물었다. "중간 이름은요? 이름은요? 지위는? 출생지는요? 계급은? 소속부대는요?" 등등을. "머리를 다치셔서 유감입니다, 중위님. 좋아지시길 바랍니다. 이제 영국군 앰뷸런스와 함께 보내드리겠습니다."

"나는 괜찮네," 내가 말했다. "대단히 고맙네." 대위가 말했던 고통이 시작되자 모든 일에 관심도 없고 상관도 없었다. 잠시 후 영국군 앰뷸런스가 와서 나를 들것에 태우고 들것 채로 앰뷸런스로 들어 올려 넣었다. 옆에 사람이 누워있는 들것이 하나 더 있었는데 붕대 사이로 삐져나온 그 사람 코가 밀랍 같은 모양이었다. 그는 아주 힘들게 숨을 쉬었다. 위쪽에 달려있는 쇠대로도 들것이 밀려들어갔다. 키 큰 영국 운전병이 와서 들여다봤다. "운전 살살하겠습니다," 그가 말했다. "편안하셨으면 좋겠습니다." 그가 앞좌석으로 올라가 브레이크에서 발을 떼고 클러치를 밟으면서 시동을 거는 게 느껴졌다. 그리고는 출발했다. 나는 가만히 누워서 고통에 몸을 맡겼다.

앰뷸런스는 도로를 따라가다가 교통 때문에 속도가 느려졌고 때로는 멈췄다가 커브 길에서 후진을 하더니 마침내는 매우 빠른 속도로 올라갔다. 뭔가가 떨어지는 게 느껴졌다. 처음에는 서서히 규칙적으로 떨어지더니 이내 주르륵 흘러내렸다. 나는 소리를 질러 운전병을 불렀다. 그는 차를 세우고 운전석 뒤쪽 창으로 들여다봤다.

"뭡니까?"

"내 위에 있는 남자가 출혈이 있소."

"정상에서 멀지 않았습니다. 혼자서는 들것을 꺼낼 수가 없어요." 그는 차를 출발시켰다. 계속해서 흘러내렸다. 어두워서 위에 있는 어느 캔버스 천 들것에서 흐르는 건지를 알 수 없었다. 몸을 옆으로 돌려서 흘러내리는 것을 피하려고 했다. 피가 흘러든 셔츠 밑이 뜨뜻하고 끈적거렸다. 추웠고 다리 통증이 너무 심해 메스꺼웠다. 잠시 후 위에서 흐르던 피가 줄더니 다시 똑똑 떨어지기 시작했다. 들것에 누운 남자가 맥이 풀리면서 들것이 들썩하는 게 느껴졌고 소리도 들렸다.

"그 사람 어떻습니까?" 영국인이 물어왔다. "거의 다 왔어요."

"죽은 것 같소," 내가 말했다.

해가 진 후에는 피가 고드름이 맺힌 데서 떨어지느라 아주 천천히 떨어졌다. 도로는 오르막이었고 밤중이라 차 안은 추웠다. 정상에 있는 초소에서 그 들것은 꺼내고 다른 들것을 집어넣고서 우리는 계속해서 나아갔다.

10

야전 병원 병동에서 오후에 나를 보러오는 방문객이 있다는 전갈을 들었다. 날은 더웠고 병실엔 파리가 많았다. 내 당직병은 여러 갈래로 찢은 종이를 나무 막대기에 묶어서 파리채를 만들었다. 파리들이 천장에 달라붙는 게 보였다. 그가 파리 쫓는 일을 그치고 잠이 들자 파리들은 다시 내려왔다. 나는 파리를 쫓다가 결국은 손으로 얼굴을 가린 채 잠이 들었다. 무척 더웠다. 잠에서 깨어났을 때 다리가 가려웠다. 당직병을 깨웠고 그는 광천수를 붕대에 부어줬다. 침대가 축축하고 시원해졌다. 깨어있는 환자들은 병상 너머로 이야기를 했다. 오후는 조용했다. 오전에는 세 명의 남자 간호사와 의사 한 명이 병상을 돌며 회진을 하고 환자를 처치실로 옮겨간다. 부상당한 곳에 붕대를 감는 사이 침대를 정리하기 위해서다. 처치실로 가는 것이 유쾌하지는 않다. 환자가 침대에 누운 상태에서도 침대 정리가 가능하다는 것을 나중에야 알게 되었다. 당직병이 물을 뿌려서 침대가 시원하고 좋아졌을 때, 그리고 내 발바닥 어디가 가려워 긁어줘야 하는지를 말하고 있을 때 의사들이 리날디를 데리고 왔다. 그는 성급히 들어와서 침대 위로 몸을 굽혀 내게 입을 맞췄다. 그는 장갑을 끼고 있었다.

"어떤가, 애송이? 기분은 좋은가? 이걸 가져 왔네 ……" 코냑이었다. 당직병이 의자를 가져다 줘서 리날디가 거기에 앉았다. "그리고 좋은 소식도 가져 왔네. 자네, 훈장 탈거야. 자네에게 은성 무공 훈장을 주고 싶어 하는데 아마 동성민 받을 수도 있어."

"뭘 했다고?"

"자네가 크게 부상을 당했기 때문이지. 뭐든 자네가 영웅적 행동을 했다는 것을 증명만 해 보이면 은성을 받을 수도 있어. 그렇지 못하면 동성에 그칠 거고. 어떻게 된 건지 정확하게 말해 보게. 용감한 행동을 했나?"

"아니," 내가 말했다. "치즈 먹고 있다가 맞은 거야."

"진지해지게. 그 전후로 뭔가 영웅적인 행동을 했을 거야. 꼼꼼하게 기억해 봐."

"안 했는데."

"누구라도 업어서 옮긴 적은? 고르디니가 말하길 여러 명을 업어 날랐다고 하던데. 그런데 제1 초소에 있는 소령이 그건 불가능하다고 하더군. 무공 표창 진술서에 그가 서명을 해야 하거든."

"아무도 옮기지 않았어. 움직일 수가 없었거든."

"그건 문제가 되질 않지," 리날디가 말했다.

그는 장갑을 벗었다.

"내 생각에 자네에게 은성 무공 훈장을 줄 수 있을 것 같네. 다른 병사들보다 먼저 의료처치를 받는 것도 거부하지 않았나?"

"그렇게 간곡하게 거부하지는 않았네."

"그건 문제되지 않아. 자네가 어떻게 부상을 당했는가 보게. 항상 최전방으로 가겠다던 자네의 용맹스런 행동을 보라고. 게다가, 작전은 성공적이었어."

"우리 군이 강을 제대로 건너갔나?"

"아주 성공적으로. 포로도 한 천 명 잡았지. 군소식지에 있는데, 못 봤나?"

"못 봤어."

"갖다 줄게. 성공적인 기습공격이었지."

"상황은?"

"아주 좋아. 우리는 모두들 아주 좋다고. 다들 자네를 자랑스러워하고. 어떻게 된 건지 말해 보게. 틀림없이 은성을 받을 거야. 자 얘기 해 봐. 다 말해 봐," 그는 잠시 멈추고 생각을 했다. "어쩌면 영국 훈장도 받을 수 있을 거야. 그곳에 영국인도 있었다네. 내가 가서 그 사람을 만나 자네를 추천할 생각인지 물어보겠어. 그가 뭔가를 해줄 수 있을 거야. 많이 고통스러운가? 한잔하세. 당직병, 병따개 좀 가져와. 소장을 3미터나 제거했을 때 내 솜씨가 어땠는지 자네가 봤어야 했는데. 솜씨가 좋아졌지. 〈랜싯〉[15]에 낼만한 수술이었어. 자네가 번역을 해 준다면 내 〈랜싯〉에 보내겠네. 날로 솜씨가 좋아진다니까. 가여운 애송이, 몸은 어떤가? 병따개는 어떻게 된 거야? 자네가 너무 의연하게 잠자코 있으니 통증이 있다는 것을 내가 잊었네." 그는 장갑으로 침대 모서리를 찰싹하고 쳤다.

"중위님, 여기 병따개 가져왔습니다," 당직병이 말했다.

"병을 따게나. 잔도 가져오고. 자 마시게, 애송이. 머리는 어떤가? 자네 서류를 봤네. 골절은 없었어. 제1 초소 소령은 돼지 백정

---

15) 영국 왕립 의학 학회지.

같은 놈이야. 나라면 자네를 통증으로 고생시키지 않았을 텐데. 나는 누구도 아프게 하지 않아. 이렇게 해야 하는지 알기든. 매일같이 더 능숙하게 잘하는 법을 배우거든. 내가 말이 많은 걸 용서하게, 애송이. 자네가 이렇게 심하게 다친 걸 보니 마음이 아프네. 자, 이거 마시게. 좋은 거야. 15리라나 줬어. 좋을 거야. 별이 다섯 개짜리야. 여기서 나가면 그 영국인을 만날 거네. 그 사람이 자네가 영국 훈장을 받도록 해 줄 거야."

"영국인들은 그런 식으로 훈장을 주지 않아."

"참 겸손도 하시지. 연락 장교를 보낼 거야. 영국인을 다룰 수 있을 걸세."

"바클리 양 본 적 있나?"

"그녀도 데려오겠네. 지금 가서 데려오겠어."

"가지 말게나," 내가 말했다. "고르치아에 대해 말해 줘. 여자들은 어떤가? 잘 있나?"

"여자라고는 없지. 벌써 2주나 교체되지 않았어. 이제는 그곳에 가지 않는다네. 창피한 일이야. 여자가 아니야. 그냥 오래된 전우일세."

"전혀 안 간다고?"

"새로 온 여자가 있나 살피러만 가지. 들르긴 해. 모두들 자네 안부를 묻는다네. 여자들이 그렇게 오랫동안 있어서 친구가 된다는 건 창피한 일이야."

"전방에 오고 싶어 하는 여자가 더는 없나보지."

"아니, 당연히 오고 싶어 하지. 전방엔 여자들이 많다네. 관리

행정이 잘못된 거야. 후방 대피소에서 몸이나 숨기고 있는 자들을 즐겁게 해 주려고 여자들을 감춰놓고 있는 거라고."

"가여운 리날디," 내가 말했다. "여자도 없이 전쟁에 혼자 나가 있다니."

리날디는 혼자서 코냑 한 잔을 더 따라 마셨다.

"자네한테 나쁘지는 않을 걸세. 마시게나."

나는 코냑을 마셨다. 코냑이 내려가는 내내 속이 뜨듯했다. 리날디는 한 잔 더 따랐다. 지금은 좀 조용해졌다. 그가 잔을 들어 올렸다. "자네의 용맹스런 부상을 위하여. 은성 훈장을 위하여. 말해 보게나, 애송이. 뜨거운 날씨에 내내 이곳에 누워있다 보면 흥분되지 않나?"

"때로는."

"이렇게 누워 있는 건 상상도 못하겠어. 미쳐버릴 거야."

"자넨 미쳤잖아."

"자네가 돌아오면 좋겠네. 위험한 연애를 하다가 밤에 들어오는 사람이 없으니 놀려 줄 사람도 없고. 돈 빌려 줄 사람도 없고. 피를 나눈 형제도, 같은 방을 쓰는 전우도 없고. 왜 부상은 당한 거야?"

"신부를 놀려 먹으면 될 텐데."

"신부, 신부를 놀리는 건 내가 아니지. 대위지. 난 그 신부가 좋아. 신부가 있어야 한다면 그 신부가 좋지. 신부도 자네를 보러 올 걸세. 준비를 단단히 하고 있던데."

"나는 신부가 좋아."

"아, 나도 알아. 가끔은 자네와 신부가 그렇고 그런 사이인가 하는 생각도 잠깐 든다니까. 자네도 알고 있겠지만."

"아니, 설마."

"때론 그런 생각을 한다네. 브리가토 안코나 제 1연대의 수만큼 조금은 그런 사이가 아닌가 하고."

"이런, 염병할."

그는 일어서서 장갑을 꼈다.

"자넬 놀리는 게 좋다네, 애송이. 신부랑 자네의 그 영국 아가씨랑 함께 놀리는 게 좋아. 실은 속내는 자네랑 나랑 같잖아."

"아니거든."

"아니, 우리는 같아. 자넨 진짜 이탈리아인이야. 불과 연기뿐, 속엔 아무것도 없지. 자넨 그저 미국인인 척하는 거뿐이야. 우린 형제고 서로를 사랑하지."

"내가 없는 동안 처신 잘하게나," 내가 말했다.

"바클리 양을 보내주지. 나 없이 그녀와 함께 있으면 더 나을 걸세. 자네가 더 순수하고 부드럽거든."

"염병할."

"그녀를 보내주겠어. 자네의 사랑스러운 차가운 여신을. 영국의 여신. 숭배하는 것 말고 그런 여자와 할 수 있는 게 뭐가 있겠나? 영국 여자가 그런 용도 말고 어디에 쓸모가 있겠는가?"

"자넨 무식하고 입이 더러운 이탈리아 놈(dago)이야."

"뭐라고?"

"무식한 이탈리아 놈(wop)이라고."

"이탈리아 놈이라. 자넨 얼굴이 얼음처럼 차가운…… 이탈리아 놈일세."

"자넨 무식해. 멍청이," 그 말이 그에게 자극이 되는 것을 보고는 계속해서 했다. "군복 입고, 경험도 없고, 그래서 멍청하지."

"정말 그런가? 자네의 훌륭한 여인들에 대해 한마디 해주지. 자네의 여신들. 항상 정숙했던 여자를 취하는 것과 그냥 여자를 취하는 것 사이엔 딱 한 가지 차이점이 있지. 숫처녀에게는 아픔이 따른다는 것. 그게 이 몸이 알고 있는 전부일세." 장갑으로 침대를 탁 하고 쳤다. "숫처녀가 그 짓을 정말 좋아할지는 결코 알 수 없는 일이지."

"화내지 말게나."

"화 안 났어. 그냥 말해 주는 거야, 자넬 위해서. 자네가 어려움을 겪지 않도록."

"그게 유일한 차이인가?"

"그렇다네. 그런데 자네같이 멍청한 수많은 사람들이 그 사실을 모르고 있지."

"그걸 말해 주다니 고마운데."

"우리 싸우지 말자고, 애송이. 난 자네를 너무 사랑하거든. 바보처럼 굴지 말게."

"아니, 자네처럼 현명해질 걸세."

"화내지 말고, 애송이, 웃게나. 한잔하세. 난 정말 가야겠네."

"자넨 좋은 친구야."

"이제야 아는군. 우리가 속내는 똑 같다니까. 우리는 전우지. 작별 키스해 주게."

"더러운 자식."

"아니, 그저 애정이 더 넘치는 것뿐이지."

그의 숨결이 가까이에서 느껴졌다. "잘 있게. 곧 또 보러 오겠네." 그의 숨결이 멀어져 갔다. "원하지 않는다면 키스는 하지 않겠네. 자네의 영국 여자를 보내주지. 잘 있게, 애송이. 코냑은 침대 밑에 넣어 뒀네. 빨리 회복하게."

그가 떠났다.

11

신부가 찾아온 것은 어스름 녘이었다. 수프를 들여오고 뒤에 그릇을 내갔다. 난 누워서 여러 줄로 늘어선 침대와 창밖으로 나무 꼭대기가 밤바람에 조금씩 움직이는 모습을 보고 있었다. 미풍이 창으로 들어왔다. 밤은 더 시원했다. 지금은 파리들이 천장과 철사 줄에 달려 있는 전구에 앉아 있었다. 전구는 밤에 환자를 들여오거나 무슨 일이 있을 때에만 불이 켜졌다. 황혼녘이 지난 후 어둠이 머물면 내가 매우 어린 것 같은 느낌이 들었다. 이른 저녁을 먹은 후 잠자리에 누운 것 같았다. 당직병이 침대 사이를 걸어왔다. 누군가가 그와 함께 있었다. 신부였다. 몸집이 작은 그의 갈색 얼굴이 당황한 기색으로 그곳에 서 있었다.

"어떠신가요?" 그가 물었다. 침대 옆 마룻바닥에 짐 꾸러미를 내려놓았다.

"괜찮습니다, 신부님."

신부는 리날디를 위해 들여왔던 의자에 앉아서 당혹스런 표정으로 창밖을 내다봤다. 그의 얼굴이 매우 피곤해 보였다.

"잠시밖에 머물 수가 없어요," 그가 말했다. "시간이 늦어서요."

"안 늦었는데요. 식당은 여전한가요?"

그가 웃음을 지었다. "여전히 제가 놀림감이죠," 목소리도 피곤해 보였다. "모두들 잘 있으니 감사하네요."

"괜찮으시니 기쁘기 그지없습니다," 그가 말했다. "고통스럽지 않으면 좋겠는데." 그는 매우 피곤해 보였고 그렇게 피곤한 그의 모습이 내겐 익숙하지 않았다.

"이젠 고통스럽지 않아요."

"식사할 때마다 보고 싶어요."

"저도 그곳에 가면 좋겠어요. 신부님과 이야기를 나누는 게 좋았거든요."

"자잘한 것 몇 가지 챙겨 왔어요," 그가 말했다. 짐 꾸러미를 들어올렸다. "이건 모기장, 이건 베르무트[16]고, 베르무트 좋아하죠? 이건 영국 신문이에요."

"풀어봐 주세요."

그는 기뻐하며 짐을 풀었다. 나는 모기장을 두 손으로 쥐었다. 그는 베르무트를 들어 올려 내게 보여주고는 침대 옆 바닥에 내려 놨다. 나는 영국 신문 한 다발을 들어올렸다. 창으로 들어오는 희미한 불빛이 신문에 비치도록 신문을 돌려서 머리기사를 읽을 수 있었다. 세계뉴스(The News of the World)였다.

"다른 신문들은 삽화도 있어요," 그가 말했다.

"신문을 읽으면 기분이 아주 좋아질 겁니다. 어디서 구하셨어요?"

"메스트르에다 주문했지요. 더 올 거예요."

"이렇게 와 주셔서 정말 감사해요, 신부님. 베르무트 한잔하실

---

16) 백포도주의 일종.

래요?"

"고맙지만 두고 드세요. 중위님을 위해 가져온 거니까요."

"아니, 한잔하세요."

"좋아요. 그럼 더 갖다 드리지요."

당직병이 잔을 들고 들어와서 병을 땄다. 코르크의 끝이 부서져서 끝 동강을 병 속으로 밀어 넣어야 했다. 신부는 실망한 기색이었지만, "괜찮소. 별거 아니오."라고 말했다.

"신부님의 건강을 위해."

"회복을 위해."

그러고 나서도 신부는 잔을 손에 들고 있었고 우리는 서로를 바라봤다. 가끔 함께 이야기를 할 때면 우린 좋은 친구였는데 오늘 밤은 그게 어려웠다.

"무슨 일 있으세요, 신부님? 무척 피곤해 보이세요."

"피곤하지만 피곤할 권리는 없지요."

"더위 탓이겠죠."

"아뇨, 이제 봄인데요. 기분이 매우 저조해요."

"전쟁 혐오증이 있으시군요."

"그렇진 않지만. 그래도 전쟁은 싫네요."

"저도 좋진 않답니다." 내가 말했다. 그는 머리를 흔들더니 창밖을 바라봤다.

"당신은 전쟁을 싫어하지 않으시죠. 알지도 못하고요. 저를 용서하세요. 부상도 당하셨는데."

"사고였습니다."

"여전히 부상을 당해서도 전쟁이 보이지 않지요. 알 수 있어요. 나도 보이지는 않지만 조금은 느낀답니다."

"부상당할 때도 그런 얘길 하고 있었습니다. 파시니가 말했죠."

신부는 잔을 내려놓았다. 그는 뭔가 다른 것을 생각하고 있었다.

"그들을 이해합니다. 나도 그들과 같으니까." 그가 말했다.

"그래도 다르시죠."

"그들과 정말 같아요."

"장교들은 아무것도 보지 못해요."

"보는 사람들도 있어요. 섬세해서 더 끔찍하게 느끼는 장교들도 있어요."

"대개는 그렇지 않아요."

"교육이나 돈이 아니에요. 뭔가 다른 거예요. 교육을 받고 돈이 있어도 파시니 같은 사람들은 장교가 되길 원치 않을 겁니다. 나도 장교가 되고 싶지 않았어요."

"신부님 계급은 장교예요. 저도 장교구요."

"저는 실은 아니죠. 중위님도 이탈리아인도 아니고 외국인이잖아요. 그래도 사병보다는 장교에 더 가깝기는 하죠."

"뭐가 다른가요?"

"쉽게 말할 수는 없어요. 전쟁을 일으키고 싶어 하는 사람들이 있어요. 이 나라에는 그런 사람들이 많아요. 전쟁을 하지 않았으면 하고 바라는 사람들도 있고요."

"전자가 후자들로 하여금 전쟁을 하게 만드는 거죠."

"맞습니다."

"저도 그 전자들을 돕고 있고요."

"중위님은 외국인이잖아요. 당신은 애국자요."

"전쟁을 하지 않으려는 사람들은요? 그들이 전쟁을 그칠 수 있을까요?"

"나도 모르겠어요."

그는 다시 창밖을 내다봤다. 나는 그의 얼굴을 쳐다봤다.

"그들이 전쟁을 그치게 한 적이 있나요?"

"그들은 전쟁을 중단시킬 만큼 조직적이지 못해요. 조직이 갖춰지면 지도자들이 그들을 팔아먹죠."

"그럼 희망이 없나요?"

"희망이 없던 적은 없어요. 그래도 희망을 품을 수 없는 때가 있어요. 항상 희망을 가지려 하는데 그게 안 되네요."

"전쟁이 곧 끝날 수도 있을 거예요."

"그러길 바라야죠."

"그러면 무얼 하실 건가요?"

"가능하면 아브루치로 돌아갈 겁니다."

그의 칙칙했던 얼굴이 갑자기 행복해졌다.

"아브루치를 사랑하시죠?"

"네, 아주 많이 사랑합니다."

"그러면 돌아가셔야죠."

"그러면 행복하겠어요. 그곳에 살면서 하나님을 사랑하고 그분을 섬길 수만 있다면."

"존경도 받고요." 내가 말했다.

"네, 존경도 받으면서. 왜 아니겠어요?"

"그러시 못할 이유가 없죠. 마땅히 존경받으셔야죠."

"그건 중요치 않아요. 그러나 내 조국에서는 남자가 하나님을 사랑하는 것을 이해해 줘요. 심한 조롱거리가 되지 않아요."

"압니다."

그는 나를 쳐다보며 웃음을 지었다.

"당신은 알기는 해도 하나님을 사랑하지는 않지요."

"네."

"그분을 전혀 사랑하지 않나요?" 그가 물었다.

"밤이면 가끔 그분이 두려울 때가 있어요."

"그분을 사랑하셔야 해요."

"전 사랑을 많이 하는 사람이 아니에요."

"아닙니다," 그가 말했다. "당신은 사랑이 많아요. 저녁마다 내게 했던 말들, 그건 사랑이 아니에요. 열정과 욕정일 뿐이지요. 사랑을 하면 그 사랑을 위해 뭔가 하기를 원하게 돼요. 그 사랑을 위해 희생을 하고 섬기고 싶어지죠."

"나는 사랑을 하지 않아요."

"사랑하게 될 거예요. 그렇게 될 거라는 걸 나는 알아요. 그러면 행복해질 거예요."

"전 행복합니다. 지금까지도 늘 행복했고요."

"그건 다른 거예요. 그 사랑을 하지 않으면 그게 무엇인지 알 수 없어요."

"그래요," 내가 말했다. "그 사랑을 하게 되면 말씀해 드리죠."

"너무 오래 있어 말이 너무 많았네요." 그는 정말로 그랬다고 걱정을 했다.

"아니, 가지 마세요. 여자를 사랑하는 거는요? 어떤 여자를 진심으로 사랑한다면 그것도 같지 않을까요?"

"그건 모르겠는데요. 여자를 사랑해 본 적이 없어서."

"어머니는요?"

"물론, 어머니는 사랑했지요."

"하나님은 항상 사랑했나요?"

"어렸을 때부터 줄곧."

"그래요." 나는 뭐라 말해야 할 지 몰랐다. "착한 청년이시군요." 내가 말했다.

"전 청년이에요." 그가 말했다. "그런데 나를 신부라고 부르죠."

"그건 예의예요."

그가 웃음을 지었다.

"이제 정말 가봐야겠어요." 그가 말했다. "제게 부탁하실 거 없으세요?" 그가 희망차게 말했다.

"없습니다. 그냥 이야기를 나누었으면 좋겠어요."

"식당에 안부 전해 줄게요."

"좋은 선물 많이 해 주셔서 감사합니다."

"별말씀을."

"또 오세요."

"그럴게요. 안녕히 주무세요." 그는 내 손을 쓰다듬었다.

"안녕히 가세요." 나는 사투리로 말했다.

"안녕(Ciaou)" 그가 따라했다.

방은 어두웠고 침대 발치에 앉아있던 당직병이 일어나서 신부와 함께 나갔다. 나는 신부가 많이 좋았고 언젠가 그가 아브루치로 되돌아갈 수 있기를 바랐다. 식당에서 그는 피곤한 생활을 하고 있다. 괜찮다고는 하지만 난 그가 자기 고향에 있다면 어떻게 지낼까를 생각했다. 카프라코타에선 마을 아래 강에 송어가 산다고 언젠가 그가 말한 적이 있었다. 밤에 피리를 부는 것이 금지되어 있단다. 남자가 세레나데를 부를 때도 피리만큼은 금지되었단다. 왜냐고 물었더니 아가씨가 밤중에 피리소리를 듣는 건 좋지 않기 때문이라고 했다. 농부들이 낯선 사람을 "선생님(Don)"이라고 부르고 만나면 모자를 벗어 인사를 한단다. 그의 아버지는 사냥을 즐기는데 농부들의 집에 들러 식사를 하곤 했다. 농부들은 그걸 늘 영광으로 생각했다. 외국인이 사냥을 하려면 전에 체포된 적이 없었다는 증명서를 제출해야 했다. 그란사소디탈리아에는 곰이 있지만 거리가 무척 멀었다. 아퀼라는 좋은 마을이었다. 여름밤은 시원하고 아브루치의 봄은 이탈리아에서 가장 아름답다. 그래도 밤나무 숲으로 사냥을 떠나는 가을이 좋았다. 새들은 포도열매를 먹기 때문에 다 맛이 좋았다. 사냥을 갈 때 점심을 싸들고 가는 일이라곤 없었다. 농부의 집에서 그들과 함께 식사를 하면 그들이 항상 영광으로 생각하기 때문이다. 잠시 후 나는 잠이 들었다.

12

그 방은 오른쪽으로 창문이 있고 맨 끝 쪽에는 처치실로 통하는 문이 있는 긴 방이었다. 내 침대가 놓여있는 쪽 침대들은 창을 마주보고, 창문 밑에 놓인 침대들은 벽을 마주 보고 있었다. 왼쪽으로 누우면 처치실 문이 보였다. 저쪽 끝으로 사람들이 드나드는 문이 하나 더 있었다. 누군가가 임종이 가까우면 그 사람 침대 주변으로 커튼을 쳐서 임종하는 모습을 보지 못하게 했다. 군의관과 남자 간호사의 신발과 각반만 커튼 밑으로 보이고 속삭이는 소리도 가끔 끝에 들려온다. 그러고 나면 신부가 커튼 뒤에서 나오고 그 뒤를 이어 남자 간호사들이 죽은 사람을 담요로 덮어서 복도로 데리고 나가고 누군가가 또 와서 커튼을 걷어가지고 나간다.

그날 아침 병동 담당 소령이 내게 다음날 여행을 할 수 있겠느냐고 물었다. 나는 할 수 있다고 말했다. 그러면 아침 일찍 나를 후송하겠다고 했다. 너무 더워지기 전에 지금 움직이는 게 더 나을 거라고 했다.

처치실로 옮기려고 사람들이 나를 침대에서 들어 올리면 창밖에 새로 생긴 무덤들을 볼 수 있었다. 정원으로 난 문밖에 한 병사가 앉아서 십자가를 만들고 그 위에 정원에 묻힌 사람들의 이름, 지위, 소속연대를 칠하고 있었다. 그는 병동 심부름도 해주고 한가할 때엔 오스트리아군 소총용 빈 탄약통으로 내게 라이터를 만들어 주기도 했다. 군의관들은 매우 훌륭했고 능력이 뛰어나 보였다. 그들은 더 좋은 X-레이 시설이 있고 수술 후에 물리치료를 받을 수 있는 밀라노로 나를 보내고 싶어 했다. 나도 밀라노로 가고 싶었다. 병원은 부상병들을 가능한 한 멀리 후방으로 보내려고 했다. 공격이 시작되면 병상이 필요하기 때문이었다.

야전 병원을 떠나기 전날 밤 리날디가 식당의 소령과 함께 나를 보러왔다. 그들이 말하길 밀라노의 신설 미군 병원으로 내가 가게 된단다. 미군 앰뷸런스 부대도 그곳으로 몇 대 내려갈 것이고 이 부대와 이탈리아에서 복무하는 미국인들을 그 병원이 담당하게 된단다. 적십자사에서 근무하는 미국인들이 많았다. 미국은 독일과 선전포고를 했지만 오스트리아와는 아직 아니었다.

이탈리아인들은 미국이 오스트리아와도 곧 선전포고를 할 거라고 확신했고, 비록 적십자사이지만 미국인들이 오는 것에 대해 들떠 있었다. 그들은 윌슨 대통령이 오스트리아와 선전포고를 할지 내게 물어왔고 나는 단지 시간문제일 뿐이라고 말했다. 어떤 점에서 미국이 오스트리아와 적대적인지 알지 못했지만 독일과 선전포고를 했다면 오스트리아와도 전쟁을 선포하는 것이 논리적이라는 생각이 들었다. 터키와도 전쟁을 선포할지 물어왔다. 그건 회의적이라고 답했다. 나는 터키는 미국인들의 새(our national bird)라고 했다. 그들은 농담을 잘 알아듣지 못하고 어리둥절하기에 나는 그렇다고, 아마 터키와도 전쟁을 선포할 거라고 말했다. 불가리아하고는? 브랜디를 여러 잔 마신 뒤여서 나는 반드시 그럴 거라고, 불가리아에도 일본에도 선전포고를 할 거라고 말했다. 그렇지만 일본은 영국의 우방이 아니냐고 그들이 말했다. 더러운 영국인들을 믿을 수 없고 일본은 하와이를 원한다고 내가 말했다. 하와이가 어디에 있나? 태평양에 있다. 왜 일본인이 하와이를 원하는가? 정말로 원하는 건 아니라고 내가 말했다. 모두 말뿐이지. 일본인들은 춤과 가벼운 술을 좋아하고 체구가 작은 대단한 민족이다. 프랑스인들 같군, 소령이 말했다. 우리는 프랑스인들로부터 니스와 사부아를 되찾을 거야. 코르시카와 마드리아 해안선도 전부 점령할 거라고 리날디가 말했다. 이탈리아는 로마의 영광으로 되돌아갈 거라고 소령이 말했다. 난 로마가 싫다고 말했다. 덥고 벼룩투성이야. 로마가 좋지 않다고? 왜, 난 로마가 좋아. 로마야말로 모든 나라의 어머니지. 티베르 강의 젖을 먹은 로물로스는 절대 잊지 못할 거야. 뭐? 아무것도 아냐. 모두들 로마로 가자고.

오늘 밤 로마로 가서 다시는 돌아오지 맙시다. 로마는 아름다운 도시야, 라고 소령이 말했다. 모든 나라의 어머니요 아버지, 내가 말했다. 로마는 여성이야, 라고 리날디가 말했다. 아버지는 될 수 없어. 그러면 누가 아버지지? 성령? 신성모욕하지 말게. 신성모욕이 아니라 알려고 물은 거지. 자네 취했네, 애송이. 누가 날 취하게 했지? 내가 취하게 했지, 소령이 말했다. 자네를 사랑해서 그리고 미국이 참전했으니까 취하게 해줬네. 꼭지가 돌도록 취했어, 내가 말했다. 자네는 내일 아침 떠나는 거야, 애송이, 리날디가 말했다. 로마로, 내가 말했다. 아니, 밀라노로, 밀라노로, 소령이 말했다. 수정궁으로, 코바로, 캄파리로, 비피로, 갈레리아로. 자넨 운이 좋아. 그란이탈리아로, 거기서 조지에게 돈을 빌릴 거야, 내가 말했다. 스칼라로, 리날디가 말했다. 자넨 스칼라에 갈 거야. 매일 밤, 내가 말했다. 매일 밤 갈 형편은 못 될 걸, 소령이 말했다.

티켓 값이 비쌌다. 할아버지 이름으로 일람불 환어음을 끊어야지, 내가 말했다. 뭐라고? 일람불 환어음. 할아버지가 지불하던가 아니면 내가 감옥에 가던가. 은행에 있는 커닝험 씨가 그것을 담당해. 나는 일람불 환어음으로 살거든. 할아버지가 이탈리아를 살리려고 죽어가는 애국자 손자를 감옥에 넣을 수 있겠어? 미국인 가리발디 만세, 리날디가 말했다. 일람불 환어음 만세, 내가 말했다. 조용히 해, 소령이 말했다. 이미 여러 차례 조용히 해 달라는 요청이 있었다. 페드리코, 정말 내일 가나? 미군 병원으로 간다고 내가 말했잖나, 리날디가 말했다. 예쁜 간호사들한테로. 야전병원에 있는 수염 기른 간호병들이 아니라. 알아, 알아, 미군 병원으로 간다는 거 나도 알아, 소령이 말했다. 수염도 괜찮은데, 내가 말했다. 누구든 수염을 기른다면 기르도록 해. 소령님, 수염 좀 길러보시죠? 방독면 안으로 들어가지 않을 걸. 아니요, 들어가요. 방독면 안에는 뭐든지 들어가. 방독면 안에서 토한 적도 있는 걸. 너무 소란피우지 말게나, 애송이, 리날디가 말했다. 자네가 전방에 있었다는 것을 우리는 모두 알지, 이런 멋진 애송이. 자네가 가면 난 뭘 하지? 이제 가지, 소령이 말했다. 감상적으로 되어가는군. 이봐, 깜짝 놀랄 소식이 있네. 자네의 그 영국 여자, 자네 알지? 자네가 매일 밤 병원으로 만나러간 그 영국 아가씨? 그 아가씨도 밀라노로 간다네. 미군 병원에 근무하러 다른 아가씨랑 같이 간다네. 미국에서 간호사들이 아직 오질 않았거든. 그 여자들이 속한 부서장과 오늘 얘기를 나눴어. 여기 전방에 여자가 너무 많아서 돌려보내는 거래. 어떤가, 애송이? 좋지, 그렇지? 큰 도시에 가면 자네를 안아줄 영국 여자도 있고. 나도 부상이나 당할까? 그렇게 될 수도 있을 걸, 내가 말했다. 이제 가자고, 소령이 말했다. 술 마시고 시끄럽게 굴고 페드리코를 방해했어. 가지 말게. 아니야, 가야 해. 안녕, 행운을 비네. 여러 가지로. 안녕. 안녕. 안녕. 빨리 돌아오게, 애송이. 리날디가 내게 입을 맞췄다. 자네한테서 리졸 냄새가 나. 안녕, 애송이. 안녕. 여러 가지로. 소령이 내 어깨를 가볍게 두드렸다. 그들은 발꿈치를 들고 나갔다. 꽤 취한 걸 알았고 잠이 들었다.

그 다음 날 아침, 우린 밀라노를 향해 떠났고 48시간 후에 도착했다. 힘든 여행이었다. 메스트레에 도착하기 전에 열차는 대피선로에서 한참을 있었고 아이들이 와서 열차 안을 들여다보았다. 한 꼬마에게 코냑을 사오도록 심부름을 시켰는데 돌아와서는 그라파밖에 없다고 했다. 그것을 사오라고 시키고 그라파를 사왔을 때 잔돈을 꼬마에게 주었다. 옆 자리에 앉은 사람과 나는 취해서 비첸차를 지날 때까지 잤다. 그곳을 지날 때 깨어서 나는 바닥에 토했다. 저쪽에 있는 남자가 이미 여러 번 바닥에 토를 했기 때문에 문제가 되지는 않았다. 갈증을 참을 수 없을 것 같아서 베로나의 외곽 정거장에서 기차 옆을 왔다 갔다 하는 병사를 불렀다. 그가 마실 물을 가져다 줬다. 나는 술에 취해있는 조르제티를 깨워 그에게 물을 건넸다. 그는 자기 어깨에 물을 부으라고 말하고 다시 잠을 잤다. 병사는 내가 주는 잔돈을 받으려 하지 않고 오히려 과즙이 풍부한 오렌지를 갖다 줬다. 나는 오렌지를 빨아먹고 찌꺼기는 뱉었다. 그 병사가 밖에서 화물차 옆을 왔다 갔다 하는 모습이 보였다.

잠시 후 기차가 덜컹거리더니 출발했다.

제2부

13

이른 아침 밀라노에 도착했다. 화물 쌓아놓는 뜰에다 우리를 내려줬다. 나를 앰뷸런스에 태워 미군병원으로 옮겼다. 들것에 누워 앰뷸런스에 타고 있었기 때문에 마을 어디를 지나고 있는지 알 수가 없었다. 들것에 실려 앰뷸런스에서 내리자 시장이 보였고 와인 가게 문이 열려 여자가 빗자루 질을 하고 있는 게 보였다. 사람들이 거리에 물을 뿌리자 이른 아침의 냄새가 났다. 그들은 들것을 내려놓고 안으로 들어가더니 수위와 함께 나왔다. 수위는 회색 콧수염이 있었다. 도어맨 모자를 쓰고 셔츠를 입고 있었다. 들것이 엘리베이터 안으로 들어가지 않자 그들은 나를 들것에서 내려서 엘리베이터로 올리는 것이 나을지 아니면 계단으로 들것을 들고 올라가는 것이 나을지를 의논했다. 나는 그들이 하는 말을 듣고 있었다. 그들은 엘리베이터로 결정했다. 들것에서 나를 들어 올렸다. "천천히 하시게," 내가 말했다. "살살 하시게."

엘리베이터 안은 비좁았고 다리가 구부러지자 고통이 매우 심했다. "다리 좀 뻗게 해 주게," 내가 말했다. "그럴 수가 없습니다, 중위님. 공간이 없습니다." 나를 안고 있는 운반자가 말을 했고 나는 그의 목에 팔을 두르고 있었다. 그의 입김이 내 얼굴에 닿자 마늘과 붉은 포도주 때문에 금속성 냄새가 났다.

"살살 해," 또 다른 운반자가 말했다.

"누군 살살 안하는가!"

"살살 하라고," 내 발을 잡고 있는 사람이 거듭 말했다.

엘리베이터 문이 닫히고 창살로 된 문도 닫히고 수위가 4층 버튼을 눌렀다. 수위는 걱정스러운 표정이었다. 엘리베이터는 천천히 올라갔다.

"무거운가?" 마늘 냄새가 나는 사람에게 내가 물었다.

"이정도쯤은 아무것도 아닙니다," 그가 말했다. 그의 얼굴에선 땀이 흐르고 그는 힘든 소리를 냈다. 엘리베이터는 꾸준히 올라가더니 멈췄다. 내 발을 잡고 있던 남자가 문을 열고 밖으로 나가니 발코니였다. 청동 손잡이가 있는 문들이 여럿 있었다. 내 발을 들고 있는 사람이 초인종을 눌렀다. 문 안쪽에서 벨소리가 들렸다. 아무도 나오지 않았다. 그러자 수위가 계단으로 올라갔다.

"사람들이 어디에 있는 거요?" 들것 운반자들이 물었다.

"모르겠네요," 수위가 말했다. "아래층에서 잠들을 자나."

"누구든 데려오게."

수위가 초인종을 누르고 문을 두드렸다. 그러고 나서 문을 열고 안으로 들어갔다. 안경을 쓴 나이든 여자와 함께 돌아왔다. 머리는 흐트러져 흘러내리고 있었지만 간호복을 입고 있었다.

"무슨 말인지 몰라요," 그녀가 말했다. "이탈리아어는 알아듣지 못해요."

"제가 영어 합니다," 내가 말했다. "이들은 저를 어디에 눕혔으면 하는데요."

"준비된 방이 없어요. 환자가 오는 줄 몰랐어요," 그녀는 머리카락을 쓸어 올리더니 근시안 특유의 눈길로 나를 보았다.

"세가 들어갈 수 있는 방이 있으면 저 사람들에게 보여 주세요."

"모르겠어요." 그녀가 말했다. "환자가 오는 줄 몰랐어요. 그냥 아무 방에나 들일 수는 없어요."

"아무 방이라도 괜찮소." 내가 말했다. 그리고 수위에게 이탈리아어로 "빈방을 찾아보라"고 했다.

"다 비어 있는데요." 수위가 말했다. "첫 번째 환자시네요." 그는 모자를 손에 든 채 나이든 간호사를 쳐다봤다.

"제발 나를 방에 들여봐 주시오." 다리가 접힌 채로 있어서 고통이 지속되었고, 뼛속까지 고통이 스며들었다. 수위가 문 안으로 들어가자 머리가 희끗한 간호사도 그를 따라갔다. 수위는 서둘러 되돌아왔다. "저를 따라 오세요." 그가 말했다. 그들은 긴 복도로 나를 데리고 가더니 블라인드가 쳐진 방으로 나를 옮겼다. 새 가구 냄새가 났다. 침대 하나, 거울이 달린 큰 옷장이 하나 있었다. 나를 침대에 눕혔다.

"침대 시트를 깔아 드릴 수가 없네요." 여자가 말했다. "시트가 장 속에 들어있는데 잠겨 있어서요."

나는 그녀에게 아무 말도 하지 않았다. "내 주머니에 돈이 있는데," 수위에게 말했다. "단추가 잠겨 있는 호주머니에." 수위는 돈을 꺼냈다. 들것 운반자 두 명이 모자를 벗어든 채 침대 곁에 서 있었다.

"5리라씩 주고 자네도 5리라 챙기게. 내 서류는 다른 쪽 주머니에 있네. 간호사에게 주게나."

들것 운반자들은 고맙다는 인사를 했다.

"잘 가시오." 내가 말했다. "여러 가지로 고마웠소." 그들은 다시 한 번 인사를 하고는 나갔다.

"이 서류들에 내 상태가 기록되어 있을 거고 지금까지 받은 치료도 기록되어 있소." 내가 간호사에게 말했다.

그 여자는 서류를 집어 들더니 안경 너머로 들여다봤다. 석 장의 서류가 접혀 있었다. "어떻게 해야 할지 모르겠어요." 그녀가 말했다. "이탈리아어를 읽지 못해요. 의사 지시 없이는 아무것도 할 수 없고요." 그녀는 울먹이면서 서류를 앞치마 주머니에 넣었다. "미국인이세요?" 울면서 그녀가 물었다.

"네, 서류들은 침대 옆 테이블 위에 놓아주시오."

방은 어두침침하고 시원했다. 침대에 누웠을 때 방 반대편으로 큰 거울이 보였지만 그 거울에 무엇이 비치는지는 알 수가 없었다. 수위는 침대 곁에 서 있었다. 그는 얼굴이 잘 생겼고 친절했다.

"이제 가도 되네." 내가 그에게 말했다. "당신도 가셔도 됩니다." 간호사에게 말했다. "이름이 어떻게 되지요?"

"워커 부인이에요."

"워커 부인, 가셔도 됩니다. 전 잠을 자야 할 것 같네요."

나 혼자 방에 있었다. 시원했고 병원냄새도 나지 않았다. 매트리스도 견고하고 편했다. 나는 움직이지도 않고 숨도 거의 쉬지 않은 채 통증이 줄어드는 것을 느끼면서 행복한 마음으로 누워있었다. 잠시 후 목이 말라서 침대 옆에 초인종 줄을 찾아서 잡아당겼지만 아무도 오지 않았다. 나는 잠이 들었다.

잠에서 깼을 때 주변을 둘러보았다. 덧창 사이로 햇빛이 들어오고 있있다. 커다란 옷장, 딩 빈 벽, 의자 두 개가 보였다. 내 다리는 더러운 붕대가 감긴 채 침대 밖으로 삐져나왔다. 다리가 움직이지 않도록 조심했다. 목이 말라서 손을 뻗어 초인종을 눌렀다. 문이 열리는 소리가 나더니 간호사가 들어왔다. 그녀는 젊고 예뻐 보였다.

"안녕하시오." 내가 말했다.

"안녕하세요." 그녀는 인사를 하고 침대로 다가왔다. "의사 선생님을 모셔올 수가 없었어요. 코모 호수에 가셨대요. 아무도 환자가 이송될 거라는 생각은 못했어요. 그런데 어디가 편찮으세요?"

"부상을 당했어요. 다리하고 발에 부상을 입었고 머리도 좀 다쳤습니다."

"성함이 어떻게 되나요?"

"헨리요, 프레더릭 헨리."

"몸을 씻겨 드릴게요. 의사 선생님이 오실 때까지는 처치를 해드릴 수가 없어요."

"바클리 양이라고 이곳에 있나요?"

"아니요, 그런 이름을 가진 사람은 여기 없어요."

"내가 이곳에 도착했을 때 울던 여자는 누굽니까?"

간호사가 웃었다. "워커 부인이세요. 밤 교대였는데 잠이 들었대요. 누가 올 거라고는 생각을 못했거든요."

이야기를 나누면서 그녀는 내 옷을 벗겼다. 붕대만 남기고 옷을 다 벗기고는 아주 부드럽게 살살 내 몸을 씻겨 줬다. 몸을 닦으니 기분이 아주 좋았다. 머리에도 붕대가 감겨 있었지만 붕대 주변을 다 씻겨 줬다.

"어디서 부상을 당하셨어요?"

"이손초에서요, 플라바 북쪽이죠."

"그게 어디 있어요?"

"고리치아 북부에 있소."

그 장소들이 그녀에겐 아무런 의미도 없다는 것을 알 수 있었다.

"고통이 심한가요?"

"아니오, 지금은 그렇지 않소."

내 입 안으로 체온계를 넣었다.

"이탈리아인들은 체온계를 겨드랑이 밑에 꽂던데," 내가 말했다.

"아무 말도 하지 마세요."

체온계를 꺼내 읽고서 체온계를 흔들었다.

"체온이 몇이오?"

"아시면 안 되지요."

"얼마인지 말해 보시오."

"거의 정상이에요."

"열이 있던 적은 없어요. 내 다리엔 낡은 쇳조각이 가득하오."

"무슨 말씀인지?"

"박격포 파편, 낡은 나사, 침대 스프링, 그런 것들이 가득 박혔단 말이오."

그녀는 고개를 젓더니 미소를 지었다.

"몸속에 이물질이 있으면 염증이 생기고 열이 날 거예요."

"맞소." 내가 말했다. "어떨지 두고 봅시다."

그녀는 병실에서 나가더니 이른 아침에 본 나이 든 간호사와 함께 돌아왔다. 둘이서 내가 침대에 누워있는 채로 침대 정리를 했다. 매우 솜씨 있게 처리해서 나로서는 새로운 경험이었다.

"이곳 책임자가 누구인가요?"

"밴 캠픈 양이세요."

"간호사는 몇 명이나 있소?"

"저희 둘뿐이에요."

"더 올 예정은?"

"몇 명 더 올 거예요."

"언제 오나요?"

"모르겠어요. 환자치고는 질문이 많으시네요."

"난 아픈 건 아니오." 내가 말했다. "부상을 당한 것뿐이지."

침대 정리가 끝난 뒤 나는 깨끗하고 뽀송뽀송한 시트를 하나는 깔고 하나는 덮고 누웠다. 워커 부인이 나가서 파자마 윗도리를 가져와 입혀줬다. 나는 꽤 말끔하게 갖춰 입은 것 같은 기분이 들었다.

"정말 친절하시군요, 두 분." 게이지 양이라는 간호사가 킬킬대며 웃었다. "물 좀 마실 수 있습니까?" 내가 물었다.

"물론이죠, 그리고 나서 아침을 드실 거예요."

"아침은 생각이 없소. 덧창 좀 열어 주시겠소?"

병실 안이 침침했었는데 덧창을 여니 밝은 햇빛이 들어왔다. 발코니를 내다보았다. 발코니 너머로 기와지붕과 굴뚝이, 그리고

기와지붕 위로 흰 구름과 아주 푸른 하늘이 보였다.

"다른 간호사들이 언제 오는지 모르십니까?"

"왜요? 저희가 제대로 돌봐드리지 못 하나요?"

"아주 잘 해주시죠."

"변기 사용해 보실래요?"

"한번 해 보지요."

나를 도와서 일으켜 세웠지만 변기 사용할 일은 없었다. 나는 누워서 열린 창밖으로 발코니를 내다봤다.

"의사는 언제 옵니까?"

"오셔야 오시나보다 해요. 코모 호수로 전화 연락드리려고 애썼어요."

"다른 의사는 없나요?"

"그분이 이 병원 담당 의사세요."

게이지 양이 물주전자와 잔을 가져왔다. 나는 물을 석 잔을 마셨고 그들은 병실에서 나갔다. 나는 잠시 창밖을 보다 다시 잠이 들었다. 점심을 먹었다. 오후에 간호부장인 밴 캠픈 양이 나를 보러왔다. 그녀는 나를 좋아하지 않는 것 같았고 나도 그녀가 마음에 들지 않았다. 그녀는 몸집이 작고 꽤 의심이 많으며 자리에 비해 지나치게 똑똑한 것 같았다. 그녀는 질문을 많이 했고 내가 이탈리아군에 있는 것을 창피하게 생각하는 것 같았다.

"식사 때 와인 마셔도 되나요?" 내가 물었다.

"의사 처방이 있을 때 만요."

"의사가 도착하기 전에는 못 마시나요?"

"절대로 안 됩니다."

"의사기 돌아 올 계획은 있는 겁니끼?"

"코모 호수로 그분께 전화 넣어놨습니다."

그녀가 나가고 게이지 양이 돌아왔다.

"밴 캠픈 양에게 왜 무례하게 구셨어요?"

뭔가 아주 솜씨 좋은 처치를 내게 해 준 다음에 이렇게 물었다.

"무례하게 굴려던 게 아니었어요. 그녀가 뻣뻣하게 군거지."

"당신이 오만하고 무례했다고 그러시던데요."

"아니오, 그런데 의사도 없는데 무슨 병원이라는 건지."

"의사선생님은 오실 거예요. 코모 호수로 그분께 전화 드렸대요."

"거기서 그 사람은 뭘 한 데나요? 수영을 하나?"

"아니요, 그곳에도 진료소가 있어요."

"의사를 하나 더 구하는 게 나을 텐데."

"쉿, 얌전히 계세요. 그분이 곧 오실 거예요."

나는 수위를 부르러 사람을 보냈고 수위가 왔을 때 와인 가게에서 친자노 한 병과 키안티 한 병, 그리고 석간신문을 구해다 달라고 이탈리아어로 말했다. 그가 나가더니 그것들을 신문에 싸 가지고 왔다. 신문을 벗겨내고 그는 내 부탁대로 코르크 마개를 딴 와인과 베르무트를 침대 아래에 넣어두었다. 나는 혼자였고 침대에 누워 잠시 동안 신문을 읽었다. 전방 소식과 전사자 명단과 그들이 받은 훈장을 읽었다. 그리고는 손을 뻗어 친자노 병을 꺼내서 배 위에 똑바로 세워 올려놓고 잔도 배에 올려놓고서 조금씩 따라 마셨다. 마시는 내내 병을 배 위에 올려놓아서 배 위에 원이 그려졌다. 지붕 너머로 밖이 어두워져 가는 모습을 바라봤다. 제비들이 원을 그리며 날아가는 모습과 쏙독새가 지붕 위로 날아가는 모습을 바라봤다. 그리고 친자노를 마셨다. 게이지 양이 유리잔에 에그노그[17]를 담아 가져다 줬다. 그녀가 방에 들어왔을 때 나는 베르무트 병을 반대편 침대 밑에 내려놨다.

"밴 캠폰 양이 여기에 셰리[18]를 좀 넣어주셨어요." 그녀가 말했다. "그분께 무례하게 구시면 안 돼요. 그분은 나이가 있으시잖아요. 그리고 이 병원의 책임자시고요. 워커 부인은 너무 나이가 많으셔서 그분께 아무런 도움이 되지 못하세요."

"좋은 분이시군요." 내가 말했다. "아주 고마운데요."

"저녁 금방 갖다 드릴게요."

"괜찮은데" 내가 말했다. "배가 고프질 않아요."

그녀는 식사 쟁반을 들고 와서 침대 테이블에 놓았다. 나는 감사인사를 하고 저녁을 조금 먹었다. 그 후 밖이 어두워지자 탐조등 빛이 하늘에서 움직이는 것이 보였다. 잠시 바라보다 잠이 들었다. 언젠가 한 번 꿈을 꾸다 땀을 흘리며 무서웠던 때를 제외하고는 잠은 푹 잤다. 그때는 꿈을 꾸지 않으려고 애쓰면서 다시 잠이 들었었다. 날이 밝기 한참 전에 잠이 깨어 수탉 우는 소리를 들었고 날이 밝아 올 때까지 깨어 있었다. 날이 완전히 밝자 피곤해서 다시 잠이 들었다.

---

17) 달걀과 술이 들어간 음료.

18) 스페인 와인 중 하나.

14

잠에서 깨니 방안에 밝은 햇살이 가득했다. 전방으로 되돌아 간 줄 알았고 침대 안에서 기지개를 켰다. 다리가 아파서 내려다봤더니 여전히 더러운 붕대가 감겨 있었다. 더러운 붕대를 보면서 비로소 어디에 와 있는지를 깨달았다. 손을 뻗어 초인종 끈을 잡고서 버튼을 눌렀다. 벨소리가 복도를 따라 울리자 고무깔창을 댄 신을 신은 누군가가 복도를 내려오는 소리가 들렸다. 게이지 양이었는데 밝은 햇살에서 보니 나이가 조금 더 들어보였고 그렇게 예쁜 얼굴도 아니었다.

"잘 주무셨어요?" 그녀가 말했다. "밤새 편하셨나요?"

"네, 감사합니다," 내가 말했다. "이발사를 불러줄 수 있나요?"

"밤에 들렀었는데 이걸 침대에 넣고 잠이 드셨더군요."

옷장 문을 열더니 그녀가 베르무트 병을 들어 올렸다. 거의 빈 병이었다. "다른 병도 침대 밑에서 꺼내 옷장에 넣어 두었어요," 그녀가 말했다. "잔을 좀 갖다 달라고 하지 그러셨어요?"

"술을 못 마시게 할 줄 알았지요."

"같이 마실 수도 있었을 텐데요."

"좋은 분이시군요."

"혼자 드시는 건 좋지 않아요," 그녀가 말했다. "혼자서 드시면 안 돼요."

"잘 알았습니다."

"당신 친구이신 바클리 양이 오셨어요," 그녀가 말했다.

"정말입니까?"

"네, 그런데 전 그녀가 마음에 들지 않네요."

"좋아하시게 될 겁니다. 정말 좋은 사람이거든요."

그녀는 고개를 저었다. "좋은 분이란 건 알아요. 이쪽으로 조금만 움직여 주실래요? 좋아요. 아침 드실 수 있게 씻겨 드릴게요." 그녀는 수건과 비누, 그리고 따뜻한 물로 나를 씻겨줬다. "어깨를 펴세요," 그녀가 말했다. "좋아요."

"아침 먹기 전에 이발사를 불러주실 수 있나요?"

"수위를 보내 이발사를 불러오도록 할게요." 그녀는 나갔다가 다시 돌아왔다. "부르러 갔어요,"라고 말하고는 들고 있는 세수 대야 안에 수건을 담갔다.

이발사가 수위와 함께 들어왔다. 끝이 올라간 콧수염이 있는 50대 남자였다. 게이지 양은 나를 다 씻긴 뒤 나갔고 이발사는 내 얼굴에 비누거품을 묻힌 후 이발을 했다. 그는 매우 과묵해서 말을 하지 않았다.

"상황이 어때요? 무슨 소식이라도 없나요?" 내가 물었다.

"무슨 소식이요?"

"아무 소식이라도. 마을에 아무 일 없어요?"

"전쟁 중입니다," 그가 말했다. "어디서나 적들이 듣고 있지요."

나는 그를 올려다보았다. "얼굴 가만히 두세요,"라고 말하면서 그는 계속해서 면도를 했다. "드릴 말씀이 없습니다."

"왜 이럽니까?" 내가 물었다.

"전 이탈리아인이고 적군과는 말을 섞지 않아요."

나는 그 말에 입을 다물었다. 그가 미친 사람이라면 그의 면도기 밑에서 빨리 빠져나오면 나올수록 더 나을 테니까. 좋은 표정을 지어 보이려고 애도 써봤다. "조심해요," 그가 말했다. "면도날이 날카로워요."

면도가 끝나서 나는 그에게 돈을 지불했고 팁으로 반 리라도 줬다. 그는 잔돈을 돌려줬다.

"팁은 받지 않아요. 전방에 있지는 않지만 저는 이탈리아인입니다."

"어서 가시오."

"그럼," 그는 면도기를 신문지에 쌌다. 그리고 침대 옆 테이블 위에 동전 5개를 남기고 떠났다. 나는 벨을 울렸다. 게이지 양이 왔다. "수위 좀 불러주시겠어요?"

"알았어요."

수위가 들어왔다. 그는 애써 웃음을 참고 있었다.

"그 이발사 미친 사람인가?"

"아니오, 중위님. 그가 실수를 한 거지요. 제가 중위님을 오스트리아군 장교라고 말한 줄로 잘못 알아들은 겁니다."

"아," 내가 말했다.

"하, 하, 하," 수위가 웃었다. "그 사람 재미있네요. 중위님이 조금이라도 움직였으면 ……" 그는 자기 엄지로 목을 그어 보였다.

"하, 하, 하," 그는 웃음을 참으려고 애를 썼다. "제가 중위님이 오스트리아군이 아니라고 말했을 때, 하, 하, 하,"

"하, 하, 하," 나는 따끔하게 말했다. "그자가 내 목을 땄더라면 얼마나 재밌었을까, 하, 하, 하."

"아니요, 중위님, 아니, 아닙니다. 오스트리아군한테 겁을 집어먹었던데요. 하, 하, 하."

"하, 하, 하," 내가 말했다. "여기서 나가게."

그는 나갔고 복도에서 웃는 소리가 들렸다. 누군가 복도를 내려오는 소리가 들렸다. 문 쪽을 쳐다봤다. 캐서린 바클리였다. 방으로 들어 온 그녀는 침대 곁으로 왔다.

"안녕, 내 사랑," 그녀가 말했다. 그녀는 신선하고 젊고 매우 아름다웠다. 그렇게 아름다운 사람은 처음 보는 것 같았다.

"안녕," 내가 말했다. 그녀를 보자 나는 사랑에 빠졌다. 내 안에 있는 모든 것들이 뒤집혔다. 그녀는 문 쪽을 보더니, 아무도 없는 것을 알고는 침대 옆에 앉아 몸을 굽혀 내게 키스를 했다. 나는 그녀를 끌어당겨 그녀에게 키스했고 그녀의 심장이 뛰는 게 느껴졌다.

"내 사랑," 내가 말했다. "이곳으로 오다니 얼마나 기특한지."

"이곳에 오는 건 그렇게 어렵지 않았어요. 이곳에서 계속 근무하는 것은 힘들지도 몰라요."

"이곳에 있어야 해요," 내가 말했다. "아, 당신 정말 굉장해," 나는 그녀에게 미쳐있었다. 그녀가 그곳에 있다는 것이 믿기지가 않아서 그녀를 바짝 끌어안았다.

"이러시면 안 돼요," 그녀가 말했다. "아직 회복이 안 되셨어요."

"아니, 아주 좋아. 자 이리와요."

"아니에요, 아직은 온전하지 않으세요."

"아니요, 괜찮아요. 정말. 자, 제발."

"절 사랑하세요?"

"진심으로 사랑하오. 마음이 온통 당신에게 팔렸소. 그러니 제발, 이리와요."

"우리 심장이 뛰는 걸 느껴보세요."

"우리 심장 따위는 상관하지 않아. 나는 당신이 필요해. 난 당신한테 미쳤다고."

"절 진정으로 사랑하세요?"

"그 말 좀 계속하지 말아요. 이리와요, 제발. 제발, 캐서린."

"알았어요. 하지만 아주 잠깐만요."

"좋아요," 내가 말했다. "문을 닫아요."

"그럴 수는 없어요. 그러면 안 돼요."

"이리로, 말하지 말고. 제발 이리와요."

캐서린은 침대 옆 의자에 앉았다. 문은 복도 쪽으로 열려 있었다. 격렬함은 가라앉았고 어느 때보다도 기분이 좋았다.

그녀가 물었다. "제가 당신을 사랑한다는 거 믿으세요?"

"아, 당신은 사랑스러워," 내가 말했다. "이곳에 계속 있어야 해요. 당신을 보내게 내버려 둘 수는 없어. 미치도록 당신을 사랑하오."

"우린 아주 조심해야 해요. 이러는 건 미친 짓이에요. 이러면 안 돼요."

"밤에는 되지."

"아주 조심해야 할 거에요. 다른 사람들 앞에서 조심하셔야 해요."

"그러겠소."

"그러셔야만 해요. 당신은 사랑스러워요. 날 사랑하시죠, 그렇죠?"

"그 말은 다시 하지 말아요. 그 말을 들으면 내가 어떤 기분인지 당신은 몰라."

"저도 조심할게요. 더는 어렵게 해드리고 싶지 않아요. 이제 가봐야 해요, 내 사랑, 정말요."

"빨리 돌아와요."

"올 수 있을 때 올게요."

"안녕."

"안녕, 사랑스러운 사람."

그녀가 나갔다. 내가 그녀와 사랑하고 싶어 하지 않았다는 것은 하나님이 아신다. 나는 그 누구와도 사랑하고 싶지 않았다. 그러나 내가 사랑에 빠졌다는 것을 하나님은 아시지, 밀라노의 병원 침대에 누워 나는 온갖 생각들을 하고 있었다. 기분이 좋았다. 게이지 양이 들어왔다.

"의사선생님이 오실 거예요," 그녀가 말했다. "코모 호수에서 전화를 주셨어요."

"언제 도착하나요?"

"오늘 오후면 도착하실 거예요."

15

오후까지는 아무 일도 없었다. 의사는 마른 체격에 몸집이 작고 조용한 사람인데 전쟁 때문인지 심기가 불편해 보였다. 그는 싫은 기색을 섬세하고 정교하게 드러내면서 내 허벅지에서 작은 쇳조각들을 여럿 빼냈다. 그는 "스노우"인가 뭐라고 불리는 국부 마취법을 썼는데 피부조직을 얼려서 탐침이나 외과용 매스나 핀셋이 언조직 밑으로 들어갈 때까지 고통을 느끼지 못하도록 하는 방법이었다. 마취된 곳이 어딘지는 분명히 알 수 있었다. 잠시 후 의사의 쉽사리 지치는 섬세함도 다 소진되었고, 그는 X-레이를 찍어보는 게 낫겠다고 했다. 탐침으로 찾는 게 만족스럽지 못하다고도 했다.

오스페달레 마조레[19]에서 X-레이를 찍었다. X-레이를 찍은 의사는 다혈질에다 유능하고 쾌활했다. 어깨를 세워서 찍도록 했는데 그렇게 하면 환자도 자기 몸에 있는 큰 이물질들을 볼 수 있었다. 사진 원판들은 보내주기로 했다. 의사는 수첩에 내 이름과 소속연대, 그리고 약간의 소감을 적어 달라고 했다. 그는 이물질들이 추하고 더럽고 흉측하다고 했다. 오스트리아군들은 개자식들입니다. 적군은 얼마나 죽였습니까? 나는 한 명도 죽이지 않았지만 비위를 맞춰주고 싶어서 많이 죽였다고 했다. 게이지 양이 함께 있

---

19) 밀라노에 있는 육군병원.

었다. 의사는 게이지 양에게 팔을 두르며 그녀가 클레오파트라보
다 더 예쁘다고 했다. 알아들었어요? 이집트 여왕이었던 클레오파
트라요. 맞아요. 세상에, 이집트 여왕이라. 우리는 앰뷸런스를 타
고 병원으로 돌아왔다. 그리고 잠시 후 나를 몇 번 들어 올렸고 나
는 다시 2층 병실 침대에 누워있었다. 필름 원판은 그날 오후에 도
착했다. 의사가 맹세코 오후에는 받겠다고 하더니 그렇게 된 거다.
캐서린 바클리가 그것들을 내게 보여줬다. 원판은 빨간색 봉투 속
에 있었다. 그녀가 원판을 꺼내 불빛에 비추어 보려고 들어 올렸고
우리는 함께 그것을 보았다.

"이게 당신 오른쪽 다리예요,"라고 말하고서 그 판을 봉투 안으
로 집어넣었다. "이건 왼쪽."

"치워버려요," 내가 말했다. "그리고 이리 침대로 와요."

"그럴 수 없어요," 그녀가 말했다. "보여드리려고 잠깐 들고 온
거예요."

그녀는 나갔고 나는 누웠다. 무더운 오후였으며 나는 누워있는
것에 신물이 났다. 수위에게 신문을 가져오라고 시켰다. 구할 수 있
는 신문은 모두 가져오라고.

그가 돌아오기 전에 의사 세 명이 병실로 들어왔다. 진료에 자
신이 없는 의사들이 몰려다니면서 진료를 하고 서로에게 도움을
청한다는 것을 알 수 있었다. 맹장을 제대로 떼어내지 못하는 의사
가 편도선을 성공적으로 제거하지 못하는 의사를 당신에게 추천
하는 그런 식이다. 이들은 그런 류의 의사였다.

"이 사람이 그 젊은이요," 손이 섬세한 병원 담당의가 말했다.

"안녕하세요?" 수염을 기르고 키가 크고 퀭하게 생긴 의사가 말했다. 빨간 봉투에 담긴 X-레이 판을 들고 있는 세 번째 의사는 아무 말도 하지 않았다.

"드레싱을 제거할까요?" 수염이 난 의사가 물었다.

"그래야지, 드레싱 제거해 주세요, 간호사." 담당의가 게이지 양에게 말했다. 게이지 양이 드레싱을 제거했다. 나는 다리를 내려다봤다. 야전 병원에선 갈아놓은 지 오래된 햄버거 스테이크처럼 보였었다. 지금은 껍질이 벗겨지고 무릎은 부어오르고 색깔도 죽고 종아리도 푹 꺼졌지만 고름은 없었다.

"아주 깨끗하군," 담당의가 말했다. "아주 깨끗하고 좋아."

"음," 수염을 기른 의사가 말했다. 세 번째 의사는 담당의의 어깨 너머로 쳐다봤다.

"무릎을 움직여 보세요," 수염을 기른 의사가 말했다.

"움직일 수가 없습니다."

"관절을 시험해 볼까요?" 수염을 기른 의사가 물었다. 소매에 별이 세 개 달렸고 그 옆에 줄이 하나 있었다. 그건 그가 선임대위라는 뜻이었다.

"그래야지," 주치의가 말했다. 의사 둘이 내 오른쪽 다리를 아주 조심스럽게 잡고서 구부렸다.

"아픕니다," 내가 말했다.

"알아요, 알아요. 조금만 더, 선생."

"됐습니다. 그게 최대한이요," 내가 말했다.

"부분 관절손상," 선임 대위가 말했다. 그가 몸을 똑바로 세웠다. "선생님, 필름을 다시 봐도 될까요?" 세 번째 의사가 그에게 하나를 건넸다. "아니, 왼쪽 다리."

"그게 왼쪽 다리 필름인데요, 선생님."

"그렇군. 내가 다른 각도에서 보고 있었네."

그는 필름을 되돌려 줬다. 그리고 다른 필름을 한동안 살펴보았다. "보이죠, 의사선생?" 그가 빛에 비쳐서 둥글고 분명하게 보이는 이물질 중 하나를 손으로 가리켰다. 그들은 그 필름을 한동안 살펴보았다.

"제가 말씀드릴 수 있는 건," 수염을 기른 선임대위가 말했다. "시간문제라는 겁니다. 3개월. 아니 6개월쯤 걸리죠."

"확실히 관절 활액이 재생성 돼야 해요."

"맞습니다. 시간문제예요. 탄알이 포낭에 싸이기 전에는 양심상 이런 무릎을 절개할 수는 없습니다."

"동의합니다, 선생님."

"뭐하는데 6개월이나 필요합니까?" 내가 물었다.

"무릎 절개를 안전하게 하기 위해서 탄알이 포낭에 싸이는데 6개월이 걸립니다."

"믿지를 못하겠어요," 내가 말했다.

"무릎을 보존하고 싶소, 젊은 양반?"

"아니오," 내가 말했다.

"뭐라고요?"

"잘라내고 싶습니다," 내가 말했다. "고리를 걸 수 있잖아요."

"무슨 말이오? 고리라니?"

"농담하는 겁니다," 주치의가 말했다. 그는 매우 가볍게 내 등을 두드렸다. "무릎을 지키고 싶겠죠. 아주 용감한 젊은 친구입니다. 무공은장을 받을 겁니다."

"거 정말 축하합니다," 선임대위가 말했다. 그는 악수를 했다. "제가 드릴 수 있는 말씀은 이런 무릎을 절개하는데 안전을 기하기 위해서는 적어도 6개월은 기다려야 된다는 말입니다. 물론 다른 의견을 내셔도 됩니다만."

"매우 감사합니다," 내가 말했다. "선생님의 고견을 존중합니다."

선임대위가 손목시계를 들여다봤다.

"가야겠습니다," 그가 말했다. "쾌유를 빕니다."

"행운을 빕니다. 대단히 감사합니다," 내가 말했다. 나는 세 번째 의사와 악수를 했다. "바리니 대위입니다…… 앙리 중위님" 세 사람 모두 방에서 나갔다.

"게이지 양," 내가 부르자 그녀가 들어왔다. "주치의 보고 곧 다시 와달라고 부탁해줘요."

그는 모자를 손에 들고 침대 곁에 섰다. "날 보자고 하셨다죠?"

"네, 수술을 받기위해 6개월을 기다릴 순 없습니다. 맙소사, 의사선생. 6개월간 침대에 누워있어 본 적 있으세요?"

"내내 침대에 누워만 있지는 않을 거요. 먼저 상처를 햇빛에 노출시켜야 해요. 그러고 나서는 목발을 짚게 될 거고."

"6개월 동안 그러고 나서 수술을 받는다고요?"

"그게 안전한 방법이오. 이물질이 먼저 포낭에 싸이면 활액이 재형성될 거요. 그러면 무릎 절개가 안전해지지요."

"선생도 정말 그렇게 오래 기다려야 한다고 생각하십니까?"

"그게 안전한 방법이요."

"선임대위는 어떤 사람입니까?"

"밀라노에서 아주 뛰어난 외과의요."

"선임대위죠?"

"맞소. 계급보다 실력이 더 나은 외과의죠."

"내 다리가 선임대위의 노리개가 되는 건 원치 않아요. 실력이 좋다면 소령이 됐을 겁니다. 난 선임대위들이 어떤지 잘 알아요, 의사양반."

"훌륭한 외과의고, 나라면 다른 외과의보다 그 사람의 판단을 따를 거요."

"다른 외과의가 진단을 해 볼 수는 없나요?"

"원하신다면 물론 되지요. 하지만 나라면 바렐라 선생의 의견을 따를 거요."

"다른 외과의에게 좀 와서 봐 달라고 부탁해주실 수 있나요?"

"발렌티니에게 와 달라고 하지요."

"어떤 사람인가요?"

"마지오레 병원의 외과의입니다."

"좋습니다. 매우 감사합니다. 이해하시겠지만, 의사선생, 나는 6개월간 침대에 누워있을 수가 없어요."

"침대에 누워있지는 않을 겁니다. 우선 태양 치료를 받을 거요. 그 다음엔 가벼운 운동을 할 수 있을 거고. 그리고 나서 이물질이 포낭에 싸이면 수술을 할 겁니다."

"하지만 6개월을 기다릴 수는 없어요."

의사는 모자를 들고 있는 그의 섬세한 손가락을 펴고 웃음을 지었다.

"전방으로 돌아가지 못해 왜 그렇게 조바심을 냅니까?"

"왜, 안됩니까?"

"아주 멋진 일입니다," 그가 말했다. "당신은 아주 훌륭한 젊은이요." 그는 몸을 굽혀서 내 이마에 아주 섬세하게 입을 맞췄다.

"발렌티니를 부르러 사람을 보내겠습니다. 걱정하지 마시고 흥분하지 마세요. 얌전히 구세요."

"한잔하시겠어요?" 내가 물었다.

"사양하겠습니다. 전 알코올은 안마십니다."

"딱 한 잔만," 나는 잔을 가져오라고 수위를 부르려 벨을 울렸다.

"아니, 사양합니다. 사람들이 기다리고 있어요."

"안녕히 가세요." 내가 말했다.

"안녕히 계세요."

2시간 후에 발렌티니 선생이 방으로 들어왔다. 꽤나 서두르고 콧수염의 끝이 뻣뻣이 서 있는 사람이었다. 그는 소령이었다. 얼굴은 그슬린 구릿빛이었고 늘 웃었다.

"어쩌다 이런 망할 일을 당한 거요?" 그가 물었다. "필름을 좀 보겠습니다. 그렇지, 그렇지. 그거야. 더할 나위 없이 건강해 보이시는데요. 저 예쁜 여자는 누굽니까? 애인인가요? 그럴 거라고 생각했지요. 지겨운 전쟁 아닙니까? 이건 느낌이 어때요? 아주 순한

환자시군요. 새로 태어난 것보다도 더 좋게 만들어 드리리다. 아프
신가요? 당연히 아프시겠지. 의사들이란 아프게 하는 걸 즐긴단 말
이지. 지금까지 군의관들이 당신에게 무슨 일을 한 거요? 저 아가
씬 이탈리아어 할 줄 모르나? 배워야 할 텐데. 정말 예쁘게 생겼군
요. 내가 가르쳐 줄 수도 있는데. 나도 이곳에 환자로 있겠소. 그럴
순 없겠지, 그래도 당신이 아기를 낳으면 공짜로 받아줄 텐데. 이
말을 여자가 알아들을까? 당신에게 튼튼한 아들을 낳아주겠지. 아
가씨처럼 멋진 금발을 가진 아들. 아주 좋아요. 됐어요. 정말 사랑
스러운 여자야. 나랑 저녁 먹을 생각이 있는지 좀 물어봐 줘요. 빼
앗지는 않을 테니. 감사해요. 무척 감사해요, 아가씨. 다 됐습니다."

　"그게 내가 알고 싶은 건 이게 다요" 그는 내 어깨를 토닥였다.
"드레싱을 풀러놔요."

　"한잔하시겠어요, 발렌티니 선생님?"

　"한 잔? 물론이지. 열 잔도 하겠소. 어딨소?"

　"옷장 속에요. 바클리 양이 술병을 가져다 줄 겁니다."

　"건배, 당신을 위해 건배요. 아가씨, 정말 사랑스러운 아가씨
야. 이것보다 좋은 코냑을 내가 갖다 주지." 그는 콧수염을 쓸어
내렸다.

　"언제쯤 수술이 가능하다고 보십니까?"

　"내일 아침. 그 전에는 안 되고. 위를 비워야 하니까. 깨끗이 씻
어내야 해요. 아래층에 가서 나이든 간호사에게 지시사항을 알려
놓겠소. 잘 계시오. 내일 봅시다. 그것보다 나은 코냑을 가져다 드
리리다. 여기 아주 편한 곳이요. 잘 있어요, 내일까지. 잘 자고. 아

침 일찍 봅시다."

콧수염을 바짝 세우고 갈색 얼굴에 웃음을 머금은 채 그는 문간에서 손을 흔들었다. 그가 소령이기 때문에 소매의 네모난 테두리 안에는 별이 새겨져 있었다.

16

그날 밤 발코니로 통하는 창이 열려있어서 박쥐 한 마리가 방으로 날아들어 왔고, 그 창을 통해 우리는 마을 지붕들 위로 펼쳐진 밤을 바라봤다. 마을의 작은 불빛이 몇 개 비칠 뿐 방은 어두웠다. 박쥐는 놀라지도 않고 병실이 바깥 세상인양 이리저리 먹이를 찾아다녔다. 우리는 누운 채로 그 녀석을 쳐다봤는데 조용히 누워있었기 때문에 박쥐는 우리를 보지 못했을 거다. 박쥐가 밖으로 나간 후에 탐조등이 켜졌다. 불빛이 하늘을 가로질러 움직이다 사라졌다. 다시 어두워졌다. 미풍이 불어왔다. 옆집 지붕 위에서 고사포병들이 이야기하는 소리가 들렸다. 날씨가 추워서 그들은 망토를 걸치고 있었다. 밤중에 누가 올라올까 봐 걱정이 됐는데 캐서린은 다들 잠들었다고 했다. 한 번은 같이 잠을 자다가 깨어보니 그녀가 없었다. 그런데 복도를 내려오는 소리가 들리고 문이 열리더니 그녀가 침대로 들어오면서 괜찮다고, 아래층에 다녀왔는데 모두들 잠들었다고 말해줬다. 밴 캠픈 양의 방 밖에 서서 그녀의 잠든 숨소리를 들었단다. 캐서린이 크래커를 가져왔다. 우리는 함께 크래커를 먹고 베르무트를 마셨다. 배가 많이 고팠지만 캐서린은 지금 먹은 것들도 아침까지 모두 배설해야 한다고 했다. 날이 밝은 아침에 다시 잠이 들었고 깨었을 땐 또 그녀가 가고 없었다. 그녀가 들어와 침대에 앉았는데 신선하고 아름다운 모습이었다. 체온계를 입에 물고 있는 동안 해가 떠올랐다. 우리는 지붕 위에 내려앉은 이슬 냄새를 맡았고 옆집 지붕 위에서 고시포병들이 마시는 커피 냄새를 맡았다.

"산책했으면 좋겠어요," 캐서린이 말했다. "휠체어가 있으면 밀어드릴 텐데."

"휠체어에는 어떻게 앉고?"

"할 수 있을 거예요."

"그러면 공원에 가서 야외에서 아침을 먹을 수 있을 텐데," 나는 열린 문 밖을 내다 봤다.

"우리가 해야 할 일은," 그녀가 말했다. "당신의 친구 발렌티니 선생님을 만나도록 당신을 준비시키는 거예요."

"그 선생, 대단한 것 같아."

"난 당신만큼 그 사람을 좋아하지는 않아요. 그래도 아주 좋은 분일 거라고는 생각해요."

"침대로 들어와요, 캐서린. 제발," 내가 말했다.

"안 돼요. 함께 즐거운 밤을 보냈잖아요."

"오늘도 밤 근무 할 수 있나?"

"아마도. 하지만 저를 원하지 않으실 텐데요."

"아니, 당신을 원할 걸."

"아니, 그렇지 않을 거예요. 수술 받아 본 적이 없으시죠. 어떻게 될지 몰라서 그래요."

"난 아무렇지도 않을 거야."

"아프실 거예요, 그러면 저한텐 신경도 안 쓰실 거고요."

"그러면 지금 이리로 와요."

"안 돼요," 그녀가 말했다. "차트 작업도 해야 하고 당신도 준비시켜 드려야 돼요."

"당신은 날 진정으로 사랑하지 않는 거야. 그렇지 않으면 내게 다시 들어오던가."

"정말 바보처럼 구시네요," 그녀가 내게 키스했다. "차트상은 좋아요. 체온도 언제나 정상이고요. 정말로 체온이 좋아요."

"당신은 모든 게 사랑스러워."

"아니요, 당신 체온이 좋아요. 전 당신 체온이 자랑스러워요."

"아마, 우리 애들은 모두 체온이 좋을 거요."

"우리 아이들은 체온이 형편없을 걸요."

"발렌티니 선생을 보기 전에 준비를 하려면 뭘 해야 하지?"

"별거 없어요. 그래도 꽤 불쾌하실 거예요."

"그 일을 당신이 꼭 하지 않아도 된다면 좋겠소."

"아니요, 다른 사람이 당신 몸에 손대는 거 싫어요. 바보 같죠? 다른 사람이 당신 몸에 손을 대면 화가 나요."

"퍼거슨 양도?"

"퍼거슨은 특히 더. 게이지와 다른 간호사도. 그 여자 이름이 뭐죠?"

"워커 부인 말인가?"

"맞아요. 여기엔 간호사가 너무 많아요. 환자가 더 많든가 해야지 아니면 우리를 내보낼 지도 몰라. 간호사가 4명이나 되거든요."

"아마 환자가 더 들어올 거야. 그래서 그렇게 많은 간호사가 필요한 것일 테고. 이곳은 꽤 큰 병원이잖소."

"환자가 더 들어오면 좋겠어요. 날 다른 곳으로 보내면 어쩌죠? 환자가 없으면 우릴 다른 곳으로 보낼 테데."

"그럼 나도 갈 거야."

"바보같이 구시긴. 당신은 아직 나가면 안 돼요. 그러니 빨리 회복하세요, 내 사랑. 그러면 우리 둘이 어디든 갈 수 있을 거예요."

"그러고 나선 무얼 하지?"

"아마 전쟁이 끝나겠죠. 전쟁이 계속 될 수는 없을 테니까요."

"나도 다 낫겠지," 내가 말했다. "발렌티니가 낫게 해 줄 거야."

"콧수염 기른 사람이 꼭 낫게 해 줄 거예요. 마취될 때 우리가 아닌 다른 것을 생각하셔야 해요. 마취가 되면 사람들은 말이 아주 많아지거든요."

"뭘 생각하지?"

"아무거나요. 우리 둘만 아니면 아무거나. 가족들을 생각해보세요. 아니면 아무 아가씨라도."

"싫소."

"그러면 기도를 하세요. 굉장히 좋은 인상을 주게 될 거예요."

"난 말하지 않을 거야."

"그래요. 아무 말도 하지 않는 사람도 종종 있어요."

"난 말 안 할 거야."

"그래도 너무 허세부리지 마시고, 내 사랑, 허풍도 떨지 마시고요. 당신은 너무 사랑스러우니까 허풍 같은 거 떨지 않으셔도 돼요."

"난 한마디도 안 할 거야."

"허풍 떠시네, 내 사랑. 허풍 떨 필요 없다는 거 아시면서도. 숨을 깊게 쉬라고 하거든 그냥 기도를 하시거나 시를 암송하거나 뭐 그러세요. 그러면 아주 근사해 보일 테고 전 당신이 자랑스러울 거예요. 아무튼 저는 당신이 자랑스러워요. 아주 정상인 체온이 사랑스럽고 베개를 저라고 생각하고 껴안은 채 아이 마냥 잠이 드는 것도. 아니면 다른 아가씨라고 생각하는 건가? 예쁜 이탈리아 아가씨로?"

"당신이야."

"물론 저겠지요. 아 사랑해요. 발렌티니가 당신 다리를 멀쩡하게 만들어줄 거예요. 수술을 제가 지켜보지 않게 돼서 기뻐요."

"당신 오늘 밤 근무하는 거지."

"네. 그래도 당신은 상관치 않을 걸요."

"기다려 보시라고."

"자, 내 사랑. 이제 안팎이 모두 깨끗해졌네요. 말해 보세요. 사랑했던 여자가 몇이나 있었나요?"

"아무도 없었소."

"저도 사랑했던 여자가 아니에요?"

"아니, 당신은 맞아."

"다른 여자는 얼마나?"

"아무도 없었소."

"몇 명 하고나…… 어떻게 말해야 하나…… 함께 했었나요?"

"아무도 없소."

"거짓말하시네요."

"정말이야."

"좋아요. 계속 기짓말하세요. 전 당신이 기짓말해 주길 원해요. 그 아가씨들 예뻤어요?"

"같이 잤던 여자가 없었다니까."

"좋아요. 그 여자들은 매력적이었나요?"

"아는 바 없음."

"당신은 제 남자예요. 맞아요. 당신은 다른 여자의 남자인 적이 없어요. 그랬더라도 상관없지만. 그들이 두렵지 않아요. 그래도 그 여자들 이야긴 제게 하지 마세요. 남자가 여자하고 있을 때 여자가 비용 얘기는 언제 하나요?"

"난 모르오."

"물론 그러시겠죠. 그 여자가 당신을 사랑한다고 말하나요? 말해 주세요. 알고 싶어요."

"남자가 그러길 원하면 그렇게 말하지."

"남자도 그 여자를 사랑한다고 말하나요? 말해줘요. 중요한 거예요."

"남자가 원하면."

"하지만 당신은 절대 그런 적 없지요? 정말?"

"절대로."

"정말 없지요? 진실을 말해 주세요."

"절대 없었소," 난 거짓말을 했다.

"당신은 안 그러실 거예요," 그녀가 말했다. "당신은 그러지 않으리라는 거 알아요. 아, 사랑해요, 내 사랑."

밖엔 해가 지붕 위로 떠올랐고 햇살 받은 성당 첨탑이 보였다. 온 몸이 안팎으로 깨끗해진 나는 의사가 오기를 기다렸다.

"그런 거예요?" 캐서린이 말했다. "여자는 남자가 원하는 것만 말하는 거예요?"

"늘 그렇지는 않아."

"저는 그럴 거예요. 저는 당신이 원하는 것만 말하고 당신이 원하는 것만 할 거예요. 그러면 당신이 다른 여자를 원하는 일은 없을 테니까요, 그렇죠?" 그녀는 매우 행복한 표정으로 나를 보았다. "난 당신이 원하는 것만 하고 원하는 것만 말할 거예요, 그러면 당신이 나만 사랑할 거야, 그렇죠?"

"그럼."

"이제 준비가 다 되셨는데 제가 뭘 해 드릴까요?"

"침대로 다시 와요."

"좋아요, 갈게요."

"오, 내 사랑, 내 사랑, 내 사랑," 내가 말했다.

"보셨죠," 그녀가 말했다. "당신이 원하는 건 뭐든지 하는 거."

"너무나 사랑스러워."

"그래도 이런 일에 아직 서투른 거 같아 두려워요."

"당신은 사랑스러워."

"당신이 원하는 걸 저도 원해요. 이제 저는 더 이상 없어요. 당신이 원하는 것만 있을 뿐이에요."

"이런 사랑스러운 사람."

"전 착해요. 착하지 않나요? 다른 여자를 원하시지 않죠, 그렇죠?"

"아니."

"보셨죠? 전 착한 여자예요. 당신이 원하는 것만 하는."

17

수술이 끝난 후 깨어나 보니 난 죽지 않았다. 죽지는 않는다. 그저 질식하는 거뿐이지 죽지는 않는다. 그저 질식시키는 거뿐이다. 화학적 질식 같은 거여서 감각이 없게 만드는 거다. 그 후엔, 게우려고 해도 나오는 게 아무것도 없고 담즙만 나온다는 거, 그리고 게우고 나서도 기분이 좋아지지 않는다는 것만 빼면 술 취한 것과 같은 느낌이 든다. 침대 끝에 모래자루들이 보였다. 깁스 밖으로 나온 파이프 위에 얹혀 있었다. 잠시 후 게이지 양이 보였다. 그녀는 "기분이 어떠세요?"라고 했다.

"더 좋습니다," 내가 말했다.

"무릎 수술을 기가 막히게 하셨어요."

"시간은 얼마나 걸렸나요?"

"2시간 반 정도요."

"내가 헛소리를 지껄이던가요?"

"한마디도 하지 않으셨어요. 지금도 말씀하지 마세요. 잠자코 계세요."

많이 메스꺼웠고 캐서린 말이 맞았다. 누가 밤 근무를 하든지 지금 같아선 관심이 없었다. 병원엔 나 말고도 3명의 환자가 더 있었다. 말라리아에 걸린 적십자사 소속의 조지아 출신인 마른 남자, 말라리아와 황달에 걸린 뉴욕 출신의 역시 마르고 착한 남자, 유산탄과 고성능 폭탄 혼합탄의 뇌관 뚜껑을 기념품으로 가져가려고 나사를 돌려 빼내려다 부상을 당한 착한 남자. 그건 산에 있는 오스트리아군이 사용하는 유산탄으로 그 뇌관 뚜껑은 폭파한 후에도 접촉하면 폭발했다.

캐서린 바클리는 밤 근무를 언제든지 마다하지 않았기 때문에 다른 간호사들이 그녀를 무척이나 좋아했다. 말라리아를 앓고 있는 환자들은 돌볼 일이 많았지만 뇌관 뚜껑을 뺐던 남자는 우리와 친구가 되었고 꼭 필요한 일이 아니면 밤에 벨을 누르는 법이 없었다. 간호 일을 하는 중간 중간 우리는 함께 있었다. 나는 그녀를 무척 사랑했고 그녀도 나를 사랑했다. 나는 낮에 잠을 잤는데 낮에 깨어있는 동안은 쪽지를 써서 퍼거슨 양을 통해 서로에게 전달했다. 퍼거슨은 좋은 여자였다. 52부대에 복무하는 오빠가 하나 있고 메소포타미아에 오빠가 하나 더 있다는 것과 캐서린 바클리에게 무척 잘해준다는 것 외엔 그녀에 대해 아는 바가 없었다.

"퍼기, 우리 결혼식에 와 주실 거죠?" 한 번은 그녀에게 이렇게 말했다.

"결혼 못하실 거예요."

"할 겁니다."

"아니요."

"왜 못합니까?"

"결혼하기 전에 싸우게 될 테니까요."

"우린 절대 안 싸웁니다."

"아직 시간이 남았어요."

"우린 안 싸웁니다."

"그렇다면 전사하게 될 거예요. 싸우거나 전사하거나. 그게 사람들이 하는 일이죠. 사람들은 결혼은 안 해요."

나는 그녀의 손을 잡으려고 팔을 뻗었다. "잡지 마세요," 그녀가 말했다. "저는 울지 않아요. 아마 당신들은 괜찮을지도 몰라요. 그래도 바클리를 힘들게 하지 않도록 조심하세요. 그녀를 힘들게 하면 제가 당신을 가만두지 않을 거예요."

"그녀를 힘들게 하지 않을 거요."

"그러니까 조심하세요. 당신이 회복하기를 바라요. 좋은 시간을 보내고 계시죠."

"우린 잘 지내고 있어요."

"그러면 싸우지도 말고 그녀를 힘들게 하지도 마세요."

"안 그럴 겁니다."

"조심하시고요. 나는 그녀가 전쟁고아를 갖는 건 싫어요."

"당신은 좋은 여자군요, 퍼기."

"그렇지 않아요. 아부하려 들지 마세요. 다리는 어떠세요?"

"좋습니다."

"머리는 어떤가요?" 그녀가 손가락으로 내 머리의 정수리를 만져봤다. 마비된 발을 만지는 것 같은 느낌이었다. "아무렇지도 않아요."

"크게 부딪히면 미칠 수도 있어요. 아무렇지도 않았다고요?"

"아무렇지도 않았어요."

"운이 좋은 젊은 양반이시군요. 편지는 다 썼나요? 저 내려가요."

"여기 있어요." 내가 말했다.

"당분간은 캐서린더러 밤 근무 하지 말라고 해요. 무척 피곤해하고 있어요."

"알았습니다. 그렇게 하겠습니다."

"제가 하고 싶은데 캐서린이 못하게 해요. 다른 간호사들은 캐서린이 밤 근무 한다면 좋아라하죠. 캐서린을 좀 쉬게 해야 해요."

"알았습니다."

"밴 캠픈 양이 당신이 아침나절에 자는 것에 대해 뭐라고 하시더라고요."

"그랬겠죠."

"당분간 캐서린이 밤 근무를 하지 않는 게 나을 거예요."

"저도 그러길 바라요."

"그러진 않을 거예요. 그래도 그렇게 해 주신다면 당신을 존경하는 마음이 들 거예요."

"그렇게 하도록 해볼게요."

"믿지는 않아요." 그녀는 쪽지를 들고 나갔다.

나는 벨을 울렸고 잠시 후 게이지 양이 들어왔다.

"무슨 일이세요?"

"드릴 말이 있어서요. 바클리 양이 당분간은 밤 근무를 쉬어야 된다고 생각지 않으세요? 아주 피곤해 보이던데. 왜 바클리 양만 계속해서 밤 근무를 하나요?"

게이지 양은 나를 쳐다봤다.

"저는 당신들 친구예요," 그녀가 말했다. "저한테는 그런 식으로 말씀하실 필요 없어요."

"무슨 말씀이세요?"

"바보처럼 굴지 마세요. 원하시는 게 그거예요?"

"베르무트 드실래요?"

"좋아요. 그리곤 가봐야 해요." 옷장에서 술병을 꺼내고 잔을 가져왔다.

"잔은 당신이 받으시고," 내가 말했다. "나는 병째 마시겠습니다."

"당신들을 위하여," 게이지 양이 말했다.

"내가 늦게까지 자는 것에 대해 밴 캠픈 양이 뭐라고 하던 가요?"

"똑같은 설교죠, 뭐. 당신을 특별 환자라고 부르던데요."

"염병할."

"그분이 속이 좁아서가 아니라" 게이지 양이 말했다. "나이가 많고 괴팍해서 그래요. 당신을 좋아한 적이 없잖아요."

"날 좋아하지 않죠."

"전 당신을 좋아해요. 전 친구니까 그 사실을 잊지 마세요."

"당신은 정말로 좋은 사람이오."

"아니요. 누굴 좋은 사람으로 여기는지 다 알고 있어요. 그래도 전 당신 친구예요. 다리는 좀 어떠세요?"

"좋아요."

"차가운 광천수 가져다가 다리에 좀 부어드릴게요. 깁스 아래가 가려우실 거예요. 밖이 더우니까요."

"당신은 정말 좋은 사람이오."

"많이 기려우세요?"

"아니오. 괜찮아요."

"저 모래주머니도 잘 고정시킬게요." 그녀가 몸을 숙였다. "전 당신 친구예요."

"그런 줄 알아요."

"아니요, 모르세요. 그래도 언젠가는 알게 될 거예요."

캐서린 바클리는 사흘 동안 밤 근무를 하지 않았다. 그리고 나서 다시 돌아왔다. 우리는 마치 둘 다 긴 여행을 한 뒤 다시 만난 것 같았다.

18

그해 여름 우리는 좋은 시간을 보냈다. 내가 바깥출입을 할 수 있을 때면 마차를 타고 함께 공원에도 갔다. 마차와 느릿느릿 가던 말, 앞쪽으로는 윤이 나는 높은 모자를 쓴 마부의 등, 그리고 내 곁에 앉은 캐서린 바클리가 기억난다. 내 손 끝이 그녀의 손에 스치는 정도라도 우리 손이 서로 닿을라치면 우린 흥분됐다. 그 후 내가 목발을 짚고 돌아다닐 수 있었을 때 우리는 비피스나 그란이탈리아로 저녁을 먹으로 가서 바깥 갤러리아에 놓인 테이블에서 식사를 했다. 웨이터들이 들락거리고, 사람들이 지나가고, 촛불은 테이블보 위에 그림자를 드리웠다. 우리가 그란이탈리아가 최고라는 결론을 내린 후에는 수석 웨이터인 조지가 우리를 위해 테이블 하나를 따로 남겨놓아 주었다. 그는 훌륭한 웨이터였다. 우리는 그에게 주문을 맡기고서 사람들과 해질녘의 거대한 갤러리아를 보면서 또 서로를 바라보았다. 프레사, 바르베라, 달콤한 와인 등 다른 와인들도 마셨지만 얼음 통에 넣어 차가와진 단 맛이 적은 화이트 카프리를 마셨다. 전쟁 중이라 와인 담당 웨이터는 따로 없었다. 내가 프레사 같은 와인에 대해 물어보면 조지는 부끄러운 듯 웃음을 지었다.

"와인에 딸기 맛이 난다고 그런 와인을 만드는 나라가 따로 있나하고 상상하신다면," 그가 말했다.

"왜 안 되는 데요?" 캐서린이 물었다. "굉장할 것 같은데."

"한 번 드서 보세요, 부인," 조지가 말했다. "원하신다면. 중위님께는 마고 작은 걸로 갖다 드리겠습니다."

"나도 이걸 마셔보겠네, 조지."

"그러지 않으시는 게. 딸기 맛은 나지도 않습니다."

"날 수도 있잖아요," 캐서린이 말했다. "딸기 맛이 나면 근사할 텐데요."

"가져 오겠습니다," 조지가 말했다. "숙녀분이 다 드시고 나면 치우겠습니다."

그건 와인이라고 할 수 없었다. 그의 말대로 딸기 맛조차 나지 않았다. 우리는 다시 카프리를 마셨다. 언젠가 밤에 내가 돈이 모자라서 조지가 100리라를 빌려준 적이 있었다..

"괜찮습니다, 중위님," 그가 말했다. "어떠신지 다 압니다. 남자가 돈이 떨어지는 이유야 다 알지요. 중위님이나 숙녀께서 돈이 필요하시면 언제든 빌려드리겠습니다.."

저녁 식사를 한 후 우리는 갤러리에서 나와 다른 식당과 셔터문이 내려진 상점들을 지나서 샌드위치를 파는 작은 가게 앞에서 멈췄다. 햄과 양상추 샌드위치와 손가락 길이만한 아주 작은 갈색 윤이 나는 롤빵으로 만든 앤쵸비 샌드위치를 파는 가게였다. 배가 고프면 먹을 야참용 샌드위치였다. 그리고 나서 성당 정문 앞 갤러리아 밖에서 무개마차를 타고 병원으로 왔다. 목발 짚는 것을 도와주려고 병원 정문으로 수위가 나왔다. 마부에게 돈을 지불하고 나서 우리는 엘리베이터를 타고 위층으로 올라갔다. 캐서린은 간호사들이 기거하는 아래층에서 내렸고 나는 계속 타고 올라가 목발을 짚고 복도를 내려가 병실로 들어갔다. 옷을 벗고 침대 안으로 들어가는 적도 있고 또 때론 발코니에 앉아서 의자 위에 다리를 얹어 놓고서 지붕 위를 날아다니는 제비를 바라보며 캐서린을 기다렸다. 그녀가 올라올 때면 마치 오랜 여행에서 되돌아온 것 같았다. 나는 목발을 짚은 채로 그녀와 함께 복도를 다니며 대야를 가져다주고, 문 밖에서 기다리기도 하고, 그녀와 함께 방 안으로 들어가기도 했다. 그들이 우리 친구냐 아니냐에 따라 상황은 달랐다. 그녀 일이 끝나면 우리는 내 병실 밖 발코니에 앉았다. 그러고 난 후 나는 잠이 들고 모두가 잠들어 환자들이 그녀를 호출할 일이 없다는 것이 확실해지면 그녀는 병실로 들어왔다. 그녀의 머리를 내려주는 것이 좋았다. 내가 그녀 머리를 내리는 동안 내게 살짝 키스를 해 주는 경우를 제외하고는 그녀는 침대에 조용히 앉아 있곤 했다. 내가 머리핀을 빼고 핀들을 침대보 위에 놓으면 머리가 풀어진다. 그녀가 꼼짝 않고 앉아있는 모습을 바라보면서 마지막 핀 두 개를 빼면 머리가 아래로 한꺼번에 쏟아진다. 그녀가 고개를 숙이면 우리 둘 다 그 머리 안에 들어가게 된다. 마치 텐트 안이나 폭포 뒤에 있는 듯한 기분이었다.

그녀의 머릿결은 기가 막히게 아름다웠다. 누워서 문으로 들어오는 불빛에 그녀가 머리를 틀어 올리는 모습을 지켜보곤 했다. 새벽 동이 트기 전에 물이 반짝이듯이 그녀의 머리도 밤에 빛이 났다. 그녀는 사랑스러운 얼굴과 사랑스러운 몸, 사랑스러운 매끈한 피부를 지녔다. 우리는 함께 누워 있곤 했고 나는 손가락으로 그녀의 뺨과 이마, 눈 밑, 턱, 목을 만지며 "피아노 건반처럼 매끄러워"라고 말하곤 했다. 그러면 그녀는 내 턱을 손가락으로 톡톡 치면서 "사포처럼 매끄러워서 피아노 건반이 힘이 들어요."라고 했다.

"거친가?"

"아니요, 내 사랑. 그냥 놀린 거예요."

밤이면 즐거웠다. 서로를 만질 수만 있어도 우린 행복했다. 우리는 사랑을 제대로 나누는 시간 외에도 자잘한 방법으로도 사랑을 나눴고, 다른 방에 떨어져 있을 때면 서로에게 자기 생각을 하게 하려고 애를 썼다. 때론 효과가 꽤 있는 것 같았는데 아마도 우리가 같은 생각을 하고 있었기 때문이었을 거다.

우리는 그녀가 병원에 온 첫 날 결혼한 거라고 서로에게 말하면서 그날부터 결혼한 날 수를 셌다. 나는 진짜로 결혼하고 싶었지만 캐서린은 우리가 결혼을 하면 병원에서 그녀를 내보낼 거라고 했다. 정식 결혼 절차를 밟기 시작만 해도 사람들이 그녀를 주시하고 우리를 갈라놓을 거라고도 했다. 이탈리아 법에 따라 결혼을 해야 하는데 그 절차가 굉장히 복잡했다. 아이를 갖기라도 하면 어쩌나 걱정이 돼서 나는 결혼이 진짜 하고 싶었다. 우리 서로는 결혼한 것처럼 지냈고 별로 걱정은 하지 않았다. 실은 결혼을 하지 않은 상태를 즐기고 있었던 것 같다. 어느 날 결혼 얘기를 했을 때 캐서린이 "내 사랑, 나를 내보낼 거예요"라고 말했었다.

"안 그럴 수도 있잖소."

"그럴 거예요. 날 집으로 돌려보낼 거고 그러면 전쟁이 끝날 때까지 우리는 떨어져 있어야 해요."

"휴가 받아서 가면 되지."

"휴가 동안 스코틀랜드까지 왔다 가지는 못해요. 게다가, 난 당신을 떠나지 않을 거예요. 지금 결혼하는 게 무슨 유익이 있겠어요? 우리는 실제로 결혼을 했는걸요. 이 이상 어떻게 더 결혼을 할 수가 있겠어요?"

"당신을 위해 결혼하고 싶은 것뿐이요."

"나라는 사람은 이제 없어요. 내가 당신이에요. 당신과 분리된 저를 만들지 마세요."

"여자들은 늘 결혼하고 싶어 하는 줄 알았지."

"그래요. 그런데, 내 사랑, 난 결혼했잖아요. 당신과 결혼했어요. 내가 좋은 아내가 아닌가요?"

"사랑스러운 아내지."

"아시죠, 내 사랑, 결혼을 기다렸던 경험이 한 번 있다는 거."

"그 얘기는 듣고 싶지 않은데."

"당신 이외에 그 누구도 사랑하지 않는다는 거 아시잖아요. 절 사랑했던 사람이 있었다고 해서 신경 쓸 거 없어요."

"나도 사랑하오."

"당신은 모든 걸 가졌는데 이미 죽은 사람을 질투하면 안 돼요."

"질투 안 해. 그래도 그 이야긴 듣기가 싫소."

"가여운 내 사랑. 당신이 온갖 여자들과 함께 있었다는 것을 알지만 그게 저에겐 아무런 문제도 되지 않아요."

"어떻게 은밀하게 결혼하는 방법은 없을까? 내게 무슨 일이라도 생기거나 당신에게 아이가 생기면 어떻게 하오?"

"교회니 나라 법을 따르는 거 외엔 다른 방법은 없어요. 우리는 은밀히 결혼했어요. 아시잖아요. 제게 종교가 있다면 큰 문제가 되겠지만 전 종교가 없어요."

"내게 성 안토니오를 주었잖소."

"행운을 빌기 위한 거였죠. 누군가가 제게 준 거였어요."

"그럼 아무것도 걱정이 안 된단 말이오?"

"단지 당신에게서 떨어져 다른 곳으로 보내질까 봐 그것만 걱정이에요. 당신이 내 종교요, 당신만이 내 전부예요."

"좋소. 당신이 좋다고 하는 날 당신과 결혼할 거요."

"저를 정식 아내로 맞이해야 하는 것처럼 말하지 마세요. 전 정식 아내예요. 무언가에 진정 행복하고 자랑스러우면 부끄러울 일이 없어요. 행복하지 않으세요?"

"당신, 나를 떠나서 다른 사람에게 가는 일은 없는 거지?"

"떠나지 않아요, 내 사랑. 다른 사람에게 가려고 당신 곁을 떠나는 일은 없어요. 온갖 끔찍한 일이 일어날 수도 있겠지만, 그것만은 걱정하지 않아도 돼요."

"걱정 안 하겠소. 그래도 난 지금 당신을 너무나 사랑하는 데 당신은 전에 누군가를 사랑했잖소."

"그 사람이 어떻게 됐는데요?"

"죽었소."

"네 맞아요. 그 사람이 죽지 않았으면 당신도 만나지 못했을 거예요. 전 부정한 사람이 아니에요, 내 사랑. 제게 많은 단점이 있겠지만 그래도 전 아주 신실해요. 제가 너무 신실해서 지겨워질 걸요."

"난 곧 있으면 전방으로 돌아가게 될 거요."

"가실 때까지 그 생각은 하지 않기로 해요. 아시다시피 전 행복해요, 내 사랑. 우린 행복한 시간을 보내고 있잖아요. 오랫동안 행복하지 못했었는데. 당신을 만났을 때 전 거의 미칠 지경이었지요. 아마 미쳐있었을 거예요. 그런데 지금 우리는 행복하고 서로를 사랑해요. 그냥 행복하기만 하자고요. 당신, 행복하죠? 당신이 싫어하는 일인데 제가 하는 것이 있나요? 당신을 기쁘게 해주기 위해 제가 뭘 할 수 있을까? 머리를 내릴까요? 사랑을 나눌까요?"

"그렇소. 침대로 와요."

"알았어요. 먼저 환자부터 살펴보고요."

19

그해 여름은 그렇게 지나갔다. 너무 더웠고 신문에 승전 보도가 많았다는 것 외엔 그 시간들이 잘 기억나지 않는다. 나는 매우 건강했다. 다리는 치료가 빨라서 목발을 짚기 시작한 시기부터 목발을 던져 버리고 지팡이를 짚게 되기까지 시간이 많이 걸리지 않았다. 그러고 나선 무릎을 구부릴 수 있도록 하기 위해 기계치료, 유리상자 안에서 자외선을 쬐는 치료, 마사지, 목욕치료를 마조레 병원에서 받기 시작했다. 오후에 병원에 갔다가 카페에 들러 술을 한 잔 마시면서 신문을 읽었다. 시내를 돌아다니지는 않았다. 카페에서 곧장 병원으로 가고 싶었다. 오로지 캐서린이 보고 싶었다. 그 외의 시간들은 기꺼이 흘려보냈다. 대개 오전에 잠을 잤고 오후엔 가끔 경마장에 들르고, 늦게야 물리치료를 받으러 갔다. 가끔은 앵글로 아메리칸 클럽에 들러서 창문 앞에 있는 가죽 쿠션 의자에 깊숙이 앉아 잡지를 읽었다. 내가 목발을 짚지 않게 되면서 그들은 우리가 함께 외출하는 것을 허락하지 않았는데 도움이 필요하지도 않은 환자를 보호자도 없이 간호사가 혼자 동행하는 것이 좋아 보이지 않기 때문이었다. 그래서 오후엔 함께 있는 시간이 적었다. 그래도 퍼거슨이 동행하면 함께 저녁을 먹으러 나갈 수 있었다. 캐서린이 엄청난 양의 업무를 담당했기 때문에 반 캠픈 양은 우리가 절친한 친구 사이라는 사실을 인정해 주었다. 그녀는 캐서린이 아주 좋은 가문 출신이라고 생각했고 결국은 그녀를 좋아하는 쪽으로 편견을 갖게 된 것이다. 반 캠픈 양은 가문을 매우 존중했고 자신도 훌륭한 가문 출신이었다. 병원이 무척 바빠서 그녀는 늘 일에 잡혀 있었다. 무더운 여름이었다. 밀라노에 아는 사람은 많았지만 오후가 지나면 병원의 내 안식처로 돌아가고 싶었다. 전방에서는 카르소로 진군 중이었다. 플라바 건너편의 쿠크를 점령했고 바인시차 고원을 탈환하려고 했다. 서부전선은 상황이 그다지 좋지 않은 것 같았다. 전쟁이 오랫동안 지속될 것만 같았다. 미국도 참전 중이었으나 전투에 투입할 군사를 많이 소집해서 전투 훈련을 시키는 데만도 1년은 걸릴 거라는 생각이 들었다. 내년은 힘든 한 해가 될 거다. 아니면 수월한 한 해가 되든지. 이탈리아군은 엄청나게 많은 병사를 소모하고 있었다. 어떻게 전쟁을 지속할 수 있을지 나로선 수가 서지 않았다. 바인시차 전부와 몽테 산 가브리엘레를 모두 차지한다 해도 오스트리아군에 이르려면 수많은 산맥을 넘어야 했다. 그 산들을 전에 본 적이 있었다. 가장 높은 산들이 그쪽에 있었다. 카르소에서는 진군을 하고 있었으나 저 아래 해안은 늪과 습지였다. 나폴레옹이었다면 오스트리아군을 평지에서 휘저어 놨을 거다. 나폴레옹이었다면 오스트리아군과는 산지에서 절대로 전투를 벌이지 않았을 거다. 그들을 내려오게 해서 베로나 근처에서 박살을 냈을 거다. 아직 서부 전선에서 우리든 적이든 상대방을 격파시킨 쪽은 없었다. 아마 전쟁은 더 이상의 승리 없이 질질 끌면서 또 다른 백년전쟁이 되려나 보다. 신문을 다시 선반에 얹어놓고서 클럽을 나왔다. 계단을 조심스럽게 내려와서 만초니 거리를 걸었다. 그랑 호텔 앞에서 마차에서 내리는 마이어스 노부부를 만났다. 그들은 경마장에서 돌아오는 길이었다. 검은 공단을 입은 그의 아내는 가슴이 컸다. 흰 콧수염을 기르고 있는 마이어스는 키가 작고 나이가 많았다. 그는 지팡이를 짚고서 발을 끌듯이 걸었다.

"안녕하세요? 안녕하세요?" 그녀가 악수를 했다. "안녕하쇼?" 마이어스가 말했다.

"경마는 어땠습니까?"

"좋았어요. 아주 즐거웠어요. 우승을 세 번이나 맞췄지 뭐예요."

"어떠셨어요?" 나는 마이어스에게 물었다.

"괜찮았소. 우승을 한 번 맞췄으니까."

"이 사람은 어땠는지 통 알 수가 없어요." 마이어스 부인이 말했다. "말을 전혀 안 해서요."

"난 늘 잘하고 있소," 마이어스가 말했다. 그는 다정하게 굴었다. "당신도 경마장에 나와야 할 텐데." 그가 말을 할 때면 상대방을 보지 않거나 상대방을 다른 사람으로 오해하고 있다는 느낌을 받는다.

"그러지요," 내가 말했다.

"한 번 뵈러 병원에 갈게요," 마이어스 부인이 말했다. "제 아들들에게 줄 것도 좀 있고요. 병사들은 다 내 아들들이라니까요. 정말 소중한 아들이죠."

"뵈면 다들 기뻐할 겁니다."

"소중한 아들들. 당신도요. 당신도 내 아들이라오."

"돌아가 봐야겠습니다," 내가 말했다.

"귀한 아들들에게 내 사랑을 전해 줘요. 가져갈 것들이 많아요. 고급 마르살라[20]랑 케이크가 있어요."

"안녕히 가세요," 내가 말했다. "뵈면 엄청나게들 좋아할 겁니다."

"안녕히 가시오," 마이어스가 말했다. "갤러리아에 들르시요. 내 테이블이 어디에 있는지 아시지. 오후엔 어김없이 그곳에 있다오." 나는 도로를 따라 올라갔다. 코바에서 캐서린을 위해 뭔가를 사고 싶었다. 초콜릿 한 상자를 샀고 아가씨가 포장을 하는 동안 나는 바 쪽으로 갔다. 영국인 부부와 항공병 몇이 있었다. 혼자 마티니를 마시고 돈을 지불한 뒤 바깥 카운터에서 초콜릿 상자를 받아들고 내 안식처인 병원을 향해 걸었다. 스칼라 극장 위 도로에 있는 작은 술집 밖에는 아는 사람들 몇이 모여 있었다. 부영사관, 성악공부를 하는 남자 둘, 그리고 샌프란시스코 출신이면서 이탈리아군에 소속된 이탈리아인 에토르 모레티 등. 나는 그들과 술을 한 잔 했다. 가수 중 한 사람은 랄프 시몬스였는데 엔리코 델크레도라는 가명으로 노래를 부르고 있었다. 그가 노래를 얼마나 잘하는지 알 수는 없으나 항상 뭔가 큰 일을 낼 것만 같았다. 그는 뚱뚱했고 건초열이 있는 것처럼 코와 입주변이 헐어있었다. 피아첸차에서 노래를 부르다가 돌아왔단다. 토스카를 불렀었는데 훌륭했단다.

"물론 당신은 제 노래를 들어본 적이 없지요," 그가 말했다.

---

20) 마르살라 지방에서 생산하는 백포도주.

"이곳에서는 언제 노래를 하시렵니까?"

"가을에 스칼라에서 공연할 거요."

"사람들이 분명 의자를 던질 거야," 에토르기 말했다. "모데나에서 청중들이 저 사람한테 의자를 던졌다는 말 들으셨나요?"

"말도 안되는 거짓말이오."

"사람들이 의자를 던졌어요," 에토르가 말했다. "내가 거기 있었고, 나도 의자를 6개나 던졌다니까요."

"프리스코 출신 왑(이탈리아인) 주제에."

"저 친구 이탈리아어 발음이 안 돼요," 에토르가 말했다. "그러니 가는 곳마다 사람들이 의자를 던져대지."

"피아첸차는 이탈리아 북부에서 노래하기가 가장 힘든 곳이지요," 다른 테너가수가 말했다. "정말로 그곳은 노래하기 힘든 소극장이에요." 그 테너가수 이름은 에드가 선더스였다. 그 사람은 에두아도르 지오바니라는 가명으로 노래를 했다.

"그곳에 가서 사람들이 자네한테 의자 던지는 걸 보고 싶은데," 에토르가 말했다. "자네는 이탈리아곡은 부르지도 못하잖아."

"저 치 꼴통이네," 에드가 선더스가 말했다. "하는 말이라곤 의자 던지는 소리밖에 없으니."

"그거야 당신들이 노래 부를 때 사람들이 유일하게 하는 행동이니까," 에토르가 말했다. "미국에 가서는 스칼라에서 아주 근사했다고 말하겠지. 스칼라에서는 첫 음조차 내지 못 할 거면서."

"난 스칼라에서 노래하게 될거요," 시몬스가 말했다. "10월에 토스카를 부를 거요."

"우리가 가야되겠죠, 맥, 그렇죠?" 에토르가 부영사에게 말했다. "저 사람들을 보호해 줄 사람이 필요할 테니."

"아마 미군이 보호 차 그곳에 갈 겁니다," 부영사가 말했다. "한 잔 더 할래요, 시몬스? 시몬스, 한 잔 더 하시죠?"

"좋소이다," 시몬스가 말했다.

"은성 무공 훈장을 받으실 거라는 소리 들었소." 에토르가 내게 말했다. "어떤 표창을 받게 되시나?"

"모르겠습니다. 훈장을 탈 수 있는지도 모르는 걸요."

"타실거요. 그러면 코바에 있는 여자들이 당신을 근사하게 생각할 거요. 모두들 당신이 오스트리아군을 한 200명 정도 사살했거나 단신으로 참호를 통째로 점령한 줄로 생각할 거요. 나도 훈장 타려고 애 좀 썼었소."

"에토르, 훈장을 몇이나 받으셨소?" 부영사가 물었다.

"모든 걸 다 가졌지요," 시몬스가 말했다. "저런 자들을 위해 전쟁을 하는 거잖아."

"동성은 두 번, 은성은 세 번 받았소." 에토르가 말했다. "서류는 하나만 왔던데."

"나머지들은 뭐가 문제였소?" 시몬스가 물었다.

"작전이 성공하지 못했소," 에토르가 말했다. "작전이 성공하지 못하면 모든 훈장을 유보하거든."

"부상은 몇 번 당하셨소, 에토르?"

"세 번 심하게 당했지요. 부상 휘장이 세 개요. 보여요?" 소매를 돌렸다. 검은색 바탕에 은색 평행선 세 개가 어깨에서 8인치쯤 내려온 곳에 꿰매어져 있었다.

"당신도 하나 받았을 텐데?" 에토르가 물었다. "있으년 확실히 좋아요. 훈장보다는 수장을 받는 게 더 나아요. 세 개쯤 받으면 대단한 거요. 병원에 석 달 입원할 만한 부상 한 건당 수장 하나를 받거든."

"어디 부상을 당했소, 에토르?" 부영사가 물었다.

에토르는 소매를 걷었다. "여기요." 그는 깊고 매끄러운 붉은 상처를 보여줬다. "여기 다리도, 각반을 해서 보여드릴 수는 없지만. 그리고 여기 발에. 내 발에 죽은 뼈가 있어서 냄새가 나요. 매일 아침 작은 조각들을 새로 빼내는데 냄새가 항상 나지."

"무엇에 맞았소?" 시몬스가 물었다.

"수류탄. 감자 으깨듯이 모조리 으깨어버리는 수류탄에. 내 발 한쪽이 완전히 날아가 버렸소. 감자 으깨는 거 알아요?" 그가 내 쪽으로 몸을 돌렸다.

"물론이죠."

"난 개자식이 그걸 던지는 걸 봤소이다." 에토르가 말했다. "내가 넘어갔었소. 완전히 죽은 줄 알았는데 감자 으깨기 안에 아무것도 없더라고. 내 소총으로 그 개자식을 쐈지. 내가 장교라는 걸 모르게 하려고 난 늘 소총을 들고 다니지."

"그 사람 표정이 어땠나요?" 시몬스가 물었다.

"그 자식이 갖고 있던 마지막 수류탄이었는데," 에토르가 말했다. "왜 그걸 던졌는지 지금도 모르겠어. 한 번 던져보고 싶었던 것 같아. 아마 진짜 전투를 한 번도 보지 못했던 거겠지. 난 즉시 그

개자식을 쐈고."

"당신이 쐈을 때 그 사람 표정이 어땠냐고요?" 시몬스가 물었다.

"젠장, 그걸 내가 어떻게 아나," 에토르가 말했다. "배를 쐈었지. 머리를 쏘면 빗맞출까봐 겁이 났었소."

"장교가 된 지는 얼마나 되셨나요, 에토르?" 내가 물었다.

"2년이요. 이제 대위가 될 거요. 당신은 중위가 된 지 얼마나 되셨소?"

"3년째 되가네요."

"이탈리아어가 서툴러서 대위는 될 수 없을 거요." 에토르가 말했다. "말은 하지만 읽고 쓰기가 서툴잖소. 대위가 되려면 교육을 받아야 하오. 미군으로 돌아가는 게 어때요?"

"아마 그래야겠죠."

"나도 그럴 수 있다면 얼마나 좋을까. 그런데 맥, 대위는 봉급이 얼마나 되나요?"

"정확히는 모르는데, 250달러 정도겠죠."

"세상에 250달러로 뭘 하지. 프레드, 당장에 미군으로 들어가는 게 좋겠소. 나도 들어갈 수 있는지 알아봐 줘요."

"알았습니다."

"일 개 중대 정도는 이탈리아어로 지휘할 수 있어. 영어도 쉽게 배울 수 있을 거고."

"장군이 될 거요," 시몬스가 말했다.

"아니오, 장군이 될 만큼은 아니오. 장군이 되려면 아는 게 정말 많아야 하거든. 자네들은 전쟁이 아무것도 아니라고 생각하지.

자네들은 이류 하사관이 될 만한 머리도 없어."

"그럴 필요가 없으니 얼마나 다행인가," 시몬스가 말했다.

"자네들 같은 병역기피자들도 다 모집을 하면 자네도 피할 수 없는 거지. 이보게, 난 자네 둘을 우리 소대에 넣고 싶어. 맥도. 맥, 자네를 내 당직병으로 쓰면 좋겠어."

"에토르, 당신은 좋은 사람이요," 맥이 말했다. "그래도 당신은 군국주의자인 것 같아요."

"전쟁이 끝나기 전에 난 대령이 될 거야," 에토르가 말했다.

"적들이 당신을 사살하지 않는다면."

"저들은 날 죽이지 못 할 거요," 옷깃에 달린 별들을 엄지와 검지로 만지작거렸다. "내가 이렇게 하는 거 봤소? 누구든 전사에 대해 언급하면 우린 항상 별을 만지지."

"가자고, 시몬스," 선더스가 일어서며 말했다.

"그러세."

"잘 가시오," 내가 말했다. "저도 가봐야겠습니다." 술집 벽시계가 6시 15분 전을 가리켰다.

"안녕히, 에토르."

"안녕, 프레드," 에토르가 말했다. "당신이 은성 무장 훈장을 받는다는 게 아주 좋소이다."

"받을지도 아직 모르는 일인걸요."

"받을 거요, 프레드. 아무 일 없이 받을 거란 얘기 내 들었소."

"그래요, 안녕히 가세요," 내가 말했다. "문제거리는 피하시고요, 에토르."

"내 걱정은 마시오. 나는 술도 안마시고, 돌아다니지도 않소. 난 술꾼도, 호색한도 아니오. 나한테 좋은 게 무언지 정도는 알고 있소."

"안녕히 가세요," 내가 말했다. "대위로 승진하신다니 잘됐네요."

"승진 때까지 기다릴 필요가 없소. 전쟁공로로 대위가 될 테니까. 알고 있죠? 별 세 개에 군장 두 개가 십자를 만들고 그 위에 관을 씌운 것. 그게 나요."

"행운을 빕니다."

"행운을. 언제 전방으로 귀대하시나?"

"이제 곧 합니다."

"그럼, 또 봅시다."

"안녕히."

"안녕히. 불행일랑은 멀리 하시고."

병원까지 지름길로 이어지는 뒷길을 따라 걸었다. 에토르는 23살이었다. 샌프란시스코에서 삼촌 손에 자랐고 전쟁포고가 있었을 때 토리노에 있는 아버지와 어머니를 방문 중이었다. 여동생이 있는데 그와 함께 삼촌 손에서 자라도록 미국으로 보냈다. 그녀는 올해 보통학교를 졸업할 예정이다. 그는 만나는 사람마다 어김없이 지루하게 만드는 뛰어난 재주가 있었다. 캐서린은 그를 힘들어했다.

"영웅들도 있죠," 그녀가 말했다. "그래도 보통은, 내 사랑, 그 사람들은 훨씬 더 조용해요."

"난 그 사람 신경 쓰지 않소."

"그 사람이 그렇게 잘난 처하지 않고, 날 지루히고, 지루하고, 지루하게 만들지만 않는다면 저도 신경 쓰지 않을 거예요."

"나도 그가 따분하긴 해"

"그렇게 말해주다니 배려가 깊으세요, 내 사랑. 그러실 필요는 없어요. 당신은 전방에 있는 그의 모습을 상상할 수 있고 그가 쓸모 있는 사람이란 것도 아실 테니까요. 그런데 그 사람은 정말 호감이 안 가는 타입이에요."

"나도 알아요."

"그걸 알다니 세심하셔라. 저도 그 사람을 좋아해 보려고 하는데 그 사람은 끔찍해요. 정말 끔찍한 사람이에요."

"오늘 오후에 대위로 진급한다고 하던데."

"잘됐네요." 캐서린이 말했다. "그러면 만족하겠죠."

"나도 계급이 높아졌으면 하지 않소?"

"아니요, 내 사랑, 전 그냥 당신 계급이 좋은 식당에 들어갈 수 있을 정도면 좋아요."

"지금 내 계급이면 되는 거네."

"당신 계급이면 훌륭하죠. 그 이상 진급하는 건 원치 않아요. 그러면 머리가 무거워질 테니까요. 당신이 잘난 척하지 않는 게 얼마나 좋은지 몰라요. 잘난 척하는 사람이었어도 당신과 결혼은 했겠지만 그렇지 않은 남편을 둔 게 너무 편해요."

우리는 발코니에 나가서 조용히 이야기를 나눴다. 달이 떠오를 시간이었지만 안개가 자욱해 달이 나오지 못했다. 잠시 후 보슬

비가 뿌려서 우리는 안으로 들어왔다. 밖은 안개가 비로 변하면서 곧 비가 심하게 내렸다. 빗물이 지붕을 때리는 소리가 들렸다. 나는 일어나 문으로 가서 비가 들이치는지 살펴보았다. 비가 들이치지는 않았다. 그래서 문을 열어 두었다.

"그리고 또 누구를 만났어요?" 캐서린이 물었다.

"마이어스 부부."

"그 사람들도 참 이상한 사람들이에요."

"그 사람 고향에서 징역을 살았어야 했다나봐. 근데 나가서 죽으라고 풀어 줬대."

"그런데 그 후로 밀라노에서 행복하게 산 거네요."

"얼마나 행복한지는 모르겠어."

"감옥에서 나왔으니 행복한 거죠."

"부인이 이곳에 뭘 가져온다던데."

"늘 좋은 것들을 가져오세요. 당신도 그분의 아들인가요?"

"아들 중 하나지."

"당신도 그분 아들이군요," 캐서린이 말했다. "자기 아들들을 더 좋아하시던데. 비 오는 소리 좀 들어보세요."

"심하게 내리는군."

"당신, 절 언제나 사랑하실 거죠?"

"그럼."

"비가 온다고 해서 달라지는 건 아니죠?"

"물론."

"됐어요. 전 비가 무서워요."

"왜?" 난 잠이 왔다. 밖에는 비가 계속 내리고 있었다.

"모르겠어요, 내 사랑. 전 비가 늘 두려웠어요."

"나 비가 좋은데."

"빗속을 걷는 건 좋아요. 그러나 사랑에는 모진 것 같아요."

"언제나 사랑할 거요."

"저도 당신을 비가 오든, 눈이 오든, 우박이 내리든, 그리고 ……또 뭐가 있더라?"

"모르겠소. 나 좀 졸린데."

"주무세요, 내 사랑. 상황에 관계없이 당신을 사랑할 거예요."

"비가 진짜 두려운 건 아니겠지?"

"당신과 함께 있을 땐 괜찮아요."

"비가 왜 무서운 걸까?"

"저도 몰라요."

"말해 봐."

"억지로 시키지 마세요."

"말해 봐요."

"싫어요."

"말해 줘요."

"알았어요. 제가 비가 두려운 건 가끔 빗속에서 제가 죽어있는 모습이 보여서 그래요."

"그럴 리가."

"그리고 때론 당신이 빗속에 죽어있는 모습도 봐요."

"그건 좀 그럴듯한데."

"아니에요, 그렇지 않아요. 제가 당신을 안전하게 지킬 수 있어요. 제가 그렇게 할 수 있다는 걸 전 알아요. 그렇지만 스스로를 지킬 수 있는 사람은 없어요."

"이제 그만 합시다. 난 오늘 밤 당신이 스코틀랜드 사람처럼 정신이 나가길 원치 않소. 우리가 함께할 수 있는 시간이 그리 오래지 않을 거요."

"아니에요, 전 스코틀랜드인이고 정신도 나갔어요. 그렇지만 그만둘 게요. 다 말도 안 되는 소리니까요."

"그래, 말도 안 되는 소리들이야."

"모두 말도 안 돼요. 그저 말도 안 되는 소리일 뿐이에요. 전 비가 두렵지 않아요. 전 비가 두렵지 않아요. 아, 하나님, 비가 무섭지 않으면 좋겠어요." 그녀는 울었다. 내가 위로해주자 울음을 멈췄다. 그러나 비는 계속해서 내렸다.

20

어느 오후 우리는 경마장에 갔다. 퍼거슨 양과 뇌관 뚜껑이 폭발하는 바람에 눈에 부상을 입은 크로웰 로저스도 함께 갔다. 점심식사 후 여자들이 외출 준비를 하는 동안 나는 캐서린의 방 침대에 앉아서 이전 경마실적과 경마신문에 나온 예측들을 읽고 있었다. 크로웰은 머리에 붕대를 감고 있었다. 그는 경마에는 별 관심 없었지만 뭔가 할 일을 찾느라 경마신문을 꾸준히 읽었고 모든 경마실적을 파악하고 있었다. 그는 현재 있는 말들이 다 꽤나 부진하다고 했다. 마이어스 부부는 그를 좋아해서 그에게 비법을 알려 주었다. 마이어스 부부는 거의 매 경주마다 돈을 땄지만 비법을 알려주면 가격이 떨어지니까 여간해선 알려주려 하지 않았다. 경마에는 부정이 많았다. 다른 경마장에서 제명당한 기수들이 모두 이탈리아에서는 경마를 했다. 마이어스의 정보는 훌륭했지만 난 그 사람에게 물어보는 게 싫었다. 때때로 대답을 하지 않기 때문이다. 그리고 정보를 말해 줄 때마다 늘 기분이 언짢아하는 것 같았다. 그런데 이유는 모르겠지만 그에겐 우리에게 알려줘야 한다는 의무감 같은 게 있었고, 크로웰에게 말해 줄 때는 덜 꺼려했다. 크로웰은 눈을 다쳤는데 한쪽 부상은 꽤 심했다. 마이어스도 늘 눈 때문에 고생을 하는 터라 크로웰을 좋아했다. 마이어스는 어느 말에 걸었는지 자기 아내에게도 말해주는 법이 없었다. 그녀는 거의 돈을 잃는 편이지만 돈을 따든 잃든 언제나 남편에게 알려줬다.

우리 넷은 무개마차를 타고 산시로로 갔다. 날씨가 좋았다. 공원을 지나 전찻길을 따라 시내로 나섰다. 도로에 먼지가 많았다. 정원의 식물들이 웃자란 저택 중 쇠담장을 두른 집들도 있었다. 벌판을 가로질러 농장이 보였고 관개도랑이 있는 풍성한 채소 농장과 북쪽으로 산들이 보였다. 경마트랙으로 들어가는 마차들이 많았다. 우리는 군복차림이었기 때문에 정문을 지키는 사람이 입장권 확인도 없이 우리를 들여보내 줬다. 마차에서 내려 프로그램을 사고 장내를 가로질러 푹신한 잔디밭을 지나서 대기소로 걸어갔다. 특별관람석은 오래된 나무 구조물이었는데 그 관람석 밑으로 도박창구가 마구간 가까이까지 한 줄로 이어져 있었다. 장내 담장을 따라 군인들이 무리지어 있었다. 특별관람석엔 사람들이 꽤 많았고 기수들은 말들을 관람석 뒤 나무 밑에서 원을 그리며 걷게 하고 있었다. 아는 사람들을 만났고, 퍼거슨 양과 캐서린의 자리를 맡고 나서 말들을 보았다.

말들은 한 마리씩 차례로 고개를 숙이고 기수들을 따라 돌고 있었다. 자줏빛이 도는 흑색마가 있었는데 크로웰은 염색을 들인 게 분명하다고 했다. 그 말을 찬찬히 살펴보았는데 그럴 수도 있겠다는 생각이 들었다. 그 말은 안장을 채우라는 벨이 울리기 바로 직전에 나왔다. 기수 팔에 적힌 숫자를 보고 프로그램에서 그 말을 찾아 봤더니 자팔라크라는 거세된 검정말이라고 적혀 있었다. 이번 경마는 1000리라가 넘는 상금을 타 본 적이 없는 말들 사이의 경주였다. 캐서린은 그 말이 염색한 게 분명하다고 했다. 퍼거슨 양은 알 수 없다고 했다. 나는 좀 의심스러워 보였다. 우린 모두 그 말을 응원하는 데 동의했고 100리라를 걸었다. 배당률 표에 따르자면 1:35의 비율로 배당을 받을 수 있다고 되어있었다. 기수들이 말을 타고서 한 바퀴 더 돌게 하고 나무 아래로 해서 트랙으로 가 출발선이 있는 전환점으로 서서히 달려가는 것을 보고 있는 동안 크로웰이 티켓을 사왔다.

우리는 경마를 보러 특별관람석으로 올라갔다. 그 당시 산시로에는 자동 출발구가 없었다. 출발신호원이 말들을 모두 한 줄로 세웠다. 트랙에서 한참 떨어진 높은 곳에서 보니 다들 아주 작아 보였다. 신호원들이 긴 채찍을 철썩하고 휘둘러 말들을 출발시켰다. 우리 앞을 지날 때는 그 검은 말이 선두였고 반환점에선 앞으로 멀리 치고 나왔다. 나는 망원경으로 멀리서 달리고 있는 그 말을 보았다. 기수가 통제하려고 했으나 그러지 못했다. 반환점을 돌아 직선 트랙으로 들어 왔을 때는 그 검은 말이 다른 말들보다 15마신이나 앞서 있었다. 결승점을 지나서도 상당한 거리를 계속 달리고 나서야 반환점을 돌았다.

"멋져라," 캐서린이 말했다. "우리 3000리라 이상은 받게 될 거예요. 훌륭한 말이 분명하네요."

"돈이 지불되기 전에는 염색이 날아가지 않기를 바라요," 크로웰이 말했다.

"정말 멋진 말이었어요," 캐서린이 말했다. "마이어스 씨도 이 말에 걸었을까 궁금해요."

"따셨어요?" 내가 마이어스 씨에게 물었다. 그가 고개를 끄덕였다.

"전 아니에요." 마이어스 부인이 말했다. "우리 아가들은 어디에 거셨나?"

"자팔라크에요."

"정말? 35:1인데!"

"그 말의 색깔이 맘에 들었어요."

"난 아니던데. 구질구질해 보였어. 그 말에 걸지 말라는 말도들었고."

"돈은 많지 않을 거요." 마이어스가 말했다.

"배당표에 35:1로 나와 있던데요."

"많이 주지 못할 거요." 마이어스가 말했다. "마지막 순간에 그말에 걸린 돈이 많거든."

"누가 걸었는데요?"

"켐프턴 일행들. 알게 되겠지. 2:1도 채 안 될 거요."

"그럼 우리가 3000리라를 받지 못하는 거군요." 캐서린이 말했다. "이런 사기 경마는 싫네요."

"우린 200리라를 받을 거야."

"그건 아무것도 아니잖아요. 그걸 갖고 뭘 하겠어요? 3000리라를 받을 줄 알았는데."

"사기에다 역겨워!" 퍼거슨이 말했다.

"정말 그래." 캐서린이 말했다. "사기가 아니라면 그 말에 돈도걸지 못했을 걸. 그래도 3000리라라면 좋았을 텐데."

"내려가서 한잔하면서 얼마나 주나 봅시다." 크로웰이 말했다.

금액을 게시해 놓은 곳으로 내려갔다. 돈을 지불한다는 벨이 울렸고 자빨라그가 우승할 경우 18.50이라고 직혀있었다. 10리라를 걸었을 때 두 배도 채 못 건진다는 말이었다.

우리는 특별관람석 아래에 있는 바에 내려가 위스키와 소다수를 마셨다. 안면이 있는 이탈리아인 두 명과 우연히 마주쳤고 맥애덤스와 부영사도 만났다. 우리가 아가씨들과 합류했을 때 그들이 우리 쪽으로 왔다. 이탈리아인들은 매너가 아주 좋았다. 우리가 다시 돈을 걸러 내려간 동안 맥애덤스와 캐서린은 이야기를 나눴다. 마이어스 씨는 배당금 표시기 근처에 서 있었다.

"어디에 걸었는지 한 번 물어 봐," 내가 크로웰에게 말했다.

"어디에 거셨나요, 마이어스 씨?" 크로웰이 물었다. 마이어스 씨는 자기 프로그램을 꺼내더니 5번을 연필로 가리켰다.

"저희도 거기에 걸어도 될까요?" 크로웰이 물었다.

"그러시게, 그러시게. 하지만 이 번호를 알려 줬다고 내 마누라한테는 말하지 말게나."

"한잔하시겠습니까?" 내가 물었다.

"사양하겠소. 난 술은 안 마셔."

우리는 5번이 우승한다는 데 100리라를 걸었고 3등 안에 든다는 데 100리라를 걸었다. 그리고 위스키와 소다수를 마셨다. 나는 기분이 아주 좋았고 이탈리아인 두 명을 더 만났다. 그들은 우리와 함께 마시고 나서 아가씨들에게로 돌아갔다. 이 이탈리아인들도 좀 전에 만났던 이탈리아인들과 필적할 만하게 매너가 좋았다. 잠시 후에는 아무도 앉아있을 수가 없었다. 나는 캐서린에게 티켓을 건네주었다.

"어느 말이에요?"

"모르겠소. 마이어스 씨가 찍어 준 말이오."

"이름도 모른다는 말이에요?"

"모르오. 프로그램에서 당신이 찾아 봐요. 5번이라는 것 같지."

"대단한 믿음의 소유자시군요," 그녀가 말했다.

5번이 우승은 했으나 상금은 없었다. 마이어스 씨는 화가 났다.

"20리라를 벌기 위해 200을 걸어야 한다고," 그가 말했다. "10
리라에 12리라라니. 도박을 할 가치가 없어. 내 아내는 20리라를
잃었다고."

"당신과 함께 내려가겠어요," 캐서린이 내게 말했다. 이탈리아
인들도 모두 자리에서 일어났다. 우리는 말 대기소로 내려갔다.

"경마가 좋아요?" 캐서린이 물었다.

"응, 그런 거 같소."

"그러면 됐어요," 그녀가 말했다. "그래도, 내 사랑, 사람들을 이
렇게 많이 만나는 건 좀 힘들어요."

"많이 만나지는 않았는데."

"그래요. 그래도 마이어스 씨 부부랑 은행에 다니시는 분과 그
부인, 딸들……."

"내 환어음을 현금으로 바꿔주는 사람이오," 내가 말했다.

"그 사람이 아니면 다른 사람이 해 주겠죠. 마지막에 만났던 네
남자는 끔찍했어요."

"우리는 여기 떨어져서 울타리에서 경주를 봅시다."

"그러면 좋아요. 그리고 내 사랑, 우리, 이름도 들어본 적 없고 마이어스 씨도 걸지 않는 말에 한 번 길어 봐요."

"좋아."

우리는 다섯 마리가 뛰는 경주에서 4등을 했던 라이트포미라는 말에 돈을 걸었다. 울타리에 몸을 기대고 말들이 말굽으로 쿵쿵거리며 지나가는 것을 보았다. 저 멀리 산들이 보였고 나무와 경기장 너머로 밀라노가 보였다.

"기분이 훨씬 상쾌해요," 캐서린이 말했다. 말들이 땀으로 흠뻑 젖은 채 정문을 통과해 돌아오고 있었다. 기수들은 말들을 진정시키면서 나무 밑에서 내리려고 했다.

"한잔하실래요? 여기서 한잔하고 말들 보러 가요."

"내가 가져 오겠소," 내가 말했다.

"사환들이 가져다 줄 거예요," 캐서린이 말했다. 그녀가 손을 들자 마구간 옆 파고다 바의 사환이 왔다. 우리는 쇠로 된 둥근 테이블에 앉았다.

"우리 둘만 있는 게 더 낫지 않아요?"

"그럼," 내가 말했다.

"사람들이 있을 땐 외로움이 느껴져요."

"여기 좋은데," 내가 말했다.

"네, 정말 좋은 코스예요."

"근사하네."

"제가 당신 재미를 망치게 하지는 마세요: 언제든 원하시면 돌아갈게요."

"아니요," 내가 말했다. "우린 여기서 우리끼리 마시는 거야. 그런 뒤에 장애물 경마 보러 도랑 옆으로 내려갑시다."

"당신은 저에게 너무 잘해 주세요," 그녀가 말했다. 얼마간 둘만의 시간을 가진 뒤에 우리는 다시 즐겁게 다른 사람들과 합류했다. 즐거운 시간을 보냈다.

21

9월이 되자 밤이 선선해졌다. 그리고 나선 낮도 선선했고 공원 나무들은 단풍이 들기 시작했다. 여름이 다 간 것을 알 수 있었다. 전방의 전투상황은 아주 좋지 못했고 산가브리엘은 점령하지 못했다. 바인시차 고원 전투는 끝났다. 9월 중순쯤이면 산가브리엘을 놓고 벌어지는 전투도 끝날 예정이었다. 그곳을 점령하지는 못했다. 에토르는 전방으로 돌아갔다. 말들은 로마로 갔고 이제 경마는 없었다. 크로웰도 미국으로 호송되기 위해 로마로 갔다. 시내에서는 두 차례 반전 폭동이 있었고 토리노에서도 심한 폭동이 있었다. 클럽에서 만난 영국인 소령이 바인시차 고원 전투와 산가브리엘 전투에서 이탈리아군 15만 명이 목숨을 잃었다고 말해 주었다. 그 외에도 카르소 전투에서도 4만 명을 잃었다고 했다. 같이 술을 마셨고 그는 지껄여댔다. 이곳 전투는 올해 끝났다고, 이탈리아군이 감당 못할 시도를 했다고도 했다. 플랑드르 공격도 잘 안 될 거라고 했다. 올 가을처럼 사람들을 죽인다면 연합군은 일 년을 더 녹초가 될 거라고 했다. 우리는 이미 지칠 대로 지쳐 있지만 그 사실을 모르는 한 우리는 괜찮다고도 했다. 우리 모두가 다 녹초가 되었다. 문제는 그 사실을 인식하지 않는 것이다. 자기네가 녹초가 되었다는 사실을 맨 마지막으로 깨닫는 나라가 전쟁에 승리할 것이다. 우리는 한 잔 더 마셨다. 내가 누구의 참모였냐고? 누구의 참모도 아니었소. 그는 참모였지만. 모든 게 허튼 짓이었다고 그가 말했다. 클럽엔 우리만 남았고 우리는 큰 가죽 소파에 깊숙이 앉았다. 무광택 가죽으로 만든 그의 장화는 매끄러운 윤이 나게 닦여있었다. 근사한 장화였다. 그는 그게 다 바보 같은 짓이라고 했다. 그들은 사단이 어떻고 병력이 어떻고 만 생각했다. 사단이 어떻다고 승강이를 하다가 사단이 오면 그들을 죽음으로 몰고 간다. 모두들 지쳤다. 독일군이 승리를 쟁취했다. 세상에, 그들은 군사였다. 옛 훈족은 군사였다. 그래도 그들도 지쳤다. 우리 모두가 지쳤다. 내가 러시아에 대해 물었다. 러시아군도 진작 지쳐 떨어졌다고 그가 말했다. 그들이 지친 것은 나도 머지않아 알게 될 거라고 했다. 그리고 오스트리아군도 지쳐 떨어졌다. 훈족 사단만 있다면 그들도 해낼 수 있을 거다. 오스트리아군이 올 가을에 공격을 해올 거라고 그가 생각하는지? 물론 그럴 거다. 이탈리아군도 지쳤다, 그들이 지쳤다는 것은 산천초목도 다 아는 일이다. 옛 훈족이 트렌티노를 돌파해서 비첸차의 철도를 끊는다면 이탈리아군은 어떻게 될까? 1916년에 이미 그런 시도가 있었다고 내가 말했다. 그렇지만 독일군과 함께 하지는 않았다. 아니, 독일군도 있었다고 내가 말했다. 아마 적들이 그런 시도는 하지 않을 거라고 그가 말했다. 너무 단순하다. 그들은 좀 더 복잡한 것을 하려 들 거고 더 제대로 지쳐 떨어질 거다. 가봐야겠다고 내가 말했다. 병원으로 돌아가야 했다. "잘 가시오," 그가 말했다. 그리고 쾌활하게 "온갖 행운을 빌겠소!" 세상을 보는 그의 비관주의와 개인적인 쾌활함은 무척 대조적이었다.

나는 이발관에 들러서 이발을 하고 내 안식처인 병원으로 갔다. 내 다리는 오래 버틸 수 있을 만큼 회복되어 있었다. 3일 전에 검사를 받으러 다녀왔다. 병원에서 치료를 시작하기 전에 받아야 할 처치가 몇 가지 있었다.

마죠레에서 치료가 끝났다. 나는 절뚝거리지 않으려고 걷는 연습을 하면서 골목길을 걸었다. 어느 노인이 아케이드 아래에서 얼굴 실루엣을 오리고 있었다. 나는 멈춰 서서 그를 바라보았다. 아가씨 둘이서 자세를 취하고 있었고 그는 아주 빠른 속도로 가위질을 하면서 머리를 한쪽으로 기울인 채 그들을 바라보며 그들의 실루엣을 오리고 있었다. 아가씨들은 낄낄거리며 웃었다. 그는 오려낸 얼굴 실루엣을 흰 종이에 붙이기 전에 내게 보여주고서 아가씨들에게 그것을 건넸다.

"아름답지요," 그가 말했다. "당신도 해 드릴까요, 중위님?"

아가씨들은 자기 실루엣을 보며 웃으면서 갔다. 예쁜 아가씨들이었다. 그중 한 명은 병원 건너 편 와인 가게에서 일했다.

"좋소," 내가 말했다.

"모자를 벗으세요."

"아니오, 쓴 채로 해 주시오."

"그러면 아주 멋스럽게 나오진 않을 텐데." 노인이 말했다. "그래도," 다시 밝게 말했다. "더 군인답기는 하겠네요."

그는 검은 종이를 가위로 오려냈다. 두껍게 오려진 종이 두 장을 서로 떼어내더니 실루엣을 판지 위에 풀로 붙여 내게 건넸다.

"얼마입니까?"

"됐습니다." 그가 손사래를 쳤다. "그냥 해 드린 겁니다."

"받으세요." 나는 동전을 몇 개 꺼냈다. "재밌잖아요."

"아닙니다. 그저 심심풀이로 해 주는 거죠. 애인한테 드리십시오."

"정말 감사합니다. 또 만나죠."

"다시 만날 때까지."

나는 병원으로 갔다. 편지가 몇 통 와 있었는데 공무용이 한 통 그리고 다른 것들도 있었다. 나는 회복 휴가를 3주 가진 뒤 전방으로 돌아가게 되었다. 주의 깊게 읽었다. 음, 그게 그거였다. 내 치료가 끝나는 10월 4일부터 회복 휴가가 시작되었다. 3주면 21일이다. 그러면 10월 25일이 된다. 나는 외출하겠다고 말하고서 병원에서 좀 떨어진 식당에 가서 저녁을 먹고 자리에 앉아 내게 온 편지와 코리에레 델라 세라[21]를 읽었다. 할아버지에게서 온 편지가 한 통 있었다. 가족들 소식과 애국적인 격려 말씀, 200달러짜리 어음, 그리고 기사 오린 것 몇 개가 들어 있었다. 장교 식당에 있는 신부가 쓴 무덤덤한 편지 한 통, 프랑스 공군에 있는 지인이 보낸 편지 한 통이 있었는데 그는 어쩌다 거친 무리들과 어울리게 되었단다. 그 이야기를 하고 있었다. 리날디가 보낸 쪽지도 하나 있었다. 언제까지 밀라노에서 농땡이를 부릴 거며 새로운 소식은 없냐는 말이 적혀 있었다. 그는 내게 레코드판 몇 개를 보내 달라며 목록을 동봉했다. 나는 식사를 하면서 작은 키안티 한 병을 마셨다. 그러고 나

_____
21) 저녁 뉴스라는 뜻.

서 커피와 함께 코냑 한 잔을 했다. 신문을 다 읽은 뒤 편지는 호주 미니에 넣고 신문은 팁과 함께 데이블 위에 놓고 나왔다. 병원의 내 병실에서 옷을 벗고 파자마를 입고 가운을 걸치고 발코니로 나 있는 문에 커튼을 내리고 침대에 앉아서 마이어스 부인이 병원에 있는 자기 아들들을 위해 놓고 간 신문더미에서 가져온 보스턴 신문을 읽었다. 아메리칸 리그 우승기는 시카고의 화이트 삭스가 가져갔고 뉴욕 자이언츠가 내셔널 리그의 선두를 지키고 있었다. 베이브 루스가 보스턴에서 투수로 뛰고 있었다. 신문은 재미가 없었고 뉴스마다 지역뉴스인데 진부했다. 전쟁 소식은 모두 지난 것들이었다. 미국 소식은 훈련 캠프 이야기밖에 없었다. 내가 훈련 캠프에 있지 않다는 것이 기뻤다. 읽을 만한 거라고는 야구 소식밖에 없는데 흥미를 조금도 느끼지 못했다. 신문마다 흥미를 가지고 읽기는 글렀다. 이미 시간이 지난 것들이었지만 그래도 조금은 읽었다. 미국이 진짜 참전을 할 건지, 메이저 리그를 종료할 건지가 궁금했다. 십중팔구 메이저 리그를 중단하지는 못 할 거다. 밀라노에서는 여전히 경마가 진행되고 있었고 전쟁은 더 나빠질 수는 없을 거였다. 프랑스에서는 경마를 금지시켰다. 우리의 경마 자팔라크는 프랑스산이었다. 캐서린은 9시까지 비번이었다. 그녀가 근무를 하러 내려 왔을 때 지나가는 소리가 들렸고 복도를 지나가는 것이 보였다. 다른 병실을 여럿 들르고 나서야 마침내 내 병실로 왔다.

"늦었어요, 내 사랑," 그녀가 말했다. "할 일이 많네요. 어떠세요?"

난 공문과 휴가에 대해 그녀에게 말해줬다.

"잘 됐군요," 그녀가 말했다. "어디로 가고 싶으세요?"

"아무 데도. 난 여기 있고 싶소."

"바보 같은 소리. 갈 곳을 고르세요. 저도 갈게요."

"어떻게, 그럴 수 있어?"

"모르겠어요. 그래도 갈 거예요."

"당신, 정말 멋져."

"아니에요, 그렇지 않아요. 그러나 인생은 잃을 것이 없을 땐 꾸려나가기가 그다지 힘들지 않아요."

"무슨 뜻이야?"

"아무 뜻도 없어요. 한때는 무척이나 크게 느껴지던 것들이 얼마나 사소한 것일 수 있나를 생각하고 있었어요."

"휴가내기가 어려울 거라고 생각했소."

"그렇지 않을 거예요, 내 사랑. 필요하다면 그냥 그만두지요, 뭐. 그래도 그렇게 되지는 않을 거예요."

"어디로 갈까?"

"전 아무 데고 상관없어요. 당신이 원하는 곳이라면. 아는 사람이 없는 곳이라면 어디든지."

"어딜 가든 상관없소?"

"네, 전 어디든 좋아요."

그녀는 흥분했고 긴장한 것처럼 보였다.

"무슨 일이야, 캐서린?"

"아무 일도요. 아무 일도 없어요."

"아니, 있소."

"아니 없어요. 정말로 없어요."

"있다는 거 알아. 말해 봐, 내 사랑. 내겐 말할 수 있잖소."

"아무것도 아니에요."

"말해요."

"말하고 싶지 않아요. 당신이 기분 나쁠까봐, 아니면 걱정이라도 할까봐 두려워요."

"아니, 그렇지 않을 거요."

"확신해요? 제 걱정은 하지 않아요. 그래도 당신이 걱정할까봐 두려워요."

"당신이 걱정 안한다면 나도 걱정 안할 거요."

"말하기 싫어요."

"말해요."

"해야 되요?"

"물론."

"아기가 생겼어요, 내 사랑. 3개월 됐어요. 걱정하지 않으시는 거죠, 그렇죠? 제발, 제발 걱정하지 말아요. 걱정하면 안 돼요."

"알았소."

"괜찮아요?"

"물론이지."

"할 수 있는 건 다 해 봤어요. 모든 방법을 다 써 봤는데 소용이 없었어요."

"난 걱정 안하오."

"어쩔 수가 없었어요, 내 사랑. 전 걱정 안 해요. 걱정하거나 기분 상하시면 안 돼요."

"당신이 걱정 될 뿐이오."

"그거요, 그걸 하면 안 된다고요. 아이들은 늘 생겨요. 모두들 아기를 갖고요. 자연스러운 거예요."

"당신 정말 사랑스럽소."

"아니에요, 아니에요. 절대 마음 쓰시면 안 돼요, 내 사랑. 당신을 힘들게 하지 않도록 노력할게요. 지금 힘들게 했다는 거 알아요. 그래도 지금까진 착한 여자였잖아요, 그건 절대 모르시죠?"

"알아."

"앞으로도 그럴 거예요. 그냥 걱정하지 말아요. 당신이 걱정하는 게 보여요. 그만, 지금 그만 하세요. 술 드실래요. 내 사랑? 술이 당신 기분을 좋게 만든다는 거 알아요."

"아니, 지금도 기분 좋소. 당신은 아주 사랑스럽고."

"아니에요, 아니에요. 당신이 갈 곳을 정하면 당신과 함께 있을 수 있도록 모든 상황을 조절할게요. 10월이면 날씨가 정말 좋을 거예요. 우린 행복할 거고요, 내 사랑. 당신이 전방에 있는 동안은 매일같이 편지도 쓸 거예요."

"당신은 어디에 있을 거요?"

"아직은 몰라요. 어딘가 멋진 곳이겠죠. 이런 일들도 모두 알아봐야죠."

우리는 잠시 조용히 아무 말도 하지 않았다. 캐서린은 침대에 앉았고 나는 그녀를 바라보고 있었지만 우리는 서로를 만지지 않았다. 누군가 방에 들어와서 우리가 서로 자신을 의식할 때처럼 우리는 그렇게 떨어져 있었다. 그녀가 손을 내밀어 내 손을 잡았다.

"화나지 않으셨죠, 내 사랑?"

"아니."

"덫에 걸린 것 같은 느낌도 아니시죠?"

"조금은 그럴 수도. 그래도 당신 때문은 아니오."

"저 때문이라는 말은 아니었어요. 어리석게 굴면 안 돼요. 어쨌든 덫에 걸린 것 같냐는 말이었죠."

"생물학적으로는 늘 덫에 걸린 것 같은 느낌이지."

그녀는 손을 젓지도 않고 손을 빼지도 않은 채로 멀리 가 버렸다.

"'늘'이라는 말은 적절한 단어는 아니에요."

"미안하오."

"괜찮아요. 전 아기를 가져본 적도 누군가를 사랑해 본 적도 없다는 것 아시잖아요. 전 당신이 원하는 사람이 되려고 노력해 왔는데 당신은 '늘'이라고 말하네요."

"내 혀라도 잘라내겠소." 내가 말했다.

"아, 내 사랑!" 그녀가 떠나 있던 곳이 어디였든지 그녀는 다시 제자리로 돌아왔다. "제 신경 쓰시면 안 돼요." 우린 다시 하나가 되었고 자의식은 사라졌다. "우린 예전과 같아요, 그리고 고의로 서로를 오해해서는 안 돼요."

"우린 그러지 않을 거요."

"그래도 다들 그래요. 서로 사랑하고 일부러 오해하고 싸우고 그래서 갑자기 다른 사람들이 되고."

"우린 안 그럴 거요."

"우린 그러면 안 돼요. 우린 단 둘뿐이고 세상엔 모르는 사람들 뿐이니까요. 무엇이든 우리 사이에 끼어들면 우리는 사라지고 다른 사람들이 우리를 소유하게 될 거예요."

"우릴 소유하진 못 할 거요," 내가 말했다. "당신이 아주 용감하니까. 용감한 사람들한테는 아무 일도 일어나지 않아."

"그래도 그들도 죽긴 하지요."

"그러나 한 번뿐이요."

"전 모르겠어요. 누가 그랬죠?"

"겁쟁이는 천 번을 죽지만 용기 있는 자는 단 한 번만 죽는다는 말?"

"네. 누가 한 말이죠?"

"나도 모르겠소."

"아마 그 사람도 겁쟁이이었나 봐요," 그녀가 말했다. "그 사람 겁쟁이에 대해서는 아는 게 많은데 용기 있는 사람들에 대해서는 아는 게 없네요. 용기 있는 사람이 머리가 있는 사람이라면 이천 번은 죽을 걸요. 말을 안 할 뿐이지."

"모르겠소. 용감한 사람들 머릿속을 들여다보기가 힘들어서."

"그래요. 그래서 용감하게 보이는 거고요."

"당신이 권위자군."

"맞아요, 내 사랑. 그런 말 들을 만해요."

"당신은 용감하오."

"아니요," 그녀가 말했다. "그렇게 되고 싶은 거죠."

"나는 아니요," 내가 말했다. "난 내가 어디 있는 줄을 아오. 이제는 그걸 알 만큼 오랜 시간을 전쟁터에서 보냈지. 난 마치 안타율이 2할3푼인데 더 이상 나아질 것이 없다는 사실을 안 야구 선수 같아."

"안타율이 2할 3푼인 야구 선수가 뭔데요? 근사한데요."

"아니야, 야구에서는 성적이 그저 그런 타자를 말하는 거요."

"그래도 여전히 타자네요." 그녀가 나를 격려했다.

"우리 둘 다 너무 자만한데," 내가 말했다. "그래도 당신은 용감해."

"아니요, 그래도 용감해지길 원해요."

"우리 둘 다 용감하오," 내가 말했다. "술을 마시면 난 무척이나 용감해지지."

"우린 멋져요," 캐서린이 말했다. 그녀는 옷장으로 가더니 코냑병과 유리잔을 가져왔다. "한잔하세요, 내 사랑," 그녀가 말했다. "당신, 아주 멋졌어요."

"지금은 마시고 싶지 않은데."

"한잔하세요."

"좋소." 나는 잔에 코냑을 1/3정도 따라 단숨에 마셔버렸다.

"대단해요," 그녀가 말했다. "브랜디가 영웅들의 술이라는 건 알지만, 과하게 마시지는 마세요."

"전쟁이 끝나면 우리 어디서 살까?"

"아마도 양로원이겠죠," 그녀가 말했다. "지난 3년 동안 저는 어린아이처럼 전쟁이 크리스마스에 끝나기를 바랐어요. 그런데 지금은 우리 아들이 소령이 될 때까지 기다려야 될 것 같네요."

"우리 아들은 장군이 될 걸."

"백 년 전쟁이 된다면 우리 아들은 두 가지를 다 해 보겠군요."

"한 잔 마시겠소?"

"아니요, 술은 당신을 늘 행복하게 만들어주지만요, 내 사랑, 저는 술만 마시면 어지러워요."

"브랜디를 마셔 본 적이 없소?"

"없어요, 내 사랑. 전 아주 구식 마누라라고요."

나는 손을 뻗어 바닥에 놓인 술병을 들고서 한 잔을 더 따랐다.

"가서 당신 동지들을 한 번 살펴봐야겠어요," 캐서린이 말했다. "제가 돌아올 때까지 신문이나 읽고 계세요."

"가야 하는 거요?"

"지금 갈까요, 나중에 갈까요?"

"좋소, 지금."

"이따가 올게요."

"신문을 다 읽겠군," 내가 말했다.

22

그날 밤 날씨가 추워지더니 다음 날엔 비가 내렸다. 마죠레 병원에서 돌아오는 길에 비가 심하게 내려서 병원으로 들어섰을 땐 흠빡 젖어 있었다. 위층 내 병실 발코니에도 비가 심하게 내렸고 바람에 빗물이 유리문을 때렸다. 옷을 갈아입고 브랜디를 마셨지만 맛이 없었다. 밤에는 몸이 아팠다. 아침 식사를 한 후에는 구역질이 났다.

"의심의 여지가 없네," 주치의가 말했다. "간호사, 눈 흰자위를 좀 봐요."

게이지 양이 봤다. 내게도 거울을 들여다보게 했다. 흰자위가 노랬다. 황달이었다. 황달로 2주간을 앓았다. 그래서 우린 회복휴가를 함께 보내지 못했다. 우리는 라고 마죠레의 팔란차에 갈 계획을 세워 놓았었다. 단풍이 지는 가을, 그곳은 날씨가 좋고 산책로도 있고 호수에서는 견지 낚시질로 송어를 잡을 수도 있다. 팔란차엔 사람이 별로 없어서 스트레사보다 더 나았을 수도 있었다. 스트레사는 밀라노에서 가기가 쉬워 그곳에선 항상 아는 사람들을 만났다. 팔란차에는 근사한 마을이 있고 어부들이 사는 섬으로 노를 저어 갈 수도 있고 가장 큰 섬에는 식당도 있다. 그러나 우리는 그곳에 가지 않았다.

황달로 침대에 누워있던 어느 날 밴 캠픈 양이 들어와서 옷장

문을 열고 빈 병들을 봤다. 수위를 시켜 한 꾸러미를 아래층으로 내려 보낸 터였기 때문에 병을 내가는 것을 보고 더 찾아내려고 그녀가 올라온 것이라고 생각했다. 대부분, 베르무트, 마살라, 카프리 병들이었고 빈 키안티 병과 코냑 병이 몇 개 있었다.

수위가 베르무트 병과 짚으로 덮은 키안티 휴대병 등 큰 병들은 내갔고 마지막으로 치우려고 남겨 두었던 브랜디 병들만 있었다. 브랜디 병들과 퀴멜이 들어있던 곰 모양의 병을 밴 캠픈이 찾아낸 것이다. 곰 모양의 병이 그녀를 더 분개하게 했다. 그녀는 그 병을 들어 올렸는데 엉덩이로 앉아서 앞발을 들어 올린 모양이었다. 유리로 된 머리에 코르크가 있고 바닥엔 끈끈한 결정체가 좀 있었다. 나는 웃음이 났다.

"퀴멜이에요," 내가 말했다. "최고급 퀴멜은 곰 모양 병으로 나오죠. 러시아 산입니다."

"이것들은 다 브랜디 병이네요, 그렇죠?" 밴 캠픈 양이 물었다.

"다 보이지는 않지만," 내가 말했다. "아마 그럴 겁니다."

"이런 지 얼마나 됐나요?"

"제가 직접 사가져 온 겁니다," 내가 말했다. "이탈리아 장교들이 자주 들러서 그들에게 대접하려고 갖고 있었습니다."

"당신은 안 마셨다고요?" 그녀가 말했다.

"저도 마셨죠."

"브랜디라고요," 그녀가 말했다. "빈 브랜디 병이 열한 개에 곰 모양의 술도 있고."

"퀴멜이요."

"사람을 불러 치우도록 하겠어요. 갖고 계신 게 다 빈병인가요?"

"지금은요."

"황달에 걸려 인됐다고 생각했는데, 당신은 동정을 받을 자격이 없어요."

"고맙소."

"전방에 돌아가고 싶어 하지 않는다고 해서 비난을 받을 수는 없지요. 그래도 알코올 중독으로 황달에 걸리는 것보다는 뭔가 더 지적인 일을 시도해야 하는 거 아닌가 하는 생각이 드네요."

"무엇 때문에 황달에 걸렸다고요?"

"알코올 중독이요. 들으셨잖아요." 나는 아무 말도 하지 않았다. "당신이 뭔가 다른 일을 찾지 않는다면 황달이 낫는 대로 전방으로 돌아가셔야만 할 것 같네요. 일부러 황달에 걸리고서 회복 휴가를 얻을 수는 없다고 생각하니까요."

"그럴 수 없다고 생각하세요?"

"네."

"황달에 걸려본 적 있나요, 밴 캠픈 양?"

"없어요. 하지만 여러 번 보았죠."

"환자들이 황달에 걸려 좋아 죽는 걸 봤다고요?"

"전방보다는 낫겠죠."

"밴 캠픈 양," 내가 말했다. "자신의 음낭을 차서 불구가 되려고 하는 사람을 본 적 있나요?"

밴 캠픈 양은 실질적인 질문을 무시했다. 그녀는 그 질문을 무시하거나 아니면 그 방에서 나가야 했다. 그러나 오랫동안 나를 싫어했기 때문에 방에서 나갈 준비가 아직 안 되어있었다. 끝까지 해 보려는 태세였다.

"전방에 가지 않으려고 자해한 사람들을 많이 알고 있어요."

"질문은 그게 아니에요. 나도 스스로 부상을 자초한 사람들을 알아요. 제 질문은 음낭을 차서 불구가 되려고 한 사람을 아느냐는 거죠. 그게 황달이랑 가장 가까운 느낌이고 이런 걸 경험해 본 여자는 거의 없으니까요. 그래서 황달에 걸려본 적이 있느냐고 물어본 거구요. 밴 캠픈 양 왜냐면……" 밴 캠픈 양이 방에서 나갔다. 나중에 게이지 양이 들어왔다.

"밴 캠픈 양에게 뭐라고 하셨어요? 화가 끝까지 나셨어요."

"느낌을 비교하고 있었어요. 그녀가 아기 낳은 경험을 해본 적이 없다는 말을 하려고 했었는데……"

"어리석으세요," 게이지가 말했다. "단단히 벼르고 있어요."

"이미 보복했던데," 내가 말했다. "내 휴가를 못 갖게 하고 아마 군재판으로 넘기려고 할 거요. 이미 졸렬하게 굴었어요."

"그녀가 당신을 좋아한 적이 없잖아요," 게이지가 말했다. "이 번엔 뭐 때문인가요?"

"내가 전방에 돌아가지 않으려고 술을 마셔서 일부러 황달에 걸렸다고 하던데요."

"훗, 당신이 술을 마신 적이 없다고 제가 가서 증언할게요. 다른 사람들도 다 당신이 술을 마신 적이 없다고 할 거예요," 게이지가 말했다.

"그녀가 병들을 찾아냈어요."

"병들 좀 치우라고 백 번도 넘게 말씀드렸잖아요. 병들은 지금 어니에 있어요?"

"옷장 안에."

"옷가방 있으세요?"

"아니, 배낭에 넣어요."

게이지 양이 병들을 배낭 안에 넣었다. "수위에게 줄게요," 그녀가 말했다. 문 쪽으로 가려던 참이었다.

"잠깐," 밴 캠픈 양이 말했다. "그 병들은 내가 치우지요." 그녀가 수위를 데리고 왔다. "옮겨 주세요," 그녀가 말했다. "보고드릴 때 의사선생님께 보여드려야겠어요."

그녀가 복도를 내려갔다. 수위가 짐을 들고 갔다. 그는 안에 뭐가 있는지 알았다.

내 휴가를 빼앗긴 것 외엔 아무 일도 일어나지 않았다.

23

전방으로 돌아가기로 되어있던 날 밤 토리노에서 오는 기차에 자리 하나를 맡아 놓으라고 수위를 내려 보냈다. 기차는 자정에 출발할 예정이었다. 기차는 토리노에서 정비를 하고 밀라노에 10시 반쯤 도착해서 출발하기 전까지 역에 머문다. 자리를 잡으려면 기차가 도착하는 시간에 역에 나가 있어야 했다. 수위는 양복점에서 일하던 친구 하나를 데려갔다. 그는 휴가 나온 기관총 사수였다. 둘이서 자리 하나는 잡아놓을 수 있을 거라고 확신했다. 그들에게 역 입장권 가격을 주고 내 짐을 가져가게 했다. 큰 배낭 하나와 작은 잡낭 두 개였다.

5시쯤 병원에 작별인사를 하고 나왔다. 수위는 내 짐을 자기 오두막에 갖다 두었다. 나는 그에게 자정 조금 못 미쳐 역으로 나가겠다고 했다. 그의 아내는 나를 "선생님"이라고 부르면서 울었다. 눈물을 닦고 악수를 하더니 다시 울었다. 그녀의 등을 두드려주었더니 또다시 울었다. 그녀는 키가 아주 작고 땅딸막하고 행복한 표정을 지닌 머리가 흰 여자로 내 옷가지를 수선해 주었었다. 울 때면 얼굴이 온통 일그러졌다. 나는 길모퉁이 와인 가게 안에서 창밖을 내다보며 기다렸다. 밖은 어둡고 추운데다 안개가 자욱했다. 커피와 그라파 값을 지불했다. 창에서 비치는 불빛에 지나가는 사람들이 보였다. 캐서린이 보이자 나는 창을 두드렸다. 그녀는 나를 보더니 미소를 지었다. 그녀를 맞으러 나갔다. 그녀는 군청색 망토를 입고 부드러운 펠트사 모자를 쓰고 있었다. 우리는 인도를 따라 함께 걸었다. 와인 가게를 지나고 시장 광장을 가로질러 거리를 올라가서 아치 길을 지나 성당 광장까지 걸었다. 전차 선로가 있었고 그 너머에 성당이 있었다. 성당은 안개에 젖었고 하얬다. 전차 선로를 건너갔다. 우리 왼쪽으로 창문에 불을 밝힌 채 입구가 갤러리 아 쪽으로 난 가게들이 있었다. 광장엔 안개가 끼었고 성당 앞으로 가까이 가니 성당은 아주 거대했고 돌들은 젖어 있었다.

"안으로 들어가 보겠소?"

"아니요," 캐서린이 말했다. 우리는 계속 걸었다. 우리 앞에 있는 한 석조부벽 그림자 아래에 한 병사가 애인과 함께 서 있었다. 우리는 그들을 지나쳐 갔다. 그들은 돌에 찰싹 붙어 서 있었고 병사는 자기 망토로 여자를 감싸고 있었다.

"저 사람들도 우리 같군," 내가 말했다.

"우리와 같은 사람들은 없어요," 캐서린이 말했다. 행복한 의미는 아니었다.

"저 사람들, 갈 곳이 있으면 좋겠소."

"그래도 나아질 건 없을 거예요."

"모르겠소. 모든 사람들이 갈 곳이 있어야 할 텐데."

"성당이 있잖아요," 캐서린이 말했다. 우리는 성당을 지나쳐 왔다. 광장 끝을 가로질러서 성당을 돌아보았다. 안개 속에서 근사해 보였다. 우리는 가죽 상점 앞에 서 있었다. 승마용 장화, 배낭, 스키 장화가 진열장에 있었다. 물건들이 다 따로 떨어져 진열되어 있었다. 배낭은 가운데, 승마 장화는 한쪽에, 스키 장화는 다른 쪽에. 가죽은 중고 안장처럼 색이 진하고 매끄럽게 기름칠이 되어 있었다. 전구가 기름칠을 한 무광택 가죽들을 돋보이게 했다.

"언젠가 우리도 스키를 타겠지."

"두 달 후면 뮈렌에서 스키를 탈거예요," 캐서린이 말했다.

"그곳에 갑시다."

"좋아요," 그녀가 말했다. 다른 진열장을 지나서 골목길로 접어들었다.

"여기는 처음이에요."

"병원에 갈 때 내가 다니는 길이오," 내가 말했다. 길이 좁아서 우리는 우측통행을 했다. 안개 속에 지나가는 사람들이 많았다. 가게들이 있었고 진열장마다 불이 켜져 있었다. 우리는 진열장 안에 치즈가 쌓여있는 것을 들여다봤다. 나는 총포상 앞에 멈춰 섰다.

"잠시 들어갑시다. 총을 하나 사야하오."

"어떤 총이요?"

"권총." 우리는 안으로 들어갔고 나는 허리띠를 풀어서 빈 총집과 함께 카운터 위에 올려놓았다. 여자 둘이 카운터 뒤에 있었다. 여자들이 권총을 여러 개 갖고 나왔다.

"이게 맞겠네요," 내가 총집을 열면서 말했다. 회색 가죽 총집이었는데 예전에 마을에서 중고품을 구입했던 거였다.

"좋은 권총이 있나요?" 캐서린이 물었다.

"거의 비슷한 것들이네요. 이거 한 번 쏴 봐도 되나요?" 내가 여자에게 물었다.

"쏠 장소가 마땅치 않은데요," 여자가 말했다. "아주 좋은 물건이에요. 이 총이면 실수는 하지 않으실 기예요."

총을 찰칵거리고 뒤로 당겨보았다. 스프링이 다소 빡빡했지만 부드럽게 움직였다. 조준해 보고 다시 찰칵거렸다.

"중고품이에요," 여자가 말했다. "사격 솜씨가 훌륭했던 장교가 쓰던 거였어요."

"그 사람한테 이걸 파셨나요?"

"네."

"어떻게 돌려 받으셨어요?"

"그 사람 당직병한테서요."

"가지고 계신 게 제 총인 것 같습니다," 내가 말했다. "얼마입니까?"

"50리라요. 아주 싼 가격이지요."

"좋아요. 클립 두 개 더 챙겨주시고 실탄 한 상자도 주세요."

여자는 진열대 아래에서 그것들을 꺼냈다. "칼도 필요하세요?" 여자가 물었다. "중고 칼이 아주 싼 게 있어요."

"전 전방으로 갈 겁니다," 내가 말했다.

"아, 네. 그럼 칼은 필요 없으시겠네요." 여자가 말했다.

나는 탄알과 권총 값을 치루고 탄창을 채워 제 자리에 넣었다. 권총은 빈 총집 안에 넣고 여분의 클립을 탄약으로 채운 다음 총집에 나 있는 가죽 구멍에 넣고서 벨트를 채웠다. 권총을 벨트에 매달았더니 무거웠다. 그래도 정규 권총을 소지하는 것이 더 낫겠다는 생각이 들었다. 언제든 탄알을 받을 수 있을 테니.

"자, 이제 완전 무장이요," 내가 말했다. "내가 잊지 말고 해야할 일 중 하나였소. 병원으로 옮기던 중 누가 내 총을 가져갔거든."

"총이 좋으면 좋겠네요," 캐서린이 말했다.

"다른 것 뭐 필요한 거 있으세요?" 여자가 물었다.

"없습니다."

"그 권총은 끈이 있어요," 여자가 말했다.

"그렇군요." 여자는 다른 것도 더 팔고 싶어 했다.

"호루라기는 필요 없으세요?"

"필요 없을 겁니다."

여자가 인사를 했고 우리는 상점에서 보도로 나왔다. 캐서린은 진열창을 들여다봤다. 여자는 밖을 내다보면서 우리에게 인사를 했다.

"나무에 박힌 저 작은 거울들은 어디에 쓰는 거예요?"

"새들을 유혹하는 거지. 들판에서 빙빙 돌리면 종달새들이 보고서 나온다오. 그러면 이탈리아인들이 총으로 쏘는 거야."

"영리한 사람들이네요," 캐서린이 말했다. "당신들은 종달새를 쏘지 않지요, 내 사랑, 미국에선 말이에요?"

"일부러 쏘지는 않소."

우리는 도로를 건너서 반대편에서 걷기 시작했다.

"기분이 지금은 더 좋아졌어요," 캐서린이 말했다. "처음 걷기 시작했을 때는 기분이 안 좋았었는데."

"우린 함께 있으면 기분이 항상 좋지."

"우린 늘 함께할 거예요."

"그렇지, 자정에 내가 떠난다는 것만 아니면."

"그 생각은 하지 맙시다, 내 사랑."

우리는 거리를 걸어 올라갔다. 안개 때문에 불빛이 노랗게 보였다.

"피곤하지 않으세요?" 캐서린이 물었다.

"당신은 어떻소?"

"전 괜찮아요. 걷는 게 좋아요."

"그래도 너무 오래 걷지는 맙시다."

"그래요."

우리는 불빛이 없는 골목길로 접어들었다. 나는 걸음을 멈추고 캐서린에게 키스했다. 키스를 하는 동안 그녀의 손이 내 어깨를 잡았다. 그녀는 내 망토로 자기 몸을 둘러서 우리 둘을 다 감싸게 했다. 우리는 높은 담에 기댄 채 거리에 서 있었다.

"어디든 갑시다," 내가 말했다.

"좋아요," 캐서린이 말했다. 우리는 운하 옆 더 넓은 도로를 만날 때까지 거리를 따라 걸었다. 반대편에는 벽돌담과 건물들이 있었다. 거리 앞쪽으로는 다리를 건너는 전차가 보였다.

"저기 다리에서 마차를 탑시다," 내가 말했다. 우리는 마차를 기다리며 안개가 낀 다리 위에 서 있었다. 퇴근하는 사람들을 가득 태운 전차가 여러 대 지나갔다. 마차가 한 대 왔는데 이미 누군가가 타고 있었다. 안개는 비로 변하기 시작했다.

"우리 걷거나 전차를 타요," 캐서린이 말했다.

"마차가 올 거요," 내가 말했다. "이곳으로 지나가거든."

"여기 한 대 오네요," 그녀가 말했다.

마부가 말을 세우고 미터기에 있는 금속 표지판을 내렸다. 마차의 지붕은 덮여 있었는데도 마부의 겉옷엔 물방울이 있었다. 광택이 나는 그의 모자는 젖었는데도 번쩍였다. 우리는 뒷좌석에 앉았는데 마차 지붕이 덮여있어서 어두웠다.

"마부에게 어디로 가자고 말했어요?"

"역으로. 역 건너편에 우리가 들어갈 수 있는 호텔이 있소."

"이대로 가도 돼요? 짐도 없이?"

"그렇소," 내가 말했다.

비가 내리는 골목길을 지나 역까지 오는 데 오래 걸렸다.

"저녁 안 먹어요?" 캐서린이 물었다. "배고플 것 같은데."

"방에서 먹읍시다."

"갈아입을 것이 없어요. 나이트가운도 없는데요."

"하나 사지,"라고 말하고 나는 마부를 불렀다.

"저기 비아만초니로 갑시다." 그는 고개를 끄덕이고 다음 모퉁이에서 왼쪽으로 돌았다. 큰 도로에서 캐서린은 상점을 찾았다. "여기 있어요," 그녀가 말했다. 나는 마차를 멈추게 했고, 캐서린은 내려서 길을 건너 상점 안으로 들어갔다. 나는 마차 뒷좌석에 앉아서 그녀를 기다렸다. 비가 내리고 있었다. 젖은 거리와 빗속에서 말이 뿜어내는 콧김 냄새가 났다. 그녀는 꾸러미를 하나 들고 돌아와 마차에 탔다. 우리는 계속 갔다.

"저 무척 과하게 돈 썼어요, 내 사랑," 그녀가 말했다. "아주 좋은 나이트가운이에요."

호텔에 도착해서 내가 들어가 지배인을 만나는 동안 캐서린에게는 마차에서 기다리라고 했다. 방은 많았다. 마차로 돌아와 마차비를 지불하고 캐서린과 함께 안으로 들어갔다. 단추가 박힌 제복을 입은 작은 소년이 짐을 옮겨줬다. 지배인은 엘리베이터로 가는 우리를 향해 고개를 숙여 인사했다. 붉은 플러쉬 천과 놋쇠 장식이 많은 호텔이었다. 지배인은 우리와 함께 엘리베이터에 올라탔다.

"선생님과 사모님께서는 방에서 저녁을 드시겠습니까?"

"네, 식단 좀 올려주시겠어요?" 내가 말했다.

"특별히 원하시는 저녁 식사가 있으신가요? 엽조류나 수플레라든가?"

엘리베이터는 각 층마다 덜컹거리는 소리를 내며 세 개의 층을 지나더니 덜커덕거리며 멈춰 섰다.

"엽조류는 뭐가 있나요?"

"꿩과 멧도요가 있습니다."

"멧도요로 하지요." 내가 말했다. 우리는 복도를 내려갔다. 카펫은 닳아있었고 방문이 많았다. 지배인이 걸음을 멈추고 문을 따더니, "여깁니다. 아름다운 방입니다,"라고 했다.

단추를 단 제복을 입은 소년이 짐 가방을 방 한가운데 놓인 테이블 위에 올려놓았다. 지배인은 커튼을 걷었다.

"밖엔 안개가 끼었습니다," 그가 말했다. 방은 붉은 플러쉬 천으로 장식되어 있었다. 거울이 많았고 의자가 두 개 있었으며 커다란 침대에는 사틴 커버가 덮여 있었다. 욕실로 통하는 문이 하나 있었다.

"식단 올려드리겠습니다," 지배인이 말했다. 그는 고개를 숙여 인사를 하고 나갔다.

창가로 가서 밖을 내다 봤다. 그리곤 두꺼운 플러쉬 천 커튼을 내리는 줄을 잡아 당겼다. 캐서린은 침대에 걸터앉아서 세공 유리로 만든 샹들리에를 쳐다보고 있었다. 모자를 벗었기 때문에 불빛에 머릿결이 빛났다. 거울에 비친 자기 모습을 보며 손을 머리로 가져갔다. 나는 다른 거울 세 개를 통해 그녀를 봤다. 그녀는 행복해 보이지 않았다. 망토를 벗어 침대 위로 흘러내리게 했다.

"왜 그러오, 내 사랑?"

"이전에는 창녀 같은 기분이 든 적이 없었는데요," 그녀가 말했다. 나는 창가로 가서 커튼을 조금 걷어 밖을 내다봤다. 이럴 수도 있다고 생각해 본 적이 없었다.

"당신은 창녀가 아니오."

"저도 알아요, 내 사랑. 그런데 그런 느낌이 드니 영 기분이 좋지 않네요." 그녀의 목소리는 매우 건조하고 밋밋했다.

"우리가 묵을 수 있는 호텔 중 최고의 호텔이오," 내가 말했다. 나는 창밖을 내다봤다. 광장 건너편으로 역에서 불빛이 새어 나왔다. 거리를 지나는 마차들이 있었고 공원의 나무들이 보였다. 호텔 불빛이 물에 젖은 포장도로 위에서 빛났다. 제길, 나는 생각했다. 지금 말싸움을 해야 한다는 말인가?

"이리로 좀 오세요," 캐서린이 말했다. 그녀의 목소리에서 밋밋함이 가셨다. "이리 좀 오세요. 저 다시 착해졌어요." 나는 침대 쪽을 보았다. 그녀는 웃고 있었다.

나는 침대로 가서 그녀 옆에 앉아 그녀에게 키스를 했다.

"당신은 나의 차한 연인이야."

"저는 당신의 것이 분명해요," 그녀가 말했다.

식사를 한 후 우리는 기분이 좋아졌다. 그리고 나선 매우 행복해져서 잠시 후엔 그 방이 우리 집같이 느껴졌다. 병원의 내 병실이 우리 집이었는데 그것과 마찬가지로 이 방도 우리 집이었다.

식사를 하는 동안 캐서린은 내 군복 겉옷을 자기 어깨에 둘렀다. 우리는 배가 많이 고팠고 식사는 훌륭했다. 카프리 한 병과 생 에스테페 한 병을 마셨다. 대부분은 내가 마셨지만 캐서린도 조금 마셨고 그것 때문에 기분이 아주 좋아졌다. 저녁으론 수플레 포테이토와 퓨레드마론을 곁들인 멧도요 요리와 샐러드를 먹었고 디저트로 자바이오네도 먹었다.

"좋은 방이에요," 캐서린이 말했다. "좋은 방이에요. 밀라노에 있는 동안 계속 이 방에 머물렀어야 했는데."

"재밌는 방이요. 그래도 좋군."

"나쁜 짓도 근사해요," 캐서린이 말했다. "나쁜 짓을 찾아다니는 사람들은 취향이 대단해요. 붉은 플러쉬 천은 정말 근사해요. 딱 맞네요. 거울도 아주 매력적이고요."

"당신은 사랑스러운 여자야."

"이런 방에서 아침에 일어나면 어떤 기분일지 모르겠어요. 그래도 정말 굉장한 방이에요." 나는 생 에스테페를 한 잔 더 따랐다.

"뭔가 정말 죄를 짓는 일을 하고 싶어요," 캐서린이 말했다. "우리가 하는 짓은 모두 너무 순수하고 단순해 보여요. 우리가 나쁜

짓을 할 수 있다는 생각이 안 들어요."

"당신은 굉장한 여자야."

"배가 고플 뿐이에요. 끔찍하게 배가 고파요."

"당신은 착하고 단순한 여자요," 내가 말했다.

"난 단순한 여자예요. 그걸 이해하는 사람은 당신밖에 없어요."

"당신을 처음 만났을 때 나는 오후 내내 우리가 어떻게 하면 카부르 호텔에 함께 갈 수 있을까, 어떤 느낌일까를 상상했소."

"당신, 뻔뻔스럽기 그지없네요. 여기는 카부르가 아니죠, 그렇죠?"

"아니오. 그곳에선 우리를 받아주지 않을 거요."

"언젠가는 갈 수 있겠죠. 그런 게 저희의 다른 점이에요, 내 사랑. 전 그런 건 생각해 본 적이 없거든요."

"전혀 상상해 본 적이 없었소?"

"아주 조금," 그녀가 말했다.

"이런 귀염둥이."

나는 와인을 한 잔 더 따랐다.

"전 아주 단순한 여자예요," 캐서린이 말했다.

"처음엔 그렇게 생각하지 않았소. 머리가 좀 이상한 여자라고 생각했었소."

"조금 그랬지요. 복잡하게 정신이 돈 건 아니었고요. 제가 혼란스럽게 만든 건 아니죠, 내 사랑?"

"와인은 놀라워," 내가 말했다. "나쁜 것들을 모두 잊게끔 만든다니까."

"와인은 좋아요," 캐서린이 말했다. "그래도 와인 때문에 우리아버지는 아주 심한 통풍에 걸리셨어요."

"아버지가 계시오?"

"네," 캐서린이 말했다. "통풍이 있으세요. 당신이 우리 아버지를 만날 일은 없을 거예요. 당신은 아버지가 안 계세요?"

"그렇소," 내가 말했다. "의붓아버지는 있지."

"제가 그분을 좋아하게 될까요?"

"만날 필요 없을 거요."

"우리 정말 즐겁네요," 캐서린이 말했다. "다른 것엔 더 이상 관심이 없어요. 당신하고 결혼해서 정말 행복해요."

웨이터가 와서 그릇들을 치웠다. 잠시 후 우리는 매우 잠잠했고 그래서 비 내리는 소리가 들렸다. 저 아래 거리에서는 자동차 경적 소리가 났다.

"그러나 내 등 뒤에서는 시간의 날개 달린 전차가 서둘러 다가오는 소리를 듣는다네[22]." 내가 말했다.

"저 그 시 알아요," 캐서린이 말했다. "마블이 지은 시죠. 남자와 함께 살지 않으려는 여자에 관한 시예요."

머리가 매우 맑고 차가웠다. 그래서 난 현실을 말하고 싶었다.

"어디서 아이를 낳을 거요?"

"모르겠어요. 제가 구할 수 있는 한 최고의 장소에서."

"어떻게 준비할 참이오?"

"최선의 방법으로. 걱정하지 마세요, 내 사랑. 전쟁이 끝나기 전

---

22) 영국 시인 앤드류 마블의 〈그의 수줍은 여인에게〉라는 시에서 인용.

에 아이를 여럿 가질 수도 있어요.”

“떠나야 할 시간이 거의 다 되었소.”

“알아요. 당신이 원하면 지금이라도 나가요.”

“아니오.”

“걱정하지 말아요, 내 사랑. 지금까지 괜찮았으니 걱정하지 말아요.”

“걱정하지 않겠소. 얼마나 자주 편지할 거요?”

“매일이요. 사람들이 당신 편지를 읽을까요?”

“내용에 손을 댈 만큼 영어를 잘하는 사람은 없을 거요.”

“읽는 사람이 있다면 매우 복잡하게 쓸 거예요,” 캐서린이 말했다.

“그래도 너무 혼란스럽게 쓰지는 말아요.”

“약간만 혼란스럽게 쓸게요.”

"이제는 가야할 것 같소."

“좋아요, 내 사랑.”

“이 좋은 시간을 두고 떠나기가 싫소.”

“저도요.”

“그래도 가야겠지.”

“맞아요. 우리 보금자리에 오래 머문 적이 없으니까.”

“앞으로 우리 집에 오래 있게 될 거요.”

“당신이 돌아올 때쯤 좋은 집을 구해 놓고 있을게요.”

“아마 금방 돌아올 거요.”

“아마 발에만 조그만 부상을 입을 수도 있겠죠.”

"아니면 귓불이던지."

"싫어요. 당신 귀는 지금 그 모습이 좋아요."

"그럼 내 발은 싫고?"

"이미 부상당했었으니까."

"가야겠소, 내 사랑. 정말로."

"알아요. 먼저 나가세요."

24

우리는 엘리베이터를 타는 대신 계단으로 내려왔다. 계단에 깔린 카펫이 낡았다. 저녁 값은 저녁 식사가 올라 왔을 때 지불했다. 식사를 가져다 준 웨이터가 문 옆 의자에 앉아 있었다. 그는 벌떡 일어나 고개를 숙여 인사했다. 나는 그와 함께 옆방으로 들어가서 객실료를 지불했다. 지배인은 나를 친구로 기억한다면서 선불을 거부했었다. 그래도 그는 퇴근하면서 잊지 않고 웨이터를 방 밖에 대기시켜서 내가 방값을 떼어먹지 못하도록 했다. 친구 사이에 방값을 떼인 적이 있었나 보다. 전쟁 중엔 친구가 너무 많은 법이다.

웨이터에게 마차를 불러달라고 부탁했다. 그는 내가 들고 있던 캐서린의 가방과 우산을 들고 나갔다. 창을 통해 그가 빗속에서 거리를 건너는 모습이 보였다. 우리는 옆방에 서서 창밖을 내다보았다.

"몸은 어떻소, 캣?"

"졸려요."

'나는 속이 텅 빈 것 같고 배가 고픈데."

"먹을 거 있어요?"

"응, 내 잡낭에."

마차가 오는 게 보였다. 마차는 멈췄고 말이 빗속에서 고개를 숙이고 있었다. 웨이터가 내리더니 우산을 폈다. 그리고 호텔 쪽으로 왔다. 우리는 정문에서 그를 만나 받쳐 든 우산 아래에서 젖은 보도를 따라 연석에 댄 마차로 걸어갔다. 빗물이 도랑을 이뤄 흐르고 있었다.

"자리에 가방이 있습니다," 웨이터가 말했다. 우리가 마차에 탈 때까지 그는 우산을 받쳐 들고 있었다. 그에게 팁을 주었다.

"감사합니다. 좋은 여행이 되십시오," 그가 말했다. 마부가 고삐를 들어 올리자 말이 움직이기 시작했다. 웨이터는 우산을 쓴 채 돌아서서 호텔 쪽으로 갔다. 마차는 거리를 내려와서 좌회전을 하고 다시 우회전을 해 역전으로 갔다. 불빛 밑에는 방금 비를 피해 들어온 경찰관 두 명이 서 있었다. 불빛이 그들이 쓰고 있는 모자를 비췄다. 역에서 나오는 빛에 비친 비는 깨끗하고 투명했다. 비를 맞아 어깨를 들어 올리고서 짐꾼 하나가 역 대합실 아래에서 나왔다.

"아니오," 내가 말했다. "고맙소만 도움이 필요치 않아요."

그는 대합실의 아치웨이 아래로 되돌아갔다. 나는 캐서린 쪽으로 얼굴을 돌렸다. 그녀의 얼굴은 마차 덮개 그림자 안에 가려 있었다.

"작별 인사를 하는 게 좋겠어요."

"내가 그 안으로 들어가면 안 되겠소?"

"안 돼요."

"잘 가오, 캣."

"마부에게 병원 이름 말해 주실래요?"

"그러지."

나는 마부에게 돌아 갈 주소지를 알려 주었다. 그는 고개를 끄덕였다.

"안녕," 내가 말했다. "당신 몸조심하고 어린 캐서린도 조심시키고."

"안녕히 가세요, 내 사랑."

"안녕," 내가 말했다. 나는 빗속으로 들어섰고 마차는 출발했다. 캐서린이 몸을 밖으로 기댔고 불빛 속에 그녀의 얼굴이 보였다. 그녀는 미소를 지으며 손을 흔들었다. 마차가 도로에 들어섰다. 캐서린이 아치웨이 쪽을 손가락으로 가리켰다. 나는 돌아봤다. 헌병 둘과 아치웨이만 있었다. 캐서린이 내게 비를 피해 안으로 들어가라고 말한 것임을 깨달았다. 안으로 들어서서 마차가 모퉁이를 돌아가는 것을 보았다. 그리고 역을 지나 경사로를 내려가 기차가 있는 곳으로 향했다. 수위가 플랫폼에서 나를 찾고 있었다. 나는 그를 따라 기차 안으로 들어갔다. 혼잡한 사람들 사이를 뚫고 통로를 지나 문을 통과하니 사람들로 꽉 찬 객실 모퉁이에 기관총 사수가 앉아 있었다. 내 배낭과 잡낭이 그의 머리 위 짐칸에 올려 있었다. 복도에 서 있는 사람들이 많았다. 우리가 들어가자 객실 내에 있는 사람들이 모두 우리를 쳐다봤다. 기차 안은 자리가 부족해서 사람들이 모두 적대적이었다. 나를 앉히려고 기관총 사수가 일어났다. 누군가가 내 어깨를 쳤다. 나는 돌아 봤다. 턱에 흉터가 길게 난 키가 무척 크고 쾡하게 마른 포병대 대위였다. 그는 복도에서 창 안을 들여다보다가 들어왔다.

"왜 그러시죠?" 내가 물었다. 나는 몸을 돌려 그를 마주 봤다.

그는 나보다 키가 컸고 모자 창 그늘 아래 있는 얼굴은 매우 말랐고 흉터는 생긴 지 얼마 안 되어 윤이 났다. 객실에 있는 사람들이 모두 나를 쳐다봤다.

"그러시면 안 되죠," 그가 말했다. "사병을 시켜 자리를 잡아놓게 하면 안 되죠."

"이미 끝난 일입니다."

그가 침을 삼켰다. 나는 그의 목젖이 오르내리는 것을 보았다. 기관총 사수가 그 앞에 섰다. 다른 사람들이 유리창을 통해 들여다봤다. 객실 안에 있는 사람들은 아무 말도 하지 않았다.

"그럴 권리가 없다고요. 나는 당신이 오기 두 시간 전부터 여기 있었어요."

"원하시는 게 뭡니까?"

"자리요."

"나도 그렇습니다."

나는 그의 얼굴을 빤히 쳐다봤다. 객실 전체가 나를 배척하는 것을 느낄 수 있었다. 나는 그들을 비난하지 않았다. 그가 옳았다. 그러나 나는 좌석을 원했다. 아직 아무도 말을 하지 않았다.

제기랄, 이란 생각이 들었다.

"앉으시죠, 대위님," 내가 말했다. 기관총 사수는 자리를 피해 나갔고, 키가 큰 대위는 자리에 앉았다. 그는 나를 쳐다봤다. 감정이 상한 표정이었다. 그래도 그는 자리를 차지했다. "짐을 꺼내게," 나는 기관총 사수에게 말했다. 우리는 복도로 나왔다. 기차는 만원이었고 자리를 얻을 기회는 없을 것이다. 나는 수위와 기관총 사수에게 각각 10리라씩을 주었다. 그들은 통로를 지나 플랫폼으로 나가서 창 안을 들여다봤다. 자리는 없었다.

"브레시아에서 사람들이 좀 내릴지도 모릅니다," 수위가 말했다.

"브레시아에서 사람들이 더 탈 걸," 기관총 사수가 말했다.

그들은 작별인사를 하고 악수를 나눈 뒤 떠났다. 둘 다 기분이 좋지 않았다. 기차가 출발할 때는 모두들 기차 통로에 서 있었다. 기차가 역을 빠져 나갈 때 나는 불빛과 역 마당을 바라보았다. 여전히 비가 내리고 있었고 창문이 곧 비에 젖어 밖이 보이질 않았다. 얼마 후 나는 통로 바닥에서 잠이 들었다. 돈과 서류가 든 지갑을 셔츠와 바지 안으로 넣어서 속바지 안쪽에 두었다. 나는 밤새 잠을 잤다. 브레시아와 베로나에서 더 많은 사람들이 올라타서 잠시 눈을 떴지만 이내 다시 잠이 들었다. 잡낭 하나는 머리로 베고 다른 잡낭은 팔로 안은 채 짐이 있는 것을 느끼면서 잤다. 사람들이 나를 밟지 않으려면 나를 넘어 다녀야 했다. 사람들은 모두 통로 바닥에서 잠이 들었다. 다른 사람들은 창문 봉을 잡거나 문에 기대어 서 있었다. 기차는 계속해서 붐볐다.

제3부

25

이제 가을이라 나무들은 저마다 잎을 떨구고 길은 진흙탕이었다. 군용트럭을 타고 우디네에서 고리치아로 갔다. 길에서 다른 군용트럭들과 지나쳤다. 시골의 풍경을 보니 뽕나무 잎도 다 떨어졌고 들판은 갈색이었다. 길은 겹겹이 서 있는 나무들이 떨군 축축한 낙엽들로 덮여있고 나무들 사이로 난 길가에 쭉 쌓아둔 잘게 부순 돌 더미에서 돌을 가져다가 남자들이 바퀴 자국을 메우는 작업을 하고 있었다. 마을 위로 안개가 산허리를 감돌며 덮고 있었다. 강을 건넜는데 강물이 높게 차서 흘렀다. 산에는 비가 계속 내렸다. 공장과 민가와 별장을 지나 시가지로 들어왔다. 이전보다 더 많은 집들이 폭격을 맞았다. 좁은 길에서 영국 적십자 앰뷸런스를 지나쳤다. 운전사는 모자를 쓰고 있었고 얼굴은 마른데다 햇빛에 상당히 그을려 있었다. 그가 누군지 알지 못했다. 시장의 관사 앞 큰 광장에서 군용트럭에서 내렸다. 운전병이 배낭을 내게 건넸다. 나는 배낭을 둘러메고 잡낭 두 개를 매달고 숙소로 걸어갔다. 귀향하는 것 같은 기분이 들지 않았다.

나무들 사이로 숙소를 바라보며 축축한 자갈길 차로를 걸어내려 왔다. 창은 모두 닫혀 있었지만 문은 열려 있었다. 안으로 들어가니 지도와 타이프로 친 서류종이가 벽에 붙어있는 빈 방 테이블 앞에 소령이 앉아있었다.

"어이," 그가 말했다. "안녕하신가?" 그는 나이가 더 들어 보이고 더 건조해 보였다.

"좋습니다," 내가 말했다. "어떠세요?"

"다 끝났어," 그가 말했다. "배낭 내려놓고 앉으시게." 배낭과 잡낭 두 개를 바닥에 내려놓고 모자를 배낭 위에 놓았다. 벽 가까이에 있는 의자 하나를 책상 옆으로 가져다가 앉았다.

"끔찍한 여름이었지," 소령이 말했다. "몸은 괜찮나?"

"네."

"훈장은 받았나?"

"네. 잘 받았습니다. 감사드립니다."

"좀 봅시다."

나는 망토를 열어 그가 리본 두 개를 볼 수 있도록 했다.

"메달이 들어있는 상자도 받았나?"

"아니오. 서류만 받았습니다."

"상자는 나중에 올 걸세. 그건 시간이 좀 더 걸리더라고."

"제가 할 일이 뭡니까?"

"차량은 지금 다 나가 있네. 북부 카포레토에 여섯 대가 있지. 카포레토를 아나?"

"네," 내가 말했다. 계곡에 종탑이 있는 작고 흰 마을로 기억했다. 깨끗하고 작은 마을로 광장에 근사한 분수가 있었다.

"거기서 작업 하고 있지. 아픈 사람들이 그곳에 많거든. 전투는 끝났어."

"다른 차들은 어디에 있나요?"

"두 대는 산 속에 네 대는 아직 바인시차에 있네. 다른 앰뷸런스 두 분대는 제3부대와 함께 카르소에 있고."

"제가 뭘 할까요?"

"괜찮으면 바인시차로 가서 차량 네 대를 인수하게나. 지노가 그곳에 오래 주둔하고 있었어. 자네 거기 가 본 적 없나?"

"없습니다."

"상황이 아주 안 좋았네. 거기서 차량 세 대를 잃었어."

"그 얘긴 들었습니다."

"그렇군. 리날디가 써 보냈군."

"리날디는 어디에 있습니까?"

"여기 병원에 있지. 여름 가을을 이곳에서 보내고 있네."

"그렇군요."

"안 좋았어," 소령이 말했다. "상황이 얼마나 나빴었는지 믿지 못 할 거야. 자네가 그때 폭격을 맞은 게 오히려 운이 좋았다는 생각을 종종 했네."

"저도 압니다."

"내년은 더 나빠질 걸세," 소령이 말했다. "적군이 지금 당장 공격을 할 수도 있을 거고. 공격할 예정이라고들 하지만 믿지는 않네. 너무 늦었거든. 강을 보았나?"

"네. 수면이 벌써 높던데요."

"이미 비가 내리기 시작했으니 그들이 공격해 오리라고는 생각지 않네. 이제 곧 눈도 내릴 거고. 자네 나라 사람들은 어떻게 된 건가? 자네 말고도 미군이 더 생길까?"

"천만 군대를 훈련하고 있습니다."

"그중 일부를 보내주면 좋겠군. 프랑스군이 독차지할 테지. 여기는 아무도 내려오지 않을 거야. 뭐 그래도 좋아. 오늘 밤은 여기서 머물고 내일 작은 차를 타고 가서 지노를 내려 보내게나. 길을 아는 병사를 딸려 보내겠네. 지노가 모든 것을 말해 줄 걸세. 저들은 아직도 포격을 꽤 해 대지만 이젠 다 끝났어. 자넨 바인시차에 가보고 싶을 걸세."

"그곳을 볼 수 있게 돼서 좋습니다. 이렇게 돌아와서 소령님과 함께 하니 좋습니다."

그는 미소를 지었다. "그렇게 말해 주니 좋군. 난 이 전쟁에 지쳤어. 만약 내가 떠났다면 다시 돌아오려고 하지 않았을 거야."

"그렇게 나쁜가요?"

"그렇다네. 아주 안 좋은데 더 나빠지고 있어. 가서 씻고 자네 친구인 리날디나 찾아보게."

밖으로 나가서 짐을 가지고 위층으로 올라갔다. 리날디는 방에 없었으나 그의 물건들은 그대로 있었다. 침대에 앉아서 각반을 풀고 오른쪽 신을 벗었다. 그리고 침대에 드러누웠다. 피곤했고 오른쪽 발이 아팠다. 한쪽 신을 벗은 채 침대에 누워있는 것이 한심해 보여서 일어나 앉아 나머지 신발 끈을 풀어서 신발을 바닥에 벗어던졌다. 그리고 다시 담요 위로 드러누웠다. 창문이 닫혀 있어서 방 안 공기가 답답했지만 너무 지친 터라 일어나 창을 열 수가 없었다. 방 한구석에 놓여 있는 내 물건들이 보였다. 밖은 어두워지고 있었다. 나는 침대에 누워 캐서린을 생각하면서 리날디를 기다렸다. 밤에 잠들기 전 외에는 캐서린 생각을 하지 않을 참이었다. 그런데 지금은 너무 피곤해서 달리 할 일이 없었다. 그래서 누워서 그녀를 생각했다. 리날디가 들어왔을 때도 그녀를 생각하고 있었다. 리날디는 똑 같았다. 조금 말랐나 싶기도 했다.

"이런, 애송이," 그가 말했다. 나는 침대에 일어나 앉았다. 그가 다가와 앉아서 나를 안았다. "착한 녀석." 내 등을 철썩 때리길래 나는 그의 두 팔을 잡았다.

"친구," 그가 말했다. "무릎 좀 보세."

"바지를 벗어야 하는데."

"바지를 벗게나, 애송이. 여긴 모두 친구 아닌가. 어떻게 처치했나 보고 싶으이." 나는 일어나 속바지를 벗고 무릎 받침을 잡아당겨 벗겼다. 리날디는 바닥에 앉아서 내 무릎을 가만히 앞뒤로 구부렸다. 흉터를 손가락으로 만져보고 엄지손가락 두 개를 슬개골 위에 얹은 채 손가락으로 부드럽게 무릎을 두드렸다.

"이게 자네가 받은 접합수술인가?"

"그래."

"자네를 돌려보내다니, 범죄행위야. 완전하게 접합시술을 했어야지."

"예전보단 훨씬 더 좋은데. 나무판자처럼 뻣뻣했었거든."

리날디가 무릎을 더 구부렸다. 그의 손을 쳐다봤다. 섬세한 외과의의 손이었다. 그의 정수리를 보았는데 머리카락이 빛이 나고 부드럽게 가르마가 타져 있었다. 그가 무릎을 너무 심하게 구부렸다.

"아야," 내가 말했다.

"물리치료를 더 받았어야 했어," 리날디가 말했다.

"예전보다는 낫다니까."

"알겠네, 애송이. 이 문제에 대해선 내가 자네보다 더 잘 알거든." 그는 일어나서 침대에 앉았다. "무릎 시술은 아주 잘 됐어." 그는 이제 무릎 얘기는 접었다. "자, 나한테 전부 다 얘기 해 보게."

"말할 게 없는데," 내가 말했다. "조용히 보냈거든."

"유부남처럼 구는데," 그가 말했다. "문제가 뭔가?"

"아무것도," 내가 말했다. "자넨 뭐가 문젠가?"

"전쟁이 날 죽이고 있어," 리날디가 말했다. "전쟁 때문에 아주 우울해." 그는 두 손을 겹쳐 무릎 위에 놓았다.

"아," 내가 말했다.

"왜? 나라고 인간적인 충동을 가지지 말란 법 있나?"

"아니지. 내가 보니 잘 지냈군. 말해 보게."

"여름과 가을 내내 수술을 했네. 줄곧 일만 했지. 모든 사람들이 해야할 일을 다 했지. 힘든 일들은 다 나한테 밀더군. 세상에, 애송이. 나는 아주 훌륭한 외과의가 되어 가고 있다네."

"더 잘됐네."

"난 절대로 생각을 안 해. 절대. 맹세코. 난 생각은 안 한다네. 단지 수술을 할 뿐이지."

"잘됐군."

"이제는, 애송이, 다 끝났다네. 지금은 수술을 하지 않아. 기분이 죽을 맛이지. 끔찍한 전쟁이야, 애송이. 자넨 내 말 믿지. 이제

날 좀 즐겁게 해주게. 축음기 음반은 가져왔나?"

"그럼."

음반들은 내 배낭 안 마분지 상자 속에 종이로 싸여 있었다. 나는 너무 피곤해서 꺼낼 수가 없었다.

"자네 어디 아픈가, 애송이?"

"죽을 맛이야."

"이 전쟁은 끔찍해," 리날디가 말했다. "자, 우리 둘 다 취해서 기분 좀 내자고. 목에 때 좀 벗기러 가세. 그러면 기분이 좋아질 거야."

"황달이었었어," 내가 말했다. "술 취하면 안 돼."

"아, 애송이, 어떻게 돌아온 거야? 심각하게 안 좋은 상태로 왔군. 이 전쟁이 끔찍하다고 내가 말했지. 왜 전쟁을 하는 건지."

"한잔하세. 취하고 싶지는 않지만 한잔은 마시세."

리날디는 세면대로 가서 잔 두 개와 코냑 한 병을 가져왔다.

"이건 오스트리아 산 코냑이야," 그가 말했다. "별 일곱 개. 산가브리엘레에서 건진 건 이거밖에 없었지."

"자네도 거기 있었나?"

"아니, 난 아무 데도 안 갔어. 내내 여기서 수술만 하고 있었다고. 보게, 애송이, 이게 자네가 칫솔질할 때 쓰던 거울일세. 자네를 잊지 않으려고 내가 줄곧 가지고 있었지."

"이 닦는 걸 잊지 않기 위해서였겠지."

"아니야, 내 것도 있어. 아침마다 욕을 해대며 아스피린을 먹으며 창녀들을 저주하면서 칫솔질로 빌라로사를 이에서 벗겨내려고 하던 자네를 생각나게 해줘서 갖고 있던 거라네. 이 거울을 볼 때마다 칫솔질로 자네 양심을 깨끗하게 하려던 자네 생각이 났지." 그가 침대로 왔다. "내게 키스해 주고 자네 상황이 심각하지 않다고 말해 주게."

"자네한텐 절대 키스 안 해. 원숭이 같으니라고."

"나도 자네가 훌륭한 앵글로색슨 족이라는 거 알아. 나도 알지. 자네가 후회를 한다는 것도 알지. 앵글로색슨이 칫솔질로 매춘의 찝찝함을 씻어버리는 걸 볼 때까지 내 기다림세."

"잔에 코냑이나 따르게."

우리는 잔을 부딪치고 술을 마셨다. 리날디가 나를 놀렸다.

"내 자네를 취하게 한 다음 자네 간을 빼내고 좋은 이탈리아인 간을 집어넣어서 자넬 다시 남자로 만들어 주겠네."

나는 코냑을 좀 더 마시려고 잔을 들었다. 밖은 이제 어두웠다. 코냑 잔을 든 채로 창가로 가서 창을 열었다. 비가 그쳤다. 밖은 더 추웠고 나무들 사이에 안개가 끼었다.

"코냑을 창밖으로 버리지 말게," 리날디가 말했다. "마실 수 없으면 나한테나 주게."

"자네 거나 마시게," 내가 말했다. 리날디를 다시 보게 되어 기뻤다. 지난 2년간 그는 쉬지 않고 내게 지분거렸는데 난 그게 늘 좋았다. 우리는 서로를 아주 잘 이해했다.

"결혼했어?" 그가 침대에서 물었다. 나는 창가 벽에 기대어 서 있었다.

"아직."

"사랑에 빠졌나?"

"응."

"그 영국 여자랑?"

"응."

"가여운 애송이. 그 여자가 자네한테 잘 해줘?"

"물론이지."

"내 말은 그녀가 침대에서 잘 해주냐고?"

"닥쳐."

"그러지. 내가 아주 섬세한 남자라는 걸 알게 될 걸세. 그녀 가……?"

"리닌," 내가 말했다. "제발, 입 좀 닥치게. 내 친구가 되길 원한 다면, 닥치게나."

"자네 친구가 되길 원하진 않는다네, 애송이. 난 자네 친구니까."

"그러면 닥쳐."

"좋아."

나는 침대로 가서 리날디 옆에 앉았다. 그는 잔을 들고서 바닥 을 바라보고 있었다.

"어떤지 이해하지, 리닌?"

"아 그럼. 살면서 내내 함부로 대할 수 없는 주제들이 있었지. 자네랑은 그런 적은 없었지만. 자네에게도 함부로 대할 수 없는 주 제가 있겠지." 그가 바닥을 내려다 봤다.

"자넨, 그런 게 없나?"

"없네."

"전혀?"

"없어."

"자네 어머니나 누이에 대해서도 그렇다고 할 수 있겠나?"

"자네 누이동생에 대해서도," 리날디가 재빨리 받아쳤다. 우리는 둘 다 웃었다.

"늙은 초인 같으니라고."

"내가 질투를 느끼나 봐," 리날디가 말했다.

"아니, 그럴 리 없지."

"그런 의미가 아니라 다른 뜻이야. 결혼한 친구들 있나?"

"응," 내가 말했다.

"난 없네," 리날디가 말했다. "그들이 서로 사랑하는 부부라면 없다는 말이야."

"왜?"

"날 좋아하지 않거든."

"왜?"

"난 뱀이거든. 난 이성이라는 뱀이야."

"혼동하고 있군. 사과가 이성이야."

"아니야, 뱀이야." 그는 흥이 더 났다.

"자넨 생각을 깊이 하지 않는 게 더 낫네," 내가 말했다.

"자넬 사랑하네, 애송이," 그가 말했다. "자넨 내가 위대한 이탈리아 사상가가 되려고만 하면 김을 빼단 말이야. 난 말할 수 없는 것들을 무수히 알고 있다네. 자네보다 더 많은 것을 알고 있지."

"그래, 그렇지."

"자넨 더 좋은 시간을 보내게 될 거야. 후회는 좀 되겠지만 그래도 디 재밌는 시간을 보내게 될 거야."

"그렇게 생각하지 않네."

"아, 그럴 걸세. 그게 사실이야. 난 벌써 일을 해야만 행복하거든." 그가 다시 바닥을 내려 봤다.

"극복할 수 있을 걸세."

"아니, 난 딱 두 가지만 좋은 걸. 그중 하나는 내 일에 방해가 되는 건데 나머지 하나는 30분 아니면 15분 안에 끝나지. 어쩌면 더 짧을 수도 있고."

"어쩌면 훨씬 더 짧을 수도 있고."

"더 나아졌다고, 애송이. 자넨 모르지. 그렇게 두 가지와 일이 있을 뿐이네."

"다른 일들도 좋을 걸세."

"아니. 아무것도 없을 거야. 우리가 갖고 있는 건 타고 난 것들이고 그 외엔 절대로 아무것도 새로 배우지 못하지. 새로운 것을 배우는 일은 없어. 우린 완벽한 상태에서 시작하거든. 자네는 라틴 혈통이 아닌 걸 기뻐해야 하네."

"라틴혈통이란 건 없어. 라틴식 사고일 뿐이지. 자네는 자기 단점에 강한 자부심을 갖고 있군." 리날디가 올려보며 웃었다.

"그만두세, 애송이. 너무 생각을 많이 해서 지쳤네." 방에 들어올 때부터 그는 이미 피곤해 보였다. "식사시간이 다 됐군. 자네가 돌아와서 기쁘네. 자넨 내 가장 좋은 친구이자 내 전우야."

"전우들은 언제 저녁을 먹나?" 내가 물었다.

"곧. 자네 간을 위해 한 잔 더 하세."

"성 바울처럼."

"제대로 알지 못하는군. 그건 포도주와 위장이었어. 네 위를 위해 포도주를 조금 마시도록 하라."

"뭐든 병에 들은 걸로," 내가 말했다. "자네가 말하는 것이 뭐든지 그것을 위해."

"자네의 여자를 위해," 리날디가 말했다. 그가 잔을 들어 올렸다. "좋아."

"그녀에 대해서는 야한 얘기는 하지 않겠네."

"애쓰진 말게나."

그가 코냑을 단번에 들이켰다. "나는 순수한 사람이야," 그가 말했다. "나도 자네와 비슷하다네, 애송이. 나도 영국 여자를 사귈 거야. 사실은 내가 자네 여자를 먼저 알았는데 나보다 키가 좀 크더라고. 키 큰 여자는 누이로," 그가 어디 나온 말을 인용했다.

"자넨 아름답고 순수한 영혼의 소유자야," 내가 말했다.

"그렇지? 그래서 사람들이 날 매우 순수한 리날도(Rinaldo Purissimo)라고 부르는 거야."

"매우 방탕한 리날도(Rinaldo Sporchissimo)겠지."

"자, 애송이, 내 영혼이 여전히 순수한 동안 밥 먹으러 내려가세."

나는 세수를 하고, 머리를 빗은 뒤 계단을 내려갔다. 리날디는 약간 취했다. 우리가 식사를 할 방에는 식사 준비가 채 되어있지 않았다.

"가서 술병 가져올게," 리날디가 말했다. 그가 계단을 올라갔

다. 나는 식탁에 앉았다. 그가 술병을 가지고 돌아와서 큰 컵에 반
씩 부었다.

"너무 많네,"라고 말하면서 나는 잔을 들고 식탁 위에 놓인 램
프를 봤다.

"빈속엔 많지 않아. 끝장할 거야. 위장을 완전히 태워주거든. 이
보다 자네에게 더 나쁜 건 없지."

"좋아."

"매일같이 자기 파괴," 리날디가 말했다. "위장은 망치고 손은
떨리게 하지. 외과의에겐 딱 맞지."

"권하는 건가?"

"흔쾌히. 난 다른 건 사용하지 않아. 마시게, 애송이, 아플 걸
기대하고."

나는 반잔을 마셨다. 복도에서 당직병 소리가 들렸다.

"수프! 수프가 준비됐습니다."

소령이 들어와서 우리에게 고개를 끄덕이고 자리에 앉았다. 식
탁에 앉으니 몸집이 꽤 왜소해 보였다.

"다 모인건가?" 그가 물었다. 당직병이 수프 그릇을 내려놓고
한 접시 그득히 국자로 펐다.

"저희가 다입니다." 리날디가 말했다 "신부가 오지 않으면요.
중위가 온 걸 알면 올 텐데요."

"어디 계신데?" 내가 물었다.

"307부대에," 소령이 말했다. 수프를 먹느라 정신이 없었다.
그는 끝이 올라간 회색 콧수염을 주의 깊게 닦으면서 입을 닦았

다. "올 거라고 생각하는데. 전화해서 자네가 왔다는 전갈을 신부한테 남겼거든."

"소란스럽던 식당이 그립군요," 내가 말했다.

"그렇다네. 지금은 조용하지," 소령이 말했다.

"내가 소란스럽게 굴어주지," 리날디가 말했다.

"포도주 좀 마시게나, 엔리코," 소령이 말했다. 그는 내 잔을 가득 채워 주었다. 스파게티가 나왔고 우리는 모두들 바쁘게 먹어댔다. 신부가 들어 왔을 때 우리는 스파게티를 거의 다 먹었었다. 그는 여전히 몸집이 작고 갈색 피부에다 단단한 모습이었다. 나는 일어나 악수를 했다. 그가 내 어깨에 손을 얹었다.

"소식 듣자마자 오는 길입니다," 그가 말했다.

"앉으시죠," 소령이 말했다. "늦으셨군요."

"안녕하쇼, 신부님," 리날디가 영어로 말했다. 신부를 먹잇감 삼아 놀리던 영어를 좀 할 줄 알던 대위한테 얻어 들은 영어였다. "안녕하세요, 리날디," 신부가 말했다. 당직병이 신부에게 수프를 가져다주었지만 신부는 스파게티로 시작하겠다고 말했다.

"어떠세요?" 그가 내게 물었다.

"좋습니다," 내가 말했다. "상황은 어떤가요?"

"포도주 좀 드시죠, 신부님," 리날디가 말했다. "네 위장을 위해 포도주를 좀 마시거라. 성 바오로 아닙니까, 아시죠?"

"네, 압니다," 신부가 친절하게 말했다. 리날디가 잔을 가득 채웠다.

"그 성 바오로," 리날디가 말했다. "문제 참 많았던 분 아닙니까." 신부가 나를 보면서 미소를 지었다. 그런 놀림에 이젠 신부도 꿈쩍하지 않는다는 걸 알 수 있었다.

"그 성 바오로가," 리날디가 말했다. "그 사람 순회 추적자였지요. 그러다 그 열정이 없어지자 그런 짓은 옳지 못하다고 말했단 말이야. 사람들이 여전히 열성적일 때 율법을 만들어 놓고선 자기는 손을 뗐단 말이야. 안 그런가, 페드리코?"

소령이 웃음을 지었다. 우리는 고기 스튜를 먹고 있었다.

"난 해가 지고나면 성자 얘긴 안 해," 내가 말했다. 신부가 스튜를 먹다가 고개를 들고서 내게 미소를 지었다.

"저 녀석 신부님한테 넘어갔군," 리날디가 말했다.

"예전에 쩡쩡하게 신부님을 골리던 자들은 다 어디로 갔지? 카발칸티는 어디 있나? 브룬디는? 세자르는? 받쳐주는 사람 하나 없이 나 혼자서 신부님을 골려야 한단 말인가?"

"좋은 신부님이야," 소령이 말했다.

"좋은 신부님이시죠," 리날디가 말했다. "그래도 신부님은 신부님이니까요. 식당 분위기를 예전처럼 만들려고 하는 중입니다. 페드리코를 즐겁게 해주고 싶어요. 신부님은 지옥으로나 꺼지시지."

소령은 리날디가 술에 취했다는 걸 눈치 챘다. 그의 마른 얼굴이 창백했다. 머리카락이 난 선이 흰 이마 때문에 매우 진해 보였다.

"괜찮습니다, 리날디," 신부가 말했다. "괜찮아요."

"지옥에나 가시라고," 리날디가 말했다. "망할 놈의 짓들을 다 짊어지고 지옥으로 가시라고." 그는 의자에 들어앉았다.

"긴장하고 피곤해서 그러네," 소령이 내게 말했다. 그는 고기를 다 먹고서 빵조각으로 그레비를 마저 훑어 먹었다.

"상관 안 해," 리날디가 식탁에 대고 말했다. "망할 것들은 다 지옥에나 가라지." 도전적으로 식탁을 둘러보지만 눈은 멍하고 얼굴은 창백했다.

"그래," 내가 말했다. "망할 놈의 짓들은 다 지옥에나 가라."

"아니, 아니," 리날디가 말했다. "자넨 그럴 수 없어. 자넨 그럴 수 없어. 자넨 그럴 수 없다니까. 자넨 메마르고 텅 빈 데다 다른 것도 없으니까. 다른 건 없다고. 망할 놈의 것조차 없어. 내가 알지. 내가 언제 일을 그만둘지."

신부님이 고개를 저었다. 당직병은 스튜 접시를 내갔다.

"왜 고기를 드시나요?" 리날디가 신부 쪽으로 몸을 돌렸다. "오늘이 금요일이라는 거 모르세요?"

"목요일입니다," 신부가 말했다.

"거짓말. 금요일이에요. 우리 주님의 몸을 먹고 있잖아. 하나님의 살인데. 난 알아. 죽은 오스트리아인이라고. 당신이 먹고 있는 게 그거라고."

"흰 살코기는 장교 살인데," 내가 오래된 농담에 마무리를 졌다.

리날디가 웃었다. 그가 잔을 채웠다.

"나는 괘념치 마시오," 그가 말했다. "정신이 살짝 돈 거뿐이니까."

"휴가를 좀 가지셔야 할 텐데," 신부가 말했다.

소령이 신부를 향해 고개를 저었다. 리날디는 신부를 보았다.

"내가 휴가를 가져야한다고 생각하신다고?"

소령이 신부를 향해 고개를 저었다. 리날디는 신부를 보고 있었다.

"좋으신 대로," 신부가 말했다. "원하지 않으시면 마시는 거고."

"지옥에나 가시라고," 리날디가 말했다. "날 없애 버리려고 하는군. 매일 밤 날 없애버리려고 해. 나는 그들과 맞서 싸우지. 내가 그것에 걸렸다고 해서 뭐? 남들도 다 걸렸는데. 처음엔," 그는 짐짓 강연자의 태도를 지으면서 계속해서 말했다. "작은 뾰루지가 나지. 그러고 나선 어깨 사이에 발진이 난 걸 보게 돼. 그리고 나면 아무것도 알아내지 못해. 그저 수은만 믿을 뿐이지."

"아니면 매독 약을," 소령이 조용히 끼어들었다.

"그것도 수은 제품이죠," 리날디가 말했다. 지금은 무척 의기양양했다. "이 두 가지에 대해서는 내가 좀 알지. 선하신 신부님," 그가 말했다. "신부님은 그건 절대 안 걸릴 겁니다. 우리 애송이는 걸릴 수도 있지. 이건 산업 재해야. 이건 단순한 산업 재해라고."

당직병이 단 것과 커피를 들여왔다. 디저트는 걸쭉한 소스를 곁들인 검은 빵 푸딩 같은 거였다. 램프에서 연기가 나고 검은 연기가 유리 기둥 안에서 위로 바짝 올라오고 있었다.

"초 두 개 가져오고 램프는 치우게," 소령이 말했다. 불이 켜진 초 두 개를 각각 접시에 받쳐서 당직병이 들고 왔다. 램프를 가지고 나가면서 불을 입으로 불어 껐다. 리날디가 지금은 조용했다. 괜찮아 보였다. 우리는 이야기를 나눴고 커피를 마신 후 모두 복도로 나갔다.

"신부님과 이야기가 나누고 싶겠지. 나는 시내로 가야겠네." 리날디가 말했다. "잘 가시오, 신부님."

"잘 가요, 리날디," 신부가 말했다.

"나중에 보게," 리날디가 말했다.

"그러세," 내가 말했다. "일찍 들어오게." 그는 얼굴을 찡그리고 문 밖으로 나갔다. 소령은 우리와 함께 서 있었다. "과로를 해서 아주 피곤할 거야," 그가 말했다. "매독에 걸렸다고 생각하는 거 같네. 나는 아니라고 생각하지만 걸렸을 수도 있지. 자기 스스로 치료를 하고 있는 중이야. 잘 가시오. 자넨 새벽에 떠나나, 엔리코?"

"네."

"그럼 잘 가게," 그가 말했다. "행운을 비네. 페두치가 자네를 깨워서 같이 갈 걸세."

"안녕히 계십시오, 소령님."

"잘 가시게. 오스트리아군이 공격할 거라고 말들을 하지만 내 생각은 그렇지 않아. 그러지 않기를 바라는 거지. 어쨌든 이곳에 공격은 없을 거야. 지노가 모두 얘기해 줄 걸세. 요즘엔 전화가 잘 터지지."

"주기적으로 전화 드리겠습니다."

"제발 그렇게 해 주게. 잘 가게. 리날디가 브랜디 너무 많이 마시게 하지 말고."

"네, 그러겠습니다."

"잘 가시오, 신부님."

"안녕히 계십시오, 소령님."

그는 자기 집무실로 들어갔다.

26

나는 문으로 가서 밖을 내다봤다. 비는 그쳤지만 안개가 끼었다.

"위층으로 올라갈까요?" 내가 신부에게 물었다.

"잠시만 있을 겁니다."

"올라가시죠."

우리는 계단을 올라 내 방으로 들어왔다. 나는 리날디의 침대에 누웠다. 신부는 당직병이 펴 놓은 내 간이침대에 앉았다. 방은 어두웠다.

"저," 그가 말했다. "몸은 정말 괜찮은 겁니까?"

"괜찮습니다. 오늘 밤은 좀 피곤할 뿐입니다."

"저도 피곤하군요. 이유도 없이."

"전쟁은 어떤 상황인가요?"

"곧 끝날 거라 생각해요. 왜인지는 모르겠지만 그런 느낌이 들어요."

"어떤 느낌인데요?"

"소령님이 어떠신지 보셨죠? 유순하다는 거? 요즘엔 많은 사람들이 그래요."

"저도 그렇게 느꼈어요," 내가 말했다.

"끔찍한 여름이었습니다," 신부가 말했다. 내가 이곳을 떠날 당시보다 신부는 더 자신이 있었다. "어땠는지 믿지 못할 겁니다. 당시 이곳에 있으면서 전쟁이 어떤지 경험했다면 모를까. 이번 여름에 많은 사람들이 전쟁이 뭔지를 실감했어요. 절대 깨닫지 못할 거라고 생각했던 장교들도 지금은 전쟁이 뭔지를 알게 되었다고요."

"무슨 일이 일어날까요?" 나는 손으로 담요를 툭툭 쳤다.

"잘 모르겠어요. 하지만 오래 갈 거라고는 생각지 않아요."

"무슨 일이 일어날까요?"

"전쟁을 끝낼 겁니다."

"누가요?"

"양편이 다."

"저도 그러길 바랍니다," 내가 말했다.

"믿지 못하시는군요?"

"양편이 동시에 전쟁을 그칠 거라고는 생각하지 않아요."

"그러지는 않겠죠. 그렇게 굉장한 건 기대할 수도 없지요. 그래도 사람들 안에서 일어나는 변화를 보면 전쟁이 지속될 것 같지는 않아요."

"이번 여름 전투에서는 어느 편이 이겼나요?"

"아무도."

"오스트리아군이 이겼군요," 내가 말했다. "산가브리엘레 점령을 막았잖아요. 그들이 이겼어요. 그들은 전쟁을 그치지 않을 거예요."

"그들도 우리가 느끼는 것을 똑같이 느낀다면 그칠 수도 있어요. 같은 일들을 겪었거든요."

"이기고 있는 전쟁을 그만두는 나라는 없어요."

"낙담이 되는군요."

"제 생각을 말한 것뿐입니다."

"그럼 전쟁이 지속될 거라 생각하세요? 아무 일도 일어나지 않을 거라고?"

"모르겠습니다. 단지 오스트리아군이 승리를 했다면 전쟁을 그만두지 않을 거라는 생각뿐입니다. 패했을 때만 크리스천이 되는 법인걸요."

"오스트리아군도 크리스천이에요. 보스니아군은 아니지만."

"문자적인 크리스천을 말하는 게 아니고 주님을 닮은 삶을 말하는 겁니다."

그는 아무 말도 하지 않았다.

"우리가 패배를 했기 때문에 모두들 유순해진 거죠. 겟세마네 동산에서 베드로가 예수님을 구했다면 우리 주님은 어떠셨을까요?"

"그래도 똑 같았을 겁니다."

"난 그렇게 생각하지 않아요," 내가 말했다.

"절 낙담하게 만드시네요," 그가 말했다. "저는 무슨 일이 일어날 거라고 믿고 기도합니다. 매우 임박했다는 것을 느껴요."

"뭔가가 일어나겠군요," 내가 말했다. "우리한테만 일어날 거예요. 그들도 우리와 동일한 생각이라면 괜찮겠지만. 그들은 우릴 이겼어요. 그들은 달리 생각할 겁니다."

"많은 군사들이 늘 이런 생각을 해 왔어요. 패배했기 때문에 그런 게 아니에요."

"그들은 처음부터 패했어요. 농사짓던 사람들을 끌어내 입대시킬 때부터 패배자였지요. 그래서 농부들이 지혜가 있는 거예요. 처음부터 패배했던 사람들이니까. 농부에게 권력을 줘 보면 그들이 얼마나 현명한지 알게 될 겁니다."

그는 아무 말도 하지 않았다. 그는 생각을 하고 있었다.

"저도 이제 낙담이 되네요," 내가 말했다. "그래서 이런 것들을 생각하지 않는 거예요. 난 생각이란 걸 안 해요. 그래도 말을 하기 시작하면 생각하지 않고도 마음으로 알게 된 것들을 말하게 되죠."

"나는 무언가를 소망해 왔소."

"이기는 거요?"

"아니, 그 이상의 것을."

"그 이상의 것은 없어요. 승리밖에는. 아마 그게 더 나쁠 수도 있지요."

"나는 오랫동안 승리를 소망했소."

"저도 마찬가지예요."

"이제는 모르겠습니다."

"이거 아니면 저거겠죠."

"이제 승리에 대한 신념도 없어요."

"저도 그래요. 패배의 가치도 믿지 못해요. 그게 더 나을 테지만."

"무얼 믿소?"

"잠이요," 내가 말했다. 그가 일어섰다.

"너무 오래 있어서 미안해요. 이야기를 나누고 싶었습니다."

"다시 이야기를 나눌 수 있어서 좋았습니다. 그냥 잠이라고 말한 거지 다른 뜻이 있는 건 아닙니다."

우리는 일어서서 어둠 속에서 악수를 나눴다.

"요즘 저는 307부대에서 잡니다." 그기 말했다.

"전 내일 아침 일찍이 초소로 갑니다."

"돌아오시면 또 보죠."

"산책이라도 하면서 이야기를 나누죠." 나는 문까지 그와 함께 걸었다.

"내려오지 말아요," 그가 말했다. "돌아오셔서 아주 좋습니다. 당신에겐 그다지 좋은 일은 아니지만." 그가 내 어깨에 손을 얹었다.

"저도 좋습니다," 내가 말했다. "안녕히 가세요."

"안녕히 주무세요. 안녕!"

"안녕히!" 내가 말했다. 졸려 죽을 지경이었다.

27

리날디가 들어왔을 때 난 잠에서 깼다. 그가 아무 말 없길래 다시
잠이 들었다. 아침에 옷을 챙겨 입고 날이 밝기 전에 출발했다. 내
가 나올 때 리날디는 깨지 않았다.

이전에 바인시차를 본 적이 없었다. 내가 부상당했던 지점에
서 강 건너편이고 예전에 오스트리아군 점령지였던 산 경사를 오
르는 기분은 이상했다. 새 도로는 경사가 가팔랐고 트럭이 많았다.
그 너머는 도로가 평탄했다. 안개 속으로 숲과 가파른 언덕들이 보
였다. 재빠르게 점령되었기 때문에 숲은 파괴되지 않았다. 언덕이
가려주지 않는 도로는 그 양편과 위가 매트로 가려져 있었다. 도로
는 폐허가 된 마을까지 닿아 있었다. 전선은 저 너머에 있다. 주변
에 대포가 많았다. 집들은 심하게 부셔졌지만 모든 것들이 잘 갖춰
져 있어서 표시판이 없는 곳이 없었다. 지노를 찾았고 그는 우리에
게 커피를 가져다주었다. 그와 함께 많은 사람들을 만나고 초소들
도 둘러봤다. 지노 말로는 영국 차량들은 바인시차에서 더 내려간
라브네에서 작업을 하고 있단다.

그는 영국군에 대해 매우 탄복하고 있었다. 여전히 일정량의
포탄이 떨어지고 있지만 부상자는 많지 않다고 말했다. 비가 내리
기 시작했으니 병자가 많아질 거다. 오스트리아군이 공격해 올 거
라고들 생각하지만 그는 그 말을 믿지 않았다. 우리도 공격할 예정

이었지만 새로운 부대가 충원되지 않았기 때문에 그것도 그른 일이라는 게 그의 생각이었다. 이곳은 먹을 것이 부족해서 고리치아에서 제대로 된 식사를 한다면 기쁠 거라고 했다. 난 저녁으로 뭘 먹었느냐고? 뭘 먹었는지 말해줬더니 그는 근사하다고 말했다. 그는 특히나 돌체[23]에 감동을 했다. 자세히 설명하지 않고 그저 돌체라고만 했더니 빵 푸딩보다 더 근사한 것으로 생각하는 것 같았다.

그가 어디로 가게 될지 내가 알고 있느냐고? 나는 모른다고, 그렇지만 다른 차량 일부가 카포레토에 있다고 말했다. 그는 그곳으로 가기를 원했다. 작고 근사한 곳이고 그 건너편에 솟아있는 높은 산들을 그는 좋아했다. 좋은 사람이었다. 모두들 그를 좋아하는 것 같았다. 진짜 지옥 같았던 곳은 산가브리엘레 전투와 롬 너머에서 실패했던 공격이었다고 했다. 아군 바로 위와 건너편 테르노바 능선 숲에 오스트리아군 대포가 엄청 많고 밤이면 도로를 심하게 포격한다고 했다. 엄청나게 많은 함포가 그의 신경을 거스렸단다. 수평탄도라서 나도 알아볼 수 있을 거란다. 포성을 듣는 순간 거의 동시에 날카로운 소리가 나기 시작한단다. 저들은 두 대의 포를 거의 동시에 차례로 쏴대는데 그래서 폭탄 파편이 어마어마하단다. 그가 파편 하나를 보여줬는데 매끄러우면서 들쭉날쭉한 1피트 가량 되는 금속조각이었다. 배빗합금 같아 보였다.

"함포가 그다지 효과적이었다고는 생각하지 않아요," 지노가 말했다. "그래도 무서웠지요. 곧바로 나를 향해 날아오는 것 같은

---

23) 디저트용 단 음식.

소리가 나거든요. 쾅 소리가 나면 거의 동시에 날카로운 소리가 들리면서 그냥 터져버려요. 무서워 죽겠는데 부상 안 당한 게 뭐 대수인가요?"

그는 우리 반대편 전선엔 크로아티아인과 마자르인도 좀 있다고 했다. 우리 부대는 여전히 공격위치에 있었다. 오스트리아군의 공격이 있을 경우 이렇다 할 철조망도 없고 후퇴할 장소도 없었다. 고원에서 뻗어나가는 낮은 산악지대를 따라 방어할 수 있는 좋은 곳들은 있었지만 방어용 설비가 전혀 갖춰지지 않았다. 어쨌든 바인시차에 대해 내가 무슨 생각을 했었느냐고?

나는 그곳이 더 평평한 고원 같은 곳이리라고 기대했었다. 이렇게 들쭉날쭉한 곳인지는 몰랐다.

"알토 피아노," 지노가 말했다. "그러나 피아노는 아니에요."

우리는 그가 머무는 숙소의 지하실로 갔다. 나는 작은 산들을 줄줄이 방어하는 것보다는 산마루는 평평하더라도 깊이 파인 곳이 있는 산등성이가 방어하기에 더 쉽고 실용적일 것으로 생각한다고 말했다. 평지보다 산에서 공격하는 게 덜 힘들다고 나는 주장했다. "그거야 산 나름이지요," 그가 말했다. "산가브리엘레를 보십시오."

"그렇지," 내가 말했다. "그래도 문제가 있었던 곳은 평평했던 산마루에서였지요. 산마루까지는 어렵지 않게 올라갔잖소."

"그렇게 쉽지도 않았어요," 그가 말했다.

"그래," 내가 말했다. "그래도 특별한 경우였지. 산이라기보다는 요새였으니까. 오스트리아군이 그곳을 몇 년 동안 요새화했거든." 내 말은 전략적인 의미에서 공격이 있을 때 줄줄이 늘어선 산들도 간단하게 우회할 수 있어서 전선으로 지킬 가치가 없다는 뜻이었다. 가능한 기동력을 갖고 있어야 하는데 산지는 그렇게 기동력이 좋지 않다. 그리고 아래를 향해 포를 쏠 때면 항상 더 멀리 나간다. 산 측면으로 우회적인 공격이 들어오면 최정예 군사들은 가장 높은 산에 남게 된다. 산악에서의 전투에 승산이 있다고 생각하지 않는다. 생각을 많이 해 봤다고 말했다. 우리가 산 하나를 점령하면 적군은 다른 산을 뺏을 테고 정작 전투가 제대로 시작하면 모두들 산에서 내려와야 한다.

산이 국경이라면 어떻게 하실 건가요? 라고 그가 물었다.

아직 생각해보지 않았다고 말하고 우리는 둘 다 웃었다. "그래도," 내가 말했다. "옛날에 오스트리아인들은 베로나 근처 사변형 지대 안으로 들어와서 호되게 당했지. 그들을 평지로 내려오게 하고서 그곳에서 격파했네."

"그래요," 지노가 말했다. "그들은 프랑스인이었고 다른 나라에서 싸우고 있으니까 군사적 문제점들을 명확하게 해결할 수 있었죠."

"그래," 나도 그 말에 동의했다. "자기 나라라면 전투지를 그렇게 합리적으로 활용할 수가 없지."

"러시아인들은 그랬어요. 나폴레옹을 잡으려고."

"맞아, 그래도 그들은 땅이 꽤 컸지. 이탈리아에서 나폴레옹을 잡으려고 후퇴를 한다면 브린디시까지 몰릴 거야."

"끔찍한 곳이에요," 지노가 말했다. "그곳에 가본 적 있으세요?"

"머물러 보지는 못했네."

"전 애국자이지만," 지노가 말했다. "그래도 브린디시나 타란토를 사랑하지는 못하겠어요."

"바인시차는 사랑하나?" 내가 물었다.

"땅은 성스러운 거예요," 그가 말했다. "그래도 감자가 더 많이 나면 좋겠어요. 우리가 이곳에 왔을 때 오스트리아인들이 심어놓은 감자밭을 발견했던 거 아시잖아요."

"식량이 정말 딸리나?"

"저는 성에 차게 먹어본 적이 없어요. 그래도 대식가인데 굶어 죽진 않았네요. 장교 식당은 중간 정도는 돼요. 전선에 있는 부대들은 꽤 좋은 음식을 먹지만 후방에서는 그렇지 못해요. 어딘가에서 뭔가가 잘못됐어요. 식량은 충분해야 하는데 말이죠."

"돌발상어[24]들이 식량을 어디 다른 곳에 팔아먹고 있다지."

"맞아요. 전방 부대는 충분하지만 후방 병사들은 식량이 아주 부족하다고요. 오스트리아군이 심어놓은 감자를 먹고 숲에서 밤을 따먹어요. 더 잘 먹어야 하는데요. 우리는 대식가들인데. 음식이 충분하다고 알고 있거든요. 병사들이 먹을 게 딸린다는 건 뭔가 대단히 잘못되고 있는 거예요. 음식이 부족하면 생각도 달라진다는 거 아세요?"

"그럼," 내가 말했다. "전쟁에 이길 수는 없어도 질 수는 있는 거지."

"우리는 지는 얘기는 하지 않아요. 패배에 대한 이야기는 신물

---

24) 1차 대전 중 식량을 암시장에 팔아먹는 자들을 일컫는 은어.

나게 했거든요. 이번 여름에 치른 것들을 헛되게 할 수는 없어요."

나는 아무 말도 하지 않았다. 성스러운, 영광스러운, 희생이라는 단어나 헛되 같은 표현을 들으면 나는 항상 당황스럽다. 때로 고함을 쳐야 들릴 정도로 소리가 거의 전달되지 않는 빗속에서 그 단어들을 들었다. 이제는 오래된 다른 포고문 위에 전단 붙이는 사람들이 손바닥으로 철석하고 붙이는 새로운 선언문에서 그 단어들을 읽었지만 성스러운 것을 본 적이 없었고 영광스러운 것들은 영광스럽지 못했다. 고기 덩어리를 땅에 묻는 것 외에 다른 일을 하지 않는다면 희생이란 시카고의 가축 수용소와 다를 바가 없었다. 도저히 들어줄 수 없는 단어들이 많다. 그래서 지명만이 권위가 있었다. 특정 숫자와 특정 날짜에도 권위가 느껴졌다. 숫자와 날짜에 지명이 더해질 때 그 날짜와 숫자만이 말할 가치가 있고 의미가 있게 된다. 영광, 명예, 용기, 성호 같은 추상적인 단어들은 구체적인 마을 이름, 도로의 번호, 강 이름, 연대와 날짜 옆에서는 가당찮게 보인다. 지노는 애국자였다. 그래서 그는 가끔 우리 사이를 갈라놓는 말을 할 때가 있다. 그래도 그는 여전히 괜찮은 녀석이고 나는 그가 애국자인 것을 이해한다. 그는 타고난 애국자였다. 그는 고리치아로 돌아가기 위해 페두치와 함께 차를 타고 떠났다.

하루 종일 폭풍우가 몰아쳤다. 바람이 비를 몰고 와 사방에 물이 고이고 진흙탕이었다. 부서진 집들의 회칠한 벽은 비에 젖어 회색이었다. 비는 늦은 오후에 그쳤고, 나는 산봉우리에는 구름이 걸쳐 있고 도로를 가려주는 짚은 비에 젖어 물이 뚝뚝 떨어지는 가을 시골의 휑하니 젖은 풍경을 제2초소에서 바라보았다. 해는 지기 전에 한 번 모습을 드러내더니 산등성이 너머 헐벗은 숲을 비춰 줬다. 그 산등성이 숲에는 오스트리아군 대포가 많았지만 발포가 되는 건 몇 개 되지 않았다. 전선 가까운 곳 부서진 농가 위 하늘에서 유산탄 연기가 갑자기 둥그렇게 피어오르는 모습이 보였다. 가운데가 노랗고 하얀 섬광이 번쩍이는 부드러운 연기 뭉치였다. 번쩍하더니 쨍하고 갈라지는 소리가 들리고 공처럼 생긴 연기가 흩어져서 바람에 흩날렸다. 부서진 집들의 잡석 속에 그리고 초소가 있던 자리의 부서진 건물 옆 도로에도 유산탄 쇠 파편들이 많았다. 그러나 그날 오후 초소 근처에서는 포탄이 터지지 않았다. 두 대의 차량에 짐을 싣고서 젖은 매트로 가려진 도로를 내려왔다. 저물어 가는 태양의 마지막 햇살이 매트를 세워놓은 틈새로 들어왔다. 언덕 넘어 텅 빈 도로로 나오기도 전에 해가 저물었다. 우리는 텅 빈 도로를 내려가서 공터로 통하는 모퉁이를 돌아 매트가 만들어낸 아치형 사각 터널로 들어갔고 비는 다시 내리기 시작했다.

밤이 되자 바람이 불었고 새벽 3시 비가 억수처럼 내릴 때 포격이 있었다. 크로아티아군이 산간 초원을 건너서 여기저기 숲을 통해 전선으로 침투했다. 그들은 비가 내리는 어둠 속에서 싸웠지만, 겁에 질린 제2전선 병사들의 반격에 쫓겨 갔다. 빗속에서 포탄과 로켓탄이 수없이 발사됐고 전선을 따라 기관총과 소총도 끊이지 않고 발사됐다. 그들은 다시 쳐들어오지 않았고 이전보다 더 조용해졌다. 바람이 불고 비가 오는 간간이 저 멀리 북쪽에서 엄청난 포격소리가 들려왔다.

부상자들이 초소로 들어오고 있었다. 몇 명은 들것에 실려서,

몇은 걸어서, 또 몇몇은 전장에 있던 병사들의 등에 업혀서 들어왔다. 모두들 흠뻑 젖었고 두려워했다. 들것에 들려 초소 지하실에서 운반된 사람들로 인해 두 대의 앰뷸런스가 가득 찼다. 두 번째 차량의 문을 닫고 자물쇠를 잠그는데 얼굴에 떨어지던 비가 눈으로 변했다. 눈송이가 비에 섞여 무겁고 빠르게 내렸다.

날이 밝아올 때도 폭풍우는 여전했으나 눈은 멈춘 상태였다. 눈송이는 젖은 땅에 떨어지면서 녹았고 비가 다시 내렸다. 날이 밝은 후 또 한 차례의 공격이 있었지만 성공하지 못했다. 또 공격이 있을까 하루 종일 기다렸지만 해가 질 때까지 추가 공격은 없었다. 포격은 오스트리아군이 밀집되어 있는 숲이 우거진 긴 능선 밑 남쪽에서 시작됐다. 우리에게 포격이 가해지리라 예상했지만 포격은 없었다. 날이 어두워지고 있었다. 마을 뒤 들판에서 대포가 발사되었는데 흩어지는 포탄 소리가 편안했다.

남쪽에서의 공격이 성공하지 못했다는 소리를 들었다. 그날 밤 공격은 없었지만 저들이 북쪽까지 뚫었다는 소식이 들렸다. 한밤중에 퇴각 준비를 하라는 전갈이 왔다. 초소에 있는 대위로부터 전해 들었다. 여단 본부에서 들었단다. 잠시 후 그는 전화를 걸어서 잘못 전달된 것이라고 했다. 여단 본부는 무슨 일이 있든지 바인시차를 고수해야 한다는 명령을 받았단다. 나는 어디가 뚫렸는지 물었다. 그는 오스트리아군이 카포레토쪽 27군단을 뚫었다는 말을 여단 본부에서 들었다고 했다. 북쪽에서는 하루 종일 큰 전투가 계속됐다.

"그 개자식들이 뚫렸다면 우린 죽었어," 그가 말했다.

"독일군이 공격하는 거래요." 군의관 하나가 말했다. 독일군이란 두려운 단어였다. 독일군과는 전혀 엮이고 싶지 않았다.

"독일군병 15분대가 있대요." 군의관이 말했다. "그들이 뚫고 나오면 우리는 고립될 겁니다."

"여단 본부에서는 이 전선은 지켜야 한다고 해요. 심하게 뚫리진 않아서 몽마죠레에서 산을 가로지르는 전선은 유지해야 된다고."

"어디서 들은 말인가?"

"사단 본부에서요."

"우리가 퇴각할 거라는 말도 사단 본부에서 나왔는데."

"우리는 군단 사령부 소속이오." 내가 말했다. "그렇지만 여기선 대위님 지시를 받지요. 가라고 하시면 저는 당연히 갈 겁니다. 명령을 분명히 내려 주십시오."

"이곳을 사수하라는 명령이오. 부상자들을 이곳에서 분류소로 옮기시오."

"분류소에서 야전 병원으로 옮기는 경우도 가끔 있습니다." 내가 말했다. "그게, 퇴각은 구경해 본 적이 없어서요. 퇴각을 하면 부상자들은 무슨 수로 다 철수시킨단 말입니까?"

"철수하지 않아. 옮길 수 있는 숫자만큼만 옮기고 나머지는 남겨 놓지."

"차량에는 무얼 실을까요?"

"병원 장비."

"알았습니다." 내가 말했다.

그 다음날 밤에 퇴각이 시작되었다. 독일군과 오스트리아군이 북쪽을 뚫고 산간 계곡으로 내려와 치비딜레와 우디네로 공격해 오고 있다는 소식을 들었다. 퇴각은 질서정연했지만 축축하고 침울했다. 사람들로 붐비는 도로를 따라 천천히 이동하던 밤, 비를 맞으며 행진하는 군대와 대포, 마차를 끄는 말들, 노새, 모터트럭 등 전방으로부터 이동하는 모든 것들과 마주쳤다. 진군할 때와 마찬가지로 별 혼란은 없었다.

그날 밤 우리는 고원에서 피해가 가장 적었던 마을에 세워졌던 야전 병원 철수를 도우면서 부상자들을 플라바 강독으로 이송했다. 이튿날은 플라바에 있는 병원과 분류소를 비우느라 하루 종일 빗속에서 짐을 옮겼다. 비는 꾸준히 내렸고 바인시차 부대는 시월의 비를 맞으며 고원을 떠나 그해 봄에 큰 승리가 시작되었던 강을 건넜다. 그 다음날 낮에 고리치아로 들어왔다. 비는 이미 그쳤고 마을은 거의 비어있었다. 우리가 거리에 들어섰을 때 사병용 유곽에 있는 아가씨들이 트럭에 타고 있었다. 일곱 명의 아가씨들은 모자를 쓰고 코트를 걸치고 작은 옷가방을 들고 있었다. 그중 두 명은 울고 있었다. 다른 한 명은 우리를 향해 웃으면서 혀를 내밀어 낼름거렸다. 그 여자의 입술은 두툼하니 통통했고 눈은 검었다.

나는 차를 세우고 포주에게 말을 걸었다. 장교용 유곽에 있는 아가씨들은 그날 아침 일찍 떠났다고 그녀가 말했다. 그들은 어디로 가는 건가? 코넬리아노로 간다고 그녀가 말했다. 트럭이 움직이기 시작했다. 통통한 입술을 가진 아가씨가 우리를 향해 다시 혀를 내밀었다. 포주는 손을 흔들었다. 두 아가씨는 계속 울었다. 다

른 아가씨들은 재미있다는 듯이 마을을 내다 봤다. 나는 차로 되
돌아왔다.

"우리도 함께 가야하는데," 보넬로가 말했다. "재미있는 여행
이 될 텐데요."

"우리도 좋은 여행을 할 걸세," 내가 말했다.

"끔찍한 여행이겠죠."

"내 말이 그 말이지," 내가 말했다. 차도를 지나 숙소로 갔다.

"거친 녀석들이 기어올라 아가씨들을 타고 앉으려고 할 때 거
기 있고 싶은데요."

"그 녀석들이 그럴 거라 생각하나?"

"물론이죠. 제2군에 있는 병사라면 저 포주를 모르는 자가 없
지요."

우리는 숙소까지 갔다.

"그 여자를 수녀원장이라고 불러요," 보넬로가 말했다. "아가씨
들은 새로 왔지만 포주는 누구나 알지요. 퇴각 직전에 아가씨들을
데려왔을 거예요."

"아가씨들이 고생 좀 하겠는데."

"제 말이 그 말입니다. 한 번 공짜로 해보고 싶어요. 유곽에서는
너무 비싸게 값을 먹여서. 정부가 우릴 벗겨먹는 거죠."

"차를 가져가서 정비병들이 살펴보게 하게나," 내가 말했다.
"오일도 갈고 기어도 점검하고. 연료도 채우고 나서 잠 좀 자게."

"네, 중위님."

숙소는 비어 있었다. 리날디는 병원이 철수할 때 함께 가버렸

다. 소령은 참모 차량에 병원 사람들을 태워 갔다. 창에 메모가 한 장 붙어있는데 복도에 쌓여있는 물품들을 차에 가득 싣고 포르데노네로 계속 가라는 내용이었다. 정비병들도 이미 떠난 뒤였다. 나는 차고로 되돌아갔다. 그곳에 있는 동안 나머지 차량 두 대가 들어왔고 운전병들이 차에서 내렸다. 비가 다시 오기 시작했다.

"난 너무…… 졸려요. 플라바에서 이곳까지 오는 동안 세 번이나 졸았어요." 피아니가 말했다. "이제 뭘 하나요, 중위님?"

"오일 갈고 윤활유 치고 연료를 가득 채워 정문으로 끌고 가서 남겨진 잡동사니들을 싣게나."

"그리고 출발하나요?"

"아니, 세 시간 동안 잠을 잘 거야."

"세상에 잠이라니, 반가워라." 보넬로가 말했다. "운전을 하는데 눈을 계속 뜨고 있을 수가 없었어요."

"자네 차는 어떤가, 아이모?" 내가 말했다.

"상태 좋습니다."

"작업복 가져와 봐. 오일 가는 거 도와줄 테니."

"그러지 마십시오, 중위님." 아이모가 말했다. "일도 아닌 걸요. 가셔서 짐이나 꾸리십시오."

"내 짐은 다 싸놨어." 내가 말했다. "난 가서 남겨진 물건을 옮겨오겠네. 차량 정비가 끝나는 대로 앞으로 가져오게."

그들이 차들을 숙소 정문 쪽으로 끌고 왔다. 우리는 복도에 쌓여있는 병원 장비를 실었다. 짐을 모두 다 실은 뒤 차량 세 대를 비가 내리는 차도의 나무 밑에 죽 세워뒀다. 우리는 숙소 안으로 들어갔다.

"부엌에 불을 피우고 자네 물건들을 좀 말리게," 내가 말했다.

"옷이야 마르건 말건 신경도 안 씁니다," 피아니가 말했다. "잠을 자고 싶어요."

"난 소령님 침대에서 잘 거야," 보넬로가 말했다. "노인네가 주무시던 곳에서 잘 겁니다."

"난 어디서 자든 상관없어," 피아니가 말했다.

"여기 침대가 두 개 있네," 내가 문을 열었다.

"그 방에 뭐가 있는지도 전혀 몰랐었네요," 보넬로가 말했다.

"이곳이 물고기 얼굴 영감 방이군요," 피아니가 말했다.

"자네 둘이 여기서 자게나," 내가 말했다. "내가 깨워줄 테니."

"중위님이 늦게까지 주무시면 오스트리아군이 우릴 깨울 겁니다." 보넬로가 말했다.

"오래 자지 않을 걸세," 내가 말했다. "아이모는 어딨나?"

"부엌에 갔습니다."

"자게나," 내가 말했다.

"네," 피아니가 말했다. "하루 종일 앉아서 졸았거든요. 머리꼭지가 눈꺼풀 위로 계속 쏟아져 내렸습니다."

"장화를 벗게," 보넬로가 말했다. "물고기 얼굴 영감 침대야."

"물고기 얼굴은 하나도 겁나지 않아," 피아니는 진흙 묻은 장화를 쭉 뻗고 팔베개를 하고서 침대에 누웠다. 나는 부엌으로 갔다. 아이모는 화덕에 불을 피워 물주전자를 올려놓았다.

"파스타 아시우타를 만들 생각이었습니다," 그가 말했다. "깨고 나면 배가 고플 테니까요."

"자넨 졸리지 않나, 바르톨로메오?"

"그렇게 졸리진 않습니다. 물이 끓으면 가지요. 불이 약해질 거예요."

"잠을 좀 자는 게 좋을 걸세," 내가 말했다. "치즈하고 통조림 쇠고기를 먹으면 될 거야."

"이게 더 낫죠," 그가 말했다. "저 두 명의 무정부주의자들한테는 뜨뜻한 게 좋을 겁니다. 중위님은 들어가 주무십시오."

"소령님 방에 침대가 하나 있네."

"중위님께서 거기서 주무세요."

"아니, 나는 내 방으로 올라갈 걸세. 한잔하겠나, 바르톨로메오?"

"떠날 때요, 중위님. 지금 마시면 아무 소용없을 겁니다."

"세 시간 후 자네가 깼을 때 내가 자네를 부르지 않거든 날 깨우게나, 그럴 수 있지?"

"전 시계가 없는데요, 중위님."

"소령님 방 벽에 시계가 있다네."

"알았습니다."

그러고 나서 식당을 나와 복도를 지나 대리석 계단으로 올라가서 리날디와 내가 함께 쓰던 방으로 갔다. 밖에는 비가 내리고 있었다. 창가로 가서 밖을 내다봤다. 밖은 어두워지고 있었고 나무 밑에 석 대의 차량이 나란히 줄지어 있는 게 보였다. 비가 내려 나무에서 물이 떨어지고 있었다. 날은 추웠고 물방울들은 가지에 매달려 있었다. 나는 리날디 침대에 누워서 잠을 청했다.

출발하기 전에 우리는 부엌에서 음식을 먹었다. 아이모가 양파와 통조림 고기를 잘라 넣은 스파게티를 한 양푼 만들었다. 우리는 식탁에 둘러앉아 숙소 지하실에 남겨져 있던 포도주 두 병을 비웠다. 밖은 어두웠고 비는 여전히 내리고 있었다. 피아니는 식탁에 앉아서도 매우 졸려했다.

"난 진군보다 퇴각이 더 좋아요," 보넬로가 말했다. "퇴각할 땐 바르베라를 마시니까."

"지금은 그것을 마시지만 내일은 아마 빗물을 마실 걸세," 아이모가 말했다.

"내일이면 우디네에 있겠지. 샴페인을 마실 거야. 그곳이 바로 한량들이 사는 곳이라네. 일어나게, 피아니! 우리는 내일 우디네에서 샴페인을 마시게 될 거야."

"일어났습니다," 피아니가 말했다. 그는 자기 접시에 스파게티와 고기를 가득 담았다. "토마토소스는 찾질 못했나, 바르토?"

"없었어," 아이모가 말했다.

"우린 우디네에서 샴페인을 마실 거야," 보넬로가 말했다. 그는 자기 잔에 맑고 붉은 바르베라를 가득 부었다.

"아마 우디네에 가기 전에……마시겠지," 피아니가 말했다.

"많이 드셨나요, 중위님?" 아이모가 물었다.

"많이 먹었네. 병 좀 주게나, 바르톨로메오."

"차에 들고 가게 한 병씩 준비했습니다," 아이모가 말했다.

"대체 잠은 잔건가?"

"잠이 그렇게 필요치 않습니다. 전 잠이 적거든요."

"내일이면 왕의 침대에서 자게 될 걸세," 보넬로가 말했다. 그는 기분이 무척이나 좋았다.

"내일이면 우리가……," 피아니가 말했다.

"난 여왕과 함께 잘 거야," 보넬로가 말했다. 그는 내가 그 농담을 어떻게 받아들이나 살폈다.

"자네가……," 피아니가 졸린 상태로 말했다.

"그건 반역입니다, 중위님," 보넬로가 말했다. "반역 아닌가요?"

"닥치게나," 내가 말했다. "포도주를 좀 마시더니 너무 흥이 났어." 밖에는 비가 심하게 내리고 있었다. 나는 손목시계를 들여다봤다. 9시 반이었다.

"떠날 시간이네,"라고 말하고 나서 나는 일어났다.

"누구 차를 타고 가시겠어요, 중위님?" 보넬로가 물었다.

"아이모랑 가겠네. 그 뒤에 자네 차. 그리고 피아니가 뒤따르게. 코르몬스로 가는 도로에서 출발할 걸세."

"졸까봐 겁이 납니다," 피아니가 말했다.

"좋아, 그럼 내가 자네랑 타지. 그 다음은 보넬로. 그 다음이 아이모."

"그게 제일 좋습니다," 피아니가 말했다. "제가 너무 졸려서요."

"내가 운전할 테니 그동안 눈 좀 붙이게나."

"아닙니다. 제가 잠이 들 때 깨워줄 사람이 있다는 것을 알면 운전할 수 있습니다."

"내가 깨워주지. 바르토, 불을 끄게."

"그냥 내버려두는 편이 더 나을 텐데요," 보넬로가 말했다. "이곳을 다시 쓸 일은 없을 테니까요."

"내 방에 작은 트렁크가 있네," 내가 말했다. "내리는 것 좀 도와주겠나, 피아니?"

"저희가 가져오겠습니다," 피아니가 말했다. "가세, 알도." 그는 보넬로와 함께 복도로 갔다. 그들이 위층으로 올라가는 소리가 들렸다.

"좋은 곳이었어요," 바로톨로메오 아이모가 말했다. 그는 자기 배낭에 포도주 두 병과 치즈 반 덩어리를 넣었다. "이런 곳은 다시 없을 겁니다. 어디로 후퇴한 뎁니까, 중위님?"

"탈리아멘토 강 너머 어디라고 하던데. 병원과 전투부대는 포르데노네에 주둔 할 걸세."

"여기가 포르데노네보다는 나은 곳이죠."

"난 포르데노네를 몰라," 내가 말했다. "지나쳐만 가서."

"별 볼일 없는 곳이지요," 아이모가 말했다.

28

우리가 이동할 때 비와 어둠 속에 마을은 텅 비었고 큰 도로를 따라가는 군대와 총기 대열만 있었다. 다른 도로로 가던 많은 트럭과 마차들도 모두 큰 도로에서 합류했다. 피혁공장을 지나 큰 도로로 들어서자 군대와 모터트럭과 말이 끄는 마차와 총기가 넓은 대열을 이루며 서서히 움직였다. 우리는 빗속에서 느리지만 지속적으로 이동했다. 우리가 탄 차의 라디에이터 뚜껑은 높게 쌓아올린 짐을 젖은 캔버스 천으로 덮은 트럭 꽁무니에 거의 닿을 지경이었다. 트럭이 멈췄다. 대열 전체가 멈췄다. 대열이 다시 움직이기 시작했고 우리는 조금 더 가다가 다시 멈췄다. 나는 차에서 내려 트럭과 마차 사이로, 말들의 젖은 목 아래로 걸어갔다. 대열은 저 멀리 앞에서부터 멈췄다. 나는 도로에서 나와 발판을 딛고 도랑을 건너 반대편 들판을 따라 걸었다. 대열 건너편에서 들판으로 앞서 걸어가는데 비가 내리는 나무들 사이로 멈춰선 대열이 보였다. 일마일쯤을 갔다. 대열은 움직이지 않았지만 정체된 차량 너머 저 앞쪽으로 보병이 움직이는 모습이 보였다. 나는 차로 되돌아갔다. 멈춘 대열이 우디네까지 늘어섰을 지도 모른다. 피아니는 핸들에 기댄 채 잠을 자고 있었다. 그의 옆 좌석으로 올라가서 나도 잠이 들었다. 몇 시간이 지난 뒤, 앞 트럭이 기어를 넣는 소리가 들렸다. 나는 피아니를 깨워 출발했다. 몇 야드 가다가 멈추다 다시 가기를 거듭했다. 여전히 비가 내리고 있었다.

한밤중에 대열은 다시 정체가 되어 움직이지 않았다. 나는 차에서 내려 아이모와 보넬로를 보러 뒤쪽으로 갔다. 보넬로는 정비 부사관 두 명을 태우고 있었다. 내가 다가가자 그들이 긴장을 했다.

"다리에다 설치할 게 있어서 남겨졌답니다," 보넬로가 말했다. "자기 부대를 찾지 못했다기에 제가 태워줬습니다."

"중위님의 허락 하에."

"허락하네," 내가 말했다.

"중위님은 미국분이야," 보넬로가 말했다. "누구든 태워주실 분이지."

부사관 중 하나가 웃음을 지어 보였다. 다른 부사관은 내가 북미나 남미 출신의 이탈리아인이냐고 보넬로에게 물었다.

"이탈리아인이 아니셔. 북미 출신의 영국인이셔."

부사관은 예의가 깍듯했지만 그 말을 믿지는 않았다. 그들을 내버려두고 아이모에게로 갔다. 그는 자리에 아가씨 둘을 태우고 구석에 앉아 담배를 피우고 있었다.

"바르토, 바르토," 내가 말했다. 그가 웃었다.

"말 좀 해주세요, 중위님," 그가 말했다. "무슨 말을 하는지 알아 듣지 못하겠어요. 이봐요," 그는 아가씨 허벅지에 손을 얹고서 친한 사이처럼 살을 꼬집었다. "이봐요!" 그가 말했다. "중위님께 이름하고 여기서 뭘 하고 있는지 말해봐."

아가씨가 나를 사납게 쳐다봤다. 다른 아가씨는 눈을 내리깔고 있었다. 나를 쳐다봤던 아가씨가 사투리로 뭐라 했는데 한마디도 알아들을 수가 없었다. 그녀는 통통하고 피부색이 검고 열여섯 살쯤 되어 보였다.

"여동생이냐(Sorella)?"라고 물으면서 나는 다른 아가씨를 손으로 가리켰다.

아가씨는 고개를 끄덕이면서 미소를 지었다.

"좋아,"라고 말하며 내가 아가씨의 무릎을 가볍게 쳤다. 내 손이 닿을 때마다 아가씨가 뻣뻣해지는 걸 느꼈다. 여동생은 한 번도 고개를 들지 않았다. 여동생은 한 살 정도 더 어려 보였다. 아이모가 나이가 더 많은 아가씨 허벅지에 손을 대니까 그녀가 그것을 밀어치웠다. 그는 그녀를 향해 웃어보였다.

"좋은 사람이야," 그는 자신을 가리켰다. "좋은 사람이야," 나를 가리켰다. "걱정하지 마." 아가씨가 그를 사납게 쳐다봤다. 두 명의 아가씨는 마치 두 마리의 맹금 같았다.

"날 좋아하지 않으면서 나랑 같이 타고 가는 건 뭐람?" 아이모가 물었다. "내가 손짓을 하자마자 차에 올라탔어요." 그는 아가씨 쪽을 보면서 "걱정하지 마,"라고 말했다. 상스러운 표현을 써 가면서 "……할 위험은 없어." "……할 곳도 없고,"라고 했다. 아가씨가 그 말을 알아들은 것 같았다. 그게 다였다. 그녀는 매우 두려운 눈으로 바라봤다. 숄을 더 단단히 여몄다. "차가 꽉 찼어,"라고 아이모가 말했다. "……할 위험도 없고, ……할 장소도 없어." 그가 그 말을 할 때마다 아가씨의 몸이 조금씩 굳어갔다. 뻣뻣이 앉아 그를 쳐다보다 아가씨가 울기 시작했다. 입술이 움직이더니 눈물이 통통한 뺨을 타고 내렸다. 동생은 시선을 내리 깐 채로 언니의 손을 잡고 그곳에 함께 앉아 있었다. 사납게 굴던 언니가 흐느끼기 시작했다.

"제가 겁을 줬나 봐요," 아이모가 말했다. "겁주려던 건 아니었는데."

바르톨로메오는 배낭을 가져와서 치즈 두 조각을 잘랐다. "여기," 그가 말했다. "그만 그쳐요."

언니는 여전히 울면서 고개를 흔들었고, 동생은 치즈를 받아서 먹기 시작했다. 잠시 후 동생이 언니한테 다른 조각을 건넸고 둘다 치즈를 먹었다. 언니는 여전히 약간씩 흐느꼈다.

"언니도 조금 있으면 나아질 거야," 아이모가 말했다.

그에게 어떤 생각이 떠올랐나보다. "처녀야?" 자기 옆에 앉은 아가씨에게 물었다. 그녀가 고개를 심하게 끄덕였다. "저기도?" 동생을 가리켰다. 두 아가씨가 모두 고개를 끄덕였고 언니는 사투리로 뭐라고 말했다.

"좋아," 바르톨로메오가 말했다. "괜찮아."

아가씨 둘 다 기분이 나아 보였다.

구석에 기대앉은 아이모와 아가씨들을 함께 놔두고 나는 피아니의 차로 돌아왔다. 차량 대열은 움직이지 않았지만 보병부대는 계속해서 지나갔다. 비는 여전히 심하게 내렸다. 대열이 움직이다 멈추는 이유가 배선이 비에 젖은 차들 때문일지도 모른다는 생각이 들었다. 말이나 사람들이 조는 게 더 큰 이유일 수도 있다. 모든 사람들이 깨어있는 도시에서도 교통이 막힐 수는 있는 법이다. 말과 온갖 차량이 다 얽혀있었다. 서로에게 도움이 되지 못했다. 농부들의 마차도 도움이 안 되기는 마찬가지였다. 바르토와 함께 있는 착한 여자들도 그랬다. 퇴각하는 길은 두 명의 처녀들이 있을 곳이 못됐다. 숫처녀들. 아마 종교심이 깊은가 보지. 전쟁이 아니었다면 우린 모두 침대에 들어가 있을 텐데. 나는 침대에 머리를 눕히리. 침대와 식탁[25]. 침대 안에서 판자처럼 뻣뻣하게. 지금쯤 캐서린은 침대에서 이불을 덮고 누워있겠지. 어느 쪽으로 눕더라? 자지 않고 있을 지도 모르겠네. 아마 누워서 내 생각을 하고 있을 수도. 불어라, 불어라, 너 서풍아. 어쨌든 서풍이 불고 비도 조금이 아니라 아주 제대로 내렸다. 밤새 비가 내렸다. 비가 오고 또 왔다. 보시라, 세상에, 내 사랑이 내 팔에 누워있고 내가 침대 안에 있다면 얼마나 좋으랴. 내 사랑 캐서린. 내 사랑 캐서린이 비가 되어 내린다면. 그녀를 바람에 실어 내게로 보내다오. 그래, 우리는 바람 안에 있었다. 모든 사람들이 바람에 잡혔고 조용히 내리는 비가 바람을 가라앉힐 수는 없을 거다. "잘 자오, 캐서린," 나는 크게 말했다. "잘 자길 바라오. 편치가 않으면, 내 사랑, 다른 쪽으로 바꿔 누워 봐요." 내가 말했다. "찬 물 좀 가져다줄게. 조금 있으면 아침이야. 아침이 되면 그렇게 나쁘지는 않을 거야. 애기가 당신을 불편하게 해서 안됐어. 잠을 청해 봐요, 내 사랑."

내가 내내 잠이 들어 있었다고, 그녀가 말했다. "잠꼬대를 하시던데요. 괜찮으세요?"

정말 당신이오?

물론요. 저 여기 있어요. 아무 데도 안 가요. 이런 것들이 우리

---

25) 부부생활을 뜻하는 표현.

사이를 어쩌지 못해요.

당신은 정말 사랑스럽고 달콤해. 밤에 가 버리는 거 아니지, 그렇지?

물론, 안 가요. 저는 언제나 여기 있어요. 당신이 원할 때마다 올 거예요.

"……," 피아니가 말했다. "다시 움직이기 시작했어요."

"내가 졸았었네," 내가 말했다. 손목시계를 봤다. 새벽 세 시였다. 바르베라 병을 잡으러 자리 뒤쪽으로 몸을 뻗었다.

"큰 소리로 잠꼬대를 하시던데요," 피아니가 말했다.

"영어로 꿈을 꾸었네," 내가 말했다.

비가 좀 잦아들었고 우리는 계속 움직였다. 날이 밝기 전에 다시 정체가 되었는데 날이 밝았을 때는 조금 높은 지대에 올라와 있어서 저 앞쪽까지 뻗어있는 퇴각 행렬이 보였다. 대열 사이를 빠져가는 보병부대를 제외하고는 모든 것들이 정체된 채로 있었다. 다시 움직이기 시작했지만 낮의 이동 속도로 보았을 때 우디네에 다다를 생각이 있다면 어찌됐든 큰 도로에서 벗어나 마을을 가로질러 가야 할 것 같았다.

시골길로 이동하던 많은 농부들이 밤중에 대열에 합류했고 가재도구를 실은 마차들도 대열에 끼었다. 매트리스 사이로 거울이 삐져나오고 닭과 오리들이 마차에 매달려 있었다. 비를 맞으며 가는데 우리 바로 앞에 가던 마차에는 씨 뿌리는 기계가 실려 있었다. 가장 돈 나가는 물건을 건져 낸 거다. 마차 위에서 여자들은 비를 피해 잔뜩 웅크리고 있었고 다른 사람들도 될 수 있는 한 마차에 바짝 붙어서 걸었다. 대열 중에 개들도 있어 마차 옆에서 따라왔다. 길은 진흙탕이었고 길 옆 도랑에서는 물이 찰랑거렸다. 길가의 나무들 너머 들판은 흥건한 물에 푹 젖어 있어서 건너갈 엄두가 나질 않았다. 나는 차에서 내려서 마을을 가로지를 수 있는 샛길을 찾아보려 했다. 샛길이 많은 것 같지만 우리 목적지가 아닌 다른 곳으로 이어지는 길은 소용이 없었다. 지금까지 간선도로로 차를 타고 오면서 샛길들을 지나쳐 왔기 때문에 일일이 기억할 수가 없었다. 그리고 길들이 다 똑같아 보였다. 앞으로 나아가려면 길을 찾아야 할 것이다. 어디에 오스트리아군이 있는지 또 상황이 어떤지 알 수는 없었지만 비가 그치고 비행기가 와서 대열에 폭격을 해대기 시작하면 모든 게 끝장이라는 것은 알았다. 몇 사람이 트럭을 버려두거나 말 몇 마리가 죽어 나가 이 대열이 도로에서 옴짝달싹 못하게 되면 끝이었다.

지금은 비가 그리 심하지 않아 날이 갤지도 모르겠다는 생각이 들었다. 길가를 따라 앞으로 가서 보니 양쪽으로 나무 울타리가 쳐진 들판 사이로 북쪽으로 난 작은 길 하나가 있었다. 그 길로 들어서는 게 좋을 거라 생각하고 서둘러 차로 돌아왔다. 피아니에게 차를 돌리라고 말하고서 보넬로와 아이모에게도 일러주러 갔다.

"길이 엉뚱한 곳으로 나 있으면 다시 돌아와서 대열에 끼면 돼," 내가 말했다.

"이 사람들은 어쩌죠?" 보넬로가 물었다. 두 명의 부사관이 그의 옆자리에 있었다. 면도는 안했지만 이른 아침에도 군인다운 모습이었다.

"차를 미는데 도움이 될 거야," 내가 말했다. 아이모에게 돌아가서 우리가 마을을 가로질러 갈 거라고 말했다.

"처녀들은 어쩌죠?" 아이모가 물었다. 두 여자는 잠이 들어있었다.

"처녀들은 별 도움이 안 될 텐데," 내가 말했다. "차를 밀 수 있는 사람이 있어야 하는데."

"그런 사람들은 차 뒤쪽으로 태울 수가 있어요," 아이모가 말했다. "차에 공간이 좀 있거든요."

"좋아, 자네가 데리고 있기를 원한다면," 내가 말했다. "차를 밀 수 있는 등이 넓은 사람 좀 구해오게."

"저격병요," 아이모가 웃음을 지었다. "등이 제일 넓은 사람들이니까요. 등 넓이를 재서 뽑힌 사람들이예요. 중위님, 기분이 어떠세요?"

"좋네. 자네는 어떤가?"

"좋아요. 그런데 배가 고프네요."

"길을 따라 가다보면 뭔가가 있을 걸세. 가다가 멈춰서 뭘 좀 먹지."

"다리는 어떠세요, 중위님?"

"괜찮네," 내가 말했다. 발판에 서서 앞쪽을 바라보니 피아니의 차가 작은 샛길로 들어서고 있었다. 잎이 떨어진 나뭇가지 사이로 그의 차가 보였다. 보넬로도 길을 벗어나서 그 뒤를 따랐다. 피아니는 길을 내며 앞으로 나갔고 우리는 울타리 사이 좁은 길을 따라 앞서가는 두 대의 앰뷸런스를 따랐다. 길은 농가로 이어졌다. 피아니와 보넬로가 농가 마당에 차를 세웠다. 낮고 긴 집이었는데 문 위에 포도넝쿨 시렁이 있었다. 앞마당엔 우물이 있었다. 피아니는 레디에이터를 채우려고 물을 길어 올리고 있었다. 낮은 기어로 오 랫동안 달려와서 과열이 되었다. 농가는 버려진 집이었다. 도로를 돌아보았다. 농가가 평지보다 약간 높은 곳에 위치하고 있어서 마 을을 내려다 볼 수 있었다. 도로도 보였고, 울타리가 처진 벌판과 퇴각 행렬이 지나가고 있는 큰 도로를 따라 줄지어있는 나무들도 보였다. 두 명의 부사관은 집을 살펴보고 있었다. 아가씨들은 잠에 서 깨어나 마당, 우물, 우물가에 있는 세 명의 운전병, 그리고 농가 앞에 서 있는 두 대의 앰뷸런스를 보고 있었다. 부사관 하나가 손 에 벽시계를 들고 나왔다.

"되돌려 놓게," 내가 말했다. 그는 나를 쳐다보더니 집 안으로 들어가서 벽시계를 놓고 다시 나왔다.

"자네 짝은 어디 있나?" 내가 물었다.

"변소에 갔습니다." 그는 앰뷸런스에 올라 자리에 앉았다. 우리 가 자기를 남겨두고 갈까봐 겁이 났나보다.

"아침 식사를 하는 게 어떨까요, 중위님?" 보넬로가 말했다. "뭘 먹을 수 있을 텐데요. 시간도 오래 걸리지 않을 겁니다."

"이 길로 반대편으로 내려가면 어디든 닿겠지?"

"당연합니다."

"좋아, 먹으세." 피아니와 보넬로가 집안으로 들어갔다.

"어서 와요," 아이모가 아가씨들한테 말을 했다. 그들이 차에서 내리는 걸 도와주려고 손을 내밀었다. 언니 아가씨가 고개를 저었다. 그들은 버려진 농가 안으로 들어가지 않았다. 우리를 눈으로 주시하고 있었다.

"힘든 아가씨들이네요," 아이모가 말했다. 우리는 농가로 들어갔다. 크고 어두워서 폐가 같은 느낌이 들었다. 보넬로와 피아니는 부엌에 있었다.

"먹을 게 많지 않아요," 피아니가 말했다. "깨끗이 치워 놓았어요." 보넬로는 육중한 부엌 식탁 위에서 큰 치즈를 얇게 저며 썰었다.

"어디에 치즈가 있었나?"

"지하실에요. 피아니가 사과랑 포도주도 찾아냈습니다."

"훌륭한 아침이군."

피아니는 고리버들가지로 덮은 큰 와인 항아리의 나무 코르크를 따고 있었다. 주전자를 기울여 청동 냄비에 가득히 따랐다.

"냄새는 괜찮은데요," 그가 말했다. "큰 잔 좀 찾아보게, 바르토."

두 명의 부사관이 들어왔다.

"치즈 좀 드시오, 부사관들," 보넬로가 말했다.

"저희는 가야 합니다," 치즈와 와인을 먹으면서 부사관 하나가 말했다.

"떠날 거요. 걱정 말아요," 보넬로가 말했다.

"군대는 든든하게 먹어야 움직이는 법이거든," 내가 말했다.

"뭐라고 하셨나요?" 부사관이 물었다.

"먹어두는 게 낫다고."

"네. 그래도 시간도 중요하죠."

"저 개자식이 이미 뭘 좀 먹은 것 같네요," 피아니가 말했다. 부사관이 그를 쳐다봤다. 그들은 우리를 모두 싫어했다.

"길을 아십니까?" 그중 하나가 내게 물었다.

"아니," 내가 말했다. 그들은 서로를 쳐다봤다.

"떠나는 게 제일 좋을 텐데요," 먼저 말을 꺼냈던 부사관이 말했다.

"이제 떠난다고," 내가 말했다. 나는 붉은 포도주 한 잔을 더 마셨다. 치즈와 사과를 먹고 난 후라 풍미가 아주 좋았다.

"치즈 좀 가져오게,"라고 말하고 나는 밖으로 나갔다. 보넬로는 큰 와인 통을 가지고 나왔다.

"너무 큰데," 내가 말했다. 그는 아쉽다는 듯이 통을 바라봤다.

"그런 거 같죠," 그가 말했다. "와인을 채워줄 테니 수통들을 주세요." 그는 수통을 채웠다. 포도주가 앞마당에 깔린 돌 위로 흘러내렸다. 포도주 통을 문 바로 안에다 들여 놓았다.

"오스트리아군이 문을 부수지 않고도 포도주를 찾을 수 있겠죠," 그가 말했다.

"출발하세," 내가 말했다. "피아니와 내가 앞서 가겠네." 두 명의 부사관들은 벌써 보넬로 옆에 가 앉았다. 아가씨들은 치즈와 사과를 먹고 있었다. 아이모는 담배를 피웠다. 우리는 좁은 도로를 내려가기 시작했다. 나는 뒤따라오는 두 대의 차와 농가를 뒤돌아봤다. 깨끗하고, 낮고, 견고한 돌로 만든 집이었고 우물가의 철제 작업도 아주 훌륭했다. 앞의 도로는 협소했고 진흙탕 이었다. 길 양옆으로는 놓은 울타리가 쳐져 있었다. 뒤에서는 차가 바싹 따라오고 있었다.

29

정오쯤에 우디네로부터 10km 정도 되는 지점에서 우리는 사방이 진흙인 곳에 갇혔다. 오전 중에 비는 그쳤다. 비행기 소리를 세 번 들었고 머리 위로 지나가는 것도 보았다. 왼쪽으로 멀어져가는 것이 보였고 큰 도로 위로 폭격을 가하는 소리도 들었다. 우리는 복잡한 간선도로를 뚫고 나와 막다른 길로 여러 번 들어섰지만 차를 후진시켜서 어쨌든 다른 도로를 찾아내 우디네로 점점 가까이 가긴 했다. 막다른 길에서 우리 일행이 빠져나갈 수 있도록 아이모가 모는 차가 후진을 하다가 바퀴가 부드러운 흙길 측면에 빠져 헛돌면서 점점 무른 땅 속으로 파고 들어가 결국은 차동장치가 땅에 닿아버렸다. 지금은 바퀴 앞쪽 땅을 파내고 나뭇가지를 집어넣어 체인이 걸리게 해서 차가 도로 위로 올라올 때까지 차를 미는 수밖에 없었다. 우리는 모두 도로에 내려서 차를 둘러섰다. 두 명의 부사관은 차를 살펴보고 바퀴를 점검했다. 그러더니 한마디 말도 없이 길을 따라 내려갔다. 나는 그들을 따라갔다.

"이리 오게," 내가 말했다. "나뭇가지로 쓸 만한 것을 좀 꺾어 오게."

"저희는 가야합니다," 한 명이 말했다. 다른 부사관은 아무 말도 하지 않았다. 그들은 서둘러 떠났다. 나를 쳐다보지도 않았다.

"차로 돌아가서 나뭇가지를 꺾으라고 명령하는 거다," 내가 말했다. 부사관 한 명이 돌아섰다. "가야 합니다. 조금만 더 있으면 고립될 겁니다. 저희에게 명령을 내리실 수는 없으세요. 저희 장교님이 아니시잖아요."

"명령이다, 나뭇가지를 꺾어," 내가 말했다. 그들은 돌아서서 도로를 내려가기 시작했다.

"정지," 내가 말했다. 그들은 계속해서 양쪽에 울타리가 쳐진 진흙탕 길을 걸어갔다.

"명령이다, 정지," 내가 소리쳤다. 그들은 조금 더 빠르게 걸어갔다. 나는 권총집을 열고 권총을 꺼내 말이 많았던 부사관을 겨누고서는 총을 쐈다. 총알은 빗나갔고 둘은 모두 달리기 시작했다. 나는 세 발을 쏴서 한 명을 쓰러뜨렸다. 다른 부사관은 울타리를 지나 시야에서 벗어났다. 그가 들판을 가로질러 달리는 동안 울타리를 뚫고 그에게 총을 발사했다. 권총에 탄알이 없어서 짤깍거렸다. 탄창을 하나 더 채웠다. 두 번째 부사관을 쏘기에는 거리가 너무 멀었다. 그는 저 멀리 들 건너편에서 머리를 아래로 숙인 채 달려갔다. 나는 빈 탄총을 다시 채우기 시작했다. 보넬로가 다가왔다.

"제가 가서 녀석을 끝장내겠습니다," 그가 말했다. 나는 그에게 권총을 건넸고 그는 도로 건너편 정비 부사관이 쓰러진 곳까지 걸어갔다. 보넬로가 몸을 구부리고서 권총을 그놈 머리에 대고 방아쇠를 당겼다. 권총이 발사되지 않았다.

"공이치기를 당겨야 해," 내가 말했다. 그는 공이치기를 당기고 나서 두 발을 쐈다. 부사관의 다리를 잡고 도로 곁으로 끌고 가서 울타리 옆에 뉘었다. 그는 돌아와서 내게 총을 건넸다.

"개자식 같으니라고," 그가 말했다. 그는 부사관 쪽을 봤다. "제가 그놈 쏘는 거 보셨죠, 중위님?"

"나뭇가지를 빨리 얻어 와야 하네," 내가 말했다. "내가 다른 놈을 맞추긴 한 건가?"

"아닌 것 같습니다," 아이모가 말했다. "너무 멀어서 총으로 맞추긴 힘들어요."

"더러운 쓰레기 같은 놈," 피아니가 말했다. 우리는 모두 잔가지들을 꺾었다. 차에 있는 물건들은 모두 내렸다. 보넬로가 바퀴 안쪽 땅을 팠다. 준비가 되자 아이모가 차에 시동을 걸었다. 바퀴는 나뭇가지와 진흙을 튀기면서 돌았다. 보넬로와 나는 관절이 부딪히는 게 느껴질 정도로 차를 밀었다. 차는 움직이지 않았다.

"바르토, 차를 앞뒤로 움직여 보게," 내가 말했다.

그는 기어를 후진 전진으로 번갈아 넣으며 차를 움직였다. 바퀴는 점점 더 깊이 파고들 뿐이었다. 그러자 차동장치가 다시 땅에 닿았고 바퀴는 구덩이 속에서 공회전만 했다. 나는 일어섰다.

"밧줄로 어떻게 해보자," 내가 말했다.

"소용없을 것 같습니다, 중위님. 똑바로 끌어낼 수는 없어요."

"해봐야 하잖아," 내가 말했다. "다른 방법으로도 나오질 않잖아."

피아니와 보넬로의 차량도 좁은 도로에서 직진으로만 움직일 수 있었다. 우리는 두 차에 밧줄을 묶어서 아이모의 차를 끌었다. 바퀴는 바퀴자국이 낸 홈과는 반대로 옆으로만 끌렸다.

"아무 소용없다," 내가 소리쳤다. "정지."

피아니와 보넬로는 차에서 내려 되돌아왔다. 아이모도 내렸다. 아가씨들은 40야드쯤 떨어진 도로에서 돌담 위에 걸터앉아 있었나.

"어떻게 하실 겁니까, 중위님?" 보넬로가 말했다.

"다시 파서 나뭇가지로 한 번 더 해보자," 내가 말했다. 나는 도로를 내려다 봤다. 내 잘못이었다. 내가 이들을 이 지경으로 몰고 온 거였다. 구름에 가려진 해는 이미 지고 있었고 부사관의 시체는 울타리 옆에 누워있었다.

"부사관의 겉옷과 망토를 바퀴 아래에 놓지," 내가 말했다. 보넬로가 옷을 가지러 갔다. 나는 나뭇가지를 꺾고 아이모와 피아니는 앞바퀴 사이를 팠다. 나는 망토를 둘로 찢어서 진흙에 빠진 바퀴 밑에 놓았다. 그리고서 바퀴가 걸리도록 나뭇가지를 쌓았다. 준비가 되자 아이모가 운전석으로 올라가서 시동을 걸었다. 바퀴도 돌았고 우리도 힘껏 밀었지만 아무런 소용도 없었다.

"제길……," 내가 말했다. "바르토, 차에서 꺼내올 거 있나?"

아이모가 보넬로와 함께 차에 올라서 치즈와 포도주 두 병과 자기 망토를 가져왔다. 보넬로는 바퀴 뒤에 앉아서 부사관의 겉옷 주머니를 뒤지고 있었다.

"버리는 게 좋을 걸세," 내가 말했다. "보넬로 차에 탄 숫처녀들은 어떻게 하지?"

"차 뒤에 탈 수 있어요," 피아니가 말했다. "멀리 갈 거는 아니니까요."

나는 앰뷸런스 뒷문을 열었다.

"어서 와," 내가 말했다. "타라." 두 여자가 올라가서 구석에 앉

았다. 총을 쏜 사실을 전혀 알지 못하는 것 같아 보였다. 나는 도로
를 돌아봤다. 부사관은 더러운 긴 팔 속옷 차림으로 누워있었다. 나
는 피아니와 함께 차를 타고 출발했다. 우리는 들을 가로질러 가려
고 했다. 도로가 들판으로 들어섰을 때 나는 내려서 앞서 걸었다.
가로질러 가려면 반대편 쪽으로 도로가 있어야 한다. 가로질러 갈
수가 없었다. 차가 지나기엔 땅이 너무 물렀고 진창이었다. 마침내
완전히 옴짝달싹 할 수 없게 되었을 때 바퀴중심 축까지 흙속으로
파고들었다. 우리는 차를 들에 남겨둔 채 우디네를 향해 걷기 시작
했다. 되돌아 나와 간선도로 쪽으로 나있는 길에 도착했을 때 나는
두 여자에게 주요도로를 알려줬다.

"저리로 내려 가," 내가 말했다. "사람들을 만나게 될 거야." 그
들은 나를 쳐다봤다. 나는 지갑을 꺼내 여자들에게 10리라짜리 지
폐를 한 장씩 줬다.

"내려 가," 나는 손가락으로 길을 가리키면서 말했다. "친구!
가족!"

내 말을 알아듣지는 못했지만 그들은 돈을 꼭 쥐고서 도로를
향해 내려가기 시작했다. 내가 돈을 다시 뺏을까 두려운 듯이 뒤
를 돌아봤다. 나는 그들이 숄로 어깨를 꼭 감싼 채 우리들을 걱정
스럽게 돌아보면서 도로를 내려가는 모습을 지켜보았다. 운전병
셋이 웃고 있었다.

"제가 저쪽으로 가면 얼마나 주실 건가요, 중위님?" 보넬로가
물었다.

"사람들을 만날 수만 있다면 사람들하고 같이 있는 게 둘만 있

는 것보다야 더 낫지," 내가 말했다.

"200리라만 주세요. 그럼 오스트리아를 향해 곧장 걸어가겠습니다," 보넬로가 말했다.

"오스트리아군한테 돈을 뺏길 걸," 피아니가 말했다.

"아마 전쟁이 끝날 수도 있지," 아이모가 말했다. 우리는 최선을 다해 길을 빠르게 걷고 있었다. 해가 구름 사이로 막 나오려고 하고 있었고 길옆에는 뽕나무들이 있었다. 그 나무들 사이로 두 대의 대형 수송차가 들에 쳐박혀 있는 모습이 보였다. 피아니도 뒤를 돌아보았다.

"차를 빼려면 도로를 깔아야 할 겁니다," 그가 말했다.

"자전거가 있으면 정말 좋을 텐데," 보넬로가 말했다.

"미국 사람들도 자전거 탑니까?" 아이모가 물었다.

"타곤 하지."

"여기선 자전거면 굉장한 건데," 아이모가 말했다. "자전거는 정말 멋져요."

"우리에게 자전거만 있다면 얼마나 좋을까," 보넬로가 말했다. "나는 걷는 데는 서툴러서."

"포격소리인가?" 내가 물었다. 멀리서 포격소리가 들린 것 같았다.

"모르겠는데요," 아이모가 말했다. 그는 귀를 기울여 들었다.

"그런 거 같은데," 내가 말했다.

"먼저 기병과 맞닥뜨리게 될 겁니다," 피아니가 말했다.

"저들은 기병이 없을 걸."

"그러길 바랍니다," 보넬로가 말했다. "기마병 창에 찔리고 싶지는 않아."

"그 부사관은 제대로 쏘신 거죠, 중위님," 피아니가 말했다. 우리는 빨리 걷고 있었다.

"내가 죽여 버렸어," 보넬로가 말했다. "이번 전쟁에서 사람을 죽인 적이 없었는데 늘 부사관을 죽여보고 싶었지."

"도망치지도 않는 놈을 제대로 쏘던데," 피아니가 말했다. "자네가 죽였을 때 그놈은 제대로 도망도 못치고 있었어."

"상관 마. 잊지 못할 거야. 내가 그—부사관을 죽였어."

"고해성사 때 뭐라고 할 건가?" 아이모가 물었다.

"축복해 주세요, 신부님. 제가 부사관을 죽였습니다, 라고 말하지." 모두들 웃었다.

"무정부주의자야," 피아니가 말했다. "교회에도 안 나가고."

"피아니도 무정부주의자야," 보넬로가 말했다.

"자네들 정말 무정부주의자인가?" 내가 물었다.

"아닙니다, 중위님. 저희는 사회주의자입니다. 저흰 이몰라 출신이지요."

"그곳에 가 보셨습니까?"

"아니."

"세상에, 얼마나 좋은 곳인데요, 중위님. 전쟁 끝나면 한 번 오세요. 멋진 것들을 보여드리겠습니다."

"자네들 모두 사회주의자인가?"

"네, 모두요."

"좋은 마을인가?"

"좋습죠. 그런 마을은 보지 못하셨을 겁니다."

"어떻게 사회주의자들이 되었나?"

"저흰 모두 사회주의자들입니다. 다 그래요. 저희는 늘 사회주의자였으니까요."

"한 번 오세요. 중위님. 저희가 사회주의자로 만들어 드릴게요."

앞쪽에서 도로는 왼편으로 꺾였고 돌담과 사과 과수원 너머로 작은 언덕이 있었다. 길이 오르막이 되니 말소리가 그쳤다. 우리는 시간과 싸우며 다 함께 빠르게 걸었다.

30

조금 후 우리는 강으로 통하는 도로 위에 있었다. 다리로 이어진 길 위에는 버려진 트럭과 마차들이 길게 줄지어 서 있었다. 수위는 높았고 다리 한가운데는 폭격을 맞았다. 돌로 된 아치는 강으로 무너져 내려 탁한 강물이 그 위를 지나고 있었다. 우리는 강둑으로 올라와서 건너갈 곳을 찾았다. 상류 쪽으로 철로다리가 있다는 것을 알았다. 그곳을 통해 건널 수도 있겠다는 생각을 했다. 그곳으로 가는 길은 축축하고 진흙탕이었다. 군대는 보이지 않았다. 버려진 트럭과 짐들뿐이었다. 강둑을 따라 있는 거라고는 젖은 나뭇가지와 진창이 된 바닥뿐이었다. 사람 하나 없었다. 우리는 강둑으로 올라가서 마침내 철로다리를 보았다.

"다리가 정말 멋지네," 아이모가 말했다. 평소에는 물 없이 말라 있는 강바닥 위로 걸쳐 있는 길고 밋밋한 철교였다.

"폭격당하기 전에 서둘러 건너는 게 낫겠군," 내가 말했다.

"폭격할 놈들이 없어요," 피아니가 말했다. "다들 떠났어요."

"지뢰가 묻혀있을 수도 있어요," 보넬로가 말했다. "중위님, 먼저 건너세요."

"무정부주의자의 말 좀 들어보쇼," 아이모가 말했다. "저 녀석을 먼저 건너게 하세요."

"내가 가지," 내가 말했다. "사람 하나 지나간다고 지뢰가 터지게끔 설치되지는 않았을 테니까."

"봤지," 피아니가 말했다. "저런 게 미리야. 자넨 왜 미리가 없는가? 무정부주의자."

"내가 머리가 있으면 이 자리에 있지 않겠지," 보넬로가 말했다.

"정말 좋은데요, 중위님," 아이모가 말했다.

"좋아," 내가 말했다. 우리는 다리에 꽤 가까이 와 있었다. 하늘엔 다시 구름이 잔뜩 끼었고 조금씩 비가 내리고 있었다. 다리는 길고 견고해 보였다. 우리는 강둑을 기어올랐다.

"한 번에 한 명씩 오게,"라고 말하고 나서 나는 다리를 건너기 시작했다. 지뢰선이나 폭발물 흔적이 있나 침목과 철로를 살펴보았지만 아무것도 보이지 않았다. 연결 틈새 저 아래로 강이 빠르고 탁하게 흘렀다. 빗속에서 물에 젖은 마을 건너편 저 앞쪽으로 우디네가 보였다. 다리를 건너가서 뒤를 돌아봤다. 강 상류 쪽으로 다리가 하나 더 있었다. 내가 보고 있는데 누런 진흙 색 자동차가 그 다리를 건넜다. 다리 양옆 난간이 높아서 차가 일단 다리 위로 올라서자 가려서 보이지 않았다. 그래도 운전병과 조수석에 앉은 사람, 그리고 뒷좌석에 앉은 두 사람이 보였다. 모두 독일군 헬멧을 쓰고 있었다. 다리를 건넌 차는 나무와 도로 위에 버려진 차들 뒤로 사라졌다. 나는 다리를 건너고 있는 아이모와 다른 운전병들에게 건너오라는 손짓을 하고는 내려가서 철둑 옆에 웅크리고 앉았다. 아이모가 나와 함께 내려왔다.

"차 봤나?" 내가 물었다.

"아니오, 중위님을 보고 있었습니다."

"독일 장교 차가 저 위 다리를 건너갔네."

"장교 차가요?"

"그래."

"맙소사."

다른 운전병들도 합류했고, 우리는 모두 둑 뒤편 진흙 속에 웅크리고 앉은 채로 철로 위쪽에 있는 다리와 줄지어 선 나무들, 웅덩이, 그리고 도로를 보고 있었다.

"우리가 고립됐을까요, 중위님?"

"모르겠어. 내가 아는 건 독일 장교 차가 도로를 따라 지나갔다는 거야."

"재밌지 않으세요, 중위님? 기분이 좀 이상하지 않으세요?"

"허튼 소리 말게나, 보넬로."

"한잔하시는 건 어때요?" 피아니가 물었다. "만약 우리가 고립된 거라면 술이나 한잔하는 편이 낫지." 그는 수통을 풀고 코르크를 뽑았다.

"보세요! 봐요!" 아이모가 도로 쪽을 가리키며 말했다. 돌다리 난간 위를 따라 독일군 헬멧이 움직이는 게 보였다. 그들은 몸을 앞쪽으로 숙인 채 초자연적인 존재들 마냥 천천히 움직이고 있었다. 다리를 지나자 모습이 보였다. 그들은 자전거 부대였다. 맨 앞에 있는 두 명의 군사 얼굴이 보였다. 붉고 건강한 모습이었다. 헬멧이 앞이마와 옆얼굴로 깊숙이 내려왔다. 카빈총은 자전거 몸체에 묶여 있었다. 스틱 폭탄은 손잡이가 아래로 향한 채 허리띠에 매달려 있었다. 그들은 젖은 헬멧과 회색 군복을 입고 앞과 양옆을 살피면서 자전거를 쉽게 몰았다. 한 줄에 둘, 넷, 둘, 그러더니 한 열 명 남게, 그리고 또 열둘, 그리고는 한 명이 뒤따라갔다. 그들은 말이 없었다. 강물 소리 때문에 그들이 말하는 소리를 못 들었을 수도 있다. 그들은 도로로 접어들면서 시야에서 벗어났다.

"맙소사," 아이모가 말했다.

"독일군이잖아," 피아니가 말했다. "오스트리아군이 아니네."

"저들을 멈출 사람은 아무도 없는 거야?" 내가 말했다. "왜 다리를 날려버리지 않은 거지? 이 둑에는 기관총도 없는 거냐고?"

"저희야 모르죠," 보넬로가 말했다.

나는 매우 화가 났다.

"젠장, 모든 게 미친 짓이야. 저 아래 작은 다리는 폭파시키면서 여기 간선도로 위 다리는 내버려두다니. 사람들이 어디 있는 거야? 저들을 막아보려고도 하지 않는 거야?"

"저흰 모른다니까요, 중위님," 보넬로가 말했다. 나는 입을 다물었다. 내 상관할 바가 아니었다. 내 임무는 세 대의 앰뷸런스를 끌고 포르데노네에 도착하는 것이었다. 그 임무는 실패했다. 이제 내가 할 일은 포르데노네에 도착하는 것이다. 이러다간 십중팔구 우디네에도 도착하지 못할 거다. 제기랄, 갈 수가 없다. 잠자코 조용히 있어서 총에 맞지 말고 잡히지 말아야 한다.

"수통 열지 않았나?" 내가 피아니에게 물었다. 그는 내게 수통을 건넸다. 나는 한 모금 길게 들이켰다. "출발하는 게 낫겠어," 내가 말했다. "서두를 필요는 없지만. 뭐 좀 먹겠나?"

"이곳은 지체할 곳이 못됩니다," 보넬로가 말했다.

제3부 **279**

"좋아, 출발하지."

"눈에 띄지 않게—이쪽으로 계속 가야할까요?"

"위로 올라가는 게 더 나을 거야. 저들이 이 다리로도 올 테니. 우리가 그들을 보기 전에 그들이 우리 위에 있는 건 안 되지."

우리는 철로를 따라 걸었다. 양옆으로는 물에 젖은 들이 펼쳐져 있었다. 들을 가로질러 앞쪽으로 우디네의 언덕이 보였다. 성채의 지붕이 깨져서 언덕 위로 떨어져 흩어져 있었다. 종탑과 시계탑이 보였다. 들에는 뽕나무가 많았다. 앞쪽으로 선로가 부서진 곳이 보였다. 침목도 파헤쳐져서 둑 아래에 버려져 있었다.

"아래로! 아래로!" 아이모가 말했다. 우리는 둑 옆으로 떨어지듯 내려갔다. 또 다른 자전거 부대가 길을 따라 지나고 있었다. 길가를 올려보니 그들이 지나가는 모습이 보였다.

"우리를 봤는데도 그냥 지나가네요," 아이모가 말했다. "위쪽에 있다간 죽겠는데요, 중위님," 보넬로가 말했다.

"우리를 쫓는 게 아니야," 내가 말했다. "뭔가 다른 걸 쫓고 있어. 저들이 갑작스레 나타나면 우린 더 위험해져."

"눈에 띄지 않게 이리로 걸어가는 게 낫겠어요," 보넬로가 말했다.

"알았네. 우리는 선로를 따라 걷는다."

"벗어날 수 있을까요?" 아이모가 물었다.

"물론이지. 아직은 저들 숫자가 많지 않아. 어둠을 틈타서 빠져나갈 거야."

"장교 차는 뭐하는 걸까요?"

"우리가 알 길이 없지," 내가 말했다. 우리는 선로를 따라갔다. 보넬로는 철둑 위 진흙 속을 걷는데 진저리가 나서 우리 쪽으로 왔다. 이제 선로는 간선도로에서 벗어나서 남쪽으로 뻗어 있었다. 도로로 무엇이 지나가는지 볼 수가 없었다. 운하 위를 지나는 짧은 다리가 폭파되었다. 그래도 그중 남아있는 부분으로 기어 올라갔다. 우리 앞쪽에서 포격소리가 들려왔다.

우리는 운하 건너편에 있는 선로 위로 올라섰다. 선로는 낮은 들판을 가로질러서 마을을 향해 곧장 뻗어 있었다. 우리 앞에 또 다른 선로가 뻗어있는 것이 보였다. 자전거 부대를 보았던 큰 도로는 북쪽으로 뻗어 있었다. 양옆으로 나무가 무성한 들판을 가로 지르는 작은 샛길이 남쪽으로 나 있었다. 내 생각엔 남쪽 길로 접어들어서 그 길을 따라 시내를 우회하고 마을을 가로질러 캄포포르미오와 탈리아멘토로 가는 간선도로 쪽으로 가는 게 나을 것 같다. 그렇게 우디네를 지나서 샛길을 따라가면 퇴각 행렬이 몰려있는 곳은 피할 수도 있을 거다. 벌판을 가로지르는 샛길이 많았다. 나는 둑 아래로 내려가기 시작했다.

"이리로," 내가 말했다. 우리는 샛길로 빠져 마을의 남쪽으로 가려고 했다. 일행 모두가 둑 아래로 내려갔다. 샛길에서 우리를 향해 총이 발사됐다. 총알이 둑의 진흙을 뚫고 들어갔다.

"되돌아 가," 내가 소리쳤다. 나는 진흙에 미끄러지면서 둑을 오르기 시작했다. 운전병들은 나보다 앞에 있었다. 나는 가능한 빨리 둑 위로 기어올랐다. 무성한 덤불로부터 총알 두 발이 더 날아왔다. 아이모는 철로를 건너다가 비틀거리더니 얼굴을 바닥에 쳐박으며 쓰러졌다. 우리는 그를 반대편으로 끌고 가서 바로 눕혔다. "머리가 언덕 위쪽으로 가게 하게," 내가 말했다. 피아니가 그를 돌려 뉘었다. 그는 발을 아래로 하고 이따금씩 피를 토하면서 둑 옆 진흙 속에 누워 있었다. 우리 셋은 빗속에서 웅크리고 앉아서 그를 내려다 봤다. 목 아래쪽에 총을 맞았고 총알이 위로 향해서 오른쪽 눈 아래로 나왔다. 내가 두 구멍을 막고 있는 동안 그가 죽었다. 피아니는 그의 머리를 내려놓고 얼굴을 붕대조각으로 닦아주고는 시신을 내버려 두었다.

"그……" 그가 말했다.

"독일군이 아니었네," 내가 말했다. "그곳에 독일군이 있을 리 없어."

"이탈리아군이었군요," 피아니가 말했다. "이탈리아니(Italiani)!"[26] 라는 형용어를 쓰면서. 보넬로는 아무 말도 없었다. 그는 아이모를 보지 않으면서 아이모 옆에 앉아 있었다. 피아니는 둑 밑으로 떨어졌던 아이모의 모자를 집어 와서 그의 얼굴 위에 얹어 놓았다. 자기 수통을 꺼냈다.

"한 잔 할래?" 피아니가 보넬로에게 수통을 건넸다.

"아니," 보넬로가 말했다. 나를 돌아봤다. "철로 위에서 우리 중 누구에게고 일어날 수 있는 일이었어요."

"아니," 내가 말했다. "들판을 건너려고 했기 때문이었어."

보넬로는 고개를 저었다. "아이모는 죽었어요," 그가 말했다.

---

26) 이탈리아인을 경멸스럽게 부르는 표현.

"다음은 누구 차례죠, 중위님? 우리는 어디로 가는 건가요?"

"총을 쏜 건 이탈리아군이야," 내가 말했다. "독일군이 아니었어."

"독일군이었다면 우리를 모두 죽였을 겁니다," 보넬로가 말했다.

"독일군보다 이탈리아군이 우리에겐 더 위험해," 내가 말했다. "후방 경비대는 뭐든 다 겁을 내거든. 독일군들은 자기들이 무얼 쫓고 있는지를 알지."

"논리적이시군요, 중위님," 보넬로가 말했다.

"어디로 가는 겁니까?" 피아니가 물었다.

"어두워질 때까지 어디 누워있는 게 낫겠네. 남쪽으로 갈 수만 있다면 괜찮을 텐데."

"아까 한 짓이 옳았다는 것을 증명하기 위해서 저들은 우리를 모두 쏘려고 들 겁니다," 보넬로가 말했다. "저들을 건드리고 싶지 않아요."

"갈 수 있는 한 우디네 가까이에 가서 누워있을 곳을 찾아보고 어두워지면 빠져나가세."

"그럼 갑시다," 보넬로가 말했다. 우리는 둑의 북쪽으로 내려갔다. 뒤를 돌아봤다. 아이모가 둑과 직각을 이루며 진흙 속에 누워있었다. 그는 몸집이 꽤 작았고 팔은 옆구리에 붙이고 각반으로 감싼 다리와 진흙투성이인 장화를 나란히 하고 얼굴 위에는 군모가 놓여 있었다. 누가 봐도 죽은 사람이었다. 비가 내렸다. 나는 알고 지내던 그 누구 못지않게 그를 좋아했었다. 내 주머니엔 그의 서류가 있었다. 그의 가족에게 편지를 써야 할 것이다. 앞쪽으로 들판 건너편에 농가가 하나 있었다. 농가 주변엔 나무들이 있었고 농장 건축물들은 농가에 붙어있었다. 이 층 둘레엔 기둥으로 받친 발코니가 있었다.

"좀 떨어져서 가는 게 좋겠네," 내가 말했다. "내가 앞장서지." 농가를 향해 갔다. 들을 가로지르는 길이 하나 있었다.

들을 가로질러 가면서 누군가가 농가 주변의 나무나 농가에서 우리에게 총을 쏠지도 모른다는 생각만 했다. 농가를 뚫어져라 바라보면서 다가갔다. 이 층 발코니는 헛간과 연결되고 기둥들 사이로 건초더미가 삐져나왔다. 앞마당엔 돌을 깔아 놓았고 나무에선 빗방울이 떨어지고 있었다. 바퀴 두 개짜리 큰 수레가 텅 비어 있었고 손잡이는 위로 높이 치켜들려있었다. 앞마당을 건너 발코니 지붕 아래로 가 섰다. 집 문이 열려 있어서 안으로 들어갔다. 보넬로와 피아니가 뒤따라 들어왔다. 안은 어두웠다. 부엌으로 들어갔다. 큰 평로 위엔 불을 피웠던 재가 남아있었다. 재 위에 냄비가 걸려있었지만 텅 비어있었다. 둘러보았으나 먹을 것은 아무것도 보이지 않았다.

"헛간에 누워야겠군," 내가 말했다. "뭐 먹을 것 좀 찾아서 헛간으로 가져다주겠나, 피아니?"

"찾아보겠습니다," 피아니가 말했다.

"저도 찾아보겠습니다," 보넬로가 말했다.

"좋아," 내가 말했다. "나는 올라가서 헛간을 살펴보겠네." 아래층 마구간에서 위로 오르는 돌계단을 찾아냈다. 비가 오는데도 마구간은 건조하고 좋은 냄새가 났다. 가축들은 없었다. 아마도 사람들이 떠나면서 쫓아버렸나 보다. 헛간은 반쯤 건초로 차있었다. 지붕에는 창이 두 개 있었는데 하나는 판자로 막아놨고 나머지 하나는 북쪽으로 난 좁은 지붕창이었다. 건초를 가축들에게 던져 주는 활송장치가 있었다. 대들보가 서로 교차해서 바닥까지 내려왔는데 그 바닥은 건초를 수레에 실어 들여와서 위층으로 올리는 곳이었다. 지붕을 때리는 빗소리를 들으며 건초냄새를 맡았다. 아래로 내려가자 건조시킨 깨끗한 퇴비냄새가 마구간에서 났다. 판자를 좀 뜯어내니 남쪽으로 난 창으로 앞마당을 내려다볼 수 있었다. 또 다른 창으로는 북쪽 들판이 보였다. 어느 창으로든 지붕으로 나와서 아래로 내려갈 수 있었다. 계단이 도움이 안 될 경우에는 건초 활송장치를 타고 내려올 수도 있었다. 헛간이 커서 무슨 소리라도 들리면 건초더미 사이에 숨을 수도 있었다. 좋은 곳인 것 같았다. 그들이 우리에게 총을 쏘지만 않았으면 남쪽으로 빠져나갈 수 있었으리라는 확신이 들었다. 그곳엔 독일군이 있을 리 없었다. 그들은 북쪽으로부터 치비달레에서 나오는 도로를 따라 내려갔다. 남쪽에서 왔을 리가 없었다. 이탈리아군들이 더 위험했다. 그들은 겁에 질려서 눈에 보이는 것마다 총을 쏴댔다. 어젯밤 많은 독일군들이 이탈리아군 군복을 입고 북쪽 퇴각 행렬에 끼어있다는 소리를 들었다. 나는 그 말을 믿지 않았다. 전쟁엔 늘 그런 소리들이 들린다. 적군들이 늘 하는 말들이다. 독일군 군복을 입고 그들을 교란시킨 이탈리아군에 대해 들어본 적이 없다. 아마 그랬을 수도 있겠지만 어려운 일일 거다. 나는 독일군이 그랬다는 말을 믿지 않았다.

그들이 그래야만 했을 거라고 생각지 않았다. 그들은 우리 퇴각행렬을 교란시킬 필요가 없었다. 군의 규모가 크고 도로가 부족하여 그 자체로도 혼란스러웠기 때문이다. 독일군은 물론이요 그 누구도 그런 교란지시를 내리지 않는다. 그래도 우리를 독일군으로 알고 총을 쏠 것이다. 아이모를 쐈다. 건초냄새가 좋았다. 건초더미에 파묻혀 헛간에 누워있으니 그동안의 시간이 다 사라져버렸다. 우리는 건초더미에 누워 이야기를 나누고, 참새들이 높이 헛간 벽에 패인 삼각대 위로 내려앉아 재잘거리면 공기총으로 참새들을 쏘곤 했었다. 그 헛간은 지금은 없어졌다. 그리고 어느 핸가 솔송나무 숲이 베어졌고 숲이 있던 자리엔 그루터기와 메마른 가지, 그리고 불탄 자리에 나는 잡초만이 남아있었다. 되돌아갈 수는 없었다. 앞으로 나가지 않는다면 무슨 일이 벌어질까? 밀라노로는 되돌아가지 못한다. 밀라노로 갔다면 무슨 일이 일어났을까? 우디네가 있는 북쪽으로부터 사격소리가 들려왔다. 기관총 소리도 들렸다. 포격은 없었다. 포격이 있다면 상황은 심각하다. 도로 위에서 군대를 발견한 게 틀림없다. 건초 헛간의 희미한 불빛에 내려다보니 피아니가 건초를 옮기는 바닥에 서 있는 것이 보였다. 긴 소시지와 다른 것들이 들어있는 주전자와 포도주 병 두 개를 겨드랑이에 끼고 있었다.

"올라오게," 내가 말했다. "사다리가 있어." 그렇게 말을 하고나니 물건을 가지고 올라올 수 있도록 도와줘야겠다는 생각이 들어 아래로 내려갔다. 건초더미 속에 누워있어서 머리가 몽롱했다. 거의 잠이 들었었다.

"보넬로는 어디 있나?" 내가 물었다.

"말씀 드릴게요," 피아니가 말했다. 우리는 사다리를 올라왔다.

올라와서 건초 위에 물건들을 내려놨다. 피아니는 코르크 따개가 딜린 칼을 꺼내서 포도주 병의 코르크를 돌렸다.

"밀랍으로 봉해 놨군요," 그가 말했다. "맛이 좋겠는데요." 그가 웃음을 지었다.

"보넬로는 어딨나?" 내가 물었다.

피아니가 나를 봤다.

"떠났습니다, 중위님," 그가 말했다. "포로가 되겠답니다."

나는 아무 말도 하지 않았다.

"전사할까봐 두려워했어요."

나는 포도주 병을 들고서 아무 말도 하지 않았다.

"저희가 전쟁 따위를 믿지 않는다는 건 아시죠, 중위님."

"자넨 왜 함께 가질 않았나?" 내가 물었다.

"중위님을 떠나고 싶지 않았습니다."

"보넬로는 어디로 갔나?"

"저도 모릅니다, 중위님. 그냥 떠났습니다."

"알았네," 내가 말했다. "소시지 좀 자르겠나?"

희미한 불빛 속에서 피아니가 나를 바라봤다. "말하면서 잘라 놨습니다," 그가 말했다. 우리는 건초더미 속에 앉아서 소시지를 먹고 포도주를 마셨다. 결혼식을 위해 저장해 둔 포도주가 분명했다. 너무 오래 되서 색이 바래가고 있었다.

"자네가 이 창으로 밖을 지켜보게나, 루이지," 내가 말했다. "나는 저쪽 창으로 지켜볼 테니."

우리는 각자 포도주 병을 하나씩 들고 마셨다. 내 포도주 병을 들고 건너가서 건초 위에 납작 엎드려 좁은 창문을 통해 비에 젖은 시골을 내다봤다. 내가 무엇을 보리라 기대해야 할지 알 수 없었으나 눈에 보이는 것이라곤 들판과 휑한 뽕나무와 내리는 비뿐이었다. 포도주를 마셨지만 기분이 좋아지지는 않았다. 너무 오래 저장해 놓은 거라 술맛도 색도 약해졌다. 밖이 어두워지는 것을 지켜봤다. 어둠이 매우 빨리 내렸다. 비가 오니 캄캄한 밤이 될 것이다. 캄캄해져 보초를 서는 게 더 이상 아무 소용이 없어서 나는 피아니에게로 갔다. 누워 잠이 들어 있길래 그를 깨우지 않았다. 그 옆에서 잠시 앉아 있었다. 그는 몸집이 커서 잠을 자면서 씩씩거렸다. 잠시 후 그를 깨워 함께 길을 떠났다.

그날 밤은 참 이상한 밤이었다. 내가 무엇을 기대했었는지 기억이 나질 않는다. 죽음이었을까. 어둠 속에서 총이 발사되고 달음박질 치고, 그런데 아무 일도 일어나지 않았다. 독일군 한 대대가 지나가는 동안 우리는 간선도로 곁 도랑에 납작 엎드린 채로 기다렸다. 그들이 다 지나갔을 때 우리는 길을 건너 북쪽으로 갔다. 빗속에서 두 번씩이나 독일군과 매우 가까운 거리에 있었지만 그들은 우리를 보지 못했다. 북쪽으로 가는 동안 이탈리아군은 한 명도 보지 못한 채 마을을 지나갔다. 그리고는 잠시 후 퇴각병 주류와 합류해서 밤새 탈리아멘토를 향해 걸었다. 퇴각병의 규모가 얼마나 거대한지 그 이전에는 미처 깨닫지 못했었다. 군대뿐 아니라 나라 전체가 움직이고 있었다. 우리는 밤새 걸었는데 차를 타고 가는 것보다 시간이 덜 걸렸다. 다리는 아팠고 지쳤지만 시간은 절약됐다. 보넬로가 포로가 되기로 마음먹은 것은 어리석은 짓처럼 보였다. 위험요소는 없었다. 우리는 두 부대 사이를 아무런 사건도 없이 걸어왔다. 아이모가 죽임을 당하지만 않았더라면 위험요소가 전혀 없어 보였을 거다. 철로 위를 걸어가면서 완전히 노출되었을 때도 우리를 위협하는 사람은 없었다. 살상은 아무런 이유도 없이 갑작스럽게 닥쳐왔다. 보넬로가 어디에 있을까 궁금했다.

"어떠세요, 중위님?" 피아니가 물었다. 군대와 차량으로 붐비는 도로 옆을 따라 가고 있었다.

"괜찮네."

"걷는 게 지겨워요."

"그래도 지금 해야 할 일이 걷는 거니까. 걱정 할 필요는 없잖아."

"보넬로는 어리석었어요."

"제대로 바보였지."

"보넬로를 어떻게 하실 건가요, 중위님?"

"나도 모르겠네."

"포로 상태로 적으실 수는 없나요?"

"나도 몰라."

"전쟁이 계속되면 보넬로 가족들이 궁지에 몰릴 수도 있다는 거 아시잖아요."

"전쟁은 지속되지 않습니다." 한 군병이 말했다. "고향으로 가는 길이에요. 전쟁은 끝났어요."

"모든 사람이 고향으로 가는 거라고요."

"우리 모두 고향으로 가요."

"어서요, 중위님," 피아니가 말했다. 그는 병사들 곁을 지나쳐

가기를 원했다.

"중위? 누가 중위야? 장교들을 때려 눕혀라!(A basso gli ufficiali!) 장교들을 때려 눕혀라!"

피아니가 내 팔을 잡았다. "이름을 부르는 편이 낫겠어요," 그가 말했다. "저들이 조사해서 문제를 일으킬지도 모르겠어요. 몇몇 장교들을 총살했대요." 우리는 그들을 지나쳐갔다.

"보넬로 가족에게 문제가 될 만한 보고는 하지 않을 걸세," 나는 이야기를 계속했다.

"전쟁이 끝나면 별 차이는 없을 거예요," 피아니가 말했다. "하지만 전쟁이 끝났다는 말을 믿을 수가 없어요. 전쟁이 끝나다니 그런 좋은 일이 생길 리 없잖아요."

"곧 알게 되겠지," 내가 말했다.

"끝났다니 믿지 못하겠어요. 다들 끝났다고 생각하지만 믿지 않아요."

"평화 만세!" 한 군병이 소리쳤다. "고향으로 간다!"

"집으로 가는 거라면 좋을 텐데," 피아니가 말했다. "집에 가고 싶지 않으세요?"

"가고 싶지."

"우린 절대로 집에 가지 못할 거예요. 전쟁이 끝난 게 아닌 것 같아요."

"집으로 돌아가자!" 한 군병이 소리쳤다.

"총을 던져 버리는데요," 피아니가 말했다. "행진하면서 총을 풀어 떨어뜨리고 있어요. 그리고 소리치네요."

290 무기여 잘 있거라

"소총은 지니고 있어야 할 텐데."

"총을 벗어 던지면 진두를 시기지 못할 거라고 생각하나 봐요."

비가 내리는 어둠 가운데 도로 변을 따라 나아가면서 여러 군대들이 여전히 소총을 소지하고 있는 것을 볼 수 있었다. 총이 망토 위로 삐져나왔다.

"어느 여단 소속인가?" 한 장교가 소리 쳐 물었다.

"평화의 여단!" 누군가가 소리쳤다. "평화 여단!" 그 장교는 아무 말도 하지 않았다.

"뭐래요? 그 장교가 뭐라고 말해요?"

"장교를 타도하자. 평화 만세!"

"어서요," 피아니가 말했다. 우리는 차량들이 몰려있는 곳에 버려진 두 대의 영국 앰뷸런스를 지나쳤다.

"고리치아에서 온 차들이에요," 피아니가 말했다. "잘 아는 차들이죠."

"우리보다 더 멀리까지 왔군."

"더 먼저 출발했거든요."

"운전병들은 어디 있을까?"

"아마도 앞쪽에 있을 겁니다."

"독인군들이 우디네 외곽에서 멈췄어," 내가 말했다. "이 사람들은 모두 강을 건너가겠지."

"그렇겠죠," 피아니가 말했다. "그래서 전쟁이 계속될 거라고 생각하는 겁니다."

"독일군들이 올 수도 있겠군," 내가 말했다. "독일군이 왜 오지 않는 거지?"

"모르겠어요. 저는 전쟁 같은 건 하나도 모르겠어요."

"운송수단을 기다리는 것 같은데."

"전 모릅니다," 피아니가 말했다. 그는 혼자 있을 때 훨씬 더 점잖았다. 다른 사람들과 함께 있을 땐 말이 꽤 거칠었다.

"결혼했나, 루이지?"

"유부남이란 거 아시잖아요."

"그래서 포로가 되길 원하지 않은 거야?"

"그것도 이유 중 하나죠. 결혼하셨어요, 중위님?"

"아니."

"보넬로도 미혼입니다."

"결혼한 남자에 대해 뭘 아는 건 아니지만 그래도 결혼한 남자는 자기 아내에게 되돌아가고 싶을 거라는 생각은 드네," 내가 말했다. 아내 이야기를 하는 것이 좋았다.

"그럼요."

"발은 어떤가?"

"무지 아프네요."

동이 트기 전에 우리는 탈리아멘토 둑에 이르렀고 범람한 강을 따라 내려가서 모든 행렬이 건너고 있는 다리까지 갔다.

"이 강에서 버텨줬어야만 했는데," 피아니가 말했다. 어둠 속에 물길이 높아 보였다. 물결이 휘돌고 강은 넓었다. 나무로 된 다리는 3/4마일은 되었고, 평소 다리 아래 자갈이 깔린 넓은 강바닥에서 얕게 흐르던 강이 지금은 다리의 나무판자 바로 아래까지 차 있었다. 우리는 둑을 따라 걸어가서 다리를 건너고 있는 군중들 속으로 합류했다. 군중 사이에 끼여 비를 맞으며 물길에서 불과 몇 피트밖에 떨어지지 않은 다리 위로 포병 탄약상자 뒤를 따라 걸어가면서 나는 다리 난간 너머로 강물을 보았다. 제 속도로 갈 수가 없어서 심한 피곤감이 느껴졌다. 다리를 건너간다는 기쁨도 없었다. 낮에 전투기가 이 다리를 포격한다면 어떻게 될까 궁금했다.

"피아니," 내가 말했다.

"여기 있습니다, 중위님." 그는 조금 앞쪽으로 사람들 틈에 끼여 있었다. 말을 하는 사람들이 없었다. 모두들 가능한 빨리 다리를 건너려고 애쓰고 있었다. 그것만 생각했다. 우리는 거의 다 건너왔다. 다리 맨 끝 쪽에 장교들과 헌병들이 양쪽에 서서 손전등을 비추고 있었다. 지평선을 배경으로 그들의 검은 윤곽이 보였다. 그들에게 가까이 다가가자 무리 중 한 사람을 손가락질 하는 장교가 보였다. 헌병이 무리 중으로 들어가더니 그 남자의 팔을 붙들고 나왔다. 그 남자를 길 밖으로 끌고 갔다. 우리는 그들에게 다가갔다. 장교들은 무리 중에 있는 사람들을 한 사람 한 사람 찬찬히 훑어봤다. 가끔은 자기네들끼리 말을 나누며, 누군가의 얼굴에 손전등을 들이 밀기위해 앞으로 나오기도 했다. 우리가 바로 맞은편까지 가기 직전에 그들이 누군가를 끌고 나왔다. 나는 그 남자를 봤다. 그는 중령이었다. 그들이 그 남자에게 불을 비출 때 그 남자 소매의 네모 테두리 안에 있는 별이 보였다. 머리는 희끗했고 키가 작고 뚱뚱했다. 헌병이 그 남자를 장교들이 서있는 줄 뒤로 끌고 갔다. 우리가 맞은편으로 가자 두세 명이 나를 쳐다봤다. 그러더니 한 명이 나를 가리키며 헌병에게 뭐라고 말을 했다. 그 헌병이 무리의 가장자리를 뚫고 나를 향해 오는 것이 보였고 이내 내 목덜미를 잡는 것이 느껴졌다.

"무슨 일이요?"라고 말하면서 나는 그의 얼굴을 쳤다. 모자를 쓴 얼굴엔 위로 뻗은 콧수염이 있었고 그의 턱을 타고 피가 흘렀다. 또 다른 헌병이 우리 쪽으로 밀치고 들어왔다.

"무슨 일이야?" 내가 말했다. 그는 대답을 하지 않았다. 그는 손으로 나를 잡을 기회를 노리고 있었다. 나는 총을 꺼내려고 팔을 뒤로 돌렸다.

"장교를 건드려서는 안 된다는 거 모르나?"

나중에 들어온 헌병이 나를 뒤에서 붙잡고 내 팔을 위로 꺾어 올렸다. 어깨 접합부분이 뒤틀렸다. 나는 그 녀석과 함께 같이 돌았고 다른 녀석이 손으로 내 목을 잡았다. 나는 그 녀석의 앞정강이를 발로 차고 왼쪽 무릎으로는 사타구니를 찼다.

"저항하면 쏴버려," 누군가가 하는 말이 들렸다.

"무슨 말이야?" 나는 소리를 지르려 했지만 목소리가 크게 나질 않았다. 그들이 나를 끌고 도로 옆으로 나왔다.

"저항하면 쏴버려," 어느 장교가 말했다. "데리고 가."

"당신 누구야?"

"알게 될 거다."

"누구냐고?"

"야전 헌병이다," 다른 장교가 말했다.

"이 비행기들에게 날 붙잡게 시키는 것보다 옆으로 나와 달라고 내게 청하는 게 어떻겠나?"

그들은 답을 하지 않았다. 답을 할 필요가 없었던 거다. 야전 헌병이기 때문이다.

"다른 놈들과 함께 데려가," 처음 말했던 장교가 말했다.

"봤지, 저 자 이탈리아어에 외국어 억양이 있다는 거."

"너도 그렇다, 이……" 내가 말했다.

"다른 놈들과 함께 데려가라니까," 먼저 말했던 장교가 말했다. 그들은 나를 도로 아래 쪽 장교들이 줄을 서 있는 곳 뒤로 해서 강둑 옆 들판에 사람들이 무리지어 있는 곳으로 데려갔다. 우리가 그들 쪽으로 걸어갈 때 총이 발사됐다. 소총에서 나오는 불꽃이 보였고 총소리가 들렸다. 우리는 무리 쪽으로 갔다. 네 명의 장교가 서 있었고 그들 앞에 군인 하나가 그 양옆으로는 헌병이 서 있었다. 한 무리의 사람들이 헌병들의 감시를 받고 서 있었다. 질문을 하는 장교들 곁에서 네 명의 헌병이 카빈총에 기댄 채 서 있었다. 그들은 넓은 챙의 모자를 쓴 헌병들이었다. 나를 붙잡은 헌병 두 명이 심문을 받기위해 기다리는 무리 속으로 나를 밀어 넣었다. 장교들한테 질문을 받고 있는 남자를 쳐다보았다. 무리 중에서 그들이 끌고 온 뚱뚱하고 머리가 희끗한 그 중령이었다. 물어보는 자들은 능률적이고 냉정하고 자기 절제를 할 줄 아는, 총은 쏘아대지만 절대 총 맞을 일은 없는 이탈리아인들이었다.

"소속?"

그가 대답했다.

"연대?"

그가 그들에게 말해줬다.

"왜 소속 연대와 함께 하지 않았나?"

그가 그들에게 대답했다.

"장교는 자기 부대와 함께 해야 한다는 것을 모르나?"

그는 알고 있었다.

그게 다였다. 다른 장교가 말했다.

"저 야만인들을 성스러운 조국의 땅에 들인 게 다 당신 같은 무리들이라고."

"무슨 말씀이신지," 중령이 말했다.

"승리의 열매를 놓친 게 당신 같은 반역자들의 행위 때문이라고."

"퇴각해 본 적 있으시오?" 중령이 물었다.

"이탈리아에게 퇴각이란 없어."

우리는 빗속에 서서 그 말을 듣고 있었다. 우리는 그 장교를 마주보고 있었고 죄인은 우리 앞에서 약간 옆쪽으로 서 있었다.

"나를 쏘려면," 중령이 말했다. "더 이상 심문하지 말고 당장 쏘시오. 심문은 멍청한 짓이니." 그가 성호를 그었다. 장교들은 한꺼번에 뭐라 말했다. 한 명이 종이 위에 뭔가를 적었다.

"부대 유기. 총살," 그가 말했다.

두 명의 헌병이 중령을 강가로 끌고 갔다. 모자가 벗겨진 노인인 그는 빗속으로 걸어갔고 그 양쪽에 헌병이 한 명씩 붙어있었다. 그들이 그를 총살하는 장면을 보지는 않았지만 총성은 들렸다. 그들은 누군가 또 다른 사람을 심문하고 있었다. 그 장교 역시 자기 부대와 떨어졌다. 그에겐 설명할 기회도 주지 않았다. 그들이 종이에 적힌 형을 읽자 그가 울었다. 그리고 그를 총살하는 동안에도 그들은 또 다른 사람을 심문하고 있었다. 앞서 심문받은 사람이 총살당하는 동안 다음 사람을 반드시 심문하려고 들었다. 이런 식이었기 때문에 총살을 피할 수 있는 방법이 없었다. 나는 내 차례가 올 때까지 기다려야할지 지금 도망을 쳐야할지 몰랐다. 나는 누가 보나 이탈리아군복을 입은 독일군이었다. 그들의 생각이 어떻게 흐르는지를 봤다. 그들에게 생각이라는 게 있고 그 생각이 제대로 돌아간다면 말이다. 그들은 모두 젊었고 자신들이 조국을 구하고 있는 것이라 생각했다. 제2군대가 탈리아멘토 외곽에서 재개편되고 있었다. 그래서 자기 부대를 이탈한 소령급 이상 장교들을 처형하고 있는 거였다. 그리고 이탈리아군복을 입은 독일군 선동자들을 즉결 처분하고 있었다. 그들은 철모를 쓰고 있었다. 무리 중에 철모를 쓴 사람은 두 명뿐이었다. 헌병 중에는 철모를 쓴 사람이 좀 있었다. 다른 헌병들은 챙이 넓은 모자를 썼다. 그래서 우리는 그들을 비행기라고 부른다. 우리는 빗속에 서 있었고 한 번에 한명씩 심문받고 처형당하기 위해 끌려 나갔다. 지금까지 심문당한 사람들은 모조리 처형당했다. 죽음을 선고하지만 자신들은 죽음의 위험에서 완전히 벗어난 그런 사람들의 기막힌 거리감을 가지고 심문을 하는 사람들은 단호히 정의에 헌신하고 있었다. 그들은 지금 전방 연대의 대령을 심문하고 있었다. 장교 세 명이 더 무리 안으로 들어왔다.

"그 사람 소속 연대는 어디였나?"

나는 헌병을 쳐다봤다. 그들은 새로 들어온 사람들을 보고 있었다. 나는 두 사람 사이로 빠져나와서 강을 향해 고개를 떨군 채 달렸다. 강가에서 발이 걸려 넘어지면서 첨벙 소리를 내며 강으로 뛰어 들었다. 물은 꽤 차가웠지만 가능한 오랫동안 물밑에서 나오지 않았다. 물결이 내 몸을 돌아 흐르는 것이 느껴졌고 다시는 물 밖으로 나올 수 없을지도 모른다는 생각이 들 때까지 물속에 있었다. 물 밖으로 나와 순간적으로 숨을 한 번 쉬고는 다시 물속으로 들어갔다. 그렇게 옷을 많이 입고 장화까지 신은 채 물속에 있는 것은 쉬운 일이었다. 두 번째 물 밖으로 몸을 내밀었을 때 내 앞에 통나무 하나가 보여서 그걸 한 손으로 잡고서 그것에 몸을 의지했다. 머리는 통나무 뒤에 숨긴 채 통나무 저편을 보지도 않았다. 나는 강둑을 보고 싶지 않았다. 내가 도망쳤을 때도 총성이 들렸고 처음 머리를 물 밖으로 내밀었을 때도 총성이 들렸다. 거의 물 위로 나왔다 싶을 때도 총성이 들렸다. 지금은 총소리가 들리지 않았다. 통나무 조각은 물결에 이리저리 흔들렸고 나는 그것에 한 손으로 매달려 있었다. 강둑을 봤다. 강둑이 빠른 속도로 지나가는 것 같았다. 강에는 나무가 많았다. 강물은 꽤 차가웠다. 강물 위에 떠있는 섬 같은 관목 숲을 지나갔다. 두 손으로 통나무를 잡은 채 나는 통나무가 가는 대로 흘러갔다. 이제 강기슭이 눈에 보이지 않았다.

31

강물이 빠르게 흐를 때는 얼마동안 물속에 있었는지 알 수가 없다. 꽤 긴 시간 같기도 하고 아주 짧은 시간일수도 있다. 물은 차갑게 넘실댔다. 강 수위가 높아져 강둑에서 흘러들어온 수많은 것들이 지나갔다. 붙들 수 있는 무거운 통나무를 만난 게 운이 좋았다. 나는 가능한 두 손으로 편하게 통나무를 잡고 턱을 나무에 얹은 채 얼음같이 찬 물속에 누워있었다. 쥐가 날까 두려워서 강둑 쪽으로 움직여 가길 바랐다. 긴 커브를 그리며 강을 따라 내려왔다. 날이 밝아오면서 강가에 죽 서 있는 관목 숲이 보였다. 앞 방향에 섬을 이루고 있는 관목 숲이 있어서 물결은 강가 쪽으로 흘렀다. 장화와 옷을 벗고 강가로 헤엄쳐 갈 수 있지 않을까 생각했지만 그러지 않기로 했다. 어떻게든 강둑에 도착할 수 있을 거고 맨발로 올라서면 곤란한 입장이 될 거라는 생각 외엔 아무 생각도 들지 않았다. 어찌됐든 메스트레까지 가야했다.

강둑이 가까이 다가왔다가 휘영청 멀어져가고 다시 가까워지는 것을 지켜봤다. 더 느리게 흘러갔다. 지금은 강가에 아주 가까워졌다. 버드나무 숲속의 가지까지도 볼 수 있었다. 통나무가 천천히 출렁이며 흘러가서 강둑이 뒤로 밀렸다. 소용돌이 안으로 들어온 것이다. 천천히 흘러 다녔다. 둑이 다시 보이고 그것도 아주 가까이 보여서 나는 한 손으로는 통나무를 붙잡은 채 발을 차면서 다

른 손으로는 통나무를 강둑 쪽으로 밀어보려 헤엄을 쳤지만 조금
도 더 가까워지지는 않았다. 소용돌이로부터 멀어질까 두려워 한
손으로 버티면서 발을 끌어당겨 통나무 옆을 감싸고는 둑을 향해
힘차게 밀었다. 활엽수가 보였다. 힘껏 헤엄치고 관성을 받았음에
도 불구하고 물살에 더 떠내려갔다. 그때 장화 때문에 익사할 수도
있겠다는 생각이 들었다. 그래도 애써 물결을 거슬러 나갔고 고개
를 들었을 땐 둑이 나를 향해 다가오고 있었다. 활엽수를 손으로
움켜잡을 때까지 무거운 장화를 신고 있다는 두려움을 느끼면서
계속 허우적거리며 헤엄을 쳤다. 버드나무 가지를 움켜잡았지만
몸을 밖으로 끌어내기에는 힘이 부쳤다. 그래도 이제 빠져죽지는
않을 것 같았다. 통나무를 붙들고 있는 동안 빠져죽을 수도 있다는
생각은 하지 않았었다. 너무 힘을 써서 속과 가슴이 허하고 메스꺼
웠다. 가지에 매달린 채 기다렸다. 메스꺼움이 사라지고 나서 버드
나무 숲으로 들어가 잠시 쉬었다. 팔로 덤불을 부둥켜안고 손으로
는 가지들을 단단히 붙잡았다. 그리고 버드나무들 사이로 몸을 밀
어 넣은 뒤 둑으로 기어 나왔다. 동이 반쯤 밝았고 사람은 없었다.
둑에 납작 누운 채 강물과 빗소리를 들었다.

잠시 후 일어나서 둑을 따라 걷기 시작했다. 라티사나에나 가
야 강을 건널 다리가 있다. 아마도 지금 내가 있는 곳이 산비토 건
너편쯤이 아닐까 생각했다. 무엇을 해야 할지 생각하기 시작했다.
앞쪽에 강으로 흘러들어가는 도랑이 하나 있었다. 그곳을 향해 갔
다. 지금까지는 마주친 사람이 하나도 없었다. 도랑 가장자리에 있
는 작은 관목 숲 옆에 앉아서 신발을 벗어 물을 빼냈다. 겉옷도 벗

어서 안주머니에서 흠뻑 젖은 지갑과 서류와 돈을 빼내고 겉옷을 짰다. 바지도 벗어 찌고 서츠와 속옷도 벗어 물을 짜냈다. 손으로 몸을 찰싹찰싹 때리고 문지른 다음 다시 옷을 입었다. 모자는 잃어버렸다.

겉옷을 입기 전에 소매에 붙어있는 헝겊으로 된 별을 떼어내어서 돈과 함께 안주머니에 넣었다. 돈은 젖었지만 별일 없었다. 세어보았다. 3000리라가 조금 넘었다. 옷이 축축하고 끈끈했다. 팔을 찰싹찰싹 때려서 피가 돌게 했다. 털로 짠 속옷을 입고 있었기 때문에 계속 움직이는 한 감기에 걸릴 염려는 없을 거라 생각했다. 길에서 총을 뺏겼다. 그래도 겉옷 안쪽에 총집을 찼다. 망토가 없어서 비를 맞으니 추웠다. 운하 둑으로 올라가기 시작했다. 날이 밝았다. 마을은 비에 젖어 낮고 음침해 보였다. 들은 텅 빈 채 젖어있었다. 저 멀리 들판에 종루가 솟아 오른 게 보였다. 도로로 올라갔다. 앞쪽으로 몇몇 군대들이 길을 따라 내려오는 것이 보였다. 나는 다리를 절며 길옆으로 물러섰고 그들은 내 옆으로 지나갔지만 내게는 신경도 쓰지 않았다. 그들은 강을 향해가고 있는 기관총 분대였다. 나는 길 아래로 계속 걸었다.

그날 베네치아 평야를 건넜다. 지대가 낮은 마을이었는데 비를 맞으니 더욱 평평했다. 바다 쪽으로는 소금기 많은 늪지가 있고 도로는 거의 없었다. 도로는 모두 강을 따라 바다 쪽으로 나있어서 마을을 가로 지르려면 운하 옆으로 난 길을 따라가야만 했다. 나는 북에서 남쪽으로 마을을 가로질러가려고 했다. 철로를 두 번 건너고 도로를 수없이 건너서 마침내 늪 옆으로 나있는 철로로 합류하는 길 끝에 닿았다. 베니스에서 트리에스테로 가는 주 철로였는데 높고 견고한 둑, 견고한 바닥, 그리고 복선 철로가 있었다. 철로 아래쪽은 신호 정차역이었고 보초를 서는 병사들이 보였다. 위쪽으로는 늪으로 흐르는 강 위를 가로지르는 다리가 있었다. 다리 위에도 보초병들이 있었다. 들을 가로질러 북쪽을 향해가면서 긴 기차가 평평한 평야를 가로지르며 이 철로로 지나가는 것을 본 적이 있었다. 포르토구르아로에서 오는 기차겠거니 하고 생각했다. 나는 보초병들을 살피면서 철로 양편을 다 볼 수 있도록 둑 위에 엎드렸다. 다리를 지키는 보초병은 철로를 따라 내가 누워있는 곳으로 왔다. 그러더니 다시 돌아서서 다리 쪽으로 되돌아갔다. 배가 고픈 상태로 누워있던 나는 기차가 오기를 기다렸다. 예전에 보았던 그 기차는 아주 길어서 기관차가 매우 느리게 움직였다. 그 기차를 잡아탈 수 있을 거라는 확신이 들었다. 기차가 오기를 기다리던 마음을 포기할 때쯤 기차가 오는 것이 보였다. 정면으로 다가오는 기차의 기관차의 속도는 점차 매우 느려졌다. 다리 위 보초병을 살폈다. 거리로는 가까운 곳에서 걷고 있었지만 철로 반대편이었다. 기차가 지나가면 그의 시야가 가려질 것이다. 기관차가 점점 다가오는 것을 지켜봤다. 힘겹게 움직이고 있었다. 차량이 꽤 많았다. 기차에도 보초병이 있을 것이다. 보초병들이 어디 있는지 살펴보려 했다. 그러나 시야가 가려져서 볼 수가 없었다. 기관차는 내가 엎드려있는 곳까지 거의 다 왔다. 평지에서도 헉헉대며 힘겨워하는 기차가 맞은편으로 들어오면서 기관사가 지나가는 것이 보였다. 나는 일어나서 지나가는 차량에 바짝 다가갔다. 보초병들이 본다

해도 내 모습은 철로 옆에 서 있는 미심쩍을 것 없는 물건처럼 보일 것이다. 문이 닫힌 화물칸이 여럿 지나갔다. 낮고 문이 열린 곤돌라 같은 것이 캔버스 천으로 덮여서 다가왔다. 나는 그 칸이 거의 다 지나갈 때까지 서 있다가 뛰어올라 뒤쪽 손잡이를 잡고 몸을 끌어올렸다. 곤돌라와 뒤쪽의 높은 화물칸 선반 사이로 기어갔다. 아무도 본 사람이 없다고 생각했다. 손잡이를 붙잡고 몸을 낮게 수그린 채 발을 차량 연결기 위에 얹었다. 이제 다리 반대편까지 왔다. 나는 보초가 생각났다. 기차가 그의 곁을 지나갈 때 보초가 나를 봤다. 보초는 어린 소년이었는데 지나치게 큰 철모를 쓰고 있었다. 경멸의 눈길로 쳐다보자 그가 내 눈길을 피했다. 나를 기차 관련자라고 생각했을 거다.

다리를 지났다. 다른 차량들이 지나가는 것을 지켜보면서 여전히 편치 않은 표정을 하고 있는 그를 봤다. 나는 몸을 구푸려서 캔버스 천이 얼마나 단단하게 매여 있는지를 확인했다. 천에 쇠고리가 있고 끝 부분이 끈으로 묶여있었다. 나는 칼을 꺼내서 끈을 자르고 팔을 그 아래로 넣었다. 비를 맞아 뻣뻣해진 캔버스 천 밑은 둔탁하게 부풀어 있었다. 고개를 들어 앞쪽을 봤다. 앞 화물칸에 보초병이 있었지만 앞쪽을 보고 있었다. 손잡이를 놓고서 머리를 캔버스 천 아래로 집어넣었다. 이마가 무언가에 세게 부딪혔다. 얼굴에 피가 흐르는 것이 느껴졌지만 안으로 기어들어가서 납작하게 엎드렸다. 그리고는 몸을 돌려 캔버스를 끌어당겨 묶었다.

대포를 덮은 캔버스 덮개 안으로 들어간 거였다. 깨끗한 기름과 윤활유 냄새가 났다. 누워서 캔버스 천을 때리는 빗소리와 철로 위를 달리는 차량의 덜컹거리는 소리를 들었다. 작은 빛줄기가 들어왔고 나는 누운 채로 대포를 보았다. 캔버스 천으로 덮여져 있었다. 제3부대에서 보내는 것이 틀림없다는 생각이 들었다. 이마의 혹이 부풀어 올랐다. 가만히 누워서 피가 멈춰 저절로 응고되도록 했다. 그리곤 상처 난 곳의 피딱지를 떼어버렸다. 아무렇지도 않았다. 갖고 있는 손수건이 없어서 손가락으로 캔버스에서 떨어지는 빗방울을 받아 피가 말라붙어 있던 곳을 깨끗이 씻어냈다. 그리고 겉옷 소매로 닦아냈다. 수상해 보이고 싶지 않았다. 메스트레에 도착하면 저들이 대포를 챙길 테니까 그전에 기차에서 내려야 될 것이다. 그들이 대포를 잃어버리거나 잊는 일은 없을 테니. 배가 고파 죽을 지경이었다.

32

지붕이 없는 화물차 바닥, 캔버스 천 아래 대포 옆에서 몸은 젖어
춥고 무척이나 허기진 상태로 누워있었다. 결국 몸을 돌려 배를 깔
고 팔에 머리를 대고 엎드렸다. 무릎이 뻣뻣했다. 그래도 꽤 만족
스러웠다. 발렌티니가 치료를 훌륭하게 해줬다. 퇴각하는 동안 절
반은 걸었고 탈리아멘토 강에서는 그가 끼워준 무릎으로 헤엄을
쳤다. 그가 만들어 준 무릎이 맞았다. 다른 쪽은 내 무릎이었다. 의
사가 시술을 하면 그 부분은 이제 내 몸이 아니다. 머리는 내 것이
었고 내장도 그랬다. 내 몸은 무척 배가 고팠다. 꿀렁거리는 것이
느껴졌다. 머리도 내 것이었지만 생각할 것이 없으니 쓸모는 없었
다. 단지 기억용이었지만 기억할 것도 많지 않았다.

　캐서린을 기억할 수 있겠지만 그녀를 만날 수 있을지 확신할
수 없는 상황에서 그녀 생각을 하면 미쳐버릴 것만 같아 생각하지
않기로 했다. 아주 조금만 그녀 생각을 했다. 딸깍 소리를 내며 천
천히 달리는 차를 타고 가며 캔버스 천으로 들어오는 작은 양의 빛
을 받으며 캐서린과 함께 바닥에 누워있는 모습만 아주 조금 생각
했다. 느낌만 있고 생각은 하지 않은 채, 너무 오래 떨어져있고, 옷
은 젖고, 바닥은 매번 조금씩 움직이고, 속은 외로움에 사무치고,
젖은 옷과 딱딱한 바닥을 마누라삼아 혼자 있는 상황은 화물차 바
닥만큼이나 딱딱하고 힘들었다.

캔버스 천 아래에 있는 것도 꽤 괜찮고 대포 옆에 있는 것도 좋긴 하지만 지붕이 없는 화물차 바닥이나 캔버스 천을 둘러쓴 대포, 바셀린을 바른 금속냄새나 빗물이 새어나오는 캔버스 천을 사랑할 수는 없는 노릇이다. 이곳에 있다고 상상조차 할 수 없는 그 어떤 사람을 사랑한다. 이제 분명하고 냉철하게 그것을 알 수 있었다. 아니 깨끗하고 공허하긴 하지만 그렇게 냉철하지는 않았다. 배를 깔고 엎드려 한 군대가 퇴각하고 다른 군대가 전진하는 현장에 있으면서 공허하게나마 그것을 알 수 있었다. 마치 화재로 백화점의 물건을 모두 잃은 매장 지배인처럼 앰뷸런스도 부하대원도 모두 잃었다. 물론 보험 같은 것은 없다. 낙오된 것이다. 더 이상의 의무는 없다. 백화점에 불이 난 후에 매장 지배인이 늘 하던 억양으로 말을 했다고 그를 총으로 쏜다면 백화점 문을 다시 열었을 때 매장 지배인은 오지 않을 거다. 다른 일자리가 있고 경찰이 그를 잡지 않았다면 그는 다른 일자리를 찾을 거다.

헌병이 내 멱살을 잡았을 때 의무는 중단되었지만 모든 의무감과 더불어 분노도 강물에 씻겨가 버렸다. 겉모습에 신경을 쓰지는 않으나 군복을 벗어버리고 싶었다. 편의를 위해 별을 떼어냈다. 명예 따위는 없었다. 별에 악감정은 없었다. 끝났다. 모두 잘됐으면 하고 바랐다. 훌륭한 군인, 용감한 군인, 조용한 군인, 지각 있는 군인들이 있다. 그들은 별을 받을 만했다. 그래도 내가 내보일 것은 아니었다. 나는 이 망할 기차가 메스트레에 도착해서 내가 음식을 먹고 생각을 그만하길 바랐다. 생각을 멈춰야 할 것이다.

피아니는 그들이 나를 쏴 죽였다고 말할 것이다. 그들은 자기들이 총살시킨 사람의 호주머니를 뒤져서 서류를 꺼냈다. 그들은 내 서류들 얻지 못할 것이다. 나를 익사자라고 하겠지. 미국에는 보고가 어떻게 들어갔는지 궁금했다. 부상과 기타 이유로 전사. 지독하게 배가 고팠다. 장교식당의 신부가 어떻게 됐는지 궁금했다. 리날디도. 아마 후방으로 더 멀리 가지 않았다면 포르데모네에 있을 거다. 이제 다시 볼 수 없을 거다. 그들 중 누구도 다시 볼 수 없을 거다. 그 생활은 끝났다. 그가 매독에 걸렸다고 생각지 않는다. 시간을 두고 치료하면 그리 심각한 질병은 아니라고들 말했다. 그래도 그는 걱정이 될 거다. 나도 그 병에 걸린다면 걱정이겠지. 누구라도 걱정이 될 거다.

난 생각이 많은 사람이 아니다. 나는 먹는 걸 좋아하는 사람이다. 맙소사, 그렇다. 먹고 마시고 캐서린과 자고. 아마도 오늘 밤. 아니 불가능하다. 그래도 내일 밤. 좋은 식사와 침대보와 그리고 딱 붙어있기. 아마도 금방 깨질 거다. 그녀가 떠날 거다. 그녀가 떠나게 될 거다. 우리는 언제 떠날까? 생각해볼 문제다. 어두워지고 있었다. 누워서 우리가 어디로 갈까를 생각했다. 갈 곳은 많았다.

제4부

33

아침 해가 밝기 전 새벽, 기차가 역으로 들어가면서 속도를 늦추었을 때 나는 밀라노에서 내렸다. 철로를 건너 건물들 사이로 나와 거리를 내려왔다. 문을 연 와인가게로 커피를 마시러 들어갔다. 새벽 냄새, 먼지를 청소한 냄새, 커피 잔 안에 담긴 스푼 냄새, 둥근 와인 잔 자국 냄새가 났다. 주인은 바 뒤쪽에 있었고 두 명의 병사가 테이블에 앉아 있었다. 나는 바에 서서 커피 한 잔과 빵 한 조각을 먹었다. 커피는 우유를 넣어서 색이 탁했다. 빵조각으로 우유 덩어리를 걷어냈다. 주인이 쳐다봤다.

"그라파 한 잔 더 드려요?"

"아니요."

"내가 한 잔 대접하겠소,"라고 말하면서 주인은 작은 잔에 그라파를 따라 그 잔을 내게 내밀었다. "전방 상황은 어떻소?"

"알 수가 없네요."

"저 사람들은 취했어요," 두 명의 병사를 가리키며 그가 말했다. 그 말은 믿을 만했다. 그들은 취해 보였다.

"얘기 좀 해 주시오," 그가 말했다. "전방 상황이 어렵소?"

"전방에 대해서는 알 수가 없습니다."

"벽을 따라 내려오는 걸 봤소이다. 기차에서 내렸잖소."

"퇴각이 대대적으로 이뤄지고 있어요."

"신문에서 읽었소. 무슨 일이오? 다 끝난 거요?"

"그런 거 같지는 않아요."

키가 작은 병에 들은 그라파를 빈 잔에 부었다. "문제가 있으시다면," 그가 말했다. "내가 지켜드리리다."

"문제는 없습니다."

"문제가 있으면 여기서 나랑 지내요."

"머물 곳이 있나요?"

"건물이 있지요. 머무는 사람들이 많아요. 문제가 있는 사람들마다 이곳에 머문답니다."

"문제 있는 사람들이 많은가요?"

"문제 나름이지요. 미국 남부 출신이오?"

"아니요."

"스페인어 합니까?"

"조금요."

그는 행주로 바를 닦았다.

"이 나라를 뜨는 게 지금은 힘들긴 하지만 절대 불가능한 건 아니랍니다."

"떠날 생각은 전혀 없습니다."

"원하는 만큼 이곳에 계시오. 내가 어떤 사람인지 알게 될 거요."

"오늘 아침에 떠나야 하겠지만 되돌아올 주소는 기억하겠습니다."

그가 고개를 저었다. "그렇게 말하는 사람은 돌아오지 않지요. 당신 문제가 정말 심각해 보이는군."

"문제는 없다니까요. 그래도 친구의 주소는 소중히 여기지요."

나는 커피 값으로 10리리찌리 지폐를 바에 놓았다.

"저랑 그라파 한잔하시죠," 내가 말했다.

"그럴 필요 없습니다."

"한 잔하세요."

그가 두 잔을 따랐다.

"기억해 두시오," 그가 말했다. "이곳으로 와요. 다른 사람들한테 속지 말고. 여기는 안전해요."

"알겠습니다."

"확실히 알았소?"

"네."

그는 진지했다. "그럼 한마디 해드리지. 그 코트입고 돌아다니지 마시오."

"왜요?"

"소매에 별을 떼어낸 자국이 아주 선명해요. 천 색깔이 다르구먼."

나는 아무 말도 하지 않았다.

"서류가 없으면 내가 마련해 줄 수도 있소이다."

"무슨 서류요?"

"휴가증."

"필요 없습니다. 갖고 있거든요."

"좋아요," 그가 말했다. "서류가 필요하면 구해드릴 수 있어요."

"그런 서류는 얼마면 됩니까?"

"서류 나름이지요. 가격은 괜찮은 편이요."

"지금은 필요 없군요."

그는 어깨를 으쓱했다.

"전 괜찮아요," 내가 말했다.

내가 그곳에서 나설 때 그가 말했다. "내가 당신 친구라는 거 잊지 마시오."

"네."

"다시 봅시다," 그가 말했다.

"그러죠," 내가 말했다.

밖으로 나온 뒤 나는 역으로부터 멀리 떨어져 걸었다. 역에는 헌병들이 있었다. 작은 공원 모퉁이에서 택시를 잡았다. 운전사에게 병원주소를 건넸다. 병원에 도착해서 나는 수위가 기거하는 오두막으로 갔다. 그의 아내가 나를 껴안고 그는 내 손을 잡았다.

"안전하게 돌아오셨군요."

"그렇소."

"아침은 드셨어요?"

"네."

"어떠세요, 중위님? 안녕하신 거예요?" 그의 아내가 물었다.

"좋아요."

"저희랑 아침 같이하세요."

"아니오, 괜찮아요. 바클리 양이 지금 이 병원에 있습니까?"

"바클리 양이요?"

"영국 간호사 말이에요."

"장교님 애인이요," 그의 아내가 말했다. 그는 내 팔을 두드리며 웃었다.

"없습니다," 수위가 말했다. "떠났어요."

가슴이 내려앉았다. "확실해요? 키가 크고 금발인 영국 간호사 말이오?"

"확실합니다. 스트레사로 갔어요."

"언제 갔소?"

"이틀 전에 다른 영국 간호사랑 떠났어요."

"세상에," 내가 말했다. "한 가지만 부탁하겠소. 아무한테도 날 봤다는 말은 하지 말아요. 아주 중요합니다."

"아무한테도 말하지 않을 겁니다," 수위가 말했다. 그에게 10리라짜리 지폐를 주었다. 그는 돈을 뿌리쳤다.

"중위님, 저희가 해드릴 일이 없을까요?" 그의 아내가 물었다.

"그냥 그것만," 내가 말했다.

"저흰 입 다물고 있을 겁니다," 수위가 말했다. "제가 해드릴 일이 있으면 말씀만 하세요."

"그러죠," 내가 말했다. "잘 계세요. 다시 봅시다."

그들은 나를 바라보며 문간에 서 있었다.

나는 택시를 잡아타고 운전사에게 시몬스의 주소를 건넸다. 아는 사람인데 노래공부를 하고 있었다. 시몬스는 도심에서 떨어진 포르타 마젠타 쪽에 살았다. 내가 만나러 갔을 때 그는 여전히 졸린 모습으로 잠자리에 있었다.

"자네, 무지 일찍 일어나는군," 그가 말했다.

"이른 기차를 타고 왔네."

"퇴각은 다 뭔가? 전방에 있었나? 담배 태우려나? 테이블 위 상자 속에 있네." 벽 쪽으로는 침대, 그 반대편에는 피아노, 그리고 옷장과 테이블이 놓인 큰 방이었다. 시몬스는 베개에 기대앉아서 담배를 폈다.

"곤란한 상황에 빠졌어, 심," 내가 말했다.

"나도 그래," 그가 말했다. "난 항상 곤란한 상황이지. 담배 태우지 않겠나?"

"아니," 내가 말했다. "스위스로 가려면 절차가 어떻게 되지?"

"자네가 가려고? 이탈리아군이 자네를 이 나라에서 떠나도록 내버려두지 않을 걸세."

"그래, 나도 알아. 스위스는? 그들은 어떨 것 같나?"

"자넬 억류시키겠지."

"나도 아네. 근데 절차가 어떤 건가?"

"아무것도 없어. 아주 단순해. 자네는 어디든 갈 수 있어. 단지 보고나 뭐 그런 걸 해야 되는 거지. 왜? 경찰에 쫓기고 있나?"

"아직 확실한 건 아무것도 없어."

"말하기 싫으면 말하지 말게나. 들으면 재미는 있겠는데. 이 곳은 아무 일도 일어나지 않는군. 피아첸차에서 난 끔찍한 실패자였어."

"거 참 유감이군."

"그렇지, 정말 형편없었네. 노래는 잘 불렀지. 여기 리리코 극장에서 다시 해볼 걸세."

"나도 가보고 싶네."

"자넨 엄청 자상해. 자네 심한 곤경에 빠진 건 아니지?"

"모르겠어."

"말하기 싫으면 말하지 말게나. 그런데 어떻게 그 지겨운 전방에서 빠져나오게 된 건가?"

"난 전쟁하고는 끝이라고 생각하네."

"잘했어. 자넨 지각이 있는 사람이라고 늘 생각해 왔네. 어쨌든 내가 도움이 될 수 있을까?"

"자넨 엄청 바쁘잖나."

"조금도 바쁘지 않네. 내 친구 헨리. 조금도 바쁘지 않아. 뭐라도 기꺼이 하겠네."

"자네가 나랑 치수가 얼추 같지? 나가서 민간인복을 좀 사다주겠나? 내 옷은 모두 로마에 있어서."

"로마에 있었었구면. 그곳은 더럽지. 어떻게 그런 곳에서 살았나?"

"건축가가 되고 싶었거든."

"건축을 배울 만한 곳이 못되는데. 옷은 사지 말게. 원하는 건 내가 줄 테니. 옷을 제대로 맞춰서 입혀 줌세. 성공할 수 있도록. 거기 옷 방으로 들어가게. 붙박이장이 있어. 원하는 것으로 입게나, 내 친구여. 옷을 살 필요가 없지."

"사는 게 낫겠는데, 심."

"친구, 밖에 나가 옷을 사다주는 것보다는 내 옷을 주는 게 내겐 더 편하다네. 여권은 있나? 여권 없이는 멀리가지 못 할 거야."

"응, 여권은 아직 있네."

"그럼 옷을 입게나, 친구. 그리고 헬베티아로 가는 거야."

"그렇게 간단한 문제가 아닐세. 스트레사에 먼저 가봐야 해."

"좋지, 친구. 보트를 저어서 건너가게나. 내가 공연만 없으면 같이 갈 텐데. 그래도 언젠가 가겠네."

"요들을 배울 수 있겠군."

"내 친구, 요들도 배우지 뭐. 지금도 부를 수는 있어. 그래도 낯설긴 해."

"자넨 반드시 할 수 있을 걸세."

그는 담배를 피우면서 침대에 누웠다.

"너무 확신하지는 말게. 그래도 난 노래를 부를 수 있어. 노래가 무지 재밌거든. 난 노래를 부를 수 있다네. 노래가 좋아. 들어보게." 목을 부풀리고 힘줄을 세우면서 "아프리카나"가 터져 나왔다. "난 노래를 할 수 있다네." 그가 말했다. "사람들이 좋아하건 말건 간에." 나는 창밖을 내다봤다. "내려가서 택시를 보내야겠네."

"다시 올라오게, 친구. 아침 먹으세." 그는 침대에서 내려와 곧추 서서 숨을 깊게 쉬고는 이것저것 체조를 시작했다. 나는 아래층으로 내려가서 택시비를 지불했다.

34

민간인 복장을 하니 가장무도회에 가는 사람 같은 느낌이었다. 오랫동안 군복을 입어온 터라 군복을 잘 갖춰 입었을 때의 그 느낌이 그리웠다. 바지는 헐렁했다. 밀라노에서 스트레사로 가는 기차표를 샀다. 새 모자도 샀다. 심의 모자는 쓸 수가 없었지만 옷은 괜찮았다. 옷에서 담배냄새가 났다. 기차 칸에 앉아 창밖을 내다보니 모자는 새로 산 티가 너무 났고 옷은 매우 낡은 것처럼 느껴졌다. 창으로 바라보는 물에 젖은 롬바드만큼이나 나는 슬펐다. 기차 칸에는 나를 대수롭지 않게 생각하는 비행병들이 몇 있었다. 그들은 날 쳐다보려고 하지도 않고 내 나이의 민간인을 경멸스러워했다. 예전 같으면 욕을 하고 한바탕 싸움이 붙었을 테지만 모욕감이 느껴지지 않았다. 그들은 갈라라테에서 내렸다. 혼자 있게 되어서 좋았다. 신문이 있었으나 전쟁 기사를 보고 싶지 않아서 읽지 않았다. 전쟁에 대한 건 다 잊어버릴 참이었다. 나는 단독으로 평화협정을 맺었다. 지독히도 외로웠다. 그래서 기차가 스트레사에 도착했을 때 기뻤다.

호텔에서 나온 수위들이 역에 있겠거니 기대했었는데 아무도 보이지 않았다. 성수기가 끝난 지 오래라 기차에서 내리는 손님을 맞으러 나오는 사람이 없는 거다. 가방을 들고 기차에서 내렸다. 심의 가방이었는데 셔츠 두 장만 들어있어서 들고 다니기에 아주 가벼웠다. 기차가 지나가는 동안 비가 내리는 역사 지붕 밑에 서 있었다. 기차역에 있는 한 남자를 보고서 호텔이 문을 열었는 지 아느냐고 물었다. 그랑호텔에데일보로메는 열었고 일 년 내내 영업을 하는 작은 호텔들이 여럿 있단다. 나는 가방을 들고 비를 맞으며 일보로메로 향했다. 마차가 오는 것이 보여 마부에게 손짓을 했다. 마차를 타고 호텔로 가는 게 더 나았다. 그 큰 호텔의 마차 입구로 들어갔더니 경비원이 우산을 들고 나와서 매우 친절하게 대해줬다.

좋은 방을 얻었다. 아주 크고 밝은 방으로 호수가 내려다 보였다. 호수 위에 구름이 끼었지만 해가 비치면 아름다울 거다. 아내를 기다리고 있다고 말했다. 사틴 커버가 씌워진 신혼부부용 침대인 큰 더블베드가 있었다. 긴 복도를 지나 넓은 계단을 내려가서여러 방들을 거쳐 바가 있는 곳으로 갔다. 바텐더가 아는 사람이었다. 높은 스툴에 앉아서 소금을 친 아몬드와 감자 칩을 먹었다. 마티니는 시원하고 깨끗한 느낌이었다.

"민간복을 입고 여기서 뭐 하십니까?" 바텐더가 마티니를 두잔째 섞어주고는 물었다.

"휴가 중이오. 회복 휴가."

"이곳엔 아무도 없습니다. 호텔 영업을 계속하는 이유를 모르겠어요."

"그동안 낚시는 좀 했나요?"

"괜찮은 놈들을 낚았죠. 일 년 중 이맘때 견지낚시를 하면 꽤 좋은 놈을 잡을 수 있어요."

"내가 보낸 담배 받았나요?"

"네. 제 카드 못 받으셨어요?"

나는 웃었다. 담배를 구할 수가 없었다. 그가 원한 건 미국산 쿨 련이었는데 내 친지들이 보내지 않았던가 아니면 압수되었나 보다. 아무튼 담배는 오지 않았다.

"어디선가 받겠지요," 내가 말했다. "이 마을에서 영국 아가씨 두 명을 본 적 있소? 그저께 이곳으로 왔다고 하던데."

"호텔에는 없습니다."

"간호사들이오."

"간호사 두 명은 봤어요. 잠깐만요. 어디 있는지 찾아볼게요."

"그중 한 명이 내 아내랍니다," 내가 말했다. "아내를 만나러 온 거요."

"나머지 한 명은 제 아내겠네요."

"농담 아니요."

"바보 같은 제 농담을 용서하세요," 그가 말했다. "무슨 말인지 알아듣질 못했어요." 그는 나가더니 잠시 동안 돌아오지 않았다. 나는 올리브와 소금을 친 아몬드 감자 칩을 먹으면서 바 뒤에 있는 거울에 민간복을 입은 내 모습을 비춰봤다. 바텐더가 돌아왔다. "역 근처에 있는 작은 호텔에 묵고 있데요," 그가 말했다.

"샌드위치 좀 먹을 수 있나요?"

"좀 가져오라고 연락하겠습니다. 아시겠지만 여긴 아무것도 없어요. 사람들이 없어서요."

"정말 아무도 없는 거요?"

"네, 몇 명뿐이에요."

샌드위치 세 개를 먹고 마티니를 두어 잔 더 마셨다. 그렇게 시원하고 깨끗한 걸 마셔본 적이 없었다. 민간인이 된 듯한 기분이 들게 해줬다. 붉은 포도주, 빵, 치즈, 형편없는 커피와 그라파를 너무 많이 먹었었다. 기분 좋은 마호가니, 청동, 그리고 거울 앞에 있는 높은 의자에 앉아서 아무 생각도 하지 않았다. 바텐더가 몇 가지 질문을 했다.

"전쟁에 관한 얘기는 아무것도 하지 마시게," 내가 말했다. 전쟁은 먼 곳의 이야기다. 전쟁이란 없을 수도 있다. 이곳에는 전쟁이 없다. 나에게 만큼은 전쟁이 끝났다는 사실을 깨달았다. 그런데도 전쟁이 진짜 끝난 것 같은 기분은 들지 않았다. 무단결석하고서 학교에서 지금 무얼 하고 있을까 생각하는 아이 같은 기분이었다.

내가 호텔로 찾아갔을 때 캐서린과 헬렌 퍼거슨은 저녁 중이었다. 복도에서 식사를 하는 그들의 모습이 보였다. 캐서린은 내 쪽으로 등을 돌리고 있었다. 그녀의 머리와 뺨과 아름다운 목과 어깨선이 보였다. 퍼거슨은 뭐라 말을 하고 있었다. 내가 들어가자 하던 말을 멈췄다.

"세상에," 그녀가 말했다.

"안녕," 내가 말했다.

"어머나, 당신이군요," 캐서린이 말했다. 그녀의 얼굴이 환해졌다. 너무 행복해서 믿어지지 않는 것 같았다. 그녀에게 키스를 했다. 캐서린은 얼굴을 붉혔고 나는 테이블에 앉았다.

"제대로 엉뚱하시군요," 퍼거슨이 말했다. "여기서 뭐하세요?

저녁 드셨어요?"

"아니요." 식사 시중을 드는 아가씨가 들어왔다. 내게도 식사를 갖다 달라고 했다. 캐서린은 내내 내 얼굴을 보았고 그녀의 눈엔 행복이 가득했다.

"사복 차림으로 뭐하시는 거예요?" 퍼거슨이 물었다.

"내각에 들어갔소."

"제대로 문제를 일으키셨군요."

"기분 좀 내요, 퍼거슨. 기분을 좀 내요."

"당신을 보면 기분이 좋아지지 않아요. 당신이 캐서린을 어떤 곤경에 빠뜨렸는지 알아요. 당신이 내겐 기분 좋은 사람은 아니죠."

캐서린은 내게 미소를 지으면서 테이블 밑에서 발로 나를 건드렸다.

"누구도 날 곤경에 빠지게 하지 않아, 퍼기. 내가 곤란한 상황으로 들어간 거지."

"저 사람을 참을 수가 없어," 퍼거슨이 말했다. "이탈리아인들 같은 비열한 속임수로 너를 망쳐놓은 일 말고 저 남자가 한 일이 없잖아."

"스코틀랜드인은 이렇게 도덕적이라니까," 캐서린이 말했다.

"그 말이 아니야. 저 사람이 이탈리아인들처럼 비열하다는 말이지."

"내가 비열해요, 퍼기?"

"네, 그래요. 비열한 것보다 더 나빠요. 당신은 뱀 같아요. 이탈리아군복을 입은 뱀. 망토를 목에다 두른."

"지금은 이탈리아군복 입고 있지 않은데."

"그것도 당신이 비열하다는 또 다른 증거네요. 여름 내내 사랑을 하고 이 아이에게 아기를 갖게 만들고는 지금은 빠져나가려고 하고 있으니."

나는 캐서린에게 미소를 지었고 그녀도 내게 웃어줬다.

"우리 둘 다 빠져나갈 거야," 그녀가 말했다.

"너흰 둘 다 똑 같구나," 퍼거슨이 말했다. "네가 부끄럽다, 캐서린 바클리. 넌 부끄러움도 모르고 명예도 모르고 이 남자처럼 비열해."

"이제 그만, 퍼기," 캐서린이 말하면서 퍼거슨의 손을 토닥거렸다. "날 나쁘게 말하지 마. 우리 서로 좋아하잖아."

"손 치워," 퍼거슨이 말했다. 그녀의 얼굴이 벌겋게 됐다. "네가 부끄러움을 안다면 상황은 달랐을 거야. 아기를 가진지 수개월이 지났는데도 넌 농담으로나 여기고 널 유혹한 사람이 돌아왔다고 온통 만면에 미소를 짓고 있잖아. 넌 수치심도 감정도 없어." 그녀는 울기 시작했다. 캐서린이 다가가서 팔을 둘렀다. 그녀가 퍼거슨을 위로하며 서 있는데 나는 캐서린의 몸에서 변화를 찾아볼 수가 없었다.

"난 상관 안 해," 퍼거슨이 흐느꼈다. "끔찍해."

"자, 자, 퍼기," 캐서린이 위로했다. "부끄러운 줄 알게. 울지 마, 울지 마, 퍼기."

"울지 않아," 퍼거슨이 흐느꼈다. "난 울지 않아. 다만 네가 얼마나 끔찍한 상황인지," 그녀는 나를 봤다. "난 당신이 미워요," 그녀가 말했다. "캐서린도 내가 당신을 미워하지 못하게 할 수는 없어요. 당신은 지독히도 비열한 미국계 이탈리아인이에요." 그녀는 울어서 코와 눈이 다 벌게졌다.

캐서린이 내게 웃어보였다.

"날 안고 있으면서 저 사람한테 웃어주지 마."

"너 이성적이지 못하다, 퍼기."

"나도 알아," 퍼거슨이 흐느꼈다. "난 상관 마. 둘 다. 난 지금 흥분했어요. 이성적이지 못해요. 나도 알아. 난 당신 둘이 행복하길 바라는데."

"우린 행복해," 캐서린이 말했다. "넌 좋은 친구야, 퍼기."

퍼거슨이 다시 울었다. "이런 식으로 네가 행복하길 바라는 게 아니야. 왜 결혼을 하지 않은 건데? 당신한테 부인이 있는 거죠?"

"아닙니다." 내가 말했다. 캐서린은 웃었다.

"웃을 일이 아니야," 퍼거슨이 말했다. "부인 있는 남자들이 많다고."

"우린 결혼할 거야, 퍼기," 캐서린이 말했다. "네가 원한다면."

"날 위해서가 아니라. 당연히 결혼하고 싶어 해야지."

"우린 바빴잖니."

"그래, 알아. 애기 만드느라 바빴지." 다시 울겠구나하고 생각했는데 이번엔 우는 대신 신랄해졌다. "오늘 밤 저 사람이랑 외출하겠지?"

"응," 캐서린이 말했다. "저이가 원하면."

"나는?"

"여기 혼자 있는 게 무섭니?"

"응, 무서워."

"그럼 너랑 있을게."

"아니야, 저 사람이랑 가. 지금 당장 저 사람이랑 가. 너희 둘 다 보기 싫으니까."

"저녁부터 마저 먹자."

"아니야, 당장 가."

"퍼기, 이성 좀 차려."

"지금 당장 가라고 말하잖아. 너희 둘 다 가라고."

"그럼 갑시다," 내가 말했다. 나도 퍼거슨이 지겨웠다.

"넌 가고 싶은 거잖아. 나 혼자 저녁 먹게 내버려두고 가고 싶다는 거 너도 알잖아. 언제나 이탈리아 호수를 보고 싶었는데 이렇게 되는 거야. 아, 아," 그녀는 흐느끼더니 캐서린을 보면서 목이 메었다.

"저녁 먹은 후까지 여기 있을 거야," 캐서린이 말했다. "있기를 원하면 널 혼자 내버려두지 않아. 난 널 혼자 내버려두고 싶지 않아, 퍼기."

"아니, 아니야. 네가 가면 좋겠어. 네가 가길 바라." 그녀가 눈물을 닦았다. "지나치게 이성을 잃었네. 난 신경 쓰지 마."

식사를 내오던 아가씨가 이 울고불고하는 장면을 보고는 당황스러워 했다. 다음 순서의 음식을 내오면서 상황이 진정된 것을 보고는 안심하는 듯했다.

밖엔 텅 빈 긴 복도가 있고, 우리 신발이 문밖에 놓인 우리 방에서, 바닥엔 두꺼운 카펫이 깔려있고, 창밖엔 비가 내리고, 방안은 밝고 쾌적하고 즐겁고, 그리고 불이 꺼지고 부드러운 이불보와 안락한 침대가 있어 흥분되고, 집에 돌아온 기분을 느끼며, 더 이상 혼자가 아니고 한밤중에 깨어 누군가가 옆에 있어 날 떠나지 않은 그날 밤 호텔에서 그 외의 다른 모든 것들은 다 비현실적이었다. 우린 피곤하면 잤다. 한쪽이 잠에서 깨면 다른 쪽도 함께 깨어서 혼자가 아니었다. 종종 남자나 여자나 혼자이고 싶어 한다. 그러나 사랑하면 혼자이고 싶은 상대의 마음을 서로 질투한다. 우리는 절대 질투한 적이 없다고 말할 수 있다. 사람은 함께 있으면서도 혼자라고 느낄 수 있다. 다른 사람들에 대해 홀로라고 느낄 수 있다. 그런 기분을 한 번 경험해 봤다. 아가씨들과 함께 있으면서도 혼자라는 느낌이 들었었다. 그럴 때가 가장 외로운 법이다. 그러나 우린 함께 있을 때 외로운 적이 없었고 두려움도 느끼지 못했다. 밤은 낮과 다르다. 모든 것들이 다르다. 밤에 일어나는 일들을 낮에 설명한다는 것은 불가능하다. 낮에는 존재하지 않기 때문이다. 그리고 밤에 외로움이 시작되면 외로운 사람에게 밤은 끔찍한 시간일 수도 있다. 그러나 캐서린과 함께 있을 땐 밤이 오히려 훨씬 더 좋은 시간이라는 것 외엔 밤과 낮이 다를 바가 없다. 사람들에게 용기가 너무 많으면 세상은 그들을 부수기 위해 죽여야 한다. 세상은 당연히 그들을 죽인다. 세상은 한 사람, 한 사람을 부수고 그렇게 깨어진 곳에서 많은 사람들은 강해진다. 그러나 부서지지 않은 사람들은 죽인다. 세상은 정말 선한 사람들, 정말 점잖은 사람들, 정말 용기 있는 사람들을 공평하게 다 죽인다. 당신이 이런 사람들이 아니더라도 세상은 당신을 반드시 죽일 거다. 그러나 그렇게 서두르지는 않을 거다.

아침에 눈을 떴을 때 기억이 난다. 캐서린은 잠들어 있었고 햇살이 창을 통해 들어오고 있었다. 비는 그쳤고 나는 침대에서 나와 방을 가로질러 창가로 갔다. 창 아래로 지금은 횅하지만 잘 정돈되어 있는 정원, 자갈길, 나무, 호수 곁 돌담, 그리고 뒤쪽의 산을 배경으로 햇살을 받고 있는 호수가 있었다. 창가에 서서 밖을 내다보았다. 고개를 돌려봤더니 캐서린이 깨어서 나를 바라보고 있었다.

"안녕, 내 사랑?" 그녀가 말했다. "날씨 정말 좋지요?"

"기분이 어때?"

"아주 좋아요. 정말 좋은 밤이었어요."

"아침 먹겠소?"

그녀는 아침을 먹고 싶어 했다. 나도 그랬고. 우린 창으로 들어오는 11월의 햇살을 받으며 아침 쟁반을 무릎 위에 얹고 침대에서 아침을 먹었다.

"신문 필요하지 않으세요? 병원에서는 늘 신문을 읽으셨잖아요."

"아니," 내가 말했다. "이젠 신문이 필요 없어."

"전방 상황이 신문을 읽고 싶지 않을 정도로 나쁜가요?"

"읽고 싶지도 않아."

"당신과 함께 있었다면 좋았을 걸. 그러면 나도 상황을 알 텐데."

"내 머리에서 정리가 되면 당신한테 말해줄게."

"군복을 벗은 모습을 들키면 체포당하지 않을까요?"

"아마 총살 시키겠지."

"그러면 우리 이곳에 미물지 말아요. 이 나라를 떠나요."

"나도 그럴 생각이었소."

"우리 가요, 내 사랑, 어리석게 되는 대로 행동하면 안 돼요. 메스트레에서 밀라노까지는 어떻게 오셨는지 말해 주세요."

"기차로 왔소. 그땐 군복 차림이었지."

"위험하지 않았나요?"

"그다지. 좀 지난 이동 명령서가 있었어. 메스트레에서 날짜를 바꿨어."

"내 사랑, 여기서는 언제든 체포될 수 있어요. 그럴 수는 없어요. 체포되는 건 어리석은 짓이에요. 저들이 당신을 잡아가면 우린 어떻게 되나요?"

"그건 생각지 맙시다. 그런 생각은 진저리나도록 했어."

"저들이 당신을 잡으러 오면 당신은 어떻게 하실 건가요?"

"쏴 버리지."

"정말 어리석군요. 이곳을 떠나기 전에는 당신을 이 호텔에서 내보내지 않을 거예요."

"어디로 갈 건데?"

"그런 식으로 굴지 말아요, 제발, 내 사랑. 당신이 말하는 곳이면 어디든 갈 거예요. 제발 당장 떠날 곳 좀 찾아보세요."

"스위스가 이 호수 아래쪽이야. 그곳에 갈 수 있겠군."

"좋아요."

밖엔 구름이 끼어있었고 호수는 어두워져 갔다.

"범죄자처럼 살지 않아도 되면 좋겠지," 내가 말했다.

"내 사랑, 그러지 말아요. 범죄자처럼 산 지 얼마 되지 않았잖아요. 우린 범죄자처럼 살지 않을 거예요. 좋은 시간을 갖게 될 거예요."

"내가 범죄자처럼 느껴져. 탈영했거든."

"내 사랑, 정신 차리세요. 탈영이 아니에요. 이탈리아군이었을 뿐인데요."

나는 웃었다. "착한 아가씨, 침대로 갑시다. 침대 안에서는 기분이 좋아."

잠시 후 캐서린이 말했다. "범죄자 같은 기분 아니죠, 그렇죠?"

"아니오," 내가 말했다. "당신과 함께 있을 땐 그렇지 않아."

"바보 같은 사람," 그녀가 말했다. "제가 돌봐드릴게요. 내 사랑, 제 입덧이 가셨다는 게 근사하지 않아요?"

"근사하지."

"얼마나 좋은 아내를 두셨는지 제대로 알지 못하시는군요. 그래도 괜찮아요. 사람들이 당신을 체포하지 못하는 곳으로 당신을 데려갈 거예요. 거기서 우린 행복한 시간을 함께 할 거고요."

"지금 당장 그곳으로 갑시다."

"그래요, 내 사랑. 어디든 언제든 당신이 원하시면 가요."

"이제 아무것도 생각지 맙시다."

"좋아요."

35

캐서린은 호숫가를 따라 작은 호텔로 가서 퍼거슨을 만났다. 나는 바에 앉아서 신문을 읽었다. 편안한 가죽의자가 있어서 그곳에 앉아 바텐더가 들어올 때까지 신문을 읽었다. 이탈리아군이 탈리아멘토에서 버티지 못하고 피아베까지 밀려갔다. 피아베를 기억하고 있었다. 전방으로 이어지는 철로가 산도나 근처에서 그곳을 가로질러갔다. 피아베 강은 깊고 흐름이 완만하며 매우 협소한 곳이다. 그 아래로는 모기가 서식하는 늪지대와 운하가 있었다. 멋진 저택들도 있었다. 전쟁이 일어나기 전 언젠가 카르타 담페초로 올라가던 중 언덕에서 그곳을 따라 몇 시간 동안 걸었던 적이 있었다. 상류는 송어가 사는 곳처럼 보였다. 흐름이 빠르고 물길이 얕게 뻗어 있고 바위 그늘 밑에는 웅덩이가 있었다. 도로는 카다레에서 그 강으로부터 벗어났다. 상류에 있는 군대가 어떻게 내려올지 궁금했다. 바텐더가 들어왔다.

"그레피 백작이 안부 물으시던데요," 그가 말했다.

"누구라고요?"

"그레피 백작님이요. 예전에 여기 계시던 노인분 기억나시죠?"

"이곳에 계신가?"

"네, 조카분과 함께 계세요. 중위님이 오셨다고 말씀드렸거든요. 당구 한 판 하셨으면 하시던데."

"지금 어디 계신가요?"

"산책 중이세요."

"어떠세요?"

"예전보다도 더 젊게 사세요. 어제 저녁 식사 전에 샴페인 칵테일을 석 잔이나 드셨데요."

"당구실력은 어떠신가요?"

"좋으시죠. 저한테 이기세요. 중위님이 여기 계시다고 하니까 아주 좋아하시던데요. 여긴 당구 게임을 같이 할 만한 사람이 없거든요."

그레피 백작은 연세가 94세다. 메테르니히와 같은 시대에 살았고 백발에 콧수염을 기른 예의를 근사하게 갖추는 노인이었다. 오스트리아와 이탈리아에서 외교부 근무 경력이 있고 그분의 생신파티가 밀라노에서는 대단한 사회행사였다. 100세까지는 사실 거다. 94세 연세에 어울리는 불안정성과는 반대로 유연하고 부드럽게 당구를 치셨다. 예전에 이곳에 머물었을 때 휴가 동안 그분을 한 번 만난 적이 있었다. 당구를 치면서 샴페인을 마셨다. 아주 근사한 관습이라는 생각이 들었었다. 그는 100점 중 내게 15점을 미리 주고서도 나를 이겼다.

"그분이 이곳에 계시다는 말을 왜 진작 하지 않았소?"

"깜빡했습니다."

"또 누가 이곳에 머뭅니까?"

"선생님이 아시는 분은 없어요. 다해서 여섯 분이니까요."

"뭘 하고 지내십니까?"

"아무것도 하지 않습니다."

"낚시나 하러갑시다."

"한 시간은 빌 수 있어요."

"같이 갑시다. 견지 낚싯줄을 가져와요."

바텐더가 겉옷을 걸치고 나서 우리는 밖으로 나갔다. 아래로 내려가서 보트를 탔다. 바텐더가 고물에 앉아서 호수에 있는 송어를 낚기 위해 끝에 무거운 추를 단 스피너와 줄을 내리고 있는 동안 나는 노를 저었다. 호숫가를 따라 배를 저어 가면서 바텐더는 낚싯줄을 손으로 잡고 가끔씩 당겨줬다. 호수에서 보니 스트레사는 텅 비어 보였다. 나뭇잎이 다 떨어진 나무들이 줄지어 늘어서있고 큰 호텔들과 문이 닫힌 저택들이 있었다. 배를 저어 이솔라 벨라를 가로질러 암벽 쪽으로 가까이 갔다. 물길이 갑자기 가파르게 깊어졌다. 경사진 암벽이 깨끗한 호수로 내려왔다가 다시 경사져 올라 어부의 섬까지 닿아있었다. 해는 구름에 가려 있었고 물은 어둡고 부드럽고 매우 차가웠다. 뛰어오르는 물고기로 인해 물결에 파문이 이는 게 보였지만 잡지는 못했다.

어부의 섬 반대편으로 보트를 저어갔다. 보트 몇 대가 그곳에 정박하고 있었고 그물을 깁는 사람들도 있었다.

"한 잔 할까요?"

"좋아요."

나는 암석 부두에 보트를 대고 바텐더는 낚싯줄을 끌어들여서 보트 바닥 위에서 말고 스피너는 뱃전 모서리에 걸었다. 나는 내려서 보트를 묶었다. 작은 카페로 가서 빈 나무 테이블에 앉아 베르무트를 시켰다.

"노 젓는 데 지치셨어요? 갈 때는 제가 저을 게요," 그가 말했다.

"나는 노 젓는 게 좋습니다."

"선생님이 낚싯줄을 잡으면 운이 좋을 수도 있을 겁니다."

"그렇게 하지요."

"전쟁 얘기 좀 해주시죠."

"끔찍하죠."

"나는 전쟁에 나가지 않아도 됐어요. 나이가 너무 들었거든요. 그레피 백작님처럼."

"그래도 나가야할지도 모릅니다."

"내년이면 저 같은 사람도 부르겠죠. 하지만 나가지 않을 겁니다."

"뭘 하실 건데요?"

"이 나라를 떠날 거예요. 전쟁에는 가지 않으렵니다. 아비시니아에서 한 번 전쟁에 나간 적이 있어요. 그걸로 끝입니다. 왜 나가셨어요?"

"나도 모르겠습니다. 바보 같았지요."

"베르무트 한 잔 더 하시겠어요?"

"좋죠."

되돌아올 땐 바텐더가 노를 저었다. 우리는 스트레사 너머 호수로 훑고 올라가다가 호숫가에서 멀지 않은 곳으로 내려왔다. 나는 어두운 11월의 호수와 텅 빈 호숫가를 바라보면서 팽팽한 줄을 잡은 채 돌고 있는 스피너의 희미한 박동을 느꼈다. 바텐더가 서서히 노를 저어 보트가 앞으로 밀려갈 때마다 낚싯줄이 움직였다. 한 번 입질이 있었다. 줄이 갑자기 빡빡해지더니 뒤로 홱 젖혀졌다. 줄을 잡아당기면서 살아있는 송어의 무게를 느꼈는데 줄이 다시 한 번 출렁거렸다. 그 녀석을 놓쳤다.

"큰 놈 같던가요?"

"꽤 큰 놈이었소."

"한 번은 혼자 견인낚시를 하면서 줄을 이빨로 물고 있는데 어떤 녀석이 한 번 치고 지나가는데 입이 통째로 빠져나가는 줄 알았지요."

"다리에 감고 있는 게 제일 좋지요," 내가 말했다.

"그러면 느낌도 있으면서 이빨이 빠질 염려는 없겠군요."

손을 호수에 담갔다. 아주 찼다. 지금 우리는 호텔 정 반대편에 와 있었다.

"이제 들어가 봐야 합니다," 바텐더가 말했다. "11시까지 맞춰가야 하려면요. 칵테일 시간입니다."

"그러지요."

낚싯줄을 걷어 들여서 양 끝에 새김자국이 있는 나무막대에 감았다. 바텐더는 보트를 암벽 안쪽 움푹 들어간 곳에 넣고서 쇠사슬과 맹꽁이자물쇠로 잠갔다.

"원하신다면 언제든 열쇠를 드리겠습니다," 그가 말했다.

"고맙소."

호텔로 올라가 술 마시는 바로 들어갔다. 이른 오전에 술을 더 마시는 게 싫어서 나는 방으로 올라갔다. 청소부가 방금 청소를 끝낸 뒤였고 캐서린은 아직 돌아오지 않았다. 침대에 누워서 아무 생각도 하지 않으려고 애썼다.

캐서린이 돌아왔을 때는 기분이 다시 괜찮아졌다. 퍼거슨이 아래층에 있다고 말했다. 점심을 하려고 온 것이다.

"당신이 신경 쓰지 않을 거라 생각했어요," 캐서린이 말했다.

"신경 안 써," 내가 말했다.

"무슨 문제 있어요?"

"모르겠소."

"전 알겠는데요. 하실 일이 없어서 그래요. 저와 이곳을 떠나는 것 외에는."

"맞아."

"안됐어요, 내 사랑. 갑자기 할 일이 아무것도 없다는 건 끔찍할 거예요."

"늘 뭐가 많았는데 말이지," 내가 말했다. "이젠 당신이 나와 함께 있지 않으면 난 가진 것이 아무것도 없소."

"전 당신과 함께 있을 거예요. 겨우 두 시간 떨어져 있었는걸요. 당신이 할 수 있는 일이 뭐 없을까요?"

"바텐더와 낚시를 갔었소."

"재미없었어요?"

"재미있었소."

"제가 옆에 없을 때는 제 생각 하지 마세요."

"전방에서는 그렇게 했었지. 그래도 거기선 할 일이 있어서."

"할 일을 잃으신 오셀로이시군요," 그녀가 놀렸다.

"오셀로는 흑인이었지," 내가 말했다. "게다가, 난 질투하지 않아. 난 시 당신과 지독하게 사랑에 빠진 탓에 다른 것들이 다 시시한 거지."

"얌전하게 구시고 퍼거슨에게도 잘해 주실 거죠?"

"그 여자가 날 저주하지만 않으면 언제나 잘해 주겠는데."

"잘해 주세요. 우리가 얼마나 많은 걸 가졌는지 그리고 그 아이는 가진 게 아무것도 없다는 걸 생각하세요."

"우리가 가진 걸 그녀는 원하는 것 같지 않던데."

"그렇게 똑똑하시면서 왜 아는 게 없으실까, 내 사랑."

"그 여자한테 잘해 줄게."

"그러실 줄 알았어요. 당신은 배려심이 많은 분이에요."

"식사 후에도 여기 있지는 않겠지?"

"아니요, 제가 보낼 거예요."

"그러고 나서 우린 이곳으로 올라오고."

"당연하죠. 제가 뭘 하고 싶어 한다고 생각하세요?"

퍼거슨과 함께 점심을 먹으러 아래층으로 내려갔다. 호텔과 식당의 화려함이 그녀에게 강한 인상을 준 것 같다. 흰 카프리 두 병을 곁들인 훌륭한 점심식사를 했다. 그레피 백작이 식당에 들어오더니 우리에게 인사를 했다. 나는 캐서린과 퍼거슨에게 그분에 대해 말해줬고 퍼거슨은 큰 감동을 받았다. 호텔은 크고 웅장하고 텅 비어있었지만 음식은 훌륭했다. 포도주도 좋았고 우리 모두를 기분 좋게 만들어줬다. 캐서린은 기분이 더할 나위 없이 좋았다. 점심식사를 한 후 퍼거슨은 자기가 묵고 있는 호텔로 돌아갔다. 점심을 먹었으니 좀 누워있을 거라고 그녀가 말했다.

오후 늦게 방문 두드리는 소리가 났다.

"누구세요?"

"그레피 백작께서 혹시 당구 게임을 하실 수 있는지 알고 싶어 하시네요."

시계를 봤다. 시계를 풀러놨었다. 베개 밑에 있었다.

"가봐야 해요, 내 사랑?" 캐서린이 속삭였다.

"그러는 편이 낫겠소." 4시 15분이었다. "그레피 백작께 5시에 당구실에서 뵙자고 전해줘요." 큰 소리로 내가 말했다.

5시 15분 전에 캐서린에게 입 맞추고 옷을 입기 위해 욕실로 들어갔다. 타이를 매고 거울을 들여다보았더니 사복 차림의 내 모습이 낯설어 보였다. 셔츠와 양말 사는 것을 잊지 말아야 한다.

"오래 걸려요?" 캐서린이 물었다. 침대 안에 있는 그녀의 모습이 사랑스러웠다. "머리 솔 좀 주시겠어요?"

그녀가 머리카락을 모두 한쪽으로 쏠리도록 한 채 머리를 빗어 내리는 모습을 바라봤다. 밖은 어두웠고 침대 머리 위 조명이 그녀의 머리카락과 목덜미와 어깨 위에 내리비쳤다. 그녀에게 입 맞추고 빗을 들고 있는 그녀의 손을 잡고 머리를 뒤로 젖혀 베개에 기대게 했다. 그녀의 목과 어깨에 입을 맞췄다. 그녀를 너무 사랑해서 정신이 혼미했다.

"가고 싶지 않군."

"가지 않으면 좋겠어요."

"그럼 안 가려오."

"아니에요, 가세요. 잠시 후면 돌아오실 텐데요."

"우리 여기서 저녁 먹읍시다."

"서둘러서 돌아오세요."

그레피 백작은 당구실에 있었다. 스트로크 연습을 하고 있는 그의 모습은 당구 테이블 위 조명 아래서 매우 유약해 보였다. 조명에서 조금 떨어진 카드테이블 위에는 은으로 만든 얼음 통이 있었고 얼음 위로 샴페인 병마개와 병목 두 개가 나와 있었다. 테이블 쪽으로 다가가니 그레피 백작이 허리를 세우고 내게로 걸어왔다. 그는 손을 내밀면서 "자네가 이곳에 있다니 이렇게 즐거울 수가 없군. 친절하게도 게임도 함께 해준다고 하고,"라고 말했다.

"청해 주셔서 감사합니다."

"완쾌가 되셨나? 이손초에서 부상당했다는 말을 들었는데. 좋아지시길 바라네."

"아주 좋습니다. 그동안 안녕하셨는지요?"

"아, 난 항상 좋지. 나이는 들고 있지만. 나이 먹는 표가 보인다네."

"그럴 리가요."

"그렇다네. 알려줄까? 이탈리아어로 말하는 게 더 수월하다네. 스스로 훈련을 했어도 피곤할 땐 이탈리아어가 훨씬 더 수월해. 나이가 들고 있다는 증거지."

"이탈리아어로 하시죠. 저도 조금 피곤합니다."

"아, 그렇지만 피곤할 땐 자넨 영어가 더 쉽지."

"미국어입니다."

"그래, 미국어. 자넨 미국어를 해주게나. 기분 좋은 언어거든."

"미국인들은 거의 만나보질 못했습니다."

"그립겠구먼. 동포가 그리워지는 법이지. 특히 여자들이. 나도 그런 경험이 있네. 게임할까? 자네 너무 피곤한가?"

"그렇게 피곤하진 않습니다. 농담한 겁니다. 핸디캡을 얼마나 주시겠습니까?"

"그동안 많이 쳐봤나?"

"전혀 못했습니다."

"자넨 꽤 잘 치던데. 100점 중 10점 주면 어떤가?"

"과대평가이십니다."

"15점은?"

"그 정도면 좋습니다만, 저를 이기시겠죠."

"내기를 걸까? 자넨 늘 내기를 좋아했으니."

"그러는 편이 낫겠는데요."

"좋아, 내 18점 주지. 그리고 1점당 1프랑일세."

그는 당구를 멋지게 쳤다. 그 핸디캡을 받고도 50점까지 났을 때 난 겨우 4점 앞서갔다. 그레피 백작은 벽에 있는 단추를 눌러 바텐더를 불렀다.

"한 병 따보게," 그가 말했다. 그리곤 나에게 "자극제가 조금 필요한 것 같네."라고 했다. 포도주는 얼음처럼 차갑고 아주 건조하고 맛이 좋았다.

"우리 이탈리아어로 할까? 개의치 않겠지? 이게 요즘 내 약점일세."

우리는 당구를 치는 사이사이 포도주를 마시며, 게임에 집중
하느라 말은 별로 하시 않았지만 이딜리아이로 이야기를 허면서
게임을 계속했다. 그레피 백작이 먼저 100점을 냈고 핸디캡을 받
고도 내가 낸 점수는 겨우 94점이었다. 그가 웃으며 내 어깨를 두
드렸다.

"또 한 병 마시자고. 전쟁 이야기나 좀 해주게."

그는 내가 앉기를 기다리고 있었다.

"전쟁 말고 다른 거면 어떠시겠습니까?" 내가 말했다.

"전쟁 얘기가 싫구먼. 좋아. 요즘 무슨 책을 읽나?"

"읽는 것이 없습니다," 내가 말했다. "제가 멍청해 보입니다."

"말도 안 되는 소리. 그래도 책은 읽어야지."

"전시에 나온 책이 어떤 것들이 있습니까?"

"프랑스인 바르뷔스가 쓴《포화》가 있지.《브리틀링은 훤히 꿰
뚫고 있지》도 있고."

"글쎄요, 그렇지 못한 것 같은데요."

"뭐가?"

"꿰뚫어보지 못했다는 말씀입니다. 그 책들이 병원에 있었습
니다."

"그러면 책을 읽었구먼?"

"네, 별반 괜찮은 건 없었습니다만."

"난《브리틀링》이 영국 중간 계층의 영혼에 대해 알 수 있는 좋
은 연구라고 생각했네."

"전 영혼 같은 건 잘 모릅니다."

"저런. 영혼에 대해 아는 사람은 없지. 자네 신자인가?"

"밤에는요."

그레피 백작은 웃으면서 와인 잔을 손으로 돌렸다. "내가 나이를 먹어가면서 더 헌신적인 신자가 될까 기대했는데 그렇지 못했네," 그가 말했다. "상당히 애석한 일이지."

"돌아가신 후에도 살고 싶으세요?" 이렇게 물어본 후 난 즉시 죽음을 얘기한 것이 바보 같다는 생각이 들었다. 그런데 그는 그 단어에 괘념치 않았다.

"삶에 달렸겠지. 삶이란 꽤 유쾌하네. 영원히 살고 싶지." 그가 웃음을 지었다. "거의 그렇게 산 셈이지."

우리는 깊숙한 가죽의자에 앉아 있었다. 얼음 통엔 샴페인을, 둘 사이엔 술잔을 놓고서.

"자네가 나처럼 오래 살다보면 많은 것들이 낯설다는 걸 알게 될걸세."

"연세 들어 보이지 않으십니다."

"늙는 건 몸이지. 때론 분필을 부러뜨리듯이 내 손가락을 부러뜨릴까봐 겁이 나기도 한다네. 그런데 정신은 전혀 나이를 먹지 않아. 더 지혜로워 지지도 않고."

"백작님은 현명하세요."

"아니, 그게 대단한 오류일세. 노인의 지혜라는 거. 그들은 지혜로워지지 않아. 조심성이 느는 것뿐이야."

"아마 그게 지혜겠죠."

"아주 매력 없는 지혜일세. 자네는 무얼 가장 가치 있게 여기는가?"

"사랑하는 사람입니다."

"나도 같다네. 그건 지혜가 아닐세. 인생에 가치를 두는가?"

"네."

"나도 그렇다네. 내가 소유한 전부니까. 그리고 생일잔치도." 그가 웃었다. "자네가 나보다 더 지혜로울 거야. 자넨 생일잔치 같은 건 하지 않으니까."

우리는 모두 와인을 마셨다.

"전쟁에 대해서 어떻게 생각하십니까?" 내가 물었다.

"어리석은 짓이라고 생각하지."

"어느 쪽이 이길까요?"

"이탈리아."

"어째서죠?"

"더 젊은 나라니까."

"젊은 나라는 늘 전쟁에 이깁니까?"

"한동안은 그러기가 쉽지."

"그러고 나면 어떤 일이 일어납니까?"

"늙은 나라가 된다네."

"지혜롭지 못하다고 말씀하셨는데요."

"이보게나, 이건 지혜가 아닐세. 냉소주의지."

"제겐 매우 현명하게 들립니다."

"특별할 거는 없네. 반대되는 예를 들어줄 수도 있었네만 이 이야기도 나쁘지는 않군. 샴페인 다 마셨나?"

"거의 다 마셨습니다."

"좀 더 마실까? 그러고 나서 옷을 갈아입어야겠군."

"지금은 그만 마시는 게 좋을 것 같습니다."

"자네도 그만 마시기를 바라는 거지?"

"네." 그가 일어났다.

"자네에게 행운이 따르고 행복하길. 진정, 진정으로 행복하길 바라네."

"감사합니다. 오래 오래 사시길 바랍니다."

"고맙네. 영원히 산거지. 자네가 더 경건해지면 내가 죽었을 때 날 위해 기도해 주게. 여러 친구들에게 같은 부탁을 했다네. 난 내가 신자가 되길 바랐지만 그렇게는 안 됐군." 그가 슬픈 미소를 지었다는 생각이 들었지만 확실치는 않았다. 나이가 너무 많아서 얼굴에 주름이 매우 많았다. 웃을 때 주름이 많이 져서 명암구분이 어려웠다.

"저도 신자가 될 수 있겠죠," 내가 말했다. "어찌되든 간에 기도해 드리겠습니다."

"늘 신자가 되길 바라 왔는데. 가족들이 모두 헌신적인 신자로 죽었거든. 그런데도 그런 일이 내겐 일어나지 않았네."

"아직은 너무 이른데요."

"아아, 너무 늦었을 지도. 내 종교적 감정보다 내가 더 오래 산 것 같으이."

"제 신앙은 밤에만 찾아옵니다."

"그러면 자네는 사랑을 하고 있는 걸세. 그게 종교적 감정이라는 걸 잊지 말게나."

"그렇게 생각하세요?"

"물론." 그가 테이블을 향해 한 걸음 옮겼다. "같이 게임해 줘서 아주 감사허이."

"무척 즐거웠습니다."

"같이 올라가세."

36

그날 밤 폭풍이 몰아쳤고 잠에서 깬 나는 비가 창을 때려대는 소리를 들었다. 열린 창문 안으로 비가 들이쳤다. 누군가가 방문을 두드렸다. 나는 캐서린을 깨우고 싶지 않아 아주 조용히 문으로 가서 열었다. 바텐더가 서 있었다. 그는 오버코트를 입고 젖은 모자를 들고 있었다.

"말씀 좀 드려도 될까요, 중위님?"

"무슨 일이요?"

"아주 심각한 일입니다."

주변을 둘러보았다. 방은 어두웠다. 창으로 들어온 물이 바닥에 흥건한 게 눈에 들어왔다. "들어오시오," 내가 말했다. 그의 팔을 끌고 욕실로 들어갔다. 문을 잠그고서 불을 켰다. 욕조 가장자리에 걸터앉았다.

"무슨 일이요, 에밀리오? 당신에게 문제가 생겼소?"

"아니요, 중위님한테요."

"나한테요?"

"아침에 중위님을 체포하러 온답니다."

"그래?"

"말씀 드리려고 왔습니다. 마을에 갔다가 카페에서 하는 얘기를 들었어요."

"알겠소."

그는 그곳에 서 있었다. 젖은 코트를 입고 젖은 모자를 들고 아무 말도 하지 않은 채.

"왜 날 체포하려고 한답니까?"

"전쟁과 관련된 거라고."

"뭔지 알아요?"

"아니요. 중위님이 예전에 군인 신분으로 이곳에 있다가 지금은 군복을 벗은 상태라는 걸 그들이 알고 있습니다. 퇴각 후로 모조리 잡아들이고 있답니다."

난 잠시 생각을 했다.

"몇 시에 잡으러 온답니까?"

"아침에요. 시간은 모릅니다."

"어떻게 해야 하지?"

그가 세면대에 모자를 넣었다. 너무 젖어서 바닥에 계속 물이 떨어졌었다.

"두려울 게 없으시다면 체포야 별 거 아니죠. 그래도 체포당한다는 건 좋은 일은 아니죠. 특히 요즘 같은 때엔."

"난 잡히기 싫어요."

"그럼 스위스로 가세요."

"어떻게?"

"제 보트를 타세요."

"폭풍이 부는데," 내가 말했다.

"폭풍은 그쳤습니다. 힘들기는 하겠지만 안전해질 겁니다."

"언제 가야 할까요?"

"당장이요. 아침 일찍 잡으러 올 테니까요."

"우리 짐은?"

"짐을 싸세요. 부인도 옷을 차려 입으시고. 짐은 제가 맡고 있겠습니다."

"당신은 어디에 있을 겁니까?"

"여기서 기다리고 있겠습니다. 제가 복도에 있는 모습을 누가 보면 안 되니까요."

나는 문을 닫고 침실로 들어갔다. 캐서린이 깨어 있었다.

"무슨 일이에요, 내 사랑?"

"괜찮소, 캣," 내가 말했다. "지금 옷을 갈아입고 스위스로 가는 보트에 탈 수 있겠소?"

"그러길 원하시죠?"

"아니, 내가 원하는 건 다시 침대로 가는 거요."

"무슨 일이에요?"

"바텐더가 그러는데 아침에 사람들이 날 잡으러 온대요."

"그 바텐더가 미쳤대요?"

"아니."

"그럼, 서둘러요, 내 사랑. 옷을 입으세요. 떠나게."

그녀는 침대 한쪽에 일어나 앉았다. 여전히 졸려 보였다.

"욕실에 있는 사람이 바텐더예요?"

"그렇소."

"그럼 씻는 건 생략할게요. 저쪽을 보세요, 내 사랑, 금방 갈아

입을게요."

잠옷을 벗은 그녀의 하얀 등이 보였다. 그리고 그녀가 원하기에 다른 쪽으로 고개를 돌렸다. 뱃속에 아기가 있어 몸이 불기 시작했고 그런 모습을 내게 보이기 싫어했다. 창을 때리는 빗소리를 들으며 나도 옷을 입었다. 챙길 짐이 별로 없었다.

"내 가방에 여유가 많소. 넣을 데가 필요하면, 캣."

"거의 다 쌌어요," 그녀가 말했다. "내 사랑, 바보같이 들리겠지만, 그런데 왜 바텐더가 욕실에 있는 거예요……"

"……우리 가방을 아래층으로 내려다 주려고 기다리고 있는 거요."

"정말 좋은 분이군요."

"오랜 친구지," 내가 말했다. "파이프-담배를 보내줄 뻔했었는데."

어두운 밤으로 열린 창을 내다보았다. 호수가 보이지 않았다. 어둠과 비만 보였지만 바람은 조금 잦아들었다.

"준비 됐어요, 내 사랑," 캐서린이 말했다.

"좋아." 나는 욕실 문을 향해 갔다. "여기 가방 있어요, 에밀리오," 내가 말했다. 바텐더가 가방 두 개를 받아들었다.

"도와주셔서 정말 감사해요," 캐서린이 말했다.

"별말씀을요, 부인," 바텐더가 말했다. "도와드려서 제가 기쁩니다. 그래야 저도 문제가 생기지 않거든요, 있잖아요," 그가 내게 말했다. "제가 가방을 하인용 계단으로 내려서 보트에 갖다 두겠습니다. 산책 가는 것처럼 그냥 나오세요."

"이런 밤에 산책이라니요," 캐서린이 말했다.

"험한 밤이지."

"우산이 있어서 다행이에요," 캐서린이 말했다.

우리는 복도를 내려와서 카펫이 두껍게 깔린 넓은 계단을 내려왔다. 계단 아래 문 옆 책상 뒤에 수위가 앉아 있었다.

우리를 보고는 놀라는 표정이었다.

"나가시는 건 아니시죠, 선생님?" 그가 말했다.

"나가는 거요," 내가 말했다. "호숫가에서 폭풍을 좀 보려고."

"우산은 있으세요, 선생님?"

"아니," 내가 말했다. "코트가 물을 먹지 않아서."

그는 의심스럽다는 듯이 코트를 쳐다봤다. "우산 하나 갖다 드리겠습니다, 선생님," 그가 말했다. 들어가더니 큰 우산 하나를 들고 나왔다. "좀 큽니다만, 선생님," 그가 말했다. 그에게 10리라 지폐를 하나 주었다. "아이고 감사합니다, 선생님. 대단히 감사합니다," 그가 말했다. 그는 문을 열어 잡아 주었고 우리는 빗속으로 나갔다. 그는 캐서린을 향해 웃음을 지었고 캐서린도 그를 보며 미소를 지었다. "폭풍 속에 오래 계시지 마세요," 그가 말했다. "젖으실 겁니다, 선생님, 부인." 그는 보조 수위였는데 그가 하는 영어는 직역 정도의 수준이었다.

"돌아 올 거요," 내가 말했다. 큰 우산을 쓰고 좁은 길을 내려와 비에 젖은 어두운 정원을 통과해 도로로 나갔다. 도로를 건너 호숫가를 따라 격자 울타리 길로 갔다. 지금은 바람이 호수 쪽을 향해 불었다. 차갑고 축축한 11월의 바람이었다. 산에는 눈이 내리고 있을 거다. 우리는 방파제를 따라 쇠사슬로 묶여있는 보트들을 지나

바텐더 소유의 보트가 있는 곳으로 갔다. 호수는 바위가 비쳐 어두 웠다. 바텐더가 나무들이 줄지어있는 곳 옆에서 나왔다.

"가방은 보트에 있습니다," 그가 말했다.

"보트 값을 치루고 싶소," 내가 말했다.

"얼마나 있으세요?"

"많지는 않소."

"돈은 나중에 보내주세요. 그게 나을 겁니다."

"얼마나?"

"원하시는 대로."

"금액을 말해 주시오."

"무사히 도착하시면 500프랑 보내주세요. 빠져 나가시면 그 정 도는 괜찮겠지요?"

"좋소."

"여기 샌드위치 좀 쌌습니다." 그가 꾸러미 하나를 내게 건넸 다. "바에 있던 거 모두 다 가져왔습니다. 다 넣었어요. 브랜디 한 병과 와인 한 병이에요." 나는 그것을 내 가방에 넣었다. "이것도 값을 지불하겠소."

"좋습니다. 50리라 주세요."

그에게 돈을 건넸다. "브랜디는 좋은 겁니다," 그가 말했다. "부 인께 드리셔도 될 겁니다. 부인께서도 보트에 타시죠." 암벽에 부 딪혀 출렁이는 보트를 그가 붙들고 있었다. 나는 캐서린을 도와 보 트에 태웠다. 그녀는 뱃머리에 앉아서 망토로 몸을 감쌌다.

"어디로 가는지는 아시죠?"

"호수 위쪽으로."

"얼마나 가야하는지도 아시죠?"

"루이노를 지나가야지."

"루이노, 카네로, 카노비오, 트란차노를 지나셔야 합니다. 브리사고까지는 가셔야 스위스에 들어가신 겁니다. 타마로 산을 지나가셔야 해요."

"몇 시에요?" 캐서린이 물었다.

"11시밖에 안 됐소," 내가 말했다.

"계속 가시면 아침 7시면 그곳에 도착하실 겁니다."

"그렇게 멀어요?"

"35km입니다."

"어떻게 가죠? 이런 빗속에서는 나침반이 필요한데."

"괜찮습니다. 이솔라 벨라까지는 노를 저어 가세요. 이솔라 마드레 반대편으로 바람을 타고 가세요. 바람 방향대로 가면 팔란차까지 가실 겁니다. 그러면 불빛이 보일거구요. 그때 해변으로 올라가세요."

"바람 방향이 바뀔 수도 있잖소."

"안 그럴 겁니다," 그가 말했다. "앞으로 3주간은 이 방향으로 불겁니다. 마타로네에서 곧바로 불어오고 있어요. 물을 퍼낼 깡통도 하나 넣어두었습니다."

"보트 값을 지금 지불하겠소."

"아닙니다. 제가 모험을 좀 할 겁니다. 잘 빠져 나가시고 주실수 있는 만큼 주세요."

"좋소."

"물에 빠시는 일은 없을 깁니다."

"좋소."

"바람을 타고 호수를 올라가세요."

"알았소." 나는 보트에 탔다.

"호텔비는 놓고 오셨나요?"

"그렇소. 봉투 안에 넣어서 방에 두었소."

"잘하셨네요. 행운을 빕니다, 중위님."

"나도 행운을 비오. 정말 감사하오."

"호수에 빠지시기라도 하면 감사하지 않으실 텐데요."

"뭐라고 하시는 거예요?" 캐서린이 물었다.

"행운을 빈다고."

"행운을 빌어요," 캐서린이 말했다. "정말 감사드려요."

"준비 되셨나요?"

"그렇소."

그가 몸을 숙여 보트를 밀었다. 나는 노로 물을 파면서 한 손은 그를 향해 흔들었다. 그는 뜬금없다는 듯이 손을 흔들었다. 호텔 불빛을 보면서 노를 저어갔다. 그 불빛이 보이지 않을 때까지 곧장 노를 저어갔다. 호수가 꽤 출렁거렸지만 우리는 바람을 타고 가고 있었다.

37

어둠 속에서 얼굴에 바람을 맞으며 계속 노를 저었다. 비는 그쳤지만 가끔씩 몰아서 내리곤 했다. 무척 어두웠으며 바람이 차가왔다. 뱃머리에 앉은 캐서린은 보이는데 물속으로 들어가는 노는 보이질 않았다. 노는 길고 미끄럼을 방지해줄 가죽 테두리가 없었다. 끌어당겨 올리고 몸을 앞으로 기울여 수면을 보면서 물속으로 담갔다가 끌어당기면서 가능한 쉽게 노를 저어갔다. 바람이 순풍이어서 노를 수평으로 젓지는 않았다. 손에 물집이 잡히리라 생각했기 때문에 가능한 한 그 시기를 늦추고 싶었다. 보트가 가벼워서 쉽게 노를 저을 수 있었다. 어두운 호수 가운데로 보트를 끌고 갔다. 보이지는 않았지만 곧 팔란차 맞은편에 닿으리라 희망했다.

팔란차를 본 적이 없었다. 호수에 바람이 불었고 어둠 속에 가려 보이지 않아서 팔란차를 지나쳤다. 불빛이 전혀 보이지 않았다. 호수 저 위쪽, 호숫가 가까운 곳에서 마침내 불빛을 보았을 땐 그곳은 인트라였다. 오랜 시간 불빛도 보지 못하고 호숫가도 보지 못한 채 어둠 속에서 물결을 타면서 꾸준히 노를 저었다. 배가 물결에 출렁거리면서 뜰 때면 가끔 노를 헛 저을 때도 있었다. 무척 힘들었다. 그래도 계속해서 노를 저었고 그러다 갑자기 솟아오른 듯한 암벽과 연결된 호숫가에 가까이 와 있었다. 물결이 암벽을 치면서 높이 솟아올랐다가 떨어졌다. 오른 쪽 노는 힘껏 잡아당기면서 왼 쪽 노로는 물을 밀어댔다. 다시 호수로 밀려갔다. 암벽이 시야에서 사라졌다. 우리는 계속 호수를 올라가고 있었다.

"호수를 건너왔소," 내가 캐서린에게 말했다.

"팔란차를 봐야 되는 거 아니었나요?"

"놓쳐버렸소."

"괜찮으세요, 내 사랑?"

"괜찮소."

"잠시 제가 노를 저어도 되는데요."

"아니오. 난 괜찮아."

"가여운 퍼거슨," 캐서린이 말했다. "아침에 호텔에 올 텐데, 우리가 떠난 걸 알게 되겠죠."

"그건 그다지 걱정이 되지 않는데," 내가 말했다. "날이 밝기 전에 세관 경비병들이 우릴 보기 전에 스위스 호수에 닿는 게 걱정이지."

"먼가요?"

"여기서부터 30km요."

밤새 노를 저었다. 결국 손이 너무 아파서 노를 꽉 쥘 수 없을 정도였다. 여러 번 호숫가에 부딪힐 뻔도 했다. 호숫가 가까이 붙여서 나아갔는데 호수 위에서 길을 잃고 시간을 낭비할까 두려워서였다. 때론 너무 가까워서 줄지어선 나무들과 산들을 배경으로 호숫가를 따라 난 도로가 보였다. 비는 그쳤다. 바람이 구름을 몰아내서 달이 구름사이로 비쳤다. 뒤를 돌아보니 카스타놀라의 길고 어두운 곳과 흰 물결의 호수와 그 너머 높은 만년설봉에 내리

비춰는 달이 보였다. 그러자 구름이 다시 달을 가리고 산과 호수는 간곳이 없었다. 그래도 그 이전보다는 훨씬 더 밝아져서 호숫가가 보였다. 너무 뚜렷하게 보여서 팔란차 도로에 세관 경비가 있을 경우 그가 우리를 볼 수 없는 곳에다 보트를 댔다. 달이 다시 모습을 드러냈을 때 산기슭에 있는 호숫가 흰 저택들이 보였고 나무들 사이로 희끗거리는 흰 도로가 보였다. 그러는 내내 나는 노를 저었다. 넓어진 호수를 가로질러 건너편 산 밑둥 호숫가에 불빛이 몇 개 보였다. 루이노일 것이다. 건너편 호숫가 산들 사이에 쐐기 모양의 틈이 보였다. 루이노가 틀림없다고 생각했다. 그렇다면 시간을 꽤 잘 맞춘 거다. 노를 거둬들이고 앉은 자리에서 뒤로 누웠다. 노를 젓느라 말할 수 없이 지쳤다.

팔과 어깨, 등이 쑤셨고 손이 아팠다.

"제가 우산을 들고 있을 게요," 캐서린이 말했다. "우산과 바람의 힘으로 앞으로 갈 수 있을 거예요."

"노를 저을 수 있겠소?"

"그럴 거예요."

"이 노를 받아서 팔 밑에 끼고 보트에 바짝 붙여 잡고 저어 봐요. 내가 우산을 들어줄게." 나는 뱃머리 쪽으로 가서 어떻게 노를 잡는 건지 보여줬다. 수위가 준 큰 우산을 받아서 뱃머리를 마주보고 앉아 우산을 폈다. 짤깍 소리를 내면서 펴졌다. 다리를 쩍 벌리고 앉아서 손잡이를 자리에 건 채로 양쪽 날개 끝을 잡았다. 바람이 우산 안에 팽팽했고, 있는 힘껏 양쪽 가장자리를 잡고 있는 동안 배가 앞쪽으로 빨려가는 느낌이 들었다. 힘차게 밀려갔다. 보트는 빠르게 움직였다.

"질 가고 있어요," 캐서린이 말했다. 보이는 건 우산살밖에 없었다. 우산이 팽팽해지면서 밀려갔다. 우산하고 같이 밀려가는 기분이었다. 두 발로 버티면서 밀리지 않으려 꽉 붙잡고 있는데 갑자기 우산이 휘었다. 우산살이 꺾여 이마를 때렸다. 바람에 구부러진 우산 끝을 잡으려고 했다. 그러자 우산이 모두 다 휘어져 뒤집혔다. 바람을 가득 안고 밀려가던 돛을 잡고 있던 그 자리에서 나는 뒤집혀져 찢긴 우산의 손잡이를 타고 앉았다. 우산 손잡이를 자리에서 풀어내고 우산을 고물 안에 두고 노를 잡으러 캐서린 쪽으로 갔다. 그녀는 웃었다. 내 손을 잡고서 계속 웃었다.

"왜 그래?" 나는 노를 잡았다.

"우산을 붙들고 있는 당신 모습이 재미있었어요."

"그랬겠지."

"언짢아하지 말아요, 내 사랑. 정말 재미있었어요. 몸집이 20피트는 됨직 하게 넓어보였고요, 우산 양끝을 잡고 있는 모습이 아주 사랑스러웠어요." 그녀는 숨이 넘어갈 지경이었다.

"내가 젓겠소."

"잠시 쉬면서 한잔하세요. 근사한 밤이잖아요. 우린 먼 길을 왔고요."

"배가 요동치는 물결에 걸리지 않게 해야 해요."

"마실 것 좀 갖다 드릴 게요. 조금만 쉬세요, 내 사랑."

나는 노를 높게 잡고 배를 저어갔다. 캐서린이 가방을 열고 브랜디 병을 내게 건넸다. 주머니용 칼로 코르크를 따고 길게 한 모금 마셨다. 부드러우면서 뜨뜻했다. 열기가 온 몸에 흐르더니 몸이 따뜻해졌고 기분이 좋았다.

"좋은 브랜디군," 내가 말했다. 달이 다시 구름에 가렸지만 호숫가를 볼 수는 있었다. 저 앞 호수 안으로 길게 늘어진 또 다른 곶처럼 생긴 곳이 보였다.

"당신은 몸이 따뜻하오, 캣?"

"아주 좋아요. 조금 뻣뻣하긴 하지만."

"물을 퍼내요, 그럼 발을 내려놓을 수 있을 거요."

노를 저으며 노걸이 소리, 노가 물에 잠기는 소리, 그리고 배 후미 쪽에서 물을 퍼내는 양철통이 긁히는 소리를 들었다.

"그 통 좀 주겠소?" 내가 말했다. "물을 마시고 싶어."

"굉장히 더러워요."

"괜찮소. 헹구면 되니까."

뱃전 너머로 캐서린이 통을 헹구는 소리가 들렸다. 그러더니 물을 가득 담아 나에게 건네줬다. 브랜디를 마신 후라 목이 말랐다. 물은 얼음처럼 찼다. 너무 차가워서 이가 시릴 정도였다. 호숫가 쪽을 바라봤다. 긴 곶에 더 가까워졌다. 앞쪽 내포에 불빛이 있었다.

"고맙소,"라고 말하고는 양철통을 건네줬다.

"천만의 말씀," 캐서린이 말했다. "물은 아직 많으니 언제든 드세요."

"뭘 좀 먹어야 되지 않겠소?"

"아니에요. 조금 있으면 배가 고파질 거예요. 그때까지 아껴야죠."

앞쪽에 기다란 곶처럼 보이던 것은 육지가 길고 높게 뻗어 나온 부분이었다. 그곳을 지나갔다. 호수는 이제 훨씬 더 좁아졌다. 달이 다시 나왔고 세관 경비병이 지켜보고 있었다면 우리가 탄 보트가 검게 물 위에 떠있는 것을 보았을 거다.

"당신 괜찮소, 캣?" 내가 물었다.

"괜찮아요. 여기가 어디예요?"

"8마일 좀 못되게 남은 것 같소."

"갈 길이 멀군요. 가여운 내 사랑. 죽진 않았죠?"

"아니. 멀쩡해. 손만 쓰라리지."

호수를 올라갔다. 오른쪽 기슭의 산들 사이로 빈 공간이 있었다. 낮은 해안선과 더불어 평지가 뻗어있는 게 카노비오일 거라는 생각이 들었다. 지금부터가 경비병과 마주칠 위험이 심한 곳이기 때문에 멀찌감치 떨어져서 갔다. 멀리 앞쪽으로 반대편 호숫가에는 둥근 모자를 쓴 것 같은 높은 산이 있었다. 나는 지쳤다. 노를 저어오기에 먼 거리는 아니었지만 몸이 좋지 않으니 아주 멀리 온 느낌이었다. 스위스 수역으로 들어가려면 저 산을 지나 적어도 5마일은 더 올라가야 할 거다. 달은 거의 졌다. 달이 지기 전에 하늘에 다시 구름이 끼어서 아주 깜깜했다. 얼마간 노를 저어 호수 깊은 곳으로 들어갔다. 노를 붙들고 앉아서 쉬고 있는데 바람이 불어와 노에 부딪혔다.

"제가 잠시 저을 게요," 캐서린이 말했다.

"당신은 노를 저으면 안 돼."

"말도 안 되는 소리. 제게 좋을 거예요. 몸이 경직되는 것도 막아줄 거고."

"당신이 할 일이 아니야, 캣."

"말도 안 돼요. 살살 노를 젓는 게 임산부에게 무척 좋답니다."

"좋소, 그럼 살살 젓도록 해요. 내가 뒤쪽으로 갈게. 당신이 이리로 와요. 이리 올 때는 뱃전을 꼭 붙들고."

나는 겉옷을 입고 깃을 세운 채 선미에 앉아서 캐서린이 노를 젓는 모습을 바라봤다. 꽤 잘 젓긴 했지만 노가 너무 길어서 불편해 보였다. 가방을 열어 샌드위치 두 개를 먹고 브랜디도 한 잔 마셨다. 그랬더니 모든 게 훨씬 더 나아졌다. 한 잔 더 마셨다.

"피곤하면 말해요." 그리고 잠시 후에 내가 말했다. "노가 당신 배를 치지 않도록 조심하고."

"만약 그런다면······" 노를 젓는 도중에 캐서린이 말했다. "삶이 더 단순해질 텐데."

브랜디 한 잔을 더 마셨다.

"어때?"

"좋아요."

"그만두고 싶으면 말해요."

"그럴 게요." 브랜디 한 잔을 더 마시고 뱃전을 붙잡고 앞으로 갔다.

"아니에요, 저 잘하고 있어요."

"선미로 가요. 잘 쉬었소."

잠시 동안 브랜디 기운 덕에 꾸준히 수월하게 노를 저었다. 그러다 노를 헛 젓기 시작했다. 브랜디를 마신 후에 너무 심하게 노를 저어서 신트림이 올라왔고 노를 물속에 박기만 할 뿐 변변히 앞으로 나가지는 못했다.

"물 한 잔 주시오. 줄 수 있겠소?" 내가 말했다.

"그럼요." 캐서린이 말했다.

동이 트기 전 이슬비가 뿌리기 시작했다. 바람이 잦아들었거나 아니면 호수의 만곡부를 따라 병풍처럼 자리 잡은 산자락이 바람으로부터 우리를 보호해주었다. 날이 밝기 시작할 거라는 생각이 들자 나는 제대로 자리를 잡고 앉아서 힘차게 노를 젓기 시작했다. 우리가 있는 곳이 어디인지는 몰랐지만 스위스령으로 들어가고 싶었다. 날이 밝기 시작할 때 우리는 호숫가에 꽤 가까이 다가가 있었다. 바위가 많은 호반과 나무들이 보였다.

"저게 뭐죠?" 캐서린이 말했다. 나는 노에 기댄 채 귀를 기울여 들었다.

호수를 가로질러 오는 모터보트 소리였다. 나는 보트를 물가에 바짝 대고서 소리를 죽이고 있었다. 모터보트 소리가 가까워졌다. 우리에게서 조금 떨어진 곳으로 모터보트가 지나가는 모습이 보였다. 선미 쪽에 알프스 모자를 눌러쓰고 망토 깃을 올리고 카빈총은 등에 비스듬히 매단 헌병 네 명이 타고 있었다. 이른 시간이라 모두들 졸리어 보였다. 모자와 망토 깃에 달린 노란 마크가 보였다. 비가 내리는 가운데 모터보트는 소리를 내며 다가왔다가 사라져갔다.

보트를 저어 다시 호수 위로 나왔다. 이정도로 국경이 가깝다면 도로에 있는 보초에게 잡히고 싶지 않았다. 호반을 볼 수 있을 정도의 거리를 유지하면서 빗속에서 45분정도를 더 나아갔다. 모터보트 소리가 한 번 더 났다. 그 엔진 소리가 호수를 가로질러 갈 때까지 나는 아무 소리도 내지 않고 있었다.

"스위스에 온 것 같소, 캣," 내가 말했다.

"정말요?"

"스위스 군대를 보기 전엔 알 수야 없지."

"아니면 스위스 해군이거나."

"스위스 해군이면 심각하지. 우리가 들었던 마지막 모터보트 소리가 스위스 해군이었을 걸."

"스위스에 온 거면 아침 식사를 근사하게 해요. 스위스엔 롤빵과 버터와 잼 맛이 근사하거든요."

날은 훤히 밝았고 가는 비가 내리고 있었다. 호수에는 여전히 바람이 불었고 산 정상의 흰 만년설이 우리에게서 멀어져 호수 쪽으로 움직여 갔다. 스위스라는 확신이 들었다. 호반 뒤 나무들 사이에 집들이 많았다. 호반 위쪽으로 한참 떨어진 언덕 위에 석조 저택과 교회가 있는 마을이 있었다. 경비병이 있나 해서 호수를 따라 감아 도는 도로를 살폈으나 한 명도 눈에 띄지 않았다. 도로가 호수에 바짝 붙어있어서 도로 위 카페에서 나오는 병사가 보였다. 그는 회녹색 군복을 입고 독일군 헬멧을 썼다. 건강해 보이는 얼굴에 칫솔같은 콧수염이 조금 나있었다. 그가 우릴 보았다.

"손을 흔들어 줘," 내가 캐서린에게 말했다. 그녀가 손을 흔들었고 병사는 당황한 듯 웃으며 손을 흔들었다. 나는 노를 살살 저었다. 우리는 마을의 해안도로를 지나고 있었다.

"국경 안으로 한참을 들어온 게 틀림없어," 내가 말했다.

"확실히 했으면 좋겠어요. 국경에서 우릴 되돌려 보내는 일이 없도록요."

"국경은 한참 뒤요. 세관 마을인 것 같소. 브리사고가 틀림없어."

"여기 이탈리아인들은 없을까요? 세관 마을에는 항상 양쪽 사람들이 다 있잖아요."

"전시엔 그렇지 않아요. 이탈리아인들이 국경을 넘게 내버려 두지 않을 거요."

보기 좋은 작은 마을이었다. 방파제를 따라 범선 여러 대가 늘어서 있었고 선반 위에는 그물이 펼쳐져 있었다. 11월의 비가 내리고 있으나 그 와중에도 마을은 밝고 깨끗해 보였다.

"우리 내려서 아침 할까요?"

"좋아."

왼쪽 노를 세게 잡아당겨 부두에 가까워졌을 때 보트를 부두에 똑바로 갖다 댔다. 노를 거둬들이고 쇠고리를 잡고 물에 젖은 돌 위로 내려섰다. 스위스에 도착했다. 보트를 묶고는 캐서린에게 손을 내밀었다.

"올라와요, 캣. 굉장한 기분이야."

"가방은 어떻게 하죠?"

"배에 둬요."

캐서린이 나왔다. 우리는 함께 스위스에 왔다.

"정말 아름다운 나라예요," 그녀가 말했다.

"굉장하지 않소?"

"가서 아침 먹어요."

"굉장한 나라지? 발이 닿는 느낌이 좋아."

"몸이 굳어서 전 별 느낌이 없어요. 그래도 정말 멋진 나라 같아요. 내 사랑, 그 끔찍한 곳을 벗어나서 이곳에 있다는 게 실감이 가요?"

"그럼, 그렇고말고. 이전엔 아무것도 실감을 못했었는데."

"저 집들 좀 보세요. 멋진 광장이지 않아요? 저기 아침 먹을 곳이 있네요."

"비도 좋지 않소? 이탈리아에선 이런 비가 내린 적이 없는데. 기분 좋은 비요."

"그리고 우리가 이곳에 있어요, 내 사랑! 우리가 이곳에 있는 게 실감나요?"

우리는 카페 안으로 들어가서 깨끗한 나무 테이블에 앉았다. 우리는 정신을 차릴 수 없을 만큼 흥분해 있었다. 멋지고 깨끗한 외모의 여성이 앞치마를 두르고 와서 뭘 먹겠느냐고 물었다.

"롤 케이크와 잼과 커피 주세요," 캐서린이 말했다.

"죄송합니다만 전쟁 중에는 롤 케이크를 팔지 않습니다."

"그러면 빵 주세요."

"토스트를 만들어 드릴까요?"

"좋아요."

"계란 프라이도 주세요."

"신사분은 몇 개를 드릴까요?"

"세 개요."

"네 개 드세요, 내 사랑."

"계란 네 개."

여자가 자리를 떴다. 나는 캐서린에게 입 맞추고 그녀의 손을 꼭 잡았다. 우리는 서로를 바라보고 또 카페를 둘러봤다.

"내 사랑, 내 사랑, 멋지지 않아요?"

"근사한데," 내가 말했다.

"롤 케이크가 없어도 상관없어요," 캐서린이 말했다. "밤새도록 롤 케이크 생각이 떠나질 않았는데. 그래도 상관없어요. 전혀 괜찮아요."

"얼마 안 있어 잡혀갈 것 같소."

"신경 쓰지 말아요, 내 사랑. 우선 아침 식사를 하는 거예요. 아침을 먹고 나면 체포되는 건 신경도 안 쓰게 될 거예요. 그리고 그 사람들이 우리한테 해코지를 할 수도 없잖아요. 우리는 신분이 확실한 영국시민과 미국시민인 걸요.

"여권 갖고 있지?"

"물론이죠. 이제 그 얘기는 하지 말아요. 행복해 하자고요."

"이보다 더 행복할 순 없소," 내가 말했다. 깃털처럼 꼬리를 세운 살찐 회색 고양이 한 마리가 우리 테이블로 와서 내 다리 주변을 돌면서 몸을 부비며 카르르 거리는 소리를 냈다. 손을 내려서 고양이를 쓰다듬었다. 캐서린은 우리 모습에 매우 행복하게 웃었다. "커피 나와요," 그녀가 말했다.

아침 식사가 끝난 뒤에 그들은 우리를 체포했다. 우리는 마을

을 따라 산책을 좀 한 후 가방을 가지러 부두로 내려갔는데 병사
한 명이 보트를 지키고 서 있었다.

"당신 보트입니까?"

"그렇소."

"어디서 오는 길입니까?"

"호수 위쪽에서요."

"저와 같이 가주시겠습니까?"

"가방은 어쩌고요?"

"가방은 가져오시죠."

내가 가방을 들고 캐서린은 내 옆에서 걸었다. 병사는 우리 뒤
에서 왔다. 낡은 세관 건물로 들어갔다. 세관에서는 매우 마르고 군
인답게 생긴 중위가 우리에게 질문을 했다.

"국적이 어딥니까?"

"미국인과 영국인입니다."

"여권 좀 볼까요."

나는 내 여권을 그에게 줬고 캐서린은 핸드백에서 자기 여권
을 꺼냈다.

남자는 한참을 살폈다.

"보트를 타고 스위스에 오신 이유는?"

"저는 운동선수입니다," 내가 말했다. "조정은 제가 즐기는 스
포츠이구요. 기회가 있을 때마다 노를 젓습니다."

"이곳에는 왜 오셨습니까?"

"겨울 스포츠를 즐기려고 왔습니다. 저희는 관광객인데 겨울

스포츠를 즐기고 싶어서요."

"이곳은 겨울 스포츠를 할 수 있는 곳이 아닙니다."

"알고 있습니다. 겨울 스포츠를 할 수 있는 곳으로 갈 겁니다."

"이탈리아에서는 뭘 하셨습니까?"

"건축을 공부했습니다. 내 사촌은 예술을 공부하고 있습니다."

"왜 이탈리아를 떠나셨죠?"

"겨울 스포츠를 즐기고 싶어서요. 전쟁 중에는 건축을 공부할 수가 없거든요."

"여기 잠시 계십시오," 중위가 말했다. 그는 우리 여권을 가지고 건물 안으로 들어갔다.

"멋지게 하고 있어요, 내 사랑," 캐서린이 말했다. "계속해서 그렇게 하세요. 겨울 스포츠 하고 싶다는 거."

"예술에 대해 아는 거 있소?"

"루벤스 알아요," 캐서린이 말했다.

"덩치 크고 뚱뚱한 그림," 내가 말했다.

"티치아노," 캐서린이 말했다.

"적갈색 머리카락을 지닌," 내가 말했다. "만테냐는?"

"어려운 건 묻지 마세요," 캐서린이 말했다. "그 사람을 알긴 해도, 너무 모질어요."

"너무 모질다고," 내가 말했다. "못 자국 그림이 많지."

"제가 좋은 아내라는 걸 알게 될 거예요," 캐서린이 말했다. "당신 손님들과 예술을 논할 수 있을 테니까."

"그 남자가 오는군," 내가 말했다. 마른 중위가 우리 여권을 들고서 세관을 내려왔다.

"당신들을 로카르노로 보내야 할 것 같습니다," 그가 말했다.
"마차를 타실 거고 병사가 함께 갈 겁니다."

"좋습니다," 내가 말했다. "보트는 어떻게 하죠?"

"보트는 압수합니다. 가방 안에는 뭐가 있나요?"

그는 가방을 모두 뒤져보고는 1/4병쯤 남은 브랜디 병을 들어 올렸다.

"한 잔 같이 하시겠습니까?" 내가 물었다.

"아닙니다," 그가 똑바로 섰다. "돈은 얼마나 갖고 있습니까?"

"2500리라입니다."

그는 우리에게 호감을 가졌다. "사촌분은 얼마나 소지하고 계신가요?"

캐서린은 1200리라 조금 넘게 갖고 있었다. 중위는 기분이 좋았다. 우리를 대하는 태도가 좀 누그러졌다.

"겨울 스포츠를 하기 원하시면," 그가 말했다. "벵겐이 제격입니다. 제 부친이 벵겐에서 아주 좋은 호텔을 갖고 계세요. 일 년 내내 문을 엽니다."

"그거 잘됐네요," 내가 말했다. "호텔 이름 좀 알려 주시겠어요?"

"명함에 적어드리죠," 그는 매우 공손하게 명함을 건넸다.

"병사가 로카르노로 모셔다 드릴 겁니다. 그가 당신 여권을 갖고 있습니다. 이렇게 해드려서 유감입니다만 필요한 절차입니다. 로카르노에서 비자나 경찰 허가서를 내 줄 겁니다."

그는 두 개의 여권을 병사에게 건넸고 우리는 가방을 들고서 마차를 부르러 마을 쪽으로 걸어갔다. "어이," 중위가 병사를 불렀나. 독일 방언으로 그에게 뭐라고 말했디. 병사는 총을 등에 메더니 우리 가방을 들었다.

"근사한 나라군," 내가 캐서린에게 말했다.

"무척 실용적이네요."

"대단히 감사합니다," 내가 중위에게 말했다. 그는 손을 흔들었다.

"서비스입니다," 그가 말했다. 우리는 감시병을 따라 마을로 갔다.

병사는 마부와 앞자리에 앉았고 모두 마차를 타고 로카르노로 향했다. 로카르노에서도 나쁘지 않았다. 질문은 했지만 여권과 돈이 있었기 때문에 우리에게 친절하게 굴었다.

우리가 하는 이야기를 한마디도 믿지 않을 거라고 생각했다. 이런 모든 게 우습다는 생각은 들었지만 마치 법정 같았다. 합리적인 것이 아니라 기술적인 것을 원했고 설명도 없이 기술적인 그 무엇에 집착한다. 그래도 우리는 여권도 있고 또 돈을 쓸 사람들이었다. 그래서 우리에게 임시 비자를 내줬다.

이 비자는 언제든지 철회할 수 있는 거다. 어디를 가든 경찰에 보고하게 되어 있었다.

우리가 원하면 어디든 갈 수 있습니까? 그렇소. 우리는 어디로 가길 원하나?

"어디로 가고 싶소, 캣?"

"몽트뢰요."

"거긴 아주 좋은 곳입니다," 관리가 말했다. "그곳을 좋아하실 겁니다."

"여기 로카르노도 좋은 곳입니다," 다른 관리가 말했다. "이곳 로카르노도 무척 좋아하실 겁니다. 아주 매력적인 곳이거든요."

"저희는 겨울 스포츠를 할 수 있는 곳을 원합니다."

"몽트뢰에는 겨울 스포츠가 없습니다."

"뭐라고요?" 다른 관리가 말했다. "내가 몽트뢰 출신인데 몽트뢰 오베르랑 베르누아 철로 위에서 겨울 스포츠를 분명히 합니다. 그걸 아니라고 하면 안 되는 거지."

"그걸 부인하지는 않아. 그냥 몽트뢰에는 겨울 스포츠가 없다고 말씀드린 것뿐이야."

"그 말이 무슨 말이냐고," 다른 관리가 말했다. "그 말뜻이 뭐냐고 묻는 거야."

"그 말은 사실이라고."

"그 말이 뭔 말이냐고 묻는 거라고. 내가 루지를 타고 몽트뢰 거리를 누볐다니까. 한 번도 아니고 여러 번씩. 루지는 분명 겨울 스포츠일세."

다른 관리가 내게로 고개를 돌렸다.

"선생님, 루지가 말씀 하시는 겨울 스포츠 맞습니까? 이곳 로카르노에서는 아주 안락하실 겁니다. 기후도 건강에 좋다는 걸 알게 되실 거고 주변 경관도 아주 매력적입니다. 아주 좋아하실 겁니다."

"신사분께서 몽트뢰로 가고 싶다는 바람을 말씀하셨어."

"루지가 뭡니까?" 내가 물었다.

"루지에 대해 들어보신 적이 없다는 것 보시오."

두 번째 관리에게 이 말은 굉장히 중요했다. 그 말에 그는 기뻐했다.

"루지는," 첫 번째 관리가 말했다. "토보갠을 타는 겁니다."

"다른 거죠," 다른 관리가 머리를 저었다. "구분을 다시 해드려야겠습니다. 토보갠은 루지와는 다릅니다. 토보갠은 캐나다에서 납작한 윗가지로 만들어진 거고, 루지는 선수들이 타는 흔한 썰매입니다. 뭐든 정확해야지."

"토보갠은 탈 수 없습니까? 내가 물었다.

"물론 토보갠도 타실 수 있지요," 첫 번째 관리가 말했다. "토보갠도 잘하실 수 있습니다. 아주 좋은 캐나다산 토보갠을 몽트뢰에서 팔지요. 오크스 형제사가 토보갠을 판매해요. 수입한 거랍니다."

두 번째 관리가 고개를 돌렸다. "토보갠을 타려면," 그가 말했다. "특별한 피스트[27]가 필요해요. 토보갠을 타면서 몽트뢰 거리로 나갈 수는 없어요. 여기서는 어디에 머무시나요?"

"모르겠습니다." 내가 말했다. "브리사고에서 오는 길입니다. 마차가 밖에 있습니다."

"몽트뢰에 가시면 실수하지 않으시는 겁니다," 첫 번째 관리가 말했다. "기후가 쾌적하고 아름답다는 걸 아시게 될 겁니다. 조금만 나가면 겨울 스포츠도 하실 수 있고요."

---

27) 눈을 다져 만든 스키 활강 코스.

"진짜 겨울 스포츠를 즐기고 싶다면," 두 번째 관리가 말했다. "엥가딘이나 뮈렌으로 가세요. 겨울 스포츠를 즐기러 몽트뢰로 간다는 건 말이 안 됩니다."

"몽트뢰 위에 있는 레자방에서 온갖 겨울 스포츠를 즐길 수 있어요," 몽트뢰를 옹호하던 관리가 자기 동료를 향해 눈을 부라렸다.

"여러분," 내가 말했다. "이제 가봐야겠습니다. 제 사촌이 피곤해 하는군요. 우선은 몽트뢰로 가보겠습니다."

"축하드립니다," 첫 번째 관리가 내 손을 잡고 흔들었다.

"로카르노를 떠나면 후회하실 겁니다," 두 번째 관리가 말했다. "어쨌든 몽트뢰에 가면 경찰에 보고해야 할 겁니다."

"경찰서에 간다고 해도 불쾌한 일은 없을 겁니다," 첫 번째 관리가 나를 안심시켰다. "주민들이 아주 예의바르고 친절하다는 것을 알게 될 겁니다."

"두 분 모두 감사합니다," 내가 말했다. "두 분 말씀에 감사드립니다."

"안녕히 계세요," 캐서린이 말했다. "두 분 다 정말 고마워요."

그들은 문으로 와서 우리에게 인사를 했다. 로카르노를 옹호하던 관리는 조금 냉랭하게 굴었다. 우리는 계단을 내려와서 마차에 올라탔다.

"세상에, 내 사랑," 캐서린이 말했다. "좀 더 일찍 빠져나올 수는 없었나요?" 관리 중 한 사람이 추천해 준 호텔 이름을 마부에게 전했다. 그가 고삐를 잡아들었다.

"병사를 잊고 있었군요," 캐서린이 말했다. 병사가 마차 옆에서 있었다. 그에게 10리라짜리 지폐를 주었다. "스위스 화폐는 아직 준비를 못해서요," 내가 말했다. 그는 고맙다고 하고 경례를 하고서 갔다.

"어떻게 몽트뢰를 생각해냈소?" 내가 캐서린에게 물었다. "당신 그곳에 정말 가고 싶은 거요?"

"맨 먼저 생각난 곳이었어요," 그녀가 말했다. "괜찮은 곳이에요. 산에서 갈 만한 곳도 찾을 수 있을 거예요."

"졸리오?"

"지금 자고 있어요."

"우리 실컷 잡시다. 가여운 캐서린. 길고 힘든 밤을 겪었어."

"행복한 시간이었어요," 캐서린이 말했다. "특히 당신이 우산을 타고 항해할 때는요."

"우리가 스위스에 있다는 게 실감이 나오?"

"아니요. 잠에서 깨면 사실이 아닐까봐 걱정이 되요."

"나도 그렇소."

"그래도 사실이에요, 그렇죠, 내 사랑? 당신을 배웅하러 밀라노의 기차역으로 가고 있는 건 아니겠죠."

"그러지 않길 바라지."

"그렇게 말하지 말아요. 무서워요. 그곳으로 가고 있을 수도 있잖아요."

"너무 탈진해서 모르겠소," 내가 말했다.

"손 좀 봐요."

나는 손을 내밀었다. 물집이 잡혔다.

"옆구리에 구멍은 없어," 내가 말했다.

"신성모독 하지 말아요."

나는 너무 피곤하고 머리가 멍했다. 들뜬 기분은 모두 사라졌다. 마차가 거리를 따라 내려가고 있었다.

"가여워라, 손," 캐서린이 말했다.

"만지지 마," 내가 말했다. "여기가 어딘지 모르겠군. 어디로 가는 거요, 마부?" 마부가 말을 세웠다. "메트로폴 호텔로 가는 길입니다. 그곳으로 가신다고 하지 않으셨나요?"

"그렇소, 그곳으로 갑시다," 내가 말했다. "다 잘되고 있어, 캣."

"잘 되고 있어요, 내 사랑. 흥분하지 말아요. 잠을 푹 자고 내일이면 피로도 풀릴 거예요."

"정말 피곤하군," 내가 말했다. "오늘 일들은 꼭 희극 오페라 같군. 배가 고픈 건가?"

"그냥 피곤한 거예요, 내 사랑. 괜찮아질 거예요." 마차가 호텔 앞에 멈췄다. 누군가가 나와서 우리 가방을 받았다.

"이젠 몸이 괜찮아," 내가 말했다. 호텔로 통하는 포장도로 위로 내려섰다.

"괜찮아지실 줄 알았어요. 그냥 피곤했을 뿐이에요. 잠을 자지 못 한 지도 오래됐고요."

"어쨌든, 이곳에 도착했군."

"네, 정말 이곳에 왔군요."

우리는 가방을 든 사환을 따라 호텔로 들어갔다.

제5부

38

그해 가을엔 첫눈이 늦게 내렸다. 우리는 산등성이의 소나무 숲에 있는 갈색 나무집에서 살았다. 아침이면 옷 방에 놓아둔 두 개의 주전자에 얇은 얼음이 끼곤 했다. 구팅겐 부인은 아침 일찍이 방으로 들어와서 창문을 닫고 키가 높은 옹기 난로에 불을 붙이기 시작했다. 소나무는 탁탁 소리를 내며 불꽃을 냈다. 불길이 난로 안에서 솟아올랐다. 부인은 큰 땔감용 장작과 뜨거운 물이 담긴 주전자를 들고 다시 방으로 들어왔다. 방이 따뜻해지면 아침을 가져다주었다. 침대에 앉은 채로 아침을 먹으면서 우리는 호수와 호수 건너 프랑스 쪽 산을 봤다. 산에는 눈이 있었고 호수는 쇠처럼 푸른빛이 도는 회색이었다.

농가 앞쪽으로 산으로 올라가는 도로가 있었다. 서리가 내려 바퀴 자국과 산기슭은 쇠처럼 단단했다. 도로는 숲을 통과해 꾸준하게 산을 오르고 돌아서 목장과 목장의 통나무집과 헛간이 있는 곳까지 연결되었다. 숲 가장자리에 있는 목장에서는 계곡이 건너다보였다. 계곡은 깊었고 계곡을 흐르는 물줄기는 호수로 흘러내렸다. 계곡에 바람이 불면 바위틈으로 흐르는 물소리를 들을 수 있었다.

때때로 우리는 밖으로 나가 소나무 숲의 오솔길을 걸었는데 숲 바닥이 부드러웠다. 서리도 흙을 도로처럼 단단하게 만들지는 못했다. 우리는 단단한 도로를 개의치 않았다. 장화바닥과 뒤꿈치에 징이 박혀 있어서 그 징이 얼어붙은 바퀴자국을 깼다. 징이 박힌 장화를 신고 도로를 걷는 게 신이 나고 좋았다. 숲을 걷는 게 좋았다.

우리가 묵고 있는 집 앞쪽에 있는 산은 호수 곁 작은 들판까지 가파른 경사를 이루고 있다. 우리는 베란다에 앉아서 햇빛을 쬐며 산 옆으로 구불구불하게 내려오는 도로를 보고 또 낮은 산의 측면에 펼쳐진 계단식 포도밭을 바라봤다. 겨울이라 포도나무는 모두 죽어있었고 들판은 돌담으로 나뉘어져 있었다. 포도밭 밑 좁은 들판에는 마을의 집들이 호숫가를 따라 늘어서 있었다. 호수에 두 그루의 나무가 있는 섬이 있었는데 나무들은 마치 낚시보트의 쌍돛처럼 보였다. 반대편 호수 쪽으로 산이 가파르게 경사져 내려왔다. 호수가 끝나는 곳에 두 산맥 사이에 끼인 론 밸리 평야가 있었다. 산맥이 가로지르는 계곡 위에는 덴듀미디가 있었다. 덴듀미디는 눈이 쌓인 높은 산으로 계곡을 내려다보고 있었지만 너무 멀어서 계곡에 그림자를 드리우지는 못 했다.

해가 좋으면 우린 베란다에서 점심을 먹었고 그렇지 못할 때는 위층 작은 방에서 식사를 했다. 그 방은 나무로 벽을 두르고 한 구석에 커다란 난로가 놓인 평범한 방이었다. 마을에서 책과 잡지, 그리고 "호일"을 한 권 사서 둘이 할 수 있는 카드게임을 많이 익혔다. 난로가 있는 작은 방이 우리의 거실이었다. 편안한 의자 두 개와 책과 잡지를 얹어놓을 수 있는 탁자 하나가 있었다. 우리는 식탁이 깨끗이 치워져 있으면 식탁에서 카드게임을 했다. 구팅겐 씨

부부는 아래층에서 생활했다. 저녁때면 그들이 하는 대화 소리가 들리기도 했다. 그들도 둘이 함께 있어 행복해 했다. 구팅겐 씨는 급사장이었고 구팅겐 부인은 같은 호텔의 여급사였다고 한다. 둘이 돈을 모아 이 집을 샀단다. 급사장이 되기 위해 공부를 하고 있는 아들이 하나 있었다. 그는 취리히에 있는 호텔에 있었다. 아래층 가게에서 구팅겐 부부는 와인과 맥주를 팔았다. 저녁이면 때때로 도로에 차를 세우는 소리와 남자들이 계단을 올라와 와인을 마시러 가게로 들어가는 소리가 들렸다.

거실 밖 복도엔 나무 상자가 하나 있었다. 그 상자에서 땔감을 가져다가 불을 지폈다. 늦게까지 잠자리에 들지 못하는 일은 없었다. 어둠 속에서 커다란 침실로 들어가 잠자리에 들었다. 옷을 벗고 창문을 열어 밤과 차가운 별과 창문 밑 소나무들을 한 번 보고 될 수 있는 한 재빨리 침대 안으로 들어갔다. 아주 차갑고 깨끗한 공기와 창밖의 밤을 느끼면서 침대에 누워있는 기분은 아주 그만이었다. 우리는 잘 잤다. 밤중에 깰 경우 이유는 하나였다. 나는 캐서린이 깨지 않도록 깃털 이불을 아주 부드럽게 들추고 나왔고, 얇은 이불의 가벼움을 새롭게 느끼면서 따뜻하게 다시 잠이 들었다. 남들이 다니는 대학에서 축구경기를 하는 것처럼 그렇게 전쟁은 멀리만 느껴졌다. 눈이 아직 내리지 않아 산속에선 전투가 계속되고 있다는 것을 신문을 읽어 알고 있었다.

가끔씩 걸어서 몽트뢰로 내려가곤 했다. 산을 내려가는 오솔길이 있지만 가팔라서 주로 도로를 이용했다. 벌판 사이, 포도밭 돌담 사이 밑, 그리고 마을의 집들 사이로 이어지며 내려가는 넓고 단단한 도로로 걸어 내려갔다. 세 개의 마을이 있었는데 쉐르네, 퐁타니방, 그리고 또 다른 마을 이름은 잊어먹었다. 길을 따라 가다가 돌로 지은 네모반듯한 오래된 성을 지나갔다. 이 성은 계단식 포도나무 밭이 있는 산 쪽 암벽 위에 서 있었다. 포도나무마다 나무 막대기로 버팀목을 해 줬다. 포도가지는 말랐고 갈색이었으며 땅은 눈 맞을 준비가 되어 있었다. 아래쪽 호수는 쇠처럼 평평하고 회색이었다. 성 밑으로 긴 비탈을 이루며 내려가는 도로는 오른쪽으로 꺾인 후 아주 가파르게 경사져 내려가 자갈 덮인 길이 되어 몽트뢰까지 이어진다.

몽트뢰에는 아는 사람이 하나도 없었다. 사람이 가까이 다가가면 날아오르다가 호수를 내려다보며 끼익 소리를 내는 백조와 갈매기와 제비갈매기를 호숫가를 따라 걸으면서 보았다. 호수엔 작고 까만 논병아리 무리가 있어서 헤엄을 칠 때마다 물 자국을 길게 남겼다.

시내에서는 중심가를 따라 걸으면서 상점 진열장을 들여다봤다. 문을 닫은 큰 호텔들이 많았지만 상점들은 대부분 문을 열었고 사람들은 우리를 보면 매우 기뻐했다. 캣이 머리를 하러가는 좋은 미용실이 한 군데 있었는데 주인 여자가 명랑했다. 우리가 몽트뢰에서 알고 지내는 유일한 사람이었다. 캣이 그곳에 가있는 동안 난 맥주 집에 들러 뮌헨산 흑맥주를 마시면서 신문을 읽었다. 코리에레 델라 세라와 파리에서 오는 영국 신문과 미국 신문을 읽었다. 모든 광고는 일절 금지되었는데 광고로 적군과 내통하는 걸 차단하기 위해서였을 거다. 신문을 읽으면 기분이 나빴다. 어디서

든 상황은 하나같이 아주 나빴다. 나는 흑맥주를 따른 무거운 잔을 들고 광택이 나는 프레첼 봉투를 뜯어놓고 구석에서 등을 기대고 앉았다. 그 짭짤한 맛이 맥주 맛을 살려주는 기막힌 궁합을 음미하면서 프레첼을 먹으며 전쟁 참사에 대한 기사들을 읽었다. 올 시간이 지났는데도 캐서린이 오지 않아 신문을 선반에 올려놓고 맥주 값을 지불하고는 그녀를 찾으러 거리로 나왔다. 날은 춥고 어두웠으며 겨울 느낌이 났다. 돌로 지은 집들이 차갑게 보였다. 캐서린은 아직도 미용실에 있었다. 미용실 주인 여자가 그녀의 머리에 웨이브를 주고 있었다. 나는 작은 칸막이 좌석에 앉아서 그 모습을 지켜봤다. 바라만 보고 있는데 마음이 들떴다. 캐서린은 웃으면서 내게 말을 건넸다. 들뜬 탓에 내 목소리가 조금 굵게 나왔다. 부젓가락 소리가 유쾌했고, 나는 세 개의 거울을 통해 캐서린을 볼 수 있었다. 칸막이가 되어있는 자리에 앉아있는 게 기분 좋고 따뜻했다. 여자가 캐서린의 머리를 다 만지자 캐서린은 거울을 보면서 머리핀을 빼고 꼽으면서 머리 스타일에 손을 조금 댔다. 그리고는 일어났다.

"시간이 너무 많이 들어서 미안해요."

"선생님께서 매우 흥미 있어 하시던데요, 그렇죠, 선생님?" 여자가 웃었다.

"그렇습니다."

우리는 거리로 나왔다. 춥고 겨울 기운도 돌면서 바람이 불었다.

"아, 내 사랑, 정말 사랑하오." 내가 말했다.

"우리 좋은 시간을 보냈죠, 그렇지 않아요?" 캐서린이 말했다.

"있잖아요, 우리 어디 가서 차대신 맥주 마셔요. 우리 꼬맹이 캐서
린에게 좋을 거예요. 아기가 너무 크지 않도록 해 준대요."

"꼬맹이 캐서린," 내가 말했다. "그 놀고먹는 녀석."

"아주 착했어요," 캐서린이 말했다. "말썽도 안 일으키고. 의사
가 맥주는 나한테도 좋고 태아도 너무 크지 않게 해준다고 했어요."

"태아를 크지 못하게 했는데 사내 녀석이면, 그럼 기수를 하
면 되겠네."

"이 아이를 낳으려면 결혼을 해야 할 거예요," 캐서린이 말했다.
우리는 맥주집 구석 테이블에 앉았다. 밖은 어두워지고 있었다. 아
직은 일렀지만 황혼이 일찍 내려서 날이 어두웠다.

"지금 결혼합시다," 내가 말했다.

"안 돼요," 캐서린이 말했다. "지금은 너무 당황스러워요. 배부
른 게 다 드러나요. 이런 모습으로 사람들 앞에서 결혼하는 건 싫
어요."

"미리 결혼을 했으면 좋았을 걸."

"그랬으면 더 나았을 거예요. 하지만 언제 그럴 여유가 있었나
요, 내 사랑?"

"모르겠소."

"한 가지는 알아요. 이렇게 영광스런 임신부의 모습으로는 결
혼식을 올리지 않을 거라는 거."

"임신부처럼 보이지 않소."

"아니에요, 임신부처럼 보여요, 내 사랑. 미용사가 첫 아이냐
고 물어봤어요. 전 아니라고 거짓말을 했어요. 2남 2녀가 있다고."

"언제 결혼할까?"

"몸이 줄어들고 나면 언제든지요. 하객들이 모두 정말 젊고 멋진 부부라고 생각할 만큼 근사한 결혼식을 할 거예요."

"당신은 걱정 안 되오?"

"내 사랑, 왜 걱정을 해요? 밀라노에서 창녀 같은 느낌이 들었을 때 그때 한 번만 기분이 이상했어요. 그때도 한 7분 정도만 그런 느낌이었어요. 게다가 다른 이유에서가 아니라 그 방의 장식 때문에 그런 기분이 든 거였고요. 제가 좋은 아내가 아니던가요?"

"당신은 사랑스러운 아내요."

"그러면 너무 절차를 따지지 마세요, 내 사랑. 몸이 줄고 나면 곧 결혼할게요."

"좋소."

"맥주 한 잔 더 마셔도 될까요? 의사 말이 제 엉덩이가 좁은 편이라서 아이가 작으면 작을수록 좋다고 했어요."

"다른 말은 하지 않았소?" 나는 걱정이 되었다.

"없었어요. 혈압도 아주 좋대요, 내 사랑. 혈압 칭찬을 많이 해주셨어요."

"당신 엉덩이가 좁은 거에 대해선 뭐라 합디까?"

"아무 말도. 아무 말도 없었어요. 스키 타지 말라고 했어요."

"당연히 그렇지."

"지금까지 한 번도 타 본 적이 없다면 지금 시작하기엔 너무 늦었다고요. 넘어지지만 않으면 타도되긴 한다고."

"농담을 꽤 잘하는 양반이군."

"정말 좋은 분이세요. 아기 낳을 때 그분께 맡길 거예요."

"당신이 결혼해야 하는지 그 사람한테 물어봤소?"

"아니요. 결혼한 지 4년 됐다고 했어요. 당신 아시죠, 내가 당신과 결혼하면 난 미국인이 되고 미국 법에 따라 언제든 결혼만 하면 아이는 합법적인 아이가 된다는 거."

"그런 건 어디서 알았소?"

"도서관에 있는 뉴욕 세계 연감에서요."

"대단한 여자야."

"미국인이 되면 좋을 거예요. 우리 미국에 갈 거죠, 내 사랑? 나이아가라 폭포를 보고 싶어요."

"멋진 여자야."

"다른 것도 보고 싶은 게 있었는데 기억이 안 나요."

"가축 도살장?"

"아뇨. 기억이 안 나요."

"울워스 건물?"

"아뇨."

"그랜드 캐니언?"

"아뇨. 하지만 그곳도 보고 싶어요."

"뭘까?"

"금문교요! 그게 보고 싶어요. 금문교는 어디에 있어요?"

"샌프란시스코에."

"그럼 거기에 가요. 샌프란시스코가 보고 싶어요."

"좋아, 그곳에 가지."

"이제 산으로 올라가요. 그럴까요? MOB[28]를 탈 수 있을까요?"

"5시 좀 넘으면 기차가 있소."

"기차 다요."

"좋아, 우선 맥주부터 한 잔 더 마시고."

밖으로 나가 거리를 내려가서 기차역 계단을 오를 땐 날씨가 꽤 추웠다. 론 밸리에서 차가운 바람이 내려왔다. 상점 창에는 불이 켜져 있었고 우리는 가파른 돌계단을 올라 거리 위쪽으로 갔다. 그리고 계단을 또 올라 역에 닿았다. 전기 기차가 불을 환히 켠 채로 그곳에서 기다리고 있었다. 기차가 떠나는 시간을 알려주는 문자반이 있었는데 바늘이 5시 10분을 가리켰다. 역 시계를 봤다. 5분 뒤에 출발이다. 기차에 올라가는데 기관사와 차장이 와인가게에서 나오는 것이 보였다. 우리는 자리에 앉아서 창문을 열었다. 기차는 전기 난방이라 공기가 탁했다. 차가운 바람이 창문으로 들어왔다.

"피곤하오, 캣?" 내가 물었다.

"아니요. 기분이 근사해요."

"오래가지는 않아."

"기차 타는 거 좋아요," 그녀가 말했다. "제 걱정은 마세요, 내 사랑. 전 좋아요."

크리스마스 3일 전까지 눈은 내리지 않았다. 어느 날 아침 일어났더니 눈이 내리고 있었다. 난로에는 불이 활활 타고 있고 우리는 침대에 누워서 눈이 내리는 모습을 보았다. 구팅겐 부인이 아

---

28) Montreux Oberland Bernois railway 몽트뢰 고지대 전동열차.

침 식사 쟁반을 치우고 난로에 땔감을 더 넣었다. 꽤 심한 눈보라였다. 지난 자정쯤 내리기 시작했다고 부인이 말해줬다. 창가로 가서 밖을 내다봤지만 길 건너편이 보이질 않았다. 바람과 눈이 거칠게 내렸다. 침대로 돌아와 캐서린과 함께 누워서 이야기를 나눴다.

"스키타면 좋겠다," 캐서린이 말했다. "스키를 탈 수 없다니 끔찍해요."

"봅 슬레이드를 타고 도로를 내려갑시다. 당신에게도 차를 타는 것보다 나쁘지는 않을 거야."

"거칠지 않을까요?"

"타보면 알겠지."

"너무 거칠지 않으면 좋겠어요."

"좀 있다가 눈 맞으며 산책합시다."

"점심 전에요," 캐서린이 말했다. "그러면 식욕이 좋아질 거예요."

"난 항상 배가 고픈데."

"저도요."

우리는 눈 속으로 나갔지만 눈발이 몰아쳐서 멀리 가지는 못했다. 내가 앞서 가면서 역까지 가는 길을 만들었다. 역에 도착했을 때는 이미 너무 먼 길을 와 버렸다. 눈이 불어 닥쳐서 앞이 거의 보이지 않았다. 우리는 역 옆의 작은 여인숙으로 들어가서 빗자루로 서로 눈을 털어주고는 긴 의자에 앉아서 베르무트를 마셨다.

"굉장한 눈보라입니다," 여급이 말했다.

"그러네요."

"올해는 눈이 많이 늦었어요."

"그러게요."

"초콜릿 바 먹어도 돼요?" 캐서린이 물었다. "점심때가 다 됐나? 늘 배기 고파요."

"어서 하나 먹어요," 내가 말했다.

"개암 열매가 들어있는 걸로 하나 주세요," 캐서린이 말했다.

"아주 맛이 좋습니다," 여자가 말했다. "제가 제일 좋아하는 거예요."

"나는 베르무트 한 잔 더 주시오," 내가 말했다.

다시 길을 거슬러 올라가려고 나왔을 때 우리가 만들었던 길이 눈에 덮여버렸다. 발자국 흔적만 희미하게 남아 있었다. 눈이 얼굴로 날려서 거의 앞을 볼 수 없었다. 눈을 쓸어내고 점심을 먹으러 안으로 들어갔다. 구팅겐 씨가 점심을 내왔다.

"내일 스키를 탈 예정입니다," 그가 말했다. "헨리 씨, 스키 타시나요?"

"아니요. 배우고 싶습니다."

"쉽게 배울 겁니다. 우리 아들이 크리스마스 새러 온다니 그 아이가 가르쳐 드릴 겁니다."

"잘됐군요. 언제 오나요?"

"내일 밤에 온다는군요."

점심을 먹은 후 작은 방 난로 옆에 앉아서 눈이 내리는 모습을 창으로 보고 있는데 캐서린이 말했다. "혼자 어디론가 여행을 떠나서 남자들과 스키타고 싶지 않으세요, 내 사랑?"

"아니, 왜 그래야 되는데?"

"때때론 당신이 저 아닌 다른 사람들도 만나고 싶어 할 거라는 생각이 들어요."

"당신은 다른 사람들이 만나고 싶소?"

"아니요."

"나도 아니오."

"알아요. 그래도 당신은 다르잖아요. 전 아기를 낳을 거고, 그것만으로도 전 다른 것을 안 하더라도 만족스러워요. 제가 아주 바보같이 굴고 말도 너무 많다는 거 알아요. 당신은 외출도 좀 하고 해서 저한테 질리지 않도록 해야 된다는 생각이 들어요."

"내가 나다니길 바라오?"

"아니요, 같이 있길 원해요."

"나도 당신 곁에 있고 싶소."

"이리로 오세요," 그녀가 말했다. "당신 머리에 난 혹을 만져보고 싶어요. 혹이 크네요," 손가락으로 혹을 어루만졌다. "당신, 수염 기르고 싶지 않으세요?"

"내가 수염을 기르면 좋겠소?"

"재미있을 것 같아요. 수염 기른 당신 모습이 보고 싶어요."

"좋아, 길러보지. 지금 당장 기르기 시작하겠소. 좋은 생각이야. 뭔가 할 일이 생긴 거니."

"할 일이 없어서 걱정돼요?"

"아니, 일이 없는 게 좋은데. 아주 행복하오. 당신은 안 그렇소?"

"전 아주 행복해요. 그런데 제 몸이 불어서 당신이 싫증을 낼까봐 걱정이 돼요."

"아, 캣. 당신은 내가 당신한테 얼마나 빠져있는지 모르는구려."

"이런 모습에요?"

"당신 모습 그대로. 난 행복하게 지내고 있소. 우리 지금 잘 지내고 있지 않소?"

"잘 지내고 있지만 당신이 불안할 거라는 생각도 들어요."

"그렇지 않소. 때때로 전방과 사람들이 궁금하긴 해요. 그렇다고 걱정이 되는 건 아니오. 다른 것들은 별로 생각을 하지 않소."

"누가 궁금하세요?"

"리날디와 신부, 그리고 알고 지냈던 사람들. 그래도 생각이 많이 나는 건 아니요. 전쟁은 생각하고 싶지 않아. 전쟁하고는 난 끝났소."

"지금은 무슨 생각하세요?"

"아무 생각도."

"생각했잖아요, 말해 보세요."

"리날디가 정말 매독에 걸린 건가를 생각했소."

"그게 다예요?"

"그게 다요."

"그분 매독이 있어요?"

"나도 몰라."

"당신은 매독에 걸리지 않아서 기뻐요. 그런 병 걸린 적 있었어요?"

"임질에 걸린 적이 있지."

"그 얘긴 듣고 싶지 않아요. 고통스러우셨어요, 내 사랑?"

"아주 많이."

"내가 대신 아팠더라면 좋았을 걸."

"안 되지, 그러면 안 돼."

"차라리 그랬으면 좋겠어요. 당신이랑 같은 느낌을 갖기 위해 걸렸었다면 좋았을 걸. 당신이 알고 지내던 여자들 하고도 같이 있었다면 좋았을 걸. 그러면 당신한테 그 사람들 흉을 볼 수 있을 텐데."

"그럼 볼만 하겠는데."

"당신이 임질에 걸려 고생하는 건 좋은 그림은 아니에요."

"나도 알아. 이제 내리는 눈을 봐요."

"당신 볼래요. 내 사랑, 머리 좀 길러보는 게 어떠세요?"

"어떻게 기를까?"

"그냥 조금 더 길게 길러 봐요."

"지금도 긴데."

"아니요, 조금만 더 길러요. 전 제 머리를 자르고, 그럼 우린 똑같아 보이겠죠. 단지 금발과 검은 머리 차이만 있고."

"당신 머리는 자르게 하지 않을 거요."

"자르면 재미있을 거예요. 긴 머리에 싫증이 났어요. 밤에 잘 때면 귀찮아 죽겠어."

"나는 긴 머리가 좋아."

"짧으면 좋지 않을 것 같아요?"

"그래도 좋겠지만 지금 있는 그대로가 좋아."

"짧아도 좋을 거예요. 그러면 우리 둘이 똑같아 보일 텐데. 아,

내 사랑, 당신을 너무 원해서 내가 당신이었으면 좋겠어요."

"당신이 나요. 우리는 하나야."

"알아요, 밤에는 하나죠."

"밤은 근사해."

"우리 둘이 다 섞여버렸으면 좋겠어요. 당신이 떠나는 건 싫어요. 그냥 말한 거예요. 원하신다면 가셔도 돼요. 하지만 서둘러서 돌아오세요. 그게, 내 사랑, 당신과 함께 있지 않으면 저는 사는 게 아니에요."

"난 절대 떠나지 않아요," 내가 말했다. "당신 없이는 난 아무 짝에도 쓸모가 없어. 내게 삶이라는 건 더 이상 없소."

"저는 당신이 인생을 즐기길 원해요. 당신이 근사한 삶을 누리길 바라요. 우리 둘이 함께 누릴 거예요, 그렇죠?"

"내가 수염 기르는 걸 그만 두길 원하오, 아니면 계속 기르게 놔둘까?"

"계속요. 기르세요. 재미있을 거예요. 새해가 되면 멋질 거예요."

"체스 할까?"

"당신과 즐기는 게 더 좋아요."

"아니, 체스 합시다."

"그런 후에 같이 즐겨요."

"그럽시다."

"좋아요."

나는 체스 판을 꺼내서 체스 말을 배열했다. 밖은 눈이 여전히 심하게 내리고 있었다.

밤중에 한 번 눈이 떠졌는데 캐서린도 깨어있었다. 달이 창에 밝았고 창살 그림자가 침대에 드리웠다.

"깼어요, 내 사랑?"

"응, 잠이 안 오오?"

"당신을 처음 만났을 때 제가 거의 제 정신이 아니었던 걸 생각하다가 깼어요."

"조금은 제 정신이 아니었지."

"이제 그렇게 구는 일은 다신 없을 거예요. 지금 굉장히 좋아요. 당신은 굉장하다는 말을 참 듣기 좋게 하세요. 굉장하다고 말해 보세요."

"굉장해."

"아, 당신은 사랑스러워. 지금은 저 제 정신이에요. 너무 너무 행복해요."

"계속 자도록 해요," 내가 말했다.

"좋아요, 우리 똑 같은 순간에 같이 잠들어요."

"좋소."

그러나 우리는 그러지 못했다. 나는 이런저런 생각을 하며 캐서린의 잠든 모습과 그녀 얼굴을 내리비치는 달빛을 지켜보면서 한참을 깨어 있었다.

그리고 나서야 나도 잠이 들었다.

39

1월 중순, 난 수염을 길렀고 겨울은 맑게 추운 낮과 지독하게 추운 밤이 반복되면서 자리를 잡아갔다. 우리는 다시 거리로 나올 수 있었다. 길은 건초를 싣고 가는 썰매와 목재 썰매, 그리고 산 밑으로 끌려 내려가는 통나무에 눌려서 눈이 견고하고 매끄러웠다. 몽트뢰로 가는 길은 온통 눈이 널려있었다. 호수 건너편 산들은 모두 하얗고 론 밸리의 평야도 눈으로 덮였다. 우리는 산 뒤쪽 뱅드랄리아즈까지 긴 산책을 했다. 캐서린은 징 박힌 장화를 신고 망토를 두르고 뾰족한 쇠가 박힌 지팡이를 들었다. 망토에 가려서 몸이 불어 보이지 않았다. 우리는 빨리 걷지 않았고 그녀가 피곤해 할 때마다 멈춰서 길가 통나무 위에 앉았다.

뱅드랄리아즈 숲에 벌목꾼들이 술을 마시러 들르는 여인숙이 있었다. 난로 불에 몸을 녹이고 그곳에 앉아서 레몬과 향신료를 넣은 따뜻한 붉은 포도주를 마셨다. 글뤼바인이라는 술인데 몸을 녹이고 축배를 들기엔 좋은 술이었다. 여인숙은 어둡고 실내엔 연기가 그득했다. 밖으로 나오면 차가운 공기가 폐부를 날카롭게 뚫고 들어가서 숨을 쉴 때면 코가 먹먹해졌다. 뒤를 돌아보니 여인숙 창문에서는 불빛이 새어나오고 벌목꾼들 말은 추위를 떨치려고 발을 구르며 진저리를 치고 있었다. 말 주둥이에 난 털에 서리가 내렸고 말이 쉬는 숨이 공기 중에 서리 기둥을 만들었다. 우리가 머

물고 있는 곳으로 돌아가는 길엔 길이 매끄럽고 미끄러운 구간이
좀 있었다. 목재를 운반하는 용도로 쓰이는 길이 꺾이는 곳까지는
말들 때문에 얼음이 오렌지색이었다. 그 이후는 깨끗하게 다져진
눈으로 덮인 길이 숲속까지 이어졌다. 밤에 집으로 돌아오는 길에
두 번이나 여우를 봤다.

멋진 곳이었다. 외출 할 때마다 재미있었다.

"당신 수염 정말 멋져요," 캐서린이 말했다. "벌목꾼들 수염 같
아요. 작은 금 귀걸이 단 남자 봤어요?"

"샤무아[29] 사냥꾼이야," 내가 말했다. "금 귀걸이를 하면 더 잘
들을 수 있다는 말이 있어서 단다고 하네."

"정말요? 믿기지가 않아요. 샤무아 사냥꾼이라는 걸 보여주려
고 다는 것 같아요. 샤무아가 근처에 있어요?"

"응, 듀드쟈망 너머에."

"여우 보니까 재미있던데."

"잘 때는 몸을 따뜻하게 하려고 꼬리로 몸을 감싸고 잔데."

"정말 느낌이 좋겠네."

"나도 그런 꼬리가 있으면 하고 늘 바랐는데. 여우와 같은 꼬리
가 있으면 재미있을 것 같지 않아?"

"옷 입기가 아주 힘들 걸요."

"맞는 옷을 맞추거나 꼬리가 있는 사람들만 사는 나라에 살거
나 해야겠네."

---

29) 알프스 영양.

"어느 것도 이상해 보이지 않는 나라에 지금 살고 있잖아요. 사람들을 전혀 만나지 않고 산다는 게 굉장하지 않아요? 당신도 사람들 만나는 거 원하지 않지요, 내 사랑?"

"그럼."

"여기 잠시 앉았다 갈까요? 좀 피곤해요."

우리는 통나무 위에 바짝 붙어 앉았다. 앞쪽의 도로는 숲 아래로 이어졌다.

"애기가 우리 사이에 끼지 못할 거예요, 그렇죠? 이 꼬마 녀석."

"안 돼지, 그러지 못하게 하지 뭐."

"재정 상태는 어때요?"

"충분해. 마지막 환어음을 받았어."

"당신이 여기 스위스에 있다는 걸 알면 당신 가족들이 당신을 찾으려고 하지 않을까요?"

"그러겠지. 편지를 쓸 거요."

"편지 안 하셨어요?"

"아니. 그냥 환어음만 부탁했지."

"제가 당신 가족이 아닌 게 천만다행이네요."

"해외 전보를 보내야지."

"가족들 걱정은 하나도 안 돼요?"

"걱정됐었지. 근데 말싸움을 하도 해서 걱정도 닳아 없어졌어."

"그분들을 좋아할 것 같아요. 아마도 아주 많이 좋아할 거예요."

"우리 가족 얘기는 그만 합시다. 안 그러면 걱정이 될 것 같아서." 잠시 후 나는 "좀 쉬었으면 계속 갑시다."라고 말했다.

"쉬었어요."

우리는 도로를 따라 계속 내려갔다. 날이 어두워졌고 눈은 장화로 밟을 때마다 뽀드득 소리를 냈다. 밤은 건조하고 춥고 매우 깨끗했다.

"당신 수염이 좋아요," 캐서린이 말했다. "대단한 성공이에요. 아주 뻣뻣하고 거세 보이는데 만지면 부드럽고 기분이 좋아요."

"없는 것보다 있는 게 낫소?"

"그런 거 같아요. 당신 알죠, 내 사랑, 꼬맹이 캐서린이 태어날 때까지는 머리 자르지 않을 거예요. 지금은 몸이 너무 불어서 임신부 모습이지만 꼬맹이가 태어나고 나면 몸이 다시 빠질 거고 머리도 자르면 전 당신을 위해 아주 신선하고 예쁜 다른 여자가 될 거예요. 우리 같이 가서 머리 잘라요. 아니면 저 혼자 다녀와서 당신을 놀라게 해 주던가."

나는 아무 말도 하지 않았다.

"그러지 말라고 하실 건 아니죠?"

"아니, 재밌겠단 생각이 드는데."

"아, 당신은 배려심이 정말 많아요. 저 예뻐 보일 거예요, 내 사랑. 아주 날씬해져서 당신을 흥분시킬 거고 그러면 당신은 저랑 다시 사랑에 빠질 거예요."

"세상에," 내가 말했다. "지금도 충분히 사랑하오. 무얼 하고 싶은 거요? 나를 망칠 셈이야?"

"맞아요, 당신을 망칠 거예요."

"좋아," 내가 말했다. "나도 그걸 원한다고."

40

우리는 행복했다. 1월과 2월을 보냈고 겨울은 아주 좋았으며 우리
는 매우 행복했다. 따뜻한 바람이 불자 잠시 얼음이 녹았고 눈도
부드러워지고 공기도 봄 같았다. 그러나 맑고 견고한 추위가 어김
없이 찾아오면서 다시 겨울이 되었다. 겨울이 처음으로 물러간 시
기는 3월이었다. 밤에 비가 내리기 시작했다. 오전 내내 비가 오더
니 눈으로 변하고 진눈깨비로 변해서 산은 참담한 모습이었다. 호
수와 계곡 위에는 구름이 꼈다. 산 높은 곳에는 비가 내리고 있었
다. 캐서린은 무거운 덧신을 신고 나는 구팅겐 씨의 고무장화를 신
고서 둘이 우산 하나를 받쳐 들고 역으로 걸어갔다. 도로의 얼음을
씻어 내리는 빗물과 진눈깨비를 뚫고서 점심 전에 베르무트를 한
잔하려고 선술집에 들렀다.

"마을로 들어와야 할 것 같소?"

"당신 생각은요?" 캐서린이 물었다.

"겨울이 끝나고 계속 비만 내리면 이곳은 재미가 없을 것 같소.
우리 꼬맹이가 나오려면 얼마나 남았나?"

"한 달 정도. 아마 한 달 조금 더요."

"내려와서 몽트뢰에 머물러야 하겠어."

"로잔으로 가는 게 어때요? 병원이 거기에 있어요."

"좋아. 그곳은 마을이라기엔 너무 크지 않나 싶지만."

"더 큰 마을에서도 우리 둘만 있을 수 있어요. 로잔도 괜찮을 거예요."

"언제 갈까?"

"상관없어요. 당신이 원하는 때면 언제나, 내 사랑. 당신이 원하지 않으면 이곳을 떠나고 싶지 않아요."

"날씨가 어떻게 되는지 봅시다."

사흘 동안 비가 내렸다. 역 아래쪽 산은 눈이 전혀 없었다. 길에는 눈 녹은 더러운 물이 도랑을 이루며 흘러내렸다. 길이 너무 젖고 질척거려서 나갈 수가 없었다. 비가 내린 지 사흘째 되던 날 아침, 우리는 마을로 내려가기로 결정했다.

"괜찮습니다, 헨리 씨," 구팅겐 씨가 말했다. "저희에게 통지하지 않으셔도 돼요. 날씨가 험악해진 지금 이곳에 계속 머무실 거라고는 생각하지 않습니다."

"아내 때문에 여하튼 병원 가까이에 있어야 해서요," 내가 말했다.

"이해합니다," 그가 말했다. "언젠가 다시 찾아 주실 거죠, 아이와 함께?"

"그럼요, 방만 있다면."

"봄에 날씨 좋아지면 오셔서 즐기세요. 아이와 유모는 지금은 잠가놓은 큰 방을 쓰게 할 테니, 선생과 부인은 호수가 내려다보이는 작은 방을 쓰도록 하세요."

"오게 되면 편지 드리겠습니다," 내가 말했다. 우리는 짐을 싸서 점심시간 후에 내려오는 기차를 타고 떠났다. 구팅겐 씨 부부는 썰매에다 우리 짐을 싣고 진흙탕 길을 지나 우리와 함께 역까지 내려와 줬다. 빗속에서 그들은 기차 옆에 서서 손을 흔들었다.

"정말 좋은 분들이에요." 캐서린이 말했다.

"우리에게 잘해 주셨지."

몽트뢰에서 로잔 행 기차를 탔다. 창으로 우리가 살던 곳을 봤는데 구름 때문에 산이 보이질 않았다. 기차는 브베이에서 멈췄다가 다시 출발했다. 한쪽으로는 호수를, 다른 쪽으로는 물에 젖은 갈색 들판과 민둥산과 비에 젖은 집들을 지나쳤다. 우리는 로잔에 도착해서 중간 규모의 호텔에 머물렀다. 마차를 타고 거리를 지나 호텔 입구에 도착할 때까지도 여전히 비가 내렸다. 옷깃에 황동 열쇠를 단 경비원, 승강기, 바닥에 깔린 카펫, 반짝이는 부속품이 달린 흰색 세면기, 황동 침대와 크고 안락한 침실 모두 구팅겐 씨 집에 머물렀던 우리에겐 너무 화려해 보였다. 침실 창을 통해 철책 담으로 둘러싸인 비에 젖은 정원이 내려다보였다. 경사가 가파른 거리 건너편 쪽으로 비슷한 담과 정원을 갖춘 호텔이 하나 더 있었다. 정원 분수에 비가 내리는 모습을 바라봤다.

캐서린은 불이란 불은 다 켜고 짐을 풀기 시작했다. 나는 위스키와 소다수를 시킨 후에 침대에 누워 역에서 산 신문을 읽었다. 1918년 3월이었다. 독일군이 프랑스 공습을 시작했다. 캐서린이 짐을 풀면서 방 안을 돌아다니는 동안 나는 위스키와 소다수를 마시며 신문을 읽었다.

"제가 뭘 사야하는지 알죠, 내 사랑?" 그녀가 말했다.

"뭔데?"

"아기 옷이요. 산달이 다 됐는데 아기 옷을 준비하지 않은 사람도 드물 거예요."

"사면되지, 뭐."

"알아요. 그게 내일 할 일이예요. 뭐가 필요한지 생각해 봐야지."

"당연히 알고 있는 거 아냐? 당신은 간호사잖아."

"병원에서 아기를 갖는 병사들이 워낙 없어서요."

"나는 병원에서 아기 가졌는데."

그녀는 베개로 나를 때리다가 위스키소다를 쏟았다.

"한 잔 더 시켜드릴게요," 그녀가 말했다. "쏟아서 미안해요."

"별로 남지도 않았는데, 뭐. 이리, 침대로 와요."

"싫어요. 이 방을 근사하게 꾸며볼 거예요."

"어떻게?"

"우리 집처럼."

"연합군 기를 꽂지."

"입 좀 닥쳐요."

"다시 말해봐."

"입 닥쳐요."

"아주 조심스럽게 말하는구려," 내가 말했다. "누구의 기분도 상하게 하고 싶지 않은 사람처럼."

"맞아요."

"그럼 침대로 와요."

"좋아요," 그녀가 와서 침대에 앉았다. "제가 재미없다는 거 알아요, 내 사랑. 큰 밀가루 부대 같죠?"

"아니야, 그렇지 않아. 당신은 아름답고 사랑스러워."

"전 당신이 결혼한 아주 볼품없는 여자일 뿐인데요."

"아니야, 당신은 그렇지 않아. 어느 때보다도 더 아름답소."

"다시 날씬해질 거예요, 내 사랑."

"지금도 날씬해."

"당신, 술 마셨으니까."

"위스키와 소다수 정도만 했는데 뭐."

"위스키를 또 올려다 줄 거예요," 그녀가 말했다. "우리 여기서 저녁 시킬까요?"

"좋지."

"그러면 나가지 않을 거죠? 오늘밤은 그냥 여기 있어요."

"사랑하면서," 내가 말했다.

"저 와인 좀 마실래요," 캐서린이 말했다. "해롭지 않을 거예요. 옛날에 마시던 흰 카프리를 마실 수 있을지도 몰라."

"마실 수 있지," 내가 말했다. "이정도 규모의 호텔에는 이태리 산 와인이 있을 거야."

웨이터가 문을 두드렸다. 얼음을 넣은 위스키 잔과 작은 소다 수 병을 함께 쟁반에 받쳐왔다.

"감사하오," 내가 말했다. "거기 내려놓아요. 저녁 2인분과 드라 이한 흰 카프리 두 병을 얼음에 채워 갖다 주겠소?"

"수프 먼저 드시고 식사 하시겠어요?"

"캣, 당신 수프 먹을래요?"

"네."

"수프는 1인분만 가져와요."

"고맙습니다, 선생님." 그가 문을 닫고 나갔다. 나는 다시 신문에 난 전쟁기사를 읽었고 얼음을 채운 위스키에 소다수를 천천히 부었다. 위스키에 얼음을 넣지 말라고 했어야 했다. 얼음은 따로 갖고 오도록 해야지. 그래야만 위스키를 얼마나 따랐는지 알 수 있고 소다수를 넣었을 때 갑자기 약해지지 않도록 조절할 수 있을 테니. 위스키 한 병을 사고 얼음과 소다수를 가져오게 해야겠다. 그게 맞는 방법이다. 좋은 위스키는 아주 유쾌하다. 인생의 즐거움 중 하나다.

"뭘 생각해요, 내 사랑?"

"위스키에 대해."

"위스키의 어떤 거요?"

"위스키가 얼마나 근사한가 하는 점."

캐서린이 내게 얼굴을 찡그렸다. "됐어요." 그녀가 말했다. 우리는 그 호텔에 3주간을 머물렀다. 나쁘지 않았다. 식당은 주로 비어있었고, 우리는 종종 방에서 저녁식사를 했다. 시내를 산책하고 톱니바퀴 전차를 타고 우치까지 가서 호숫가를 걸었다. 날씨는 꽤 따뜻해져서 봄 같았다. 산으로 돌아가길 바랐지만 봄 날씨는 겨우 며칠간만 지속됐다. 쩨는 듯한 차가운 겨울 습기가 다시 찾아왔다.

캐서린은 아기를 위해 필요한 물건을 시내에서 구입했다. 나는 상가 안에 있는 체육관에 가서 운동으로 복싱을 했다. 캐서린이 늦잠을 자는 아침이면 주로 그곳에 들렀다. 봄날 같은 며칠 간 복싱을 하고 샤워를 한 후 봄 냄새가 나는 거리를 걸어가서 카페에 앉아 사람들을 보며 신문을 읽고 베르무트를 마시고 호텔로 돌아가 케서린과 함께 점심을 하는 기분은 꽤 좋았다. 복싱도장 사범은 콧수염을 길렀고 매우 정확하고 민첩했지만 공격을 당하면 어쩔 줄 몰라 했다. 복싱도장에 있으면 유쾌했다. 공기와 불빛이 좋았고, 나는 줄넘기와 혼자 복싱하기를 열심히 연습했다. 열린 창으로 들어온 햇빛을 받는 좁은 바닥에 누워서 복부운동을 하고 때로 함께 권투를 하면서 사범을 겁주기도 했다. 수염을 기른 남자가 복싱을 하는 모습이 너무 낯설어서 처음엔 좁고 기다란 거울 앞에서 혼자 권투 연습을 할 수가 없었다. 복싱을 시작하면서 수염을 빨리 자르고 싶었지만 캐서린이 그렇게 하도록 하질 않았다.

때때로 캐서린과 함께 마차를 타고 시골로 나갔다. 날이 좋으면 마차를 타는 것도 근사했다. 마차를 타고나가 식사를 할 만한 좋은 장소를 두 군데 알아 났다. 캐서린은 이제 많이 걷지를 못했다. 나는 그녀와 함께 마차를 타고 시골길을 가는 것이 좋았다. 날이 좋은 날엔 아주 근사한 시간을 보냈다. 나빴던 적은 한 번도 없었다. 아기가 태어날 날이 매우 임박한 것 같았다. 그래서 무언가 우리를 재촉하고 있는 느낌이 들었다. 우리는 함께 있는 시간을 조금도 놓치고 싶지 않았다.

41

어느 날 캐서린이 침대에서 뒤척이는 소리에 눈을 떴는데 새벽 3시였다.

"당신 괜찮소, 캣?"

"진통이 좀 있어요, 내 사랑."

"규칙적으로?"

"아니요, 그렇게 규칙적이진 않아요."

"진통이 규칙적으로 오면 병원에 갑시다."

나는 너무 졸려서 다시 잠이 들었다. 잠시 후 다시 깼다.

"의사 선생님께 전화를 드리는 게 낫겠어요." 캐서린이 말했다. "아마도 산통인 것 같아요."

의사에게 전화를 했다. "진통이 얼마 만에 한 번씩 오나요?" 의사가 물었다.

"얼마나 자주 아파, 캣?"

"15분마다 한 번씩인 것 같아요."

"그러면 병원에 오셔야 합니다." 의사가 말했다. "옷 입고 곧 따라가겠습니다."

전화를 끄고 역 근처 차고에 전화를 해서 택시 한 대를 보내달라고 했다. 한참동안 전화를 받지 않았다. 그러다 마침내 한 남자가 택시를 보내주겠다고 약속을 했다. 캐서린은 옷을 입고 있었다.

가방엔 병원에서 필요한 물건과 아기물품이 가득했다. 복도로 나가서 승강기를 올려 달라고 벨을 울렸다. 아무런 대답이 없었다. 아래층으로 내려갔다. 야간 경비원 말고는 아무도 없었다. 내가 직접 승강기를 올렸다. 가방을 먼저 넣고 캐서린을 태우고 나서 내려왔다. 야간 경비원이 문을 열어 줬다. 차도로 내려가는 계단 옆 돌판 위에 앉아서 택시를 기다렸다. 밤은 맑았고 별이 보였다. 캐서린은 매우 흥분해 있었다.

"진통이 시작돼서 아주 기뻐요," 그녀가 말했다. "이제 조금만 있으면 다 끝날 거예요."

"아주 용감한 여성이야."

"무섭지 않아요. 그래도 택시가 왔으면 좋겠어요."

도로를 올라오는 택시 소리가 들리고 헤드라이트가 보였다. 택시가 차도로 들어왔다. 나는 캐서린을 부축해서 택시 안에 앉히고 운전사는 가방을 앞좌석에 놓았다.

"병원으로 가주세요," 내가 말했다.

우리는 차도를 빠져나와 언덕을 오르기 시작했다.

병원에 도착해서 안으로 들어갔다. 내가 가방을 들었다. 여자가 책상에 앉아서 캐서린의 이름과 나이, 주소, 관계, 종교 등을 적고 있었다. 종교는 없다고 말하니까 종교 란에 줄을 그었다. 이름은 캐서린 헨리라고 했다.

"병실로 안내해 드릴까요?" 그녀가 말했다. 우리는 승강기를 타고 올라갔다. 여자가 승강기를 세웠고 우리는 내려서 여자를 따라 복도를 걸어갔다. 캐서린은 내 팔을 꽉 잡았다.

"여깁니다," 여자가 말했다. "옷을 벗으시고 침대 안으로 들어가시죠. 여기 갈아입으실 나이트가운이 있습니다."

"잠옷 갖고 왔어요," 캐서린이 말했다.

"이걸 입으시는 게 나으실 거예요," 여자가 말했다.

나는 밖으로 나가서 복도에 있는 의자에 앉았다.

"이제 들어오셔도 됩니다," 여자가 문에서 말했다. 캐서린은 평범하고 거친 시트 천으로 만든 것 같은 사각으로 재단 된 잠옷을 입고 좁은 침대 위에 누웠다. 그녀는 내게 웃음을 지어보였다.

"지금 진통이 꽤 심해요," 그녀가 말했다. 여자가 팔을 들고 손목시계로 진통 시간을 재고 있었다.

"진통이 컸어요," 캐서린이 말했다. 얼굴에서도 표시가 났다.

"의사 선생님은 어디 계세요?" 내가 여자에게 물었다.

"주무시고 계세요. 필요하실 때 올라오실 겁니다."

"부인께 조치를 좀 취해야 하는데요," 간호사가 말했다. "다시 나가 계서 주실래요?"

나는 복도로 나왔다. 복도는 창문 두 개와 닫혀있는 방문만 있는 텅 빈 곳이었다. 병원 냄새가 났다. 의자에 앉아 바닥을 바라보며 캐서린을 위해 기도했다.

"들어오셔도 돼요," 간호사가 말했다. 나는 들어갔다.

"안녕, 내 사랑," 캐서린이 말했다.

"어떻소?"

"이제는 진통이 꽤 자주 와요." 그녀는 얼굴을 찡그렸다. 그러더니 미소를 지었다.

"진짜 큰 진통이었어요. 제 등 밑에 다시 손을 넣으실 거죠, 간호사?"

"도움이 되면요." 간호사가 말했다.

"당신은 나가세요, 내 사랑," 캐서린이 말했다. "가서 뭐 좀 드세요. 간호사가 이 상태가 꽤 오래 지속될지도 모른다고 하네요."

"첫 산통은 늘 질질 끌거든요," 간호사가 말했다.

"나가서 뭐 좀 드세요," 캐서린이 말했다. "전 정말 괜찮아요."

"잠시만 있을게," 내가 말했다.

진통이 꽤 규칙적으로 왔다가는 가라앉았다. 캐서린은 매우 흥분해 있었다. 진통이 심할 땐 좋은 거라고 말했다. 가라앉으면 실망하고 부끄러워했다.

"당신, 나가세요, 내 사랑," 그녀가 말했다. "당신이 있으면 내가 의식이 되요." 그녀의 얼굴이 굳었다. "이제 됐어요. 좀 나아요. 난 좋은 아내가 되고 싶고 아이도 말썽 없이 낳고 싶어요. 나가서 아침 먹어요, 내 사랑. 그리고 돌아오세요. 보고 싶어 하지 않을 게요. 간호사가 정말 잘하고 있어요."

"아침 식사 느긋하게 하셔도 됩니다," 간호사가 말했다.

"그럼 갈게. 안녕, 귀염둥이."

"안녕," 캐서린이 말했다. "저를 위해서라도 아침 맛있게 드세요."

"아침을 먹을 데가 어디에 있나요?" 나는 간호사에게 물었다.

"거리를 따라 내려가면 광장에 카페가 있어요," 그녀가 말했다. "지금 열었을 거예요."

날이 밝아오고 있었다. 나는 텅 빈 거리를 내려가 카페에 갔다.

창에 불이 켜져 있었다. 안으로 들어가 아연도금을 한 카운터에 앉았다. 나이가 지긋한 남자가 흰 포도주와 브리오시를 내왔다. 브리오시는 어제 구운 거였다. 그것을 와인에 찍어 먹고 나서 커피 한 잔을 마셨다.

"이 시간에 어쩐 일이십니까?" 나이가 지긋한 남자가 물었다.

"아내가 병원에서 진통 중입니다."

"그렇군요, 행운을 빕니다."

"와인 한 잔 더 주세요."

병에서 따르는데 와인이 아연 도금한 카운터 위로 조금 흘렀다. 그 잔을 마시고 돈을 내고 나왔다. 도로에는 가정집에서 배출한 쓰레기 깡통들이 수거인을 기다리고 있었다. 개 한 마리가 깡통에 코를 대고 냄새를 맡고 있었다.

"원하는 게 뭐니?"라고 물으면서 개를 위해 꺼내줄 거라도 있나 싶어 깡통 안을 들여다봤다. 뚜껑 위에 커다란 찌꺼기와 먼지와 시든 꽃이 있을 뿐 아무것도 없었다.

"아무것도 없다, 멍멍아," 내가 말했다. 개는 도로를 건너갔다. 나는 계단을 올라 병원으로 들어와서 캐서린이 있는 층으로 올라가서 복도를 따라 그녀가 있는 병실로 갔다. 문을 두드렸다. 대답이 없었다. 문을 열었다. 의자 위에 올려져 있는 캐서린의 가방과 벽 고리에 걸린 화장복을 제외하고는 방은 텅 비어있었다. 방에서 나와 복도를 내려오면서 사람을 찾았다. 간호사가 있었다.

"헨리 부인은 어디 있나요?"

"부인께서는 방금 분만실로 가셨어요."

"어디입니까?"

"안내해 드릴게요."

그녀는 나를 복도 끝으로 데려갔다. 분만실 문은 반쯤 열려있었다. 시트를 덮은 채 캐서린이 테이블 위에 누워있는 것이 보였다. 테이블 한쪽에는 간호사가 있고 그 반대편 실린더가 몇 개 놓여있는 쪽에는 의사가 있었다. 의사는 한 손으로 튜브에 붙어있는 고무 마스크를 들고 있었다.

"가운을 드릴게요. 그러면 들어가실 수 있어요." 간호사가 말했다. "이리 오세요."

그녀는 내게 흰 가운을 입히고 목 위 부분을 안전핀으로 고정해 줬다.

"자, 이제 들어가셔도 돼요." 그녀가 말했다. 나는 분만실 안으로 들어갔다.

"안녕, 내 사랑," 캐서린이 긴장된 목소리로 말했다. "제가 하는 일이 별로 없네요."

"당신이 헨리 씨입니까?" 의사가 물었다.

"네, 어떻습니까, 의사 선생님?"

"좋습니다." 의사가 말했다. "산통이 올 때 가스 주입을 더 쉽게 할 수 있는 곳으로 옮긴 겁니다."

"지금이요." 캐서린이 말했다. 의사는 고무 마스크를 그녀의 얼굴에 갖다 대고 다이얼을 돌렸다. 캐서린이 깊고 빠르게 숨을 쉬는 모습을 지켜봤다. 그녀가 마스크를 치웠다. 의사가 작은 개폐기를 잠갔다.

"이번엔 그렇게 심하진 않았어요. 방금 전에는 엄청 심했었는데. 의사 선생님이 잘 버티게 해주셨어요. 그렇죠, 의사 선생님?" 그녀의 목소리가 이상했다. 의사 선생님이라고 부르는 부분에서 목소리가 올라갔다.

의사가 웃어 보였다.

"다시," 캐서린이 말했다. 그녀는 고무가 얼굴에 꽉 조이도록 붙잡고는 빠르게 숨을 쉬었다. 신음소리가 조금 들렸다. 그러더니 마스크를 치우고 다시 웃었다.

"심한 거였어요," 그녀가 말했다. "엄청나게 심했어요. 걱정 말아요, 내 사랑. 나가세요. 아침 식사 한 번 더 하세요."

"있을 거요," 내가 말했다.

병원에 도착했을 때가 새벽 3시쯤이었다. 정오에도 캐서린은 분만실에 있었다. 진통이 다시 느슨해졌다. 매우 피곤하고 지쳐 보였지만 여전히 들떠 있었다.

"전 잘하는 게 없네요, 내 사랑," 그녀가 말했다. "미안해요. 쉽게 할 줄 알았는데. 지금—또 와요……" 손을 뻗어 마스크를 잡고 얼굴 위에 갖다 댔다. 의사가 다이얼을 움직이면서 그녀를 지켜봤다. 잠시 후 진통이 그쳤다.

"별거 아니었어요," 캐서린이 말했다. 그녀는 웃었다. "가스에 너무 의지하네요. 정말 대단해요."

"집에도 좀 사다 놓읍시다," 내가 말했다.

"또 시작돼요," 캐서린이 빠르게 말했다. 의사는 다이얼을 돌리고 시계를 들여다보았다.

"간격이 얼마나 되나요?" 내가 물었다.

"일분 정도."

"점심 안 드세요?"

"곧 먹을 겁니다." 그가 말했다.

"뭘 좀 드셔야죠, 의사 선생님." 캐서린이 말했다. "너무 오래 끌어서 죄송해요. 제 남편이 가스를 대줘도 되지 않을까요?"

"원하신다면," 의사가 말했다. "숫자 2까지 돌리세요."

"알았습니다," 내가 말했다. 손잡이로 돌리는 다이얼 위에 숫자 표시가 되어있었다.

"지금요," 캐서린이 말했다. 그녀는 마스크를 자기 얼굴에 바짝 갖다 대었다. 나는 다이얼을 숫자 2에 맞춰 돌렸다. 캐서린이 마스크를 내려놓으면 껐다. 뭐라도 할 수 있게 해준 의사가 고마웠다.

"당신이 하셨어요, 내 사랑?" 캐서린이 물었다. 그녀가 내 손목을 어루만졌다.

"물론이지."

"당신 정말 멋져요." 그녀는 가스에 조금 취해 있었다.

"옆방에서 뭘 좀 시켜 먹고 있을 게요," 의사가 말했다. "언제든지 부르세요." 시간은 흘렀고, 의사는 식사를 하고 잠시 후 누워서 담배를 폈다. 캐서린은 매우 지쳐갔다. "애기를 낳을 수 있을 거라고 생각하세요?" 그녀가 물었다.

"그럼, 물론이고말고."

"있는 힘껏 하고 있어요. 밀어내는데 사라져 버려요. 또 시작해요. 주세요."

나는 2시에 점심을 먹으러 나갔다. 카페에는 테이블 위에 커피와 키르슈나 마르 잔을 놓고 앉아있는 사람이 몇 있었다. 한 테이블에 앉았다. "뭘 좀 먹을 수 있나요?" 웨이터에게 물었다.

"점심시간은 끝났습니다."

"아무 때나 먹을 수 있는 거 뭐 없소?"

"슈크루트 드실 수 있습니다."

"슈크루트하고 맥주하고 주시오."

"반 리터로 하시겠어요, 1/4 리터로 하시겠어요?"

"가벼운 걸로 반 리터짜리 주시오."

웨이터는 햄 조각을 위에 얹고 뜨거운 와인에 담가 익힌 양배추 사이에 소시지를 넣은 사우어크라우트 한 접시를 내왔다. 그것을 먹고 맥주를 마셨다. 배가 무척 고팠다. 카페 테이블에 앉아있는 사람들을 쳐다봤다. 한 테이블에서는 카드놀이를 하고 있다. 내 옆 테이블에 앉은 두 남자는 담배를 피우면서 이야기를 나누었다. 카페엔 담배연기가 자욱했다. 내가 아침을 먹었던 아연 도금된 카운터 뒤에는 나이 지긋한 남자와 앞치마를 두른 소년, 그리고 테이블에 나가는 음식마다 살펴보는 검은 옷차림의 통통한 여자, 이렇게 세 사람이 있었다. 그 여자가 몇 명의 자녀를 두었는지, 그 아이들을 낳을 때 어땠었는지가 궁금했다.

슈크루트를 다 먹고 병원으로 돌아갔다. 거리는 이제 깨끗해졌다. 쓰레기 깡통도 하나 없었다. 구름이 낀 날이긴 했지만 햇살이 구름을 뚫고 나올 것 같았다.

승강기를 타고 위층에서 내려 복도를 따라 캐서린이 있었던 병실로 갔다. 그곳에 흰 가운을 벗어 놔뒀었다. 가운을 입고 목 뒤쪽에서 고정시켰다. 거울을 들여다보니 수염을 기른 가짜 의사 같아 보였다. 복도를 따라 분만실로 갔다. 문이 닫혀있었다. 문을 두드렸다. 아무 대답이 없어 손잡이를 돌려 들어갔다. 의사가 캐서린 옆에 앉아있었다. 간호사는 병실 한쪽 끝에서 무언가를 하고 있었다.

"남편분이 오셨군요," 의사가 말했다.

"아, 내 사랑. 정말 좋은 의사 선생님이세요," 캐서린이 아주 낯선 목소리로 말했다. "훌륭한 이야기도 해주시고 진통이 심할 땐 견뎌낼 수 있도록 도와 주셨어요. 정말 훌륭하세요. 훌륭하세요, 의사 선생님."

"당신 취했네," 내가 말했다.

"저도 알아요," 캐서린이 말했다. "그래도 그렇게 말하지 마세요." 그리고는 "가스요. 가스요."라고 했다. 그녀가 마스크를 움켜잡고 헐떡이며 가쁘게 호흡을 하니 호흡기에서 딸깍 소리가 났다. 깊은 한숨을 쉬었다. 의사가 왼손을 뻗어서 마스크를 벗겼다.

"정말 끔찍한 진통이었어요," 캐서린이 말했다. 목소리가 무척이나 낯설었다. "죽지는 않을 거예요, 내 사랑. 죽을 고비는 지났어요. 기쁘지 않아요?"

"그런 상태는 다시는 되지 말아야지."

"그럼요. 두렵지 않아요. 전 죽지 않아요, 내 사랑."

"그런 바보짓은 하지 않을 겁니다." 의사가 말했다. "죽어서 남편 곁을 떠나는 일은 없을 겁니다."

"아, 안 되죠. 죽지 않을 거예요. 죽지 않을 거예요. 죽는 건 바보 같은 짓이에요. 또 시작이에요. 가스요."

잠시 후 의사가 말했다. "헨리 씨 잠시만 나가주시죠. 검사를 좀 해봐야겠어요."

"제가 잘하고 있나 살펴보고 싶으신 거예요," 캐서린이 말했다. "검사 끝나면 들어오세요, 내 사랑. 그럴 수 있죠, 선생님?"

"그럼요," 의사가 말했다. "들어오셔도 될 때 알려드릴게요."

문 밖으로 나와서 복도를 따라 아기를 낳은 후에 캐서린이 머물 병실로 왔다. 그곳 의자에 앉아 방을 둘러봤다. 점심 먹으러 갔을 때 산 신문이 코트 안에 있길래 읽었다. 밖은 어두워지고 있었다. 신문을 읽으려고 불을 켰다. 잠시 후 읽던 것을 내려놓고 불을 끄고는 어두워져 가는 밖을 지켜보았다. 의사가 왜 나를 부르러 사람을 보내지 않는지 궁금했다. 내가 없는 게 더 나은가 보다. 내가 잠시 자리를 비워주는 게 더 나은가 보다. 손목시계를 봤다. 10분이 지나도 전갈이 없으면 어쨌든 가 볼 거다.

가여운, 가여운 사랑하는 캣. 당신이 나와 잠자리를 함께 한 대가가 이거구료. 이것이 덫의 끝이었다. 이것이 사람들이 서로 사랑한 대가였다. 어쨌든 가스가 있어서 고마웠다. 마취제가 없을 때는 어땠을까? 일단 진통이 시작되면 정신없이 계속되는데. 임신기간 동안 캐서린은 잘 지냈다. 나쁘지 않았다. 아픈 적도 거의 없었다. 거의 마지막까지 심하게 힘들어 하지도 않았다. 그런데 마지막에 잡힌 거다. 무슨 수를 써도 빠져나갈 수가 없다. 젠장, 치워버려! 결혼을 오십 번을 했더라도 상황은 같았을 거다. 캐서린이 죽으면 어쩌지? 죽지 않을 거야. 요즘 애를 낳다가 죽는 일 따윈 없으니까.

모든 남편들이 그렇게 생각하지. 그래. 그래도 죽으면? 죽지 않을 거야. 그저 고생을 좀 하는 것뿐. 첫 아이 때는 진통이 길어진다잖아. 그냥 고생을 좀 하는 것뿐이야. 나중에 정말 힘든 시간이었다고 하면 캐서린은 그렇게 힘들지는 않았다고 하겠지. 그래도 캐서린이 죽으면. 죽을 리 없어. 그래. 그래도 죽으면. 아니, 죽을 리 없어. 바보같이 굴지 마. 그냥 힘겨운 시간일 뿐이야. 캐서린이 이렇게 죽을 고생을 하는 건 자연의 이치라고. 첫 출산이잖아. 늘 오래 끈다는. 그래. 그래도 죽으면? 죽을 리 없어. 왜 죽겠어? 그녀가 죽을 이유라도 있나? 아이가 태어나는 것뿐이야. 밀라노에서 보냈던 그 즐거운 밤의 결과지. 이런 고생을 시켰는데도 아이가 태어나면 돌봐주면서 좋아하겠지. 그래도 그녀가 죽으면? 죽을 리 없어. 그래도 죽으면? 죽지 않아. 캐서린은 괜찮아. 그래도 죽으면? 죽을 리 없어. 그래도 죽으면? 이봐, 그러면 어떻게 해? 죽으면?

의사가 병실로 들어왔다.

"어떤가요, 의사 선생님?"

"진전이 안 되네요," 그가 말했다.

"무슨 말씀이세요?"

"말씀드린 대롭니다. 검사를 했는데⋯⋯" 그가 검사결과를 상세히 말해줬다. "그런 뒤에 죽 지켜봤습니다만 진전이 없네요."

"어떻게 해야 합니까?"

"두 가지 방법이 있습니다. 집게분만이 있는데 아이에게 나쁠 수도 있을 뿐더러 자궁을 찢을 수도 있고 아주 위험합니다. 그리고 제왕절개가 있습니다."

"제왕절개의 위험성은 무언가요?" 캐서린이 죽으면!

"일반 분만보다 더 위험한 건 없어요."

"직접 시술해 주실 거죠?"

"그럼요. 필요한 장비와 도와줄 사람들을 준비하는 데 한 시간쯤 걸릴 겁니다. 좀 더 걸릴 수도 있고요."

"선생님 생각은 어떠세요?"

"제왕절개를 권합니다. 제 아내라면 제왕절개를 할 겁니다."

"후유증은요?"

"없습니다. 수술자국만 남습니다."

"감염은요?"

"집게분만 만큼 높지 않습니다."

"아무것도 하지 않으면서 지금처럼 버티면 어떻게 되나요?"

"결국은 어떻게라도 해야 할 겁니다. 헨리 부인께서는 이미 기력이 많이 빠져서 수술을 빨리하면 할수록 더 안전합니다."

"그럼 가능한 빨리 수술해 주세요." 내가 말했다.

"그럼 가서 지시를 내리겠습니다."

나는 분만실로 갔다. 캐서린은 부른 배를 침대보로 덮은 채 분만대에 누워있었다. 아주 창백하고 지쳐보였다. 간호사가 그녀와 함께 있었다.

"수술해도 된다고 선생님께 말씀하셨어요?"

"그렇소."

"굉장하지 않아요? 이제 한 시간이면 다 끝날 거예요. 이제 거의 됐어요, 내 사랑. 몸이 산산이 부서지는 것 같아요. 가스요. 이제 소용이 없어요. 아 소용이 없네요."

"숨을 깊게 쉬세요."

"그러고 있어요. 아, 이제는 소용이 없어요. 소용이 없어요!"

"실린더 하나 더 넣어 주세요," 내가 간호사에게 말했다.

"이게 새 실린더예요."

"아, 난 바보 같아요, 내 사랑," 캐서린이 말했다. "이젠 가스도 소용이 없어요." 그녀가 울기 시작했다. "아, 아무 문제없이 아기를 낳고 싶어요. 그런데 전 끝났어요. 몸이 부서질 것 같은데 가스도 효과가 없어요. 아, 내 사랑, 전혀 듣지를 않아요. 이 진통이 멈추기만 한다면 죽어도 상관없어요. 아, 제발, 내 사랑, 이 아픔을 좀 그치게 해줘요. 다시 시작돼요, 아 아 아!" 그녀는 마스크를 쓴 채 흐느끼듯이 숨을 쉬었다. "소용이 없어요, 소용이 없어요. 소용이 없어. 저한테 마음 쓰지 말아요, 내 사랑. 울지 말아요. 나한테 마음 쓰지 말아요. 몸이 부서져요. 가여운 사람. 너무 사랑해요. 다시 좋아질 거예요. 이번엔 잘할게요. 뭐라도 좀 줄 수 없나요? 뭐라도 해주면 좋겠어요."

"진통효과가 있도록 해 줄게. 최대치로 틀어줄게."

"지금요."

다이얼을 끝까지 돌렸다. 그녀가 깊고 세게 숨을 쉬는 동안 마스크를 잡은 손이 느슨해졌다. 나는 가스를 잠그고 마스크를 들어올렸다. 그녀는 먼 길을 갔다가 다시 되돌아왔다.

"훌륭했어요, 내 사랑. 아, 제게 정말 잘해 주세요."

"용기를 내야 해. 계속해서 이렇게 할 수는 없어. 이러다간 당신이 죽을 수도 있어."

"더 이상 용기를 낼 수가 없어요, 내 사랑. 몸이 완전히 산산조각이 났어요. 나를 부숴버렸다고요. 이젠 알겠어요."

"다들 이렇게 해."

"끔찍해요. 이러다가 죽어야 끝날 거예요."

"한 시간 후면 끝날 거야."

"근사하지 않아요, 내 사랑? 난 죽지 않을 거예요, 그렇죠?"

"그럼. 당신은 죽지 않아. 내 약속할게."

"죽어서 당신 곁을 떠나고 싶지 않아요. 그래도 너무 지쳤어. 죽을 것만 같아요."

"말도 안 되는 소리. 다들 그렇게 느껴."

"어떤 때는 죽을 거라는 생각이 들어요."

"죽지 않을 거야. 죽을 수 없어."

"그래도 내가 죽으면 어떻게 해요?"

"죽도록 내버려두지 않을 거야."

"빨리 주세요. 가스요!" 그러고 나서는 "난 죽지 않을 거야. 나도 내가 죽게 내버려 두지 않을 거야"라고 말했다.

"당연히 죽지 않지."

"제 곁에 있을 거죠?"

"당신 수술 받는 건 보지 않으려고."

"보지는 마세요, 그냥 있어만 주세요."

"당연히. 곁에 계속 있을 거야."

"당신은 제게 정말 잘해주세요. 지금, 가스요. 더 주세요. 듣지를 않아요!"

다이얼을 3까지 그리고 4까지 돌렸다. 의사가 돌아왔으면 하고 바랬다. 2가 넘는 숫자가 두려웠다.

마침내 다른 의사가 간호사 두 명과 함께 들어왔다. 그들은 캐서린을 들어 올려 바퀴가 달린 들것 위로 옮기고 복도를 내려갔다. 들것은 빠르게 복도를 지나 승강기 안으로 들어갔다. 승강기 안에 공간을 만들기 위해 사람들은 모두 벽에 바짝 붙어야했다. 위층으로 올라갔다. 문이 열리고 승강기에서 내려 고무바퀴를 굴려 복도를 내려가 수술실로 들어갔다. 모자와 마스크를 쓰고 있어서 담당 의사를 알아보지 못했다. 다른 의사도 있었고 간호사도 더 있었다.

"뭐라도 주세요," 캐서린이 말했다. "뭐라도요. 아, 제발, 의사선생님, 아프지 않게 좀 더 많이 넣어 주세요."

의사 한 명이 그녀의 얼굴 위에 마스크를 갖다 댔다. 문에서 들여다보니 수술실은 작고 밝은 원형 극장 같았다.

"저쪽 문으로 들어가서서 저기 앉아 계세요," 간호사가 내게 말했다. 흰 테이블과 불빛이 내려다보이는 난간 뒤에 긴 의자가 있었다. 나는 캐서린을 보았다. 얼굴에 마스크를 쓴 채 지금은 조용했다. 그들은 들것을 앞으로 밀었다. 나는 복도를 걸어 내려왔다. 두 명의 간호사가 서둘러 수술 참관실 입구로 갔다.

"제왕절개래," 한 명이 말했다. "제왕절개를 한다고 하네요." 다른 간호사가 웃었다. "시간 맞춰 왔네. 우리는 운이 좋지 않아?" 그들은 참관실로 통하는 문 안으로 들어갔다.

또 다른 간호사가 왔다. 그녀도 서둘러왔다.

"안으로 들어가세요. 안으로 들어가세요," 그녀가 말했다.

"밖에 있을 겁니다."

그녀는 서둘러 안으로 들어갔다. 나는 복도를 서성댔다. 들어가기가 겁이 났다. 창밖을 봤다. 어두웠지만 창에 비친 불빛에 비가 내리는 것이 보였다. 복도 맨 끝 방으로 들어가서 유리장에 진열된 병에 붙은 딱지를 봤다. 방을 나와 텅 빈 복도에 서서 수술실 문을 지켜봤다.

의사 한 명이 나오고, 간호사 한 명도 뒤따라 나왔다. 의사는 막 가죽을 벗겨낸 토끼 같이 생긴 것을 두 손으로 받쳐 들고 서둘러 복도를 지나 다른 문으로 들어갔다. 그 의사가 사라진 문으로 갔다. 그 방 안에서 그들은 갓 태어난 아이에게 뭔가를 하고 있었다. 의사는 아기를 들어 보여줬다. 발목을 잡고 아기를 때렸다.

"괜찮습니까?"

"굉장합니다. 5kg이에요."

나는 아이에게 아무런 느낌도 없었다. 나하고는 아무 상관도 없는 것 같았다. 부성애 같은 것이 느껴지지 않았다.

"아들인데 자랑스럽지 않으세요?" 간호사가 물었다. 그들은 아기를 씻기고 천으로 둘둘 말았다. 작고 검은 얼굴과 검은 손은 봤지만 움직이는 걸 보거나 우는 소리를 듣지는 못했다. 의사가 다시 아기에게 뭔가 조치를 했다. 그는 당황하는 모습이었다.

"아니요," 내가 말했다. "그 녀석 때문에 애 엄마가 거의 죽을 뻔했는데요."

"이 아이 잘못은 아니에요. 아들을 원하지 않으셨어요?"

"아니요." 내가 말했다. 의사는 아기 때문에 바빴다. 발을 잡고 들어 올려서 아기를 때렸다. 나는 그 모습을 지켜보지 않았다. 복도로 나왔다. 이제는 들어가서 볼 수 있겠지. 나는 문 안으로 들어가서 참관대에서 조금 내려갔다. 난간에 앉아있던 간호사들이 내게 그쪽으로 오라는 손짓을 했다. 나는 고개를 저었다. 내가 있는 곳에서도 잘 보였다.

캐서린이 죽었다고 생각했다. 죽은 사람처럼 보였다. 얼굴이 흙빛이었다. 내가 선 자리에서 보이는 부분은 그랬다. 저 아래, 불빛 아래에서 의사가 상처를 꿰매고 있었다. 상처는 가장자리가 두툼하고 꽤 길게 찢겨있었고 핀셋으로 벌려져있는 상태였다. 마스크를 쓴 다른 의사가 마취제를 주었다. 마스크를 쓴 간호사 두 명이 도구들을 건네줬다. 종교재판을 그린 그림 같아 보였다. 수술을 다 지켜봤을 수도 있었겠지만 처음부터 보지 않은게 다행이라는 생각이 들었다. 배를 가르는 모습은 볼 수 있을 것 같지 않았다. 그래도 구두쟁이처럼 능숙해 보이는 바느질 솜씨 덕에 상처부분이 솟아오른 산등성이 모양으로 맞물리는 걸 지켜봤고, 기뻤다. 상처가 봉합됐을 때 복도로 나가서 다시 서성거렸다. 잠시 후 의사가 나왔다.

"아내는 무사합니까?"

"무사합니다. 보셨습니까?" 그는 피곤해 보였다.

"마무리하시는 거 봤습니다. 절개가 매우 길어 보였습니다."

"그랬어요?"

"네. 흉터는 가라앉을까요?"

"아, 네."

잠시 후 바퀴달린 들것이 나왔고 재빠르게 승강기 안으로 옮겨졌다. 나도 곁에서 같이 갔다. 캐서린이 신음소리를 냈다. 아래층에서 병실 침대로 옮겼다. 나는 침대 발치에 있는 의자에 앉았다. 병실에는 간호사가 한 명 있었다. 나는 일어나서 침대 옆에 섰다. 방은 어두웠다. 캐서린이 손을 내밀었다. "안녕, 내 사랑," 그녀가 말했다. 목소리가 약하고 피곤하게 들렸다.

"안녕, 귀염둥이."

"어떤 애기예요?"

"쉬―말하지 마세요," 간호사가 말했다.

"사내아이요. 길쭉하고 떡 벌어진 게 피부가 거무스름해."

"아이는 무사해요?"

"응," 내가 말했다. "건강해."

간호사가 나를 이상하게 쳐다봤다.

"말할 수 없이 피곤해요," 캐서린이 말했다. "지독하게 아프고요. 당신은 괜찮아요, 내 사랑?"

"난 괜찮소. 말하지 말아요."

"당신은 사랑스러워요, 아, 내 사랑. 끔찍하게 아파요. 아이는 어떻게 생겼어요?"

"심술 맞은 노인 얼굴에 껍질 벗긴 토끼같이 생겼소."

"나가 계세요," 간호사가 말했다. "헨리 부인께서는 말씀을 하시면 안 됩니다."

"나가 있겠소."

"가셔서 뭘 좀 드세요."

"아니오, 밖에 있겠소." 나는 캐서린에게 입을 맞췄다. 낯빛이 잿빛인데다 힘이 없고 피곤해 보였다.

"말씀 좀 드려도 될까요?" 내가 간호사에게 말했다. 그녀는 나와 함께 복도로 나왔다. 복도를 조금 걸어 내려왔다.

"아이에게 문제가 있습니까?" 내가 물었다.

"모르셨어요?"

"네."

"살리질 못했습니다."

"죽었다고요?"

"숨을 쉬게 할 수가 없었어요. 탯줄이 목에 감겼다나 그랬을 거예요."

"그래서 죽었군요."

"네. 정말 안 된 일입니다. 아주 튼튼하고 큰 애기였는데. 아시는 줄 알았어요."

"몰랐습니다," 내가 말했다. "아내에게 들어가 보세요."

간호사들이 차트를 집게에 꽂아 걸어놓는 테이블 앞 의자에 앉아서 창밖을 내다봤다. 창에서 비추는 불빛에 어둠과 비 내리는 것 외에는 아무것도 보이지 않았다. 그런 거였다. 아기가 죽었다. 그래서 의사가 그렇게 피곤해 보인 거다. 그런데 그 방에서 아기를 데리고 왜 그런 일들을 한 걸까? 아마 숨을 다시 쉴 수도 있다고 생각했을 거다. 난 종교는 없지만 아기가 세례를 받아야 했다는 생각이 들었다. 그런데 숨을 쉰 적이 없다면. 숨을 쉰 적이 없었다.

살아있던 적이 없었다. 캐서린 몸 안에서만 살았었다. 뱃속에서 발길질 하는 걸 종종 느꼈었다. 그런데 지난 일주일간은 태동을 느껴본 적이 없었다. 그럼 지난 일주일 동안 질식한 것일 수도 있다. 불쌍한 어린 것. 질식사를 당한 게 나였다면 좋았을 것을. 아니, 그건 거짓말이다. 그래도 내가 죽었다면 이런 죽음을 경험하지 않아도 됐을텐데. 이제 캐서린이 죽을지 모른다. 결국 내가 한 짓이 그거였다. 인간은 죽는다. 죽는 게 무언지도 알지 못한다. 그걸 깨달을 시간도 없다. 우리를 구장에 던져 넣어놓고 규칙만 알려준 다음 우리가 베이스를 떠나면 잡아서 그대로 죽여 버린다. 아이모처럼 어이없이 죽인다. 리날디처럼 매독에 걸리게 하던지. 어쨌든 결국엔 죽여 버린다. 그건 틀림없는 사실이다. 버티고 있으면 죽일 것이다.

기지에서 화롯불 위에 통나무 하나를 얹어놓은 적이 있었는데 통나무에 개미가 가득했었다. 나무가 타기 시작하자 개미들은 무리를 지어서 처음에는 불꽃이 있는 가운데를 향해 가더니 되돌아서 통나무 끝을 향해 달렸다. 끝부분에 모여들었을 때 개미들은 불꽃 속으로 떨어졌다. 몇 마리는 빠져나왔지만 불에 타서 몸이 납작해진 채로 어디로 가는 건지도 모르면서 도망을 쳤다. 거의 대부분은 불을 향해 달려가다가 되돌아서서 불기가 없는 곳으로 몰려갔다가 결국은 불꽃 속으로 떨어졌다. 그때 세상의 종말도 이렇겠구나, 라는 생각이 들었다. 구세주 노릇을 할 수 있는 기막힌 기회라고 생각하고 통나무를 화롯불에서 집어내서 개미들이 땅으로 내려갈 수 있는 데다 던져야겠다고 생각했다. 그런데 통나무는 던지지도 않고 그저 물 한 컵을 통나무에 붓기만 했다. 그렇게 해서 위스키를 마실 수 있는 빈 컵이 마련됐었다. 위스키를 따르고 물을 부어야지. 다고 있는 통나무에 물을 부었으니 개미들을 쪄 죽이는 꼴이 됐었겠다는 생각이 든다.

캐서린이 어떻게 하고 있는지 들으려고 복도에 앉아서 기다리고 있었다. 간호사는 나오지 않았다. 잠시 후 문을 살그머니 열고 들여다봤다. 복도엔 빛이 있지만 방 안은 어두웠기 때문에 처음엔 아무것도 보이지 않았다. 이내 침대 옆에 앉아있는 간호사와 베개를 베고 있는 캐서린의 머리가 보였다. 이불을 덮은 캐서린의 몸이 홀쭉했다. 간호사가 손가락을 캐서린의 입에 대어 보다가 일어나서 문 쪽으로 왔다.

"아내는 어떻습니까?" 내가 물었다.

"괜찮아요," 간호사가 말했다. "가셔서 저녁 식사 하시고, 원하시는 때에 오세요."

복도를 지나 계단을 내려와 병원 밖으로 나갔다. 비가 내리는 어두운 거리를 지나 카페로 내려갔다. 카페 안은 불이 환하게 밝혀져 있었고 테이블엔 사람들이 많았다. 앉을 자리를 찾지 못했다. 웨이터가 와서 젖은 코트와 모자를 받아들고는 맥주를 마시며 석간신문을 읽고 있는 나이든 남자 맞은 편 테이블로 나를 안내했다. 자리에 앉아서 오늘의 메뉴가 무언지 물었다.

"송아지 스튜입니다만 마감됐습니다."

"먹을 만한 게 있나요?"

"햄과 계란, 치즈를 곁들인 계란이나 슈크르트가 있습니다."

"슈크르트는 점심에 먹었어요," 내가 말했다.

"그러셨죠, 낮에 슈크르트를 드셨죠." 그는 머리 한가운데에 머리카락이 몇 가닥만 남아있는 중년 남자였다. 친절해 보이는 얼굴이었다.

"뭐 드시겠어요? 햄과 치즈나 치즈 곁들인 계란을 드릴까요?"

"햄과 계란이요, 그리고 맥주도."

"반 리터짜리 약한 걸로 드릴까요?"

"네," 내가 말했다.

"기억합니다, 낮에도 그걸로 드셨지요."

나는 햄과 계란을 먹고 맥주를 마셨다. 햄과 계란은 둥근 접시에 나왔다. 햄 위에 계란이 얹어져 나왔다. 처음 한 입을 물었을 땐 뜨거워서 입안을 식히기 위해 맥주를 마셔야 했다. 배가 차지 않아 음식을 한 번 더 시켰다. 맥주는 여러 잔 마셨다. 나는 아무 생각도 하지 않은 채 앞에 앉은 사람이 읽고 있는 신문을 봤다. 영국군 전방이 뚫렸다는 기사였다. 내가 신문 뒷면을 읽는다는 것을 알고 그 남자가 신문을 접었다. 웨이터에게 신문을 달라고 할까 생각했지만 신문에 집중할 수 없을 것 같았다. 카페 안은 더웠고 공기는 탁했다. 테이블에 앉아있는 사람들은 대다수 서로들 아는 사이였다. 카드게임을 하고 있는 테이블이 여럿 있었다. 웨이터들은 카운터에서 테이블로 마실 것들을 나르느라 분주했다. 남자 둘이 들어왔는데 앉을 자리를 찾지 못했다. 그들은 내가 앉은 테이블 맞은편에 서 있었다. 나는 아직 자리를 뜰 준비가 되지 않았다. 병원으로 돌아가기엔 너무 일렀다. 자리를 뜨는 사람이 없어서 서 있던 두 남자는 식당에서 나갔다. 나는 맥주 한 병을 더 마셨다. 내 테이블엔 접시가 꽤 많이 쌓여 있었다. 앞에 앉은 남자도 안경을 벗어 안경 집에 넣고 신문을 접어 주머니에 넣고는 술잔을 손에 든 채 식당 안을 둘러보았다. 갑자기 돌아가야 된다는 생각이 들었다. 웨이터를 불러서 계산을 하고 코트를 입고 모자를 쓰고 문밖으로 나섰다. 빗속을 뚫고 병원까지 걸어갔다.

위층에서 복도를 내려오는 간호사를 만났다.

"방금 호텔로 전화 드렸었어요." 그녀가 말했다. 속이 철렁했다.

"뭐가 잘못 됐습니까?"

"헨리 부인께서 출혈이 있었어요."

"들어가도 됩니까?"

"아니요, 아직은 안 돼요. 의사선생님이 함께 계세요."

"위험한가요?"

"매우 위험해요." 간호사는 방 안으로 들어가 문을 닫았다.

나는 복도에 앉았다. 속이 허했다. 생각을 하지 않았다. 생각을 할 수가 없었다. 그녀가 죽을 거라는 생각이 들었고 그래서 죽지 않게 되기를 기도 했다. 죽지 않게 해 주세요. 아, 하나님, 제발 죽게 내버려두지 마세요. 캐서린만 살려주신다면 무엇이든 하겠습니다. 제발, 제발, 제발. 죽지 않게 해주세요. 하나님, 캐서린을 죽지 않게 해 주세요. 제발, 제발, 제발. 죽지 않게 해 주세요. 하나님 제발 캐서린을 죽지 않게 해 주세요. 그녀만 살려주시면 말씀만 하세요. 뭐든 하겠습니다. 우리 아기를 데려가셨잖아요. 그녀는 살려주세요. 그것뿐입니다. 죽지 않게 해 주세요. 제발, 제발, 하나님, 죽게 내버려두지 마세요.

간호사가 문을 열더니 들어오라는 손짓을 했다. 그녀를 따라 방으로 들어갔다. 내가 들어갔는데도 캐서린은 나를 보지 않았다. 침대 쪽으로 갔다. 의사는 맞은편에 서 있었다. 캐서린은 나를 보더니 웃음을 지었다. 나는 침대 위로 몸을 숙이고 울기 시작했다.

"가여운 당신," 캐서린은 아주 부드럽게 말했다. 그녀 얼굴이 잿빛이었다.

"당신 괜찮아, 캣," 내가 말했다. "다 괜찮아질 거야."

"저는 죽을 거예요," 그녀가 말했다. 잠시 쉬었다가 다시 "죽는 게 싫어요,"라고 말했다. 나는 그녀의 손을 잡았다.

"만지지 마세요," 그녀가 말했다. 나는 손을 놨다. 그녀는 웃음을 지었다. "가여운 당신. 원하시는 대로 만지세요."

"당신 괜찮을 거야, 캣. 괜찮아 질 거라고."

"무슨 일이 생길 경우 당신이 간직할 수 있는 편지를 쓰려고 했는데, 그렇게 못했어요."

"신부님이나 누구든 만나고 싶은 사람들을 불러올까?"

"그냥 당신만이요," 그녀가 말했다. 그러더니 잠시 있다가 "두려워요. 죽는 게 싫어요,"라고 했다.

"말을 많이 하시면 안 됩니다," 의사가 말했다.

"알았어요." 캐서린이 말했다.

"내가 뭘 해줄까, 캣? 뭘 갖다 줄까?"

캐서린은 미소를 지었다. "아니요," 그러더니 조금 있다가 "우리가 함께했던 것들, 그리고 내게 했던 말들을 다른 여자에게도 똑같이 하지 않으실 거죠, 그렇죠?"

"절대 그런 일은 없어."

"그래도 당신이 여자들을 만나면 좋겠어요."

"여자들은 필요 없어."

"말을 너무 많이 하고 있어요," 의사가 말했다. "헨리 씨가 나가셔야겠어요. 헨리 씨는 나중에 다시 들어오세요. 부인은 죽지 않습니다. 바보처럼 굴지 마세요."

"알았어요," 캐서린이 말했다. "내가 가서 당신과 함께 밤을 보낼게요." 말을 하는 게 그녀에겐 너무 힘들었다.

"제발 나가세요," 의사가 말했다. "부인께선 말을 하면 안 됩니다."

캐서린은 내게 눈을 찡끗해 보였는데 얼굴이 잿빛이었다. "바로 밖에 있겠소," 내가 말했다.

"걱정 말아요, 내 사랑," 캐서린이 말했다. "조금 두려울 뿐이에요. 이건 더러운 속임수일 뿐이에요."

"당신, 우리 용감한 귀염둥이."

밖으로 나와 복도에서 기다렸다. 오랫동안 기다렸다. 간호사가 왔다. "헨리 부인이 아주 안 좋으세요," 그녀가 말했다. "부인이 걱정이에요."

"죽었어요?"

"아니요. 의식이 없으세요."

출혈이 그치지 않고 계속된 것 같았다. 출혈을 멈추게 할 수가 없었다. 방으로 들어가서 캐서린이 숨을 거둘 때까지 곁에서 함께 있었다. 캐서린은 내내 의식이 없었다. 숨을 거둘 때까지 오래 걸리지 않았다.

병실 밖 복도에서 의사에게 물었다. "오늘 밤 제가 할 수 있는 일이 있습니까?"

"아니요, 아무것도 없습니다. 호텔까지 모셔다 드릴까요?"

"아니, 괜찮습니다. 잠시 여기 있겠습니다."

"드릴 말씀이 없습니다. 드릴 말씀이……"

"아닙니다," 내가 말했다. "아무 말씀하실 필요 없습니다."

"안녕히 가세요," 그가 말했다. "호텔까지 모셔 드리면?"

"아니, 됐습니다."

"그게 유일한 방법이었습니다만," 그가 말했다. "수술이 결국은……"

"그 얘긴 하고 싶지 않습니다," 내가 말했다.

"호텔에 모셔다 드렸으면 하는데요."

"아닙니다, 됐어요."

그는 복도를 내려갔다. 나는 병실 문으로 갔다.

"지금 들어오시면 안 됩니다," 간호사 한명이 말했다.

"아니오, 들어갑니다," 내가 말했다.

"아직 들어오시면 안 돼요."

"나가시오," 내가 말했다. "당신도 나가요."

그들을 쫓아내고 문을 닫고 불을 껐지만 아무 소용이 없었다. 마치 조각상에게 작별 인사를 하는 것 같았다. 잠시 후 병실에서 나와 병원을 떠났고 비를 맞으며 호텔로 걸어왔다.

무기여 잘 있거라

초판 1쇄 인쇄 2013년 6월 25일
초판 1쇄 발행 2013년 6월 27일

지은이 어니스트 헤밍웨이
옮긴이 유정화
발행인 신현부
발행처 부북스

주소 100-835 서울시 중구 신당2동 432-1628
전화 02-2235-6041
팩스 02-2253-6042
이메일 boobooks@naver.com

ISBN 978-89-93785-56-2 04080
ISBN 978-89-93785-07-4 (세트)

이 도서의 국립중앙도서관 출판시도서목록(CIP)은 서지정보유통지원시스템 홈페이지
(http://seoji.nl.go.kr)와 국가자료공동목록시스템(http://www.nl.go.kr/kolisnet)에서
이용하실 수 있습니다.(CIP제어번호: CIP2013009257)